James Buckler

Endstation Tokio

D1925263

GOLDMANN

Lesen erleben

James Buckler

Endstation Tokio

Roman

Aus dem Englischen
von Rainer Schmidt

GOLDMANN

Die englische Originalausgabe erschien 2017 unter dem Titel
»Last Stop Tokyo« bei Doubleday,
an imprint of Transworld Publishers, London.

Dieses Buch ist auch als E-Book erhältlich.

MIX
Papier aus verantwortungsvollen Quellen
FSC® C083411
FSC
www.fsc.org

Verlagsgruppe Random House FSC® N001967

1. Auflage
Deutsche Erstveröffentlichung Juli 2018

Umschlaggestaltung: UNO Werbeagentur, München
Umschlagmotiv: plainpicture / Cavan Images
Redaktion: Ulla Mothes
AG · Herstellung: Han
Satz: Uhl + Massopust, Aalen
Druck und Bindung: CPI books GmbH, Leck
Printed in the Czech Republic
ISBN: 978-3-442-31471-3
www.goldmann-verlag.de

Besuchen Sie den Goldmann Verlag im Netz

Für Isabel

PROLOG

Alex drehte sich auf dem Fensterplatz zur Seite, und sein Atem bildete Wölkchen auf der Scheibe. So was wie ein Gewitter wäre angebracht, dachte er. Blitze und rollender Donner. Stattdessen war alles ruhig. Es wurde Nacht; die Dunkelheit schob sich von Osten her auf Tokio zu, und die dicht gedrängten Gebäude verschwanden im Schatten. Er sah Smogschleier im grellen Neonlicht der Leuchtreklamen von Shibuya und Shinjuku. Der Verkehr floss wie durch Adern, und die Scheinwerfer flimmerten wie Sterne, die sich in einem Bach spiegelten. Die Flugbegleiterinnen gingen mit starrem Lächeln durch den Mittelgang und machten ihre letzten Sicherheitskontrollen, und die Fahrwerkshydraulik ließ den Boden unter ihren Füßen beben. Alex spürte seine steifen Glieder und kämpfte mit seiner ganzen Willenskraft gegen die Angst, die ihn beschlich. Er wusste, es gab kein Zurück.

Das Flugzeug legte sich auf die linke Seite und begann seinen Sinkflug. Der Boden stieg ihnen gleichmäßig entgegen. Alex suchte nach seinem Apartmentblock in der weiten Ebene voll grauer und schwarzer Gebäude, die formlos unter ihm vorüberzogen. Er wusste, seine Gegend lag im Norden, aber es gab keine Landmarken, an denen er sich hätte orientieren können, sondern nur Unmassen von Dächern und schmalen Straßen. Weiter im Süden musste die Schule liegen, an der er unterrichtete, und die Galerie, wo Naoko arbeitete, aber die Stadt war ihm immer noch nicht vertraut. Die wellige Landschaft geriet immer mehr aus dem Zusammenhang, je länger er suchte.

Die Maschine setzte sanft auf der Landebahn von Narita auf und rollte zu einem freien Platz am Nord-Terminal. Alle blieben gehorsam auf ihren Plätzen sitzen, bis das Anschnallzeichen erlosch. Dann standen alle Passagiere gleichzeitig auf, zerrten hastig ihr Handgepäck aus den Fächern und drängten sich im Gang. Alex blieb sitzen. Er hatte es nicht eilig.

Als der Gang fast leer war, stand er auf, zog die kleine lederne Reisetasche aus dem Gepäckfach über dem Sitz und ging nach vorn zum Ausgang. Er bedankte sich bei der Stewardess und trat hinaus in die Fahrgastbrücke. Die dünnen Blechwände ratterten im Wind. In Bangkok war er nicht sicher gewesen, ob er seine Tasche einchecken oder mit in die Kabine nehmen sollte. Auf der Taxifahrt zum Flughafen hatte er sich immer wieder umentschieden. Schließlich hatte er gedacht, es würde verdächtig aussehen, eine so kleine Tasche aufzugeben. Also hatte er sie behalten und war damit eingestiegen.

Er folgte den anderen Passagieren ins Hauptterminal und durch den grell erleuchteten Korridor zur Gepäckabholung. Er hatte schon im Voraus entschieden, dass es am besten wäre, dort herumzutrödeln, am Gepäckband zu stehen und den Eindruck zu erwecken, er warte mit allen anderen. Wenn er als Erster an der Passkontrolle erschiene, würde er nur Aufmerksamkeit auf sich ziehen. Er brauchte den Schutz der Menge – der Geschäftsleute, die von ihren ausschweifenden Wochenenden in Patpong zurückkamen, der westlichen Backpacker und Studenten im Sabbatjahr, der jungen Thailänderinnen, die ihre Jobs als Hostessen in den Bars von Roppongi antreten würden. Er sah eine indonesische Familie, deren Frauen allesamt gepflegte schwarze Hijabs trugen. Ihnen sollte er lieber nicht allzu nah kommen, beschloss er.

Die ersten Gepäckstücke kippten auf das Band, spärlich erst, aber dann kam eine Flut von Koffern und Reisetaschen. Die Eigentümer hoben sie herunter und stapelten sie auf ihre Gepäckwagen. Alex schloss sich ihnen an und folgte den Hinweisschildern zum Ausgang. Er trat auf das Laufband, das die Passagiere durch einen langen Korridor beförderte, und wartete. Sein Blick war in mittlere Ferne gerichtet, sein Gesichtsausruck neutral und unbekümmert. Das Laufband wurde durch verborgene Kameras überwacht; unsichtbare Flughafenmitarbeiter achteten auf Anzeichen von Unruhe und auf ungewöhnliche Körpersprache, die auf böswillige Absichten hindeuten könnte. Alex wusste, was für ein Gesicht er machen musste, damit die Japaner es nicht deuten konnten. In den sieben Monaten, die er in Tokio verbracht hatte, war er oft in Situationen gewesen, in denen es entscheidend darauf angekommen war.

Er sah sauber und gepflegt aus in Jeans, Chucks und einem karierten Button-down-Hemd, frisch gewaschen im Hotel in Thailand. Sein kurzes blondes Haar war aus dem jugendlichen, leicht gebräunten Gesicht nach hinten gekämmt. Wie alt und erschöpft er sich tief im Innern fühlte, sah man ihm äußerlich nicht an. Verglichen mit den anderen westlichen Passagieren erschien er konservativ. Viele der anderen sahen struppig und verwildert aus, als kämen sie geradewegs aus den Beach-Bars von Pattaya oder Phuket. Sie trugen immer noch ihre bunten Shorts und Sandalen, und einige waren barfuß unterwegs. Die japanischen Geschäftsleute standen zusammen in der abgestandenen Schwüle, eingesperrt in ihre dunklen Anzüge und Krawatten, und berichteten einander schuldbewusst flüsternd von ihren Erfolgen. Alex hatte gelernt, sich im Zaum zu halten; er machte den Eindruck, den er machen wollte: behaglich und entspannt. Ein alltäglicher junger Englischlehrer, der aus seinem Urlaub auf einer Ferieninsel zurückkam.

Das Laufband erreichte das Ende des Terminals, wo eine Rolltreppe in die Ankunftshalle hinunterführte. Die Wegweisertafeln über den Köpfen der Passagiere leiteten die Reisenden zu den verschiedenen Passkontrollschaltern, japanische Staatsangehörige nach links, alle andern nach rechts. Alex wandte sich nach rechts und stellte sich in die mäandernde Warteschlange, die sich langsam voranbewegte. Er empfand ein schwereloses Gefühl der Unausweichlichkeit, als wäre er körperlos. Er umklammerte die gerollten Ledergriffe seiner Reisetasche fest und wartete.

An der Spitze der Schlange blieb er mit den Zehen vor der roten Linie stehen, angespannt wie ein Turmspringer im Schwimmbad. Er blickte unbeirrt geradeaus und trat an den uniformierten Beamten heran, als der ihm winkte. Er stellte seine Tasche ab und reichte seinen Pass hinüber. Der Beamte scannte das biometrische Foto und blätterte, bis er das Botschaftsvisum fand, das hinten eingeklebt war. Seine Zungenspitze kam hervor und befeuchtete seine Lippen, als er las.

»Ihr Visum läuft demnächst ab«, stellte er fest.

Alex überlegte schnell. »Ich weiß. Ich habe bereits eine Verlängerung beantragt.«

»Das ist ein Problem. Es ist nicht gestattet, Japan mit einem Visum zu verlassen, das weniger als sechs Wochen gültig ist.«

Der Beamte schwieg einen Moment lang, betrachtete das Für und Wider der Situation und rief dann seinen Vorgesetzten. Alex spürte, wie das Blut in seinen Ohren zu pochen begann.

»Sie heißen?«, fragte der Vorgesetzte und warf einen Blick auf die Ausweisseite des Passes.

»Alex Malloy.«

»Alter?«

»Sechsundzwanzig.«

»Sie wohnen in Tokio?«

»Ja. In Koenji.«

»Ihre Adresse?«

»3-1-3 Fujimicho, Zimmer neun.«

»Wo arbeiten Sie, Mr Malloy?«

»An der Excelsior School in der Shinjuku Dori.«

»Warum kommen Sie heute allein zurück?«

Alex zögerte. »Ich verstehe nicht ganz«, sagte er.

Der Vorgesetzte deutete auf den Computer vor ihm. Das Display war für Alex unsichtbar.

»Sie haben für den heutigen Flug zwei Plätze gebucht, einen auf Ihren Namen und einen auf den Namen Naoko Yamamoto. Warum ist sie nicht mitgekommen?«

»Wir … wir haben uns gestritten. Sie hat beschlossen, allein zurückzufliegen.«

»Worüber haben Sie gestritten?«

Alex überlegte kurz, was er antworten sollte. »Über das Wetter«, sagte er schließlich.

Der Vorgesetzte warf einen Blick an Alex vorbei auf die lange Warteschlange, die sich bis zur hinteren Wand der Halle staute. Die nächste Maschine war gelandet, und die Passagiere strömten über die Rolltreppen am anderen Ende herunter. Er klappte den Pass zu und reichte ihn über die Theke.

»Beim nächsten Mal lassen Sie sich den Wiedereinreisestempel geben, bevor Sie abfliegen.«

Alex zwang sich, seine Erleichterung nicht sichtbar werden zu lassen. Er nickte zum Zeichen dafür, dass er verstanden hatte, schob den Pass in die Gesäßtasche und hob seine Reisetasche auf. Dann ging er auf die Tische der Zollabfertigung zu, die zwischen den Fluggästen und der Außenwelt standen. Durch die Glastüren des Ausgangs sah er die Barriere, hinter der erwartungsvolle Familien neben gelangweilten Chauffeuren standen, die geduldig Papptafeln mit handgeschriebenen Namen hochhielten.

Er schaute an der Reihe der Zolltische entlang, suchte den mit der kürzesten Schlange und entschied sich für den letzten. Vier Zollbeamte durchsuchten dort einen Koffer, der offen auf dem Tisch lag. Ein australisches Ehepaar schaute verlegen zu, wie Kleider und Unterwäsche inspiziert wurden. Die Zöllner winkten neue Passagiere durch, die sich hier anstellten, weil sie nicht wollten, dass die Menge, die sich zum Ausgang schob, ins Stocken geriet. Alex mischte sich unter die Leute und ging an dem Tisch vorbei.

Er war noch zehn Meter vom Ausgang entfernt, und kühle Luft strich über seine Haut, als der Hundeführer hinter ihm vorbeikam. Aus den Augenwinkeln sah er, wie der Deutsche Schäferhund einen neugierigen Blick in seine Richtung warf und prüfend schnüffelte. Die feuchte Nase am Ende der langen Schnauze zuckte. Alex blieb in Bewegung. Draußen vor dem Ausgang umarmten Leute ihre Lieben und gingen dann durch die Ankunftshalle zum Bahnsteig des Expresszugs, der sie in die Stadt bringen würde. Alex ging mit zügigen Schritten auf sie zu, die Tasche in der Hand, den Kopf erhoben, den Blick fest auf die Außenwelt gerichtet. Der Hundeführer ließ die Leine abrollen, damit der Hund seinem Instinkt folgen und sich der Witterung nähern konnte. Alex hörte das leise Winseln, als der Hund näher kam und sich dann zähnefletschend und mit gesträubtem Nackenfell an der straff gespannten Leine auf die Hinterbeine erhob.

Der Hundeführer blieb stehen und lehnte sich zurück, um den knurrenden Hund zu halten. Alex blieb wie erstarrt stehen und sah mit Entsetzen, wie der Schäferhund anfing zu bellen, leise und heiser zuerst, aber dann laut genug, um das ganze Gebäude zittern zu lassen.

1

»Komm«, sagte Hiro. »Ich zeige dir das andere Japan.«

Sie stiegen aus und gingen an den Hochbahngleisen entlang vorbei am Bahnhof Shinjuku. Es war Freitagnacht, fast ein Uhr morgens, und die Regenzeit hatte begonnen. Aus den Wolken, die seit Tagen drohend über der Stadt hingen, strömte der Regen, und der nasse Asphalt dampfte. Alex zog den Kragen seines Regenmantels zusammen und hielt sich die Aktentasche schützend über den Kopf, als sie die Kreuzung überquerten und weiter nach Kabukicho hineingingen. Die Straßen waren voll von Plastikregenschirmen, die durch den unausweichlichen Rotlichtbezirk mit seinen Spielhallen und verborgenen Eingängen schwebten. Seltsame Gesichter und seltsame Laute kreisten umeinander in Wirbeln, die das Auge täuschten.

Wolfsäugige Typen lauerten an den Straßenecken wie Gauner aus einem Comic-Heft und warteten auf die Gelegenheit, jungen Mädchen aus den Scharen nachzustellen, die um sie herumwimmelten. Sie streckten die Hände aus und packten die Mädchen bei den Armen, wenn sie ihnen zu nahe kamen. Welch verlockende Angebote sie ihnen zuraunten, konnte Alex nicht verstehen. Der geübte Gesichtsausdruck, den die Mädchen allesamt zur Schau trugen, sollte besagen, dass sie schon alles gesehen hatten und sich langweilten und dass die Welt ihnen nichts Neues zu bieten hatte.

Sie alle beobachteten Hiro Ozawa, als er vorbeikam, herrisch im Schutz seines schwarzen Regenschirms. Er trug einen dunklen Anzug und einen französischen Hemdkragen unter seinem Kaschmirmantel. Seine handgenähten Schuhe glänzten spiegelblank im Licht der Spielhallen. Er war stilvoll elegant, und sein Auftreten wirkte überlegen, als wisse er, dass dem Leben nichts anderes übrigblieb, als herauszurücken, was er haben wollte. Genauso war es bei den anderen Brokern und Tradern, mit denen er zusammenarbeitete; ihre zufriedene Ausstrahlung konnte von Fremden irrtümlich als Arroganz gedeutet werden. Alex fragte sich in letzter Zeit, wie groß dieser Irrtum tatsächlich war.

Sie gingen unter den riesigen Videodisplays entlang, die vor den Kaufhäusern hingen, und weiter in das Labyrinth der Seitenstraßen, wo man nigerianischen Banden Schmiergelder zahlte, um die Eingangstüren zu sichern. Hiro blieb vor einer Bar mit tanzenden Mädchen stehen und schaute zu dem Schild über dem Eingang hinauf.

»Das ist der Laden«, sagte er.

Alex spähte an den rosa und gelben Lampions über dem Fenster vorbei. Das Lokal war voll von schmuddelig aussehenden älteren Männern, die den im grellen Scheinwerferlicht tanzenden Mädchen zuschauten.

»Kommt nicht infrage«, sagte Alex. »So was hier vermeide ich grundsätzlich.«

Hiro legte ihm einen Arm um die Schultern und schob ihn weiter. »Wenn dir diese Bar nicht gefällt – ich kenne noch eine andere, ganz in der Nähe. Da kannst du gegen Bezahlung zusehen, wie zwei Mädchen einander in einem Spiegelzimmer ficken. Was ist los mit dir, *gaijin*?«

Alex sah die verstohlenen Blicke, die ihm die Türsteher ringsum zuwarfen. Sie funkelten ihn mit der finsteren Miene an, die sie für alle Ausländer reserviert hatten – für die *gaijin*, die sie mit unverhohlener Verachtung behandelten. Von den halbseidenen Bewohnern Kabukichos erwartete Alex nichts anderes, aber bei einem alten Freund war es schwer zu akzeptieren. Er schüttelte Hiros Arm ab, und er konnte den Alkohol in seinem Atem riechen.

»Wenn du so was unternehmen willst, kannst du es allein tun«, sagte er.

Hiro tat gekränkt. »Wie oft kriege ich dich in letzter Zeit zu Gesicht, Alex? Warum bist du immer so stur? Ich bin wenigstens ehrlich zu dir. Wenn ich mit dir zu einem dieser anderen Läden ginge, würdest du es erst merken, wenn du schon drin bist.«

»Keine Sorge«, sagte Alex. »Ich rieche sie auf fünfzig Schritt.«

Um sie herum wimmelten Gruppen von Büroangestellten, die noch auf einen letzten Drink aus waren, bevor der Zugverkehr für die Nacht eingestellt würde. Alex begriff, dass sein Freund nicht aufgeben würde, aber er konnte ihn nicht betrunken alleinlassen. Er sah Hiro an, ohne eine Miene zu verziehen.

»Ruf Naoko an«, sagte er.

»Naoko?« Hiro sprach den Namen aus, als täte er es zum ersten Mal. »Warum soll ich *sie* anrufen? Sie bringt mich um, wenn sie erfährt, dass ich in so einer Gegend bin.«

Auf diese Reaktion hatte Alex gehofft. Entweder sie gingen in eine etwas weniger schmuddelige Gegend, oder er würde Naoko doch noch zu sehen bekommen.

»Ich mache dir ein Angebot«, sagte er. »Wir gehen zurück nach Golden Gai und trinken dort was, oder du rufst Naoko an und sagst, sie soll herkommen. Dann gehen wir rein, und ich spendiere dir so viele Drinks, wie du willst.«

Hiros Gesichtsausdruck blieb unverändert, aber Alex sah, wie seine Gehirnzellen arbeiteten. »Sie wird niemals herkommen. Nie im Leben. Außerdem bist du nicht ihre Schuhgröße.« Dann fiel ihm noch etwas ein. »Und sie ist *jaja uma.*«

Alex zog die Stirn kraus. »Was ist *jaja uma*?«

Hiro lächelte wissend. »Glaub mir, das möchtest du gar nicht herausfinden.«

Alex tat einen Schritt nach vorn. »Na los, Hiro. Ruf sie an und sag ihr, ich bin hier. Dann werden wir sehen, ob sie herkommt.«

Die Herausforderung schwebte einen Moment lang zwischen ihnen. Hiro öffnete den Mund, um Einwände zu erheben, aber dann überlegte er es sich. Er hob die Hand, als wäre es ein leichter Sieg, und zog sein Telefon aus der Tasche.

»Wie du willst, *gaijin*«, sagte er. »Wie du willst.«

Sie schüttelten ihre nassen Mäntel aus und setzten sich an einen Tisch in einer Nische nahe der Bühne. Ein paar Mädchen kreisten asynchron in einer Reihe über ihnen, und bunte Spots färbten ihre Gesichter. Rauch kräuselte sich in dicken Schwaden unter der Decke. Hiro rief die Kellnerin und bestellte zwei Whisky Sour. Die Kellnerin trug einen String-Tanga und High Heels, die sie nicht unter Kontrolle hatte. Alex ließ sich gegen das verschlissene Samtpolster sinken und sah sich um. Das Lokal musste einmal trendig und dekadent ausgesehen haben, aber jetzt war alles nur noch schäbig und trist. Als die Kellnerin ihnen ihre Drinks auf den Tisch stellte, hielt Hiro ihr für die Viertausend-Yen-Order einen Zehntausend-Yen-Schein entgegen. Sie beugte sich vor, um das Geld zu nehmen, und er legte eine Hand hinten an ihren Schenkel und strich bis hinauf zu ihrem Hintern. Er flüsterte ihr etwas ins Ohr, das Alex wegen der Musik nicht verstand. Die Kellnerin schob seine Hand weg und wich zurück. Sie sah aus, als wolle sie ihn ohrfeigen, aber Hiro machte ein unschuldiges Gesicht, als sei alles nur ein Versehen gewesen. Als sie sich wieder vorbeugte, schob er seine Hand noch einmal an ihrem Bein nach oben und ließ sie dort. Schließlich riss sie ihm den Geldschein aus den Fingern und ging mit müder Resignation davon. Hiros Blick folgte ihr bis an die Bar.

»Verdammt, wieso hast du das getan?«, schrie Alex durch die Musik.

Hiro lachte. »Ich habe ihr nur gesagt, ich wolle für das Trinkgeld einmal anfassen. Sie ist ganz zufrieden.«

»Ich hatte keine Ahnung, dass du so ein Lustmolch bist. Erst jetzt, da ich es mit eigenen Augen sehe.«

»Was dachtest du? Dass ich meine Zeit damit verbringe, Haikus zu schreiben und Teezeremonien zu veranstalten?«

Alex rührte mit dem Plastikstrohhalm in seinem Drink. »Das klingt, als würde es mehr Spaß machen. Ich bin sicher, die Kellnerin sieht das genauso.«

»Du hast solche Nächte in der Stadt geliebt, als wir Studenten waren.«

»Das ist lange her. Du kannst jemanden nicht so behandeln, nur weil du betrunken bist. Nicht alles, was du siehst, ist zu verkaufen.«

Hiro lachte und warf hochmütig den Kopf in den Nacken. »Wieso soll ich mir von dir eine Lektion in Moral erteilen lassen? Deine Bilanz ist auch nicht gerade makellos. Du bist der einzige Anwalt, den ich kenne, dem die Zulassung entzogen wurde.«

Alex versuchte, diese Beleidigung mit einem Lächeln hinzunehmen. Aber was Hiro sagte, war natürlich die Wahrheit. »Deshalb musste ich ins ferne Japan kommen«, sagte er. »Ich brauchte den Abstand, um mich von diesem speziellen Ruhmesblatt zu befreien. Hier bin ich kein gescheiterter Anwalt. Hier bin ich Bildungsexperte.«

Einen Augenblick lang genoss Hiro die Qualen seines Freundes. »Ich weiß immer noch nicht, wie es dazu kommen konnte. Ich meine, wie kann ein Absolvent einer der besten juristischen Fakultäten Londons seinen Job verlieren und als Englischlehrer in Tokio landen?«

Alex nippte an seinem Cocktail und verzog das Gesicht. Hiro hatte sie stark bestellt.

»Ich weiß es nicht«, sagte er. »Ich nehme an, ich bin einfach ein Glückspilz.«

»Es muss doch eine ernste Sache gewesen sein. Man entzieht einem Anwalt nicht ohne Grund die Zulassung.«

»Was immer passiert ist, ich habe es in London zurückgelassen. Vergiss nicht, du hast versprochen, es für dich zu behalten. Ich will nicht, dass mein schlechter Ruf mir folgt.«

»Sicher bist du deshalb jetzt immer so vernünftig. Und betrinkst dich nie mehr.«

»Aber ich *bin* betrunken«, sagte Alex.

»Man merkt es dir nicht an. Du benimmst dich nicht wie ein Betrunkener.«

Alex zuckte die Achseln. »Ich reiße mich eben zusammen.«

Hiro beugte sich über den Tisch. »Man kann sich nicht ständig zusammenreißen, *gaijin*.«

Beide schwiegen eine Zeitlang. Hiro sah zu, wie die Mädchen

sich auf der Bühne bewegten, und sein Blick huschte gierig von einer zur anderen. Damals in London, als sie sich kennengelernt hatten, dachte Alex, war er ganz anders gewesen. Ein stiller und ruhiger junger Mann, beinahe introvertiert – bevor ihm klargeworden war, dass er auf der Siegerseite des Lebens angekommen war. Die neuen Regeln hatte er schnell gelernt, und er hatte kapiert, dass Geld Macht bedeutete. Jetzt schien es, als sei er von seinen Begierden beherrscht. Je mehr er bekommen konnte, desto mehr wollte er haben. Es wurde immer schwerer, diese Person in dem teuren Anzug mit dem Bücherwurm in Einklang zu bringen, den Alex als Student kennengelernt hatte. Aber es war nur natürlich, dass die Dinge sich änderten. Wahrscheinlich ging es irgendwann allen Freunden so, dachte er. Die kleinste Erinnerung an die letzten paar Monate in London genügte, um in Alex die Sehnsucht nach dem alten Hiro zu wecken. Das Letzte, was er in Tokio gebrauchen konnte, war noch mehr Chaos.

Er sah zu, wie sein alter Freund sein Cocktailglas leertrank und der Kellnerin winkte, damit sie ihm ein neues brachte. Bald darauf war auch das leer, und das dritte stand vor ihm. Der Alkohol machte seine Züge schlaff, und als Gesellschaft taugte er kaum noch. Alex fragte sich, was er hier beweisen wollte, und er versuchte wohlweislich nicht mitzuhalten. Seine unberührten Gläser sammelten sich vor ihm auf dem Tisch. Er sah zu, wie das Eis darin schmolz, und er wartete.

Hiro sah Naoko als Erster. Alex bemerkte die Veränderung seines Gesichtsausdrucks; er presste die Lippen zusammen, blickte auf und starrte durch die Bar. Sie stand im Eingang und wartete, bis ihre Augen sich an das Halbdunkel gewöhnt hatten, während sie den Mantel auszog.

Sie war groß für eine Japanerin und hatte gerade Schultern und schmale Hüften. Ihre Haltung war aufrecht und von eleganter Balance, und sie hatte ein zartes Gesicht, aber kraftvolle Züge. Ihre Augen waren asiatisch geschnitten und schmal, und ihr blauschwarzes Haar reichte fast bis zur Taille herunter. Der eine Mundwinkel war ein bisschen schief nach oben gewandt, als habe das Leben etwas an sich, das sie unaufhörlich faszinierte. Sie trug das grüne Kleid, das sie an dem Abend angehabt hatte, an dem sie das erste Mal zusammen ausgegangen waren, und ein Seidentuch lag auf ihren Schultern. Als sie herankam, funkelten ihre Augen wild im Flackerlicht. Alex wusste, dass die meisten japanischen Frauen vor Scham tot umfallen würden, bevor sie allein eine Bar in Kabukicho betraten, aber sie hielt sich tapfer und ließ sich nichts anmerken, als die Männer im Dunkeln sich nach ihr umdrehten.

Sie setzte sich zu ihnen, und Alex fühlte, wie sie dabei unter dem Tisch seine Hand berührte. Sie bestellte sich einen Wodka Tonic.

»Schön, dich wiederzusehen, Naoko«, sagte Alex.

»Gleichfalls«, sagte sie höflich, als begrüße sie einen alten Freund. Dann drehte sie sich zu Hiro um und bemerkte sofort, wie betrunken er aussah. »Hier trinkst du dich also nachts um den Verstand, während deine kranke Mutter darauf wartet, dass du sie besuchst?«

»Bitte, Naoko«, sagte Hiro. »Du bist gerade erst gekommen und fängst schon Streit an? Es ist doch nicht meine Schuld, dass du sie jeden Tag besuchst. Du setzt mich in ein schlechtes Licht.«

Sein Ton war flehentlich, aber Alex sah, dass sie nicht die Absicht hatte, sich davon beeindrucken zu lassen.

»Ich besuche sie nicht jeden Tag«, sagte sie. »Nur oft genug, um sicher zu sein, dass es ihr gut geht. Sie redet immer nur von ihrem kostbaren Sohn. Und wo finde ich dich?«

Hiro sah Alex an. »Meine Mutter sagt, ich bin ein schlechter Sohn und ein schlechter Mensch. Sie wünscht, sie hätte Naoko als Tochter.«

»Ich bin für sie da, wenn sie mich braucht«, sagte Naoko.

Hiros Blick wurde finster. »Wenn meine Mutter dächte, ich würde dann angelaufen kommen, wäre sie immerzu krank. Aber sie will nur darüber reden, wie sehr ihr beide die Männer hasst.«

Naoko sah ihm ins Gesicht. »Wie sehr wir Männer wie dich hassen.«

Es blieb lange still. Naokos Worte wirkten immer härter, je länger sie unbeantwortet blieben.

Hiro wandte sich an Alex. »Ich habe ja gesagt, sie ist *jaja uma.*«

Naoko wurde rot vor Wut. »Nenne mich nie wieder so.«

»Warum nicht?« Hiro grinste. »Wir wissen beide, dass es stimmt.«

Er trank sein Glas aus und stellte es auf den Tisch. »Es macht keinen Spaß hier mit dir, Naoko. Überhaupt keinen Spaß.« Er stand auf und ging mit verletzter Miene und unsicherem Schritt davon, vorbei an der Bühne und hinaus auf die Straße.

Alex sah ihm nach. »Ich wusste, das war keine gute Idee.«

»Es war deine Idee, mich anzurufen und zu fragen, ob ich komme«, sagte Naoko.

»Ich meine, in so ein Bumslokal zu gehen.« Er deutete mit einem Handwedeln auf die schmierige Umgebung. »Er hat sich schon komisch benommen, kaum dass wir hier waren. Manchmal denke ich, für ihn ist alles nur Show.«

»Oh, im Grunde seines Herzens ist er ein richtiges Muttersöhnchen. Er spielt den Harten, aber lass dir nichts vormachen. Er wird alles vergessen haben, wenn er zurückkommt.«

Alex schaute zur Tür. »Ich glaube, er kommt nicht zurück.«

Sie nahmen ihre Mäntel und verließen die Bar. Durch die engen Straßen gingen sie auf die Lichter von Shinjuku zu. Vor den Massagesalons boten die Mädchen flüsternd ihre Dienste an. Alex rief Hiro an, aber der meldete sich nicht. Er sah Naoko an, dass sie wusste, sie war zu weit gegangen, aber jetzt war sie zu stolz, um es zuzugeben. Sie fanden ihn im Durchgang zwischen zwei Gebäuden abseits des Hauptplatzes. Er schlief in einem Hauseingang, den Mantel fest um sich gezogen. Alex beugte sich hinunter und versuchte, ihn zu wecken, aber Hiro rührte sich nicht. Naoko blieb stehen und schaute ihn an. Sie weigerte sich, Mitgefühl zu zeigen.

»Wir können ihn nicht hierlassen«, sagte Alex.

»Von mir aus kann er hier verfaulen.«

»Das meinst du nicht ernst. Er ist mein Freund. Ich muss ihn nach Hause bringen.«

Naoko überlegte kurz. »Seine Mutter wohnt näher. Wir können ihn zu ihr bringen. Sie wird sich freuen, ihn zu sehen. Sogar in diesem Zustand.«

Alex richtete sich auf und klopfte sich den Schmutz von den Händen. »Meinst du, das ist eine gute Idee?«

»Warum nicht?«, fragte sie. »Zumindest eine ist dann glücklich.«

Sie winkten ein Taxi heran und nahmen Hiro zwischen sich. Sein Kopf nickte sanft, als sie über die Ampelkreuzungen auf die Schnellstraße fuhren. Sie folgten ihr ostwärts in Richtung Asakusa und überquerten den Sumida-Fluss. Der Fahrer bog in eine Nebenstraße ein, die von verlassenen Lagerhäusern und zugewucherten Brachen gesäumt war. Naoko bezahlte, und Alex zog Hiro aus dem Taxi und ließ ihn wie eine tote Last auf den nassen Bordstein sinken.

Sie waren vor einem grauen Wohnblock mit zwölf Apartments über einem Lebensmittelladen und einer durchgehend geöffneten Wäscherei angekommen. Neben dem Eingang standen zwei defekte Verkaufsautomaten gegeneinandergekippt in einer Wasserpfütze. Einen Aufzug gab es nicht, nur eine rostige Feuertreppe, die auf der einen Seite im Zickzack nach oben führte. Alex zog sich Hiros Arm über die Schultern, schleppte ihn die Treppe bis zum Absatz hinauf und lehnte ihn an die Tür. Naoko läutete und winkte ihn zurück zur Treppe, damit er dort wartete. Hiros Mutter war alt und hatte Angst vor Ausländern, sagte sie. Licht leuchtete hinter den Fenstern auf, als er zum Treppenabsatz zurückging. Es regnete jetzt stark. Nach ein paar Minuten kam Naoko heraus und schloss die Tür leise hinter sich. Sie stiegen die Feuertreppe hinunter, und Naokos Absätze ließen die Metallstufen dröhnen.

»Er schläft«, sagte sie. »Aber seine Mutter pflegt ihn gern.«

»Klingt gut«, sagte er. »Ich wünschte, ich hätte auch jemanden, der mich pflegt.«

»Du bist auch betrunken, nicht wahr?«

»Ich? Mir geht's gut.«

»Du musst ein bisschen betrunken sein. Darum hast du Hiro

gebeten, mich anzurufen. Darum gehst du verrückte Risiken ein.«

»Du bist gekommen und hast dich mit mir getroffen«, sagte er. »Du gehst die gleichen Risiken ein wie ich.«

Naoko spannte ihren Schirm auf und trat unter dem Schutz der Treppe hervor. Dicke Regentropfen rollten zitternd über den Stoff. Sie hielt den Schirm schräg, um sich zu vergewissern, dass niemand sie aus dem Fenster über ihnen beobachtete. Dann gingen sie zur Straße.

»Hiro wird jetzt auf jeden Fall vermuten, dass etwas im Gange ist«, sagte sie.

»Warum erzählst du es ihm nicht einfach? Es geht jetzt lange genug. Ich habe nicht gern Geheimnisse vor meinen Freunden.«

Naoko zuckte die Achseln. »Er hat Geheimnisse. Du hast Geheimnisse.«

»Zum Beispiel?«

»Zum Beispiel, warum du in Wirklichkeit in Tokio bist? Zum Beispiel, wer du in Wirklichkeit bist.«

Alex zuckte die Achseln. »Ich bin nur ein Englischlehrer.«

»Hiros andere Freunde aus London sind allesamt Banker oder Börsenmakler. Warum du nicht?«

»Du bist so clever. Willst du nicht einfach raten?«

Naoko ließ den Regenschirm über ihr langsam kreisen. »Ich glaube, du läufst weg.«

Alex lachte nervös. »Wovor soll ich weglaufen?«

»Ich weiß es nicht. Vor etwas, das niemand wissen soll. Vielleicht ist es etwas Schlimmes. Etwas Spannendes.«

Zumindest hatte Hiro Wort gehalten, dachte Alex. Sie wusste offensichtlich nichts. »Ich wünschte, ich könnte dir eine gute

Geschichte erzählen«, sagte er. »Wirklich. Aber ich verstehe immer noch nicht, weshalb du Hiro nicht von uns erzählen willst.«

»Vertrau mir«, sagte sie. »Es ist so besser für uns beide. Du bist nur kurze Zeit hier. Dann gehst du zurück nach London, und ich muss allein hierbleiben. Deshalb ist es am besten, sich nicht allzu eng zu binden.«

Sie sagte es in ihrem gewohnten nüchternen Ton, aber Alex spürte die Herausforderung hinter ihren Worten. Gern hätte er geantwortet, sie irre sich, er könne nie mehr zurückgehen, selbst wenn er wollte. Aber er durfte nichts sagen, was er später bereuen könnte. Manche Dinge blieben besser unausgesprochen.

»Mich im Schatten zu verstecken ist eigentlich nicht meine Art«, sagte er. »Es gefällt mir einfach nicht.«

Naoko blieb stehen und zog ihn zu sich unter den Schirm. »Außer wenn es dir passt.«

Im Schutz des Schirms trat sie näher an ihn heran und wischte ihm mit zarten Fingern die Regentropfen aus dem Gesicht.

»Na komm. Es ist Freitagabend, und ich hatte eine arbeitsreiche Woche. Ich habe Hunger. Du kannst mir ein spätes Essen spendieren.«

2

Es war nach zwei. Das Restaurant war leer, aber trotz der späten Stunde noch geöffnet. Der Eigentümer saß allein auf einem Schemel im Eingang und las die Rennzeitung. Eine alte Hundedame lag zusammengerollt vor seinen Füßen und beobachtete die Regenschleier, die von der Segeltuchmarkise herunterprasselten. Der Wirt schien sich darüber zu freuen, dass er so spät noch Gäste hatte. Er führte sie zu einem Tisch am Fenster und verbeugte sich, bevor er Naoko einen Stuhl zurechtrückte. Sie setzte sich und zündete sich eine Zigarette aus einer Packung »Seven Stars« an. Tief über den Tischen hingen rote Papierlaternen, und die Wände waren mit Flugblättern tapeziert, die bevorstehende Kämpfe in der *sumo*-Halle ankündigten. Der Geruch von gerösteten Gewürzen und Ruß hatte sich ins Mobiliar gefressen. Der Wirt zündete den Gasbrenner in der Mitte des Tisches an und brachte ihnen Teller mit mariniertem Fleisch und Gemüse sowie eine Schüssel *kimchi*. Naoko bestellte einen Krug Bier und schenkte zwei Gläser ein. Dabei hielt sie den Krug so hoch, dass der Schaum übersprudelte und auf den Tisch lief. So trank man in Tokio, erklärte sie. Sieben Teile Bier zu drei Teilen Schaum.

Alex schaute auf die verlassene Straße hinaus. Unkraut wuchs aus den Rissen im Asphalt, und die alten Gebäude waren kurz davor einzustürzen.

»Ich hatte keine Ahnung, dass Hiros Mutter in so einer Gegend wohnt. Das hatte ich mir ganz anders vorgestellt. Ich dachte immer, er ist in einem Luxuswohnblock in Shirokane aufgewachsen – oder so ähnlich. Diesen Eindruck hat er auf mich immer gemacht.«

»Er möchte auch, dass du das denkst. Aber das hier ist die Wahrheit. Wir sind beide von hier. Meine Eltern haben in der Wohnung über Hiros Mutter gewohnt, bis sie nach Tachikawa hinausgezogen sind, um Ruhe und Frieden zu finden. Hiro und ich waren zusammen auf derselben Highschool. Ich kenne ihn schon mein ganzes Leben lang.«

»Eine solche Freundschaft gibt es nur selten. In London ziehen die Leute ständig um; deshalb ist es schwer, in Verbindung zu bleiben.«

»Glaub mir, in Tokio kommt es noch seltener vor. Hier hat man das Gefühl, man habe niemals jemanden wirklich gekannt.«

»Es erklärt immerhin, warum er so entschlossen ist, Geld zu machen.«

Naoko beförderte mit den langen Stäbchen die Rindfleischstreifen auf den Grill. In der Hitze waren sie sofort scharf angebraten, und Naoko legte sie auf die Teller.

»Als Kind hatte er es nicht leicht. In der Schule musste ich ihn vor dem Gerede über seine Familie beschützen. Die Schüler in seiner Klasse waren ziemlich grausam. Sein Vater verschwand, als er noch ganz klein war. Seine Mutter erzählte ihm, er sei gestorben, um ihm die Schmach des Verlassenen zu ersparen. Damals gab es nicht einmal ein Wort für ›alleinerziehende Mutter‹. So etwas war unerhört. Als er auf dem College war, stellte er fest, dass sein Vater noch lebte und in einer Kleinstadt außerhalb von Tokio wohnte. Er hatte nur keine Frau und keinen Sohn mehr haben wollen. Hiro versucht dauernd, seine Mutter dazu zu bewegen, von hier weg- und in eine komfortablere Wohnung zu ziehen, besonders jetzt, da sie alt wird. Aber sie will nicht weg von hier. Es ist, als müsste sie hierbleiben und sich bestrafen bis zum bitteren Ende.«

»Davon wusste ich nichts.«

»Es ist mir ein Rätsel, worüber Männer sprechen, wenn sie allein sind.«

»Da gibt es kein Rätsel. Wir vermeiden nur jegliches Persönliche. Das ist alles.«

Naoko nahm einen Bissen und kaute sorgfältig. »Wie ist es denn bei dir? Wie ist deine Familie?«

»Ganz anders. Wir waren einfach normal, glaube ich. Meine Eltern waren Lehrer, alle beide. Sie sind inzwischen pensioniert.«

»Sie müssen stolz auf dich sein. Du folgst ihnen im Beruf der Familie.«

Alex schaute auf die Tischplatte. »Das würde ich nicht gerade sagen.«

Als er zu Ende gegessen hatte, spießte er seine Stäbchen in den Rest Reis in seiner Schale. Naoko langte über den Tisch und zog sie wieder heraus.

»Das solltest du nicht tun«, sagte sie. »Es bringt Unglück. Es bedeutet, jemand ist gestorben.«

»Verzeihung. Das wusste ich nicht.«

Sie lächelte, und ihre Augen glänzten im mattroten Licht. »Das ist so englisch an dir. Dauernd tut dir etwas leid. Ich glaube, sich zu entschuldigen ist ein Nationalsport in England.«

»Und Shopping ist ein Nationalsport in Japan.«

»Höchstens Schaufensterbummeln«, antwortete Naoko. »Außerdem habe ich beschlossen, keine Japanerin mehr zu sein. Ich werde etwas anderes sein. Etwas, das ich mir aussuche.«

»Was denn? Du kannst dir deine Nationalität nicht aussuchen.«

»Warum nicht? Ich glaube, ich werde die Republik Naoko sein. Sogar mit einer eigenen Flagge.«

»Ein Ein-Personen-Land? Das klingt einsam, finde ich.«

»Eigentlich nicht. Ich werde Einsamkeit verbieten. Das kann ich, weil ich Präsidentin bin. Präsidentin auf Lebenszeit.«

Alex nahm einen Schluck Bier. »Deine Republik, deine Gesetze.«

Als sie fertig waren, bezahlten sie die Rechnung und dankten dem Wirt, bevor sie hinausgingen. Draußen parkte eine Reihe von Taxis an einem Halteplatz. Die Fahrer hatten sich Zeitungen auf das Gesicht gelegt, um die Straßenbeleuchtung abzuhalten, und schliefen.

»Kommst du mit zu mir?«, fragte Naoko.

»Möchtest du das?«

»Natürlich. Aber du musst früh wieder gehen.«

»Warum?«

Sie schaute auf ihre Schuhspitzen hinunter. »Herr Kimura kommt morgen früh vorbei.«

»Schon wieder?«

»Er ist mein Boss, Alex. Da kann ich nicht Nein sagen. Er will nur ein paar Unterlagen vorbeibringen. Er ist harmlos. Alt und einsam, und er sucht ein bisschen Gesellschaft.«

»Ich bezweifle, dass er so harmlos ist, wie du glaubst.«

Naoko klopfte ans Fenster des vordersten Taxis. Der Fahrer

schrak aus dem Schlaf und rieb sich die Augen. Sein Kragen war verrutscht. Naoko klappte ihren Schirm zu und hielt die Wagentür auf.

»Kommst du jetzt mit oder nicht?«

Alex bezahlte das Taxi, und sie gingen die Treppe zum Eingang ihres Hauses hinauf. Im Entree warf Naoko einen Blick in den Briefkasten, aber der war leer bis auf ein paar Reklamebriefe und einen Flyer von einer neuen Pizzeria. Sie drückte auf den Knopf am Lift, und sie fuhren zusammen hinauf in den zwölften Stock. Sie öffnete ihre Wohnungstür behutsam, um die Nachbarn nicht zu wecken, und in der Diele streiften sie beide ihre Schuhe ab.

»*Tadaima*«, sagte Alex in die dunkle Wohnung hinein. »Wir sind zu Hause.«

»*Okaeri nasai.* Willkommen zurück.« Naoko ging in die Küche und knipste das Licht an.

Das Apartment hatte Fenster auf drei Seiten. Für Tokioter Verhältnisse war es groß, und es bot einen Blick über die Dächer von Mejiro. Die Wände waren weiß, die Möbel hell, die Decke hoch, und es gab einen verglasten Balkon. Ein langes stählernes Bücherregal teilte den Raum in der Mitte – das Schlafzimmer auf der einen Seite, Wohnzimmer und Kitchenette auf der anderen. Naoko holte eine Flasche Pflaumenwein aus dem Kühlschrank. Sie bewegte sich so lautlos wie möglich.

»Schleichst du hier immer so herum?«, fragte Alex. »Oder nur, wenn ich da bin?«

Sie schenkte zwei Gläser ein und reichte Alex das eine. Sie beobachtete ihn über den Rand hinweg, als sie an ihrem Wein nippte. »Du weißt, wie meine Nachbarn sind. Sie schauen mich im Hausflur sowieso schon schief an. Wenn sie dächten, ich hätte hier einen Ausländer, würde das ganze Haus über mich tratschen. Außerdem kennt Herr Kimura den Verwalter. Deshalb habe ich den Mietvertrag bekommen. Wenn er es herausfände, bekäme ich große Schwierigkeiten.«

»Ich weiß nicht, wie du es aushältst, so zu leben. Eingesperrt in einem goldenen Käfig.«

»Tja, nicht jeder möchte leben wie du«, sagte Naoko.

»Und wie lebe ich?«

Sie trank noch einen Schluck *ume-shu* und lächelte ihn scherzhaft an. »Wie ein Landstreicher.«

Im Wohnzimmer hing ein neues Bild an der Wand über dem Sofa, ein großer gerahmter Siebdruck in Rot und Schwarz. Er zeigte eine junge Japanerin, die heiter und gelassen von der Leinwand herunterblickte. Ihr Körper war zu einer unmöglichen Yogastellung verdreht: Sie stand nackt auf einem Bein und hatte den anderen Fußknöchel in den Nacken gelegt. Eine brennende Zigarette ragte aus ihrer Vagina.

Alex blieb schweigend davor stehen und betrachtete es aufmerksam. Naoko ließ sich auf dem Sofa nieder und zog die Füße unter sich.

»Gefällt es dir?«, fragte sie. »Es ist ein Druck aus der neuen Ausstellung in der Galerie. Der Künstler heißt Masakazu. Ich kenne ihn schon lange. Er hat es mir geschenkt.«

»Ich weiß nicht genau, ob ich es verstehe«, sagte Alex.

»Ich glaube, da gibt's nicht viel zu verstehen.«

»Hat es einen Titel?«

Naoko lächelte wissend. Sie ahnte, wie er reagieren würde. »Es heißt *Fünfzig Ansichten des Berges Fuji im Regen.*«

»Wow«, sagte er. »Natürlich.«

»Du darfst nicht so abschätzig sein, Alex. Das ist mein Beruf. Ich muss daran glauben, wenn ich erfolgreich sein will.«

»Die hier sind mir lieber«, sagte er und zeigte auf zwei kleine Fotos, die im Bücherregal standen. Sie zeigten bunte Blumenarrangements in einer Wüstenlandschaft. Ein paar Schneeweiden vor einem Hintergrund aus dunklem Vulkansand und eine Schale mit Kamelien auf einer elfenbeinweißen Düne. Im Himmel über beidem kräuselten sich Wolkenfetzen.

»Sie gefallen dir?«, fragte Naoko.

»Viel besser als das da.«

Einen Moment lang sah sie verlegen aus. »Sie sind von mir. Ich habe sie im Kunststudium gemacht.«

Alex schaute sich die Bilder genauer an. »Du hast mir nie erzählt, dass du fotografierst. Sie sind wirklich gut.«

»Ich habe Fotografie studiert und war voller Ehrgeiz, als ich jung war. Aber dann kam dies und das dazwischen, und ich habe mich mit der Arbeit in der Galerie zufriedengegeben.«

»Möchtest du immer noch selbst künstlerisch arbeiten, statt die Sachen anderer zu verkaufen?«

Naoko stand auf und schaute die Bilder über seine Schulter hinweg an. »Ich wünschte, es wäre so einfach«, sagte sie. »Komm. Ich möchte duschen. Wenn du nett fragst, darfst du mir den Rücken waschen.«

Naoko lag bäuchlings im Bett. Alex strich mit der Fingerspitze über die farbigen Linien des Tattoos auf Hüfte und Seite. Zwei goldene Pfauen, die in einem Bambuswald kämpften. Das Tattoo begann an der Innenseite des Oberschenkels und führte seitlich über die Rippen nach oben. Die Farben waren noch nicht vollständig, nur die schwarzen Konturen waren fertig, winzige Details mit verschlungenen Mustern und lebhaften Violett- und Rottönen, die ineinander verschwammen. Jedes Mal, wenn er hinschaute, entdeckte Alex etwas Neues. Ihre Haut war weich unter seinen Fingerspitzen.

»Ich habe Tattoos nie gemocht«, sagte er. »Aber deins gefällt mir. Es ist einzigartig.«

»Findest du?«

»Als wir uns kennengelernt haben, hätte ich nie gedacht, dass du so etwas hast. Ich war erstaunt, als ich dich das erste Mal unbekleidet gesehen habe.«

Naokos Stimme klang schläfrig. »Manchmal wünschte ich, ich hätte mir nur ein Herz oder einen Schmetterling machen lassen. Etwas Einfaches.«

»Aber das wäre zu naheliegend. Ich glaube, es würde nicht zu dir passen. Ich habe gehört, in Japan sind Tattoos etwas Ungewöhnliches. Man betrachtet sie als asozial.«

»Das stimmt.«

»Aber du gehst los und holst dir das größte und verrückteste Design, das ich je gesehen habe.«

Naoko lächelte. »Aber nur du bekommst es zu sehen. Ich zeige meinen Körper sonst niemandem, also weiß auch niemand, dass es existiert.«

»Wirklich? Du hast es noch niemandem gezeigt?«

»Nur dir.«

»Anscheinend hast du also auch deine Geheimnisse.«

Naoko lachte sarkastisch. »Sieht so aus.«

»Wirst du es je fertig machen lassen?«

»Ich glaube nicht. Wenn du wüsstest, wie schmerzhaft es war, würdest du nicht fragen. Es wurde nach der altmodischen Methode gemacht, mit einer scharfen Bambusspitze, nicht mit einer elektrischen Nadel. Es tut höllisch weh.«

Alex drückte die Hand auf ihren Körper. »Was ist los? Kannst du so ein bisschen Schmerz nicht aushalten?«

Naoko schüttelte ihn ab und drehte sich um. »Du hast keine Ahnung. Du hast dir noch nie ein Tattoo stechen lassen.«

Alex hob die Hand und tätschelte seine Schulter. »Nein«, sagte er. »Aber ich habe das hier.«

Die Haut an Rücken und Schulter spannte sich glatt über die Knochen, wo sie so stark verbrannt war, dass sie fast geschmolzen wäre. Die blassrot schimmernden Narben der Hautverpflanzungen erstreckten sich über die linke Seite seines Rückens und an der Innenseite seines Arms von der Achsel bis zum Handgelenk.

»Das war schmerzhaft genug.«

»Es war das Erste, was mir an dir aufgefallen ist«, sagte Naoko. »Ich habe es an dem Abend, als wir uns kennengelernt haben, durch das Hemd gesehen. Ich finde, es sieht sehr männlich aus. Als hätte man dich durch die Mangel gedreht.«

»Ich glaube, ich bin da ein paarmal durchgedreht worden.«

»Das muss ein schreckliches Erlebnis gewesen sein.« Sie stützte sich auf einen Ellenbogen, lehnte sich herüber und küsste das Narbengewebe an seinem Schulterblatt, wo die Hauttransplantate am größten waren.

Alex versank einen Moment lang in seinen Erinnerungen. Als er wieder in die Gegenwart zurückkam, gab er sich die größte Mühe, ungerührt auszusehen. »Sagen wir so: Ich würde es lieber nicht noch einmal erleben, wenn ich es vermeiden kann. Es war ziemlich schlimm.«

»Schlimm genug, um davor wegzulaufen?«

Er drehte sich zu ihr um und sah sie mit ernstem Gesicht an. »Du lässt deiner Fantasie gern freien Lauf, nicht wahr?«

Sie sah, dass es keinen Sinn hatte weiterzubohren. Sie beugte sich über ihn und nahm sein Gesicht in beide Hände. »Lass mich dein Auge küssen«, sagte sie.

»Warum?«

»Weil man damit alles heilen kann.«

Sie schob die Zungenspitze aus dem Mund, und Alex fühlte, wie sie damit über sein Augenlid strich.

»Fühlst du dich besser?«, fragte sie.

Er spürte das Gewicht ihres Körpers auf sich, die zierliche Gestalt, die straffen Muskeln auf ihrem schmalen Rücken.

»Ja«, sagte er und lächelte zu ihr auf. »Viel besser.«

Später, als sie schlief, stand Alex auf, ging zur Balkontür und schaute in die Nacht hinaus. Über der Stadt waren Wolken aufgezogen; sie kreisten umeinander wie Farbe in einem Wassereimer und verhüllten die Wolkenkratzer in den Hochhausvierteln. Unten lag ein viereckiges Grundstück brach, auf dem ein altes Haus gestanden hatte. Im Mondlicht waren nur noch die Fundamente zu sehen. Er dachte daran, wie sie von ihrem Fenster aus zugeschaut hatten, als die Abrisskolonne das Haus Stück für Stück zerlegt und abtransportiert hatte. Erstaunt hatte er gesehen, wie schnell ein Wohnort in eine leere Fläche verwandelt werden konnte. Effizienz war ein Charakterzug der Japaner, hatte Naoko ihm erklärt, und er hatte gelacht und gesagt, Dinge zu zerstören sei eine Fähigkeit, die der Westen in unübertrefflicher Weise beherrsche.

Er drehte sich zu ihr um. Sie lag auf der Seite, und der matte Widerschein der Lichter der Stadt malte Muster auf ihre Haut. Sie schlief. Leise ging er zu der Kochnische, holte sich ein Glas Wasser und trank auf dem Weg zurück. Er schlich auf Zehenspitzen, um keinen Lärm zu machen. Ziellos blätterte er in einer Zeitschrift, die auf dem Couchtisch lag, nahm dann eine ihrer Stillleben-Fotografien aus dem Bücherregal und hielt sie in das Licht, das durch die Vorhänge sickerte. Er verstand nichts von Kunst, aber er sah, dass sie begabt war. Die Blumenarrangements und die Landschaften, in denen sie standen, waren hinreißend. So talentiert zu sein, das Talent aber nicht nutzen zu können war sicher eine bittere Pille. Er hielt den Bilderrahmen weiter in das weiche blaue Licht, um besser sehen zu können.

Auf der Rückseite bemerkte er die Ecke eines zusammengefalteten Stücks Papier, das hinter der Holztafel herausragte, die das Foto an seinem Platz im Rahmen hielt. Anscheinend war es dort zur sicheren Aufbewahrung hineingeschoben worden.

Er löste die Clips, die das Foto im Rahmen hielten, und nahm die Rückwand heraus. Er sah, dass er recht hatte: Hinter dem Bild verbarg sich ein bedrucktes und zusammengefaltetes Blatt Papier. Er nahm es vorsichtig heraus und hielt es ins Licht. Es war mit Reihen zierlicher japanischer Schriftzeichen bedruckt, mit dichten vertikalen Textzeilen, und es sah aus wie ein offizielles Dokument mit einer Art Siegel am oberen Rand und mehreren Stempeln in Rot und Schwarz am Rand. Er sah Naokos Unterschrift am Fuß der Seite, aber davon abgesehen konnte er nur das Datum lesen: 27. März 2004. Das Blatt war also zehn Jahre alt. Aber warum war es in einem Fotorahmen versteckt?

Er schob das Dokument zurück und verschloss den Rahmen

wieder. Als er das Bild wieder ins Regal stellen wollte, fiel ihm auf, dass die Rückseite des Rahmens mit einem Muster aus verwirbelten Fingerabdrücken und Handlinien bedeckt war, die in einem dicken, dunklen Impasto geprägt waren. Das Muster lag wie eine trockene Kruste auf der feinen Holzmaserung und blätterte stellenweise ab, als er mit dem Finger darüberstrich. Er hielt die Fingerspitze unter die Nase und atmete vorsichtig ein. Sofort roch er den schweren Eisengeruch von Blut.

Er hielt den Rahmen ins Licht, damit er besser sehen konnte. Eingetrocknete, dunkle, blutige Finger- und Handabdrücke bedeckten die Rückseite wie eine unheimliche Kinderzeichnung. Sicher gab es eine unschuldige Erklärung, dachte er. Jede andere Möglichkeit wäre allzu verrückt. Er stellte das Foto ins Regal, ging wieder ins Schlafzimmer und schaute auf Naoko hinunter. Sie schlief immer noch tief unter der weißen Baumwolldecke. Sein Blick wanderte über ihren Arm zu ihrer Hand hinunter. Die Handfläche war aufwärts gewandt, und in ihrer Mitte sah er eine kleine runde Verletzung. Sie war trocken und überkrustet, aber sie sah immer noch schmerzhaft aus, tief und entzündet wie ein bösartiges Stigma. Er wunderte sich, dass er sie nicht schon eher bemerkt hatte.

Naoko rührte sich kurz, als er sie betrachtete, und lag dann wieder still. Es war fünf Uhr früh, und draußen dämmerte der Tag herauf. Ihr Boss, Herr Kimura, würde bald kommen, und Alex war klar, dass er beizeiten verschwinden musste. Er wusste jetzt, dass Naoko nicht anders war als alle andern. Letzten Endes hat jeder etwas zu verbergen, dachte er. Er überlegte kurz, ob er sie wecken sollte, aber dann ließ er es bleiben.

Die Sonne schien, als er aus dem Bahnhof Koenji kam. Die ersten Flugzeuge zogen über ihm vorbei, und er hörte das Heulen ihrer Triebwerke, als sie zum Landeanflug auf Haneda ansetzten. Die Straßen waren in der Nacht saubergewaschen worden, und ein beißender Zitrusgeruch wehte im Wind. Arbeiterkolonnen hängten elektrische Lichterketten in die Bäume am Straßenrand, und die Schaufenster der Geschäfte waren für den kommenden Feiertag dekoriert.

Sein Zimmer lag in einer Pension in einer der Gassen hinter der Bahn. Es war ein Vorort ohne Hochhäuser, außerhalb der Yamanote-Bahnlinie und mit lauter exklusiven Adressen. Verkehr gab es hier nicht, nur endlos verwinkelte schmale Straßen mit dicht zusammengedrängten Gebäuden. Stangen mit Wäsche ragten von allen Balkonen, und auf den Fenstersimsen lagen Matratzen zum Lüften in der Sonne.

Die Pension hatte fünf Etagen. Es gab zehn Zimmer, und Bad und Küche wurden gemeinschaftlich benutzt. Die Wirtin wohnte in einer Hütte am Ende des Gartens und kam jeden Tag herüber, um zu putzen. Sie war eine Witwe aus Kyushu und sprach kein Englisch, außer wenn sie am Ersten jedes Monats die Miete kassieren wollte. Die anderen Mieter sah Alex nur gelegentlich in der Küche oder auf der Treppe. Einige wohnten dauerhaft hier, andere nur vorübergehend. Zwei russische Mädchen, blond wie die Kinder in dem Film *Das Dorf der Verdammten*, arbeiteten als Hostessen, andere hatten Jobs in Bars, aber die meisten waren in den Sprachschulen gelandet und unterrichteten Englisch. »Spezialist für Geisteswissenschaften« stand in ihrem Visum. Aber keiner von ihnen war Spezialist für irgendetwas, vermutete Alex, denn sonst wären sie nicht hier. Er öffnete die Haustür und stieg die Treppe in den fünften Stock hinauf, wo die Zimmer unter die Dachschräge gebaut waren. Er schloss seine Tür auf und trat ein.

Der Raum war klein und kahl. Er hatte Holzwände und ein Fenster mit einem Bambusrollo, einen *tatami*-Boden, und eine alte Teakholzkommode stand darin. Es roch nach Wärme und billigen Räucherstäbchen. Staubpartikel schwebten in den Lichtstreifen, die durch das Fenster hereinfielen. Er rollte seinen Futon aus und breitete sein Bettzeug darüber. Die Matratze nahm drei Viertel des Fußbodens in Anspruch. Alte Postkarten waren an die Wände gepinnt, und dazwischen hing eine verblichene Karte der japanischen Inseln, die unbekannte Vormieter hier hinterlassen hatten. Die Knickfalten waren mit klarem Klebestreifen verstärkt. Alex wohnte hier seit seiner ersten Nacht in diesem Land; er hatte zwar daran gedacht, sich auf Dauer etwas anderes zu suchen, aber dieser Plan war nie verwirklicht worden. Auch gut. Nach seiner Erfahrung war es eine Einladung an das Unglück, wenn man irgendwo Wurzeln schlug.

Er zog sich aus, legte sich hin und versuchte zu schlafen, aber seine Unruhe war zu groß. Er lag auf dem Rücken und dachte an die Nacht, an Hiro und die Bar in Kabukicho, an Naoko. Ein Gefühl der Schwerelosigkeit erfüllte seinen Magen – Räder, die aus dem Gleis sprangen. Alex hatte sich geschworen, private Verwicklungen zu meiden, solange er in Japan wäre, zumal wenn sie in ihm das Gefühl drohender Gefahr weckten. Bei Naoko spürte er eindeutig die Hindernisse, die hinter unsichtbaren Ecken schnell näher kamen. Aber wenn er sich ihr Gesicht vor Augen rief, ihr schiefes Lächeln, dann wusste er, dass diese Schwüre sinnlos waren.

Er schob diese Gedanken beiseite, drehte sich um und zog sich die Decke über den Kopf. In nur drei Stunden musste er wieder zur Arbeit.

3

Alex wusste, er musste träumen. Er zitterte, und seine Zähne klapperten in seinem schmerzenden Schädel. Er fühlte die Härte des gefrorenen Asphalts, auf dem er lag. Seine Hände waren eiskalt, aber sein Rücken brannte, ein unablässiges, schneidendes Gefühl wie von einer Verbrennung. Er sah die gespenstischen Silhouetten der Bäume über sich, den Schnee, der durch das Dickicht der dunklen Äste herabwirbelte. Er wollte sich bewegen, sich auf dem Ellenbogen aufrichten, aber sein Körper gehorchte ihm nicht.

Stimmen um ihn herum überblendeten einander in panischen Tonlagen. Ein Gesicht erschien über ihm, unbekannt und von beängstigendem Ausdruck. Blaulicht blitzte durch die Dunkelheit und ließ eine Reflektorjacke leuchten, als das Gesicht sich herabsenkte und in seinen Augen nach einem Lebenszeichen suchte.

Jetzt erinnerte er sich an das Auto, erinnerte sich, dass er über die Kreuzung gefahren war, erinnerte sich an den Blick, den Patrick ihm vom Beifahrersitz aus zugeworfen hatte. An das Entsetzen, als sie mit ihrem unausweichlichen Schicksal kollidiert waren. Wo war Patrick jetzt? Er versuchte, den Kopf zu drehen, um im Gewimmel der Sanitäter und Zuschauer, die über ihm zusammengeströmt waren, nach ihm zu suchen, aber sein Hals steckte in einer Art gepolsterter Fessel, die mit Nylongurten um seine Stirn gezogen war. Vielleicht sollte er ihn rufen, dachte Alex, aber seine Zunge lag schrecklich angeschwollen in seinem mit Blut gefülltem Mund. Immer wieder hoffte er, Patrick werde in seinem Gesichtsfeld erscheinen und lächeln, damit er wusste, dass er heil und unverletzt war.

Bei dem Gedanken an Verletzungen wurde ihm der sengende Schmerz neben der Wirbelsäule wieder bewusst. Es fühlte sich an, als sei die Haut von seinem Körper geschält worden, von den Knochen gerissen wie mit dem Messer eines Metzgers.

Noch mehr Gesichter drängten sich über ihm zusammen. Noch mehr Stimmen redeten durcheinander.

»Lebt er?«

»Einen Puls hat er noch.«

»Kann er uns hören?«

»Keine Ahnung. Sein Rücken sieht aus, als ob hinter ihm eine Bombe explodiert wäre.«

»Er steckt voller Splitter von dem anderen Fahrzeug. Es ist geradewegs durch die Fahrertür hereingekracht. Das ganze Blech hat sich nach innen geknickt und ihn praktisch zu Hackfleisch gemacht. Er muss Höllenqualen leiden.«

»Sieh dir an, wie bleich er ist.«

»Iris minimal erweitert.«

»Kannst du ihm etwas geben? Gegen die Schmerzen, meine ich. Ich habe Ketamin in meinem Koffer.«

»Hat er schon etwas bekommen? Der andere ist bedröhnt bis unter die Haarspitzen.«

»Wenn sie Junkies sind, kann ich das nicht riskieren.«

»Er hat einen teuren Wagen gefahren.«

»Das heißt nicht, dass er clean ist.«

»Sieh in seinen Taschen nach.«

»Halt. Ich habe etwas gefunden. Zwei kleine Beutel. Irgendein Pulver. Keine Ahnung, was es ist, aber legal ist es nicht.«

»Er hat hier auch einen Löffel und eine Spritze.«

»Damit bist du im Arsch, mein Freund. Keine Medikamente für dich. Du wirst einfach die Zähne zusammenbeißen müssen.«

»Keine Iriserweiterung mehr.«

»Was?«

»Er reagiert nicht. Wir verlieren ihn.«

»Scheiße. Okay. Wir müssen ihn abtransportieren, schnell.«

Die Schmerzen waren ungeheuer und überwältigend in ihrer Unerbittlichkeit. Alex sehnte sich verzweifelt nach Erleichterung. Nichts auf der Welt brauchte er jetzt nötiger. Er sah noch mehr Gesichter, als man ihn auf eine Trage hob und zum Rettungswagen schob. Er suchte nach Patrick, spähte verzweifelt nach seinem Gesicht, aber in der Menge um ihn herum sah er nur Fremde.

4

Am Morgen fuhr Naoko mit der Metro zurück nach Asakusa. In dem Lebensmittelladen unter dem Apartment kaufte sie grünen Tee und Reisbällchen und brachte beides ins Schlafzimmer. Der schwere erdige Geruch von abgestandenem Alkohol erfüllte das Zimmer, und sie zog den Vorhang zurück und öffnete das Fenster. Das Frühstückstablett stellte sie neben das Bett, wo Hiro es finden würde, wenn er aufwachte, und dann ging sie hinaus auf den Balkon.

Hiros Mutter hieß Yukiko. Sie saß auf einem niedrigen Holzstuhl in der Sonne. Naoko schenkte ihr eine Tasse grünen Tee ein und setzte sich zu ihr. Yukiko bedankte sich, nahm die Tasse und blies sanft auf den Tee. Sie hörte alte Showmelodien im Radio und sang leise mit. Allmählich sah sie alt aus. Ihr Haar war grau und kurz geschnitten, und trotz des schwülen Wetters trug sie einen dicken baumwollenen Hausmantel. Tiefe Falten zerfurchten ihr Gesicht – wahrscheinlich vom vielen Lächeln, dachte Naoko. Sie hätte öfter deprimiert sein sollen. Grund genug dazu hätte sie gehabt. An dem Holzbalken über dem Balkon hing ein Drahtkäfig, und darin saß ein Singvogel auf einer Stange, geschäftig und stolz, mit gelbem Kopf und aufgeplusterter Brust.

»Wann hast du dir einen Vogel gekauft?«, fragte Naoko.

»Den hat Hiro mir geschenkt, damit ich Gesellschaft habe.«

»Und wie heißt er?«

Yukiko lachte bei diesem Gedanken. »Warum soll man einem Vogel einen Namen geben?«

Sie hörten Hiro aus dem Schlafzimmer kommen. Seine Augen waren rot und blutunterlaufen. Er hatte sich einen Bademantel um die Schultern geworfen, und seine Füße steckten in altmodischen Pantoffeln. Als die frische Luft in seine Lunge strömte, gähnte er ausgiebig, und dann beugte er sich über seine Mutter und drückte ihr einen Kuss auf den Scheitel.

»Was ist letzte Nacht passiert?«, fragte er.

Naoko schaute zu ihm auf. »Du warst betrunken wie üblich, und deshalb haben wir dich hergebracht, damit du dich ausschlafen konntest.«

»Wer ist ›wir‹?«

»Alex und ich. Du erinnerst dich nicht?«

Hiro lehnte sich an das Balkongeländer. »Hilf mir auf die Sprünge.«

Naoko sah ihm an, dass er sich dummstellte. Sie kannte ihn zu lange, um auf seine Tricks hereinzufallen. »Dein Erinnerungsvermögen ist ganz in Ordnung«, sagte sie. »Um deine Leber solltest du dir mehr Sorgen machen.«

»Was habt ihr noch gemacht, nachdem ihr mich hier abgesetzt hattet?«

»Nicht mehr viel. Wir haben uns verabschiedet und sind auseinandergegangen. Du musst dich bei deinem Freund dafür bedanken, dass er dich hergebracht hat.«

»Er ist ein echter Gentleman. Das haben die Mädchen in der Bar auch gesagt. Und sie fanden ihn hübsch. Was auf Gegenseitigkeit beruhte, nach allem, was ich noch in Erinnerung habe.«

Naoko nahm einen Schluck Tee und weigerte sich, diesen Köder zu schlucken. »Wie ich sehe, kehrt dein Gedächtnis langsam zurück.«

»Ganz allmählich.« Hiro fuhr sich mit den Fingern durchs Haar, das vom Schlafen zerzaust war. »Ich gehe duschen«, sagte er.

Naoko trug die Tassen in die Küche und machte sich daran, sie abzuwaschen. An der Wand über der Spüle hing ein gerahmtes Foto. Es war ein altes Bild von ihrer Volljährigkeitsfeier, und die Farben waren von der Sonne ausgebleicht. Naoko trug darauf einen bunt gemusterten Kimono und *zori*-Sandalen, und Hiro fühlte sich sichtlich unwohl in seinem neuen Anzug. Beide sahen ernst und unschuldig aus. Seitdem schien ein ganzes Menschenleben vergangen zu sein.

Hiro kam aus dem Bad und öffnete den Kühlschrank. Er nahm einen Apfel heraus und fing an, ihn mit einem Messer zu schälen. Die Schale baumelte in einem spiralförmigen Streifen herunter.

»Ich habe letzte Nacht meine Brieftasche verloren«, sagte er.

»Nein, hast du nicht. Sie ist in meiner Tasche. Ich bin hier, um sie zurückzubringen.«

»Warum hast du sie genommen?«

»Um das Taxi für deine Heimfahrt zu bezahlen. Ich habe nicht vor, dich zu pampern und für dieses Privileg noch zu blechen.«

»Was würde ich nur ohne dich anfangen?« Hiro umschlang sie von hinten.

Naoko legte eine Hand auf seine. Sie hatte den Kopf zum Fenster gedreht, sodass er ihr Gesicht nicht sehen konnte.

»Erzähl mir von Alex«, sagte sie.

Hiro zog seine Hand weg und trat einen Schritt zurück. »Ich hab's gewusst«, sagte er. »Immerhin kann ich dir nach all der Zeit immer noch ansehen, was dich beschäftigt.«

Sie drehte sich zu ihm um. »Ich bin nur neugierig. Die meisten deiner Freunde sind Banker-Arschlöcher. Es ist ungewöhnlich, dich mit einem echten Menschen zu sehen. Mit einem, der Gefühle hat.«

Hiro ließ die Apfelschale in den Mülleimer fallen. »Was willst du wissen?«

»Erzähl mir, was dir als Erstes in den Sinn kommt.«

Er zögerte nicht. »Das ist einfach. Ich will nicht, dass du dich mit ihm triffst.«

»Ich treffe mich nicht mit ihm.«

»Dann hör auf mit den Spielchen, Naoko. Ich kenne dich. Ich werde nicht noch einmal die Scherben aufsammeln. Ich weiß, wie nah du daran warst, ganz unten zu landen. Das weiß ich, weil ich derjenige bin, zu dem du immer gelaufen kommst, wenn du Hilfe brauchst. Alex tut dir nicht gut.«

»Warum musst du so ein Drama daraus machen? Er interessiert mich, ja, aber das ist alles. Da läuft nichts.«

Er schaute ihr fest in die Augen und biss in seinen Apfel, der zwischen seinen Zähnen knirschte. Er kaute nachdenklich. Naoko drehte sich wieder zur Spüle und beschäftigte sich weiter mit den Tassen.

»In meinem Austauschjahr lag sein Zimmer meinem gegenüber auf dem Gang«, sagte er. »Als ich London verließ und nach Japan zurückkam, habe ich ihn aus den Augen verloren. Und eines Tages bekam ich die Nachricht, er sei in Tokio und arbeite als Lehrer. Ehrlich gesagt, ich war geschockt. Ich hätte mir nie träumen lassen, dass er so etwas macht. Nach dem Jurastudium hatte er sofort eine Stelle in einer der großen Kanzleien. Eine steile Karriere, von der jeder träumt. Eine Karriere, die man nicht verpatzt. Er kam mir verändert vor, als ich ihn dann hier wiedersah. Älter und eigenbrötlerischer. Irgendwie niedergeschlagen. Ich hatte keine Ahnung, was passiert war, und deshalb fragte ich ein paar gemeinsame Freunde in London.«

Naoko hörte mit dem Abwasch auf, drehte sich aber nicht um. »Und was haben sie gesagt?«

»Ich soll nicht darüber sprechen«, sagte er. »Er will nicht, dass seine Fehltritte ihm sechstausend Meilen weit bis Tokio folgen.«

»Ich bin's doch nur«, sagte Naoko und versuchte, schüchtern auszusehen. »Was bedeutet es schon, wenn ich etwas über einen deiner Freunde weiß?«

Hiro nahm einen letzten Bissen von seinem Apfel und warf das Kerngehäuse weg. »Ich habe gehört, er war in irgendwelchen Schwierigkeiten. In großen Schwierigkeiten. Wegen Drogen.«

»Alex?«

»Das haben mir Leute in London erzählt. Er hatte ein ernsthaftes Problem. Es gab einen Autounfall, und er hatte wirklich Dreck am Stecken. Er saß high am Steuer, er hat die Kontrolle über den Wagen verloren, und ein Mitfahrer kam ums Leben.«

Naoko bemühte sich, ihr Entsetzen zu verbergen. »Das klingt nicht nach Alex. Er wirkt zu zurückhaltend.«

»Sein ruhiges Auftreten ist eine neue Erfindung, glaub mir. Früher war er nicht so. Anscheinend hat er wegen des Unfalls seinen Job verloren. Deshalb ist er hier gelandet. Seine Familie hat ihn verstoßen, als sie von den Drogen erfuhr, und danach konnte er nirgends mehr hin.«

»Und Alex hat das alles auch bestätigt?«

Hiro schüttelte wegwerfend den Kopf. »Er hat mir notgedrungen erzählt, dass man ihm seine Anwaltszulassung entzogen und er seinen Job verloren hatte. Ihm war klar, dass er zumindest in diesem Punkt ehrlich sein musste. Aber über den Rest redet er nicht. Er behält alles für sich, tief innen versteckt, wo es schwären kann. Ich versuche ja, ihn dazu zu bringen, dass er sich öffnet, aber so ein Mensch ist er nicht.«

»Was für ein Mensch ist er dann?«

»Soll ich dir das wirklich sagen?« Hiros Gesicht wurde ernst. »Er ist starrsinnig und stolz. Das ist eine gefährliche Kombination. Er ist nicht verständig genug, um Schwierigkeiten aus dem Weg zu gehen. Sie folgen ihm auf Schritt und Tritt. Immer schon. Er ist mein Freund, aber es ist kein Zufall, dass jede Situation, an der er beteiligt ist, unerfreulich endet. Es ist nicht seine Absicht, alles, was er berührt, zu ruinieren, aber er kann nicht anders. Es ist wie ein angeborenes Talent. Ich kenne dich zu gut, Naoko. Jemand wie Alex ist nicht für dich bestimmt. Er ist nicht wie du und ich.«

»Ich habe nicht die geringste Ähnlichkeit mit dir«, erwiderte Naoko verachtungsvoll.

»Mach dir nichts vor. Du beschützt deinen Lebensstil genauso wie ich. Wahrscheinlich noch mehr. Sieh dir an, woher wir kommen und wie weit wir es gebracht haben. Vergiss nicht, ich weiß, was du tun musstest, um dahinzukommen, wo du jetzt bist. Wie viel du geopfert hast. Wirf das nicht alles weg. Ich weiß noch, wie unglücklich du warst, und ich will nicht mit ansehen, wie du das alles noch einmal durchmachst. Versprich mir, dass du dich von ihm fernhältst. Wenigstens das bist du mir schuldig.«

Yukiko kam vom Balkon herein. Ihr Lächeln verschwand, als sie die Anspannung im Raum spürte. »Was ist los?«, fragte sie.

Naoko versuchte zu lächeln, aber es gelang ihr nur halb. »Nichts. Wir haben über die Arbeit gesprochen, das ist alles.«

»Wollen wir nicht zusammen ausgehen?«, fragte Yukiko. »Der Tag ist wunderschön, und es kommt so selten vor, dass ich euch beide hier habe. Wir könnten im Park zu Mittag essen.«

Naoko verbeugte sich bedauernd und schaute zu Boden. »Ich kann heute nicht, Yukiko-san. Ich bin in einer Stunde mit Kunden verabredet. Bitte verzeih. Aber ich verspreche, ich rufe dich nächste Woche an, und dann können wir zusammen ausgehen.«

»Gern«, sagte Yukiko. »Ich freue mich darauf.«

Naoko nahm ihren Mantel von der Garderobe neben der Tür und rief einen Abschiedsgruß, bevor sie ging. Sie stieg die Eisentreppe hinunter und trat auf die Straße. Ein Saatkorn des Zweifels war in ihr gesät worden. Sie fühlte, wie es Wurzeln schlug und schon anfing zu sprießen. Als sie hochschaute, sah sie Hiro oben am Geländer des Treppenabsatzes. Er schaute herunter, aber er rief nicht und sagte auch nichts, sondern schaute ihr nur nach, als sie zur Ecke ging. Sein Blick folgte ihr, und sein Gesicht hatte einen anmaßenden Ausdruck, den sie schon als Kind gehasst hatte.

5

Es war Hiros Schuld, dass sie sich überhaupt kennengelernt hatten. Naoko erinnerte sich noch genau. Es war zur Zeit der Kirschblüte gewesen, und die Abende waren allmählich warm geworden. Die Firma, für die Hiro arbeitete, hatte ein Boot gemietet, um ihre Kunden in der Tokio-Bucht herumzuschippern, sie mit Cocktails abzufüllen und ihnen die neuesten Investmentchancen vorzustellen. Das Boot war ein traditionelles *yakatabune* mit geschlossenem Deck und flachen Tischen, die in der Kabine aufgestellt waren, um den Gästen eine Unterhaltung zu bieten, wie Ausländer sie exotisch fanden – Unterhaltung der Sorte, die sie zum Geldausgeben veranlasste. Ein sanfter Wind wehte über das Wasser, und ein gelber Frühjahrsmond hing über dem Bogen der Regenbogenbrücke. Neue Passagiere kamen in Gruppen an Bord, wenn das Boot an den Piers am Rande der Bucht anlegte.

Hiro wollte sie mit einer Gruppe japanischer Devisenhändler an einem Tisch im Bug bekannt machen, die dort von kunstvoll verzierten Tellern Gelbschwanzmakrelen- und Schwertfisch-*sashimi* aßen. Ihre Frauen knieten mit etwas Abstand neben ihnen und hörten in unterwürfigem Schweigen zu, wie die Männer über ihre Tenniserfolge diskutierten und übereinander lachten wie aufgeregte Schuljungen. Am Kopfende des Tisches saß ein Mann Mitte vierzig, übergewichtig und kurzatmig. Die Knopflöcher seines Hemdes spannten sich über dem Bauch. Seine jüngeren Kollegen gaben sich große Mühe, ihn zu beeindrucken, aber nach seinem säuerlichen Gesichtsausdruck zu urteilen, gelang es ihnen nicht. Sein Name sei Togo Nishi, sagte Hiro, und er sei der neue Leiter der Abteilung für Risikomanagement.

»Was ist mit dem alten Leiter passiert?«, fragte Naoko.

Hiro zuckte die Achseln. »Er hat den Druck nicht mehr ausgehalten. Sie haben ihn letzte Woche in seinem Büro gefunden. Hatte sich aufgehängt.«

Hiro machte sie mit den Gästen bekannt und widmete Nishi dabei besondere Aufmerksamkeit. Naoko verbeugte sich nacheinander vor allen. Sie sah, wie Hiro die Prozedur genoss; er führte sie vor wie eine Trophäe. Dann setzte er sich an einen freien Platz am Tisch und winkte sie zu sich, damit sie sich neben ihn kniete. Naoko war geschockt, als sie unversehens gehorchte. Sie ließ sich prompt auf die Knie sinken und schob ihr Kleid unter sich. Nishi wählte ein Stück Thunfisch aus, dick und rosig wie eine Zunge. Er legte es in ein Schälchen Sojasauce, um es zu marinieren. Er hatte eine hohe Stirn und ein breites, rundes Gesicht, glatt und blutlos wie das einer Puppe.

»Hiro hat erzählt, Sie arbeiten für die Galerie Kimura«, sagte er. »Shoji Kimura ist Mitglied in meinem Golfclub. Ich habe ein paarmal mit ihm gespielt. Er schummelt gern.«

Naoko lächelte unbestimmt. »Kimura-san ist sicher dreißig Jahre älter als Sie. Da muss er jeden Vorteil nutzen.«

»Eigentlich hatte ich mir vorgenommen, ihn anzurufen«, sagte Nishi. »Aber vielleicht können Sie mir auch helfen. Ich habe kürzlich ein Strandhaus in Fukuoka gekauft und lasse es jetzt einrichten. Dazu will ich ein bisschen Kunst kaufen, und Hiro sagt, Sie sind eine Expertin. Er versichert mir, mein Geld sei in Ihren Händen ganz sicher.«

»Selbstverständlich, Nishi-san. Es wäre mir ein Vergnügen, Ihnen zu helfen, soweit ich kann.«

»Ich weiß, dass Ihre Galerie auf moderne Kunst spezialisiert ist, aber ich will nichts Prätentiöses. Ich will etwas, von dem ich weiß, dass es seinen Wert behalten wird. Nichts, worüber die Leute hinter meinem Rücken lachen werden.«

»Wir vertreten nur die angesehensten jungen Künstler. Ich kann Ihnen versichern, dass alle Werke, die wir ausstellen, von höchster Qualität sind.«

»Ich möchte in etwas Traditionelles investieren. Ich mag erotische Sachen, besonders *shunga*.«

Er nahm den Thunfisch aus dem Schälchen und lutschte ihn von den Spitzen seiner Essstäbchen. Die Sojasauce färbte seine Lippen schokoladenbraun. Seine Unverfrorenheit zog die interessierten Blicke seines Gefolges an. Sie spürte, dass er sie in Verlegenheit bringen wollte.

»Ich werde mich bemühen, etwas zu finden, das Ihrem Geschmack entspricht, Nishi-san.«

»Und dann kommen Sie mit mir nach Fukuoka, um das Hängen zu beaufsichtigen …?«

Er ließ die Frage in der Schwebe und starrte Naoko an, als wäre sie bei dem, was er kaufen könnte, im Preis inbegriffen. Seine Untergebenen schienen beeindruckt zu sein, aber ihre Frauen funkelten sie mit unverhohlener Verachtung an, als hätte sie seine Einladung absichtlich provoziert.

»Das ist aber eine ziemlich weite Reise. Ich bin nicht sicher, dass Kimura-san meine Spesen übernehmen würde …«

Nishi wischte ihren Einwand beiseite. »Geld spielt keine Rolle. Sie wären mein Gast.«

Gern hätte sie gesagt, sie werde sich lieber ertränken, als sich auch nur eine Sekunde lang von ihm als Konkubine behandeln zu lassen, ganz gleich zu welchem Preis. Sie sah Hiro hilfesuchend an, aber der wich ihrem Blick aus. Ihr wurde klar, dass er sie als Köder benutzt hatte, um sich bei einem Höherstehenden einzuschmeicheln. Sie kam sich billig vor und verabscheute sich selbst, weil sie gezwungen war mitzuspielen. Hiro verabscheute sie noch mehr, weil der es sonst immer sehr eilig hatte, in die Rolle ihres Beschützers zu schlüpfen. Jetzt fand er es offenbar nützlicher, sie als Opfer anzubieten. Naoko fühlte sich schutzlos und wusste, dass sie auf dünnem Eis unterwegs war.

»Wollen Sie nicht nächste Woche in die Galerie kommen?«, fragte sie. »Dann können wir alles Nötige vereinbaren und die Einzelheiten besprechen.«

»Sie sehen nervös aus, Frau Yamamoto. Glauben Sie nicht, dass ich ein großzügiger Gastgeber bin?«

»Sie sind ohne Zweifel ein vorbildlicher Gastgeber, Nishi-san. Ich frage mich nur, ob ich geeignet bin, Ihr Gast zu sein.«

Er schob die Hand in die Innentasche seines Jacketts, holte ein ledernes Zigarrenetui heraus und wählte eine frische Cohiba. Er saugte an der Spitze und wartete darauf, dass einer seiner Angestellten ihm Feuer gab. Milchweißer Rauch wölkte vor seinem Gesicht. Er wusste, er würde schwach aussehen, wenn er sie jetzt weiter bedrängte.

»Also gut«, sagte er. »Bitte rufen Sie meinen Assistenten an und vereinbaren Sie einen Termin.«

Naoko stand auf und entschuldigte sich. Die Ehefrauen beäugten sie verachtungsvoll, als sie sich höflich rückwärts vom Tisch entfernte. Naoko sah ihnen an, dass keine von ihnen jemals für ihren Lebensunterhalt gearbeitet hatte. Sie rochen nach pompösen Badeorten und Country-Club-Charitys. Naoko wandte sich ab.

»Was für eine Schönheit«, sagte Nishi in perfektem Englisch zu Hiro. »Prachtvoll, aber schwierig. Genau mein Typ. Sehr gut, dass Sie sie hergebracht haben.«

Naoko drehte sich zu ihm um. »Ich spreche Englisch«, sagte sie leise.

Er zog an seiner Zigarre und ließ den Rauch aus dem Mundwinkel sickern. Dabei starrte er sie mit seinen kleinen, herrischen Augen an. »Ich weiß«, sagte er und deutete mit einer wedelnden Handbewegung auf die andern an seinem Tisch. »Aber die hier nicht.«

Im Heck befand sich eine offene Aussichtsplattform. Die Sterne erschienen über der Bucht, als das Boot bei Odaiba an der Insel vorbeifuhr. Naoko schaute über die Reling in das ölig schwarze Wasser. Es kräuselte sich in der Brise wie ein zerbrochener Spiegel. Sie sah nicht ohne Neid, wie Hiro sich hatte neu erfinden dürfen und nicht an seine Wurzeln gefesselt war. Unabhängigkeit war es, wonach sie sich sehnte und was ihr immer wieder verwehrt blieb. Sie kam sich vor wie eine Fliege im Bernstein. So stand sie allein an der Reling und schaute zu, wie das Wasser unter ihr vorüberfloss, als sie spürte, wie jemand herankam und neben ihr stehen blieb. Er räusperte sich, bevor er sprach.

»*Sumi masen.*« Er sprach jede Silbe sorgfältig aus.

Sie drehte sich um und schaute in ein Paar blaue Augen, weit auseinanderliegend und mit intelligentem Blick. Sie hielt ihn für einen der *gaijin* auf dem Börsenparkett. Vermutlich versuchte er sein Glück bei jeder Frau, die ihm über den Weg lief. Er hatte den verblüfften Gesichtsausdruck, den die meisten Westler hatten, wenn sie neu in Tokio waren, als wären sie immer noch ängstlich überrascht vom Ausmaß der Stadt. Er sah sie an und lächelte hoffnungsvoll.

»*Oshiri o tabetai*«, sagte er.

Ohne nachzudenken, ließ Naoko die Hand im weiten Bogen zu seinem Gesicht fliegen. Ihre Handfläche landete auf seiner linken Wange, und er klammerte sich haltsuchend an die Reling. An seiner schockierten Reaktion sah sie, dass er keine Ahnung hatte, was er soeben gesagt hatte. Sie schaute über seine Schulter hinweg und sah Nishi, der mit Hiro und den andern zusammen am Tisch saß, aber sie waren so sehr ins Gespräch vertieft, dass sie nichts bemerkt hatten. Sie war selbst überrascht von ihrer impulsiven Reaktion und bereute sie sofort. Sie gehörte zu einer Seite ihrer selbst, die sie schon lange nicht mehr hervorlassen wollte.

»Es tut mir leid«, sagte sie. »Ist alles in Ordnung?«

Er rieb sich die Wange, die bereits rot anschwoll. »Tun Sie das immer, wenn jemand Sie fragt, ob Sie etwas trinken möchten?«

»Glauben Sie, das ist es, was Sie mich gefragt haben?«

Er sah sie verwirrt an. »Etwa nicht? Das sind die einzigen japanischen Wörter, die ich kann.«

»Wer hat sie Ihnen beigebracht?«

»Mein Freund Hiro. Er sagt, er kennt Sie.«

»Ich schlage vor, Sie suchen sich einen besseren Lehrer.«

Allmählich dämmerte ihm, dass er hereingelegt worden war.

Er hätte die Situation gern gerettet, aber er sah schnell, dass zu viel Schaden angerichtet worden war. Naoko sah ihm nach, als er sich umdrehte und davonging. Er war groß, hellhäutig und breitschultrig, und sein Haar hatte die Farbe von warmem Sand. Er bewegte sich unbefangen und mit einer gewissen Würde, als er in die Kabine zurückging, und sein gescheiterter Versuch weckte ihr Mitleid. Hiro schaute den Westler mit wissendem Blick an. Die Schadenfreude, die ihm ins Gesicht geschrieben stand, war mehr, als Naoko ertragen konnte. Diese Genugtuung gönnte sie ihm nicht.

»Warten Sie«, rief sie. »Ich muss mich bei Ihnen entschuldigen. Ein Drink wäre wunderbar.«

Er sah sich um, aber sein Lächeln war nicht triumphierend. »Ich dachte, ich hätte Sie beleidigt?«

»Das haben Sie auch. Aber jetzt können Sie es wiedergutmachen.«

»Sind Sie sicher, dass Sie mir nicht noch einen Schwinger verpassen? Sie scheinen ziemlich schnell an die Decke zu gehen.«

Sie sah ihn verständnislos an. »Was heißt das?«

»An die Decke gehen? Das heißt, Sie sind leicht zu provozieren und schlagen sofort zurück.«

Naoko lächelte schüchtern, weil er sich so schnell ein Bild von ihr gemacht hatte. »Sie sind nicht der Erste, der das sagt. Vielleicht sollten Sie einfach nur Englisch mit mir sprechen. Dann kann Ihnen so schnell nichts passieren.«

Er ging zur Bar und kam mit zwei Gläsern Rumpunsch zurück. Er strahlte etwas beruhigend Gelassenes und Solides aus, eine unterschwellige Bescheidenheit, die auf einem Boot voll übertrieben selbstbewusstem Reichtum auffallend wirkte.

»Ich heiße Naoko«, sagte sie.

»Alex Malloy. Freut mich, Sie kennenzulernen.«

»Wie lange sind Sie schon in Tokio, Alex Malloy?«

»Seit ungefähr zwei Wochen.«

»Da haben Sie Glück. Es ist ein gutes Omen, wenn man im *hanami* herkommt. Die Blütezeit ist so kurz.«

»Das sagen mir alle.«

»Und Sie sind ein Kollege von Hiro?«

Alex schüttelte leicht den Kopf. »Nein. Wir sind alte Freunde.«

»Sie arbeiten nicht in der Finanzbranche?«

»Würde es mich interessanter machen, wenn ich es täte?«

Sie warf einen Blick hinein zu Nishis Tisch. »Absolut nicht«, sagte sie. »Warum sind Sie nach Tokio gekommen? Waren Sie schon einmal hier?«

»Nein. Ich habe einfach auf der Karte nach dem Ort gesucht, der am weitesten von London entfernt ist. Ich musste ein bisschen Zeit möglichst weit weg von zu Hause verbringen.«

»Und Sie hatten keine Angst, in ein so fremdes Land zu gehen?«

»Doch. Das war ja der Sinn der Übung.«

»Ich finde das sehr tapfer.«

»Oder dumm. Ich wusste, dass Hiro hier ist, und ich habe seine Geschichten über Tokio nie vergessen. Ich dachte mir, ich sollte herkommen und mir die Stadt selbst ansehen.«

»Manchmal kommt etwas Gutes nur zustande, wenn man ein Risiko eingeht. Ich hoffe, es klappt auch für Sie. Haben Sie Pläne für die Zeit, die Sie hier verbringen werden? Sehenswürdigkeiten, die Sie besuchen möchten?«

»Nichts Spezielles. Ich will nur keine Probleme bekommen.«

Das Boot legte vor dem Park von Urayasu an, wo man die

Blüten der Kirschbäume sehen konnte, die am Rand der Bucht wuchsen. Ihre Zweige hingen über die Mauer der Uferböschung und berührten das Wasser. Möwen kreisten über ihnen und behielten die Tische im Auge. Andere Boote mit anderen Partys machten nebenan fest, und die Fahrgäste saßen trinkend und plaudernd auf den Aussichtsdecks. Naoko war sicher, dass sich die Gespräche glichen und alle auf der Jagd nach guten Geschäften waren. *Shamisen*-Musik säuselte sanft im Hintergrund. Alles wirkte sehr inszeniert.

Die Besatzung brachte Muschelspieße und Tonkrüge mit *ginjoshu* für die Passagiere. Die Leute gingen über die Gangway zum Kai hinüber und ließen sich unter den Bäumen auf Decken nieder. Laternen hingen in den Zweigen und warfen gelbes Licht auf die Wellen, die ans Ufer rollten. Ein plötzlicher Windstoß ließ die Boote schaukelnd aneinanderstoßen, und Wolken von rosa-weißen Blütenblättern wehten wie Konfetti von den Bäumen. Die Leute jubelten, als sie es sahen. Naoko bemerkte, wie Hiro im Schatten mit einer Sekretärin flirtete. Alex ging zur Bar, um noch zwei Gläser Punsch zu holen, und ließ sie allein im Heck.

Sie roch den beißenden Geruch von Nishis Zigarre, bevor sie ihn kommen hörte. Er sah aus, als habe er mindestens drei Glas über den Durst getrunken, und war sichtlich befeuert vom falschen Mut eines Mannes, der glaubt, seine Zeit sei gekommen. Er sprach mit schwerer Zunge.

»Ich finde, die Blüten sind schön in diesem Jahr«, sagte er. »Aber Ihr Anblick heute Abend ist so viel schöner als alles andere hier.«

Sie sah, dass er sich bemühte, charmant zu sein. »Danke, Nishi-san«, sagte sie.

»Sie müssen doch merken, dass ich nicht aufhören kann, Sie anzuschauen.«

Er streckte seine fette Hand aus und wollte sie auf ihre Hüfte legen. »Ich glaube, Sie sollten nicht vergessen, wer ich bin«, sagte er.

Sie schüttelte ihn ab. »Ich glaube, Sie sollten Ihre Manieren nicht vergessen.«

»Wenn Sie nur ein bisschen sanfter wären, könnten Sie in einer wunderschönen Villa am Meer wohnen.«

Naoko lachte über so viel Anmaßung. »Nur, wenn ich selbst dafür bezahlen könnte«, sagte sie.

Nishi hörte, dass Alex zurückkam. Er drehte sich um und sah ihn mit säuerlicher Missbilligung an. »Dieser *gaijin* kann Ihnen doch unmöglich besser gefallen als ich?«, fragte er.

»Ein langsamer Tod würde mir besser gefallen als Sie«, antwortete sie.

Seine Kinnlade klappte bestürzt herunter, aber dann schien ihm einzufallen, wer er war. »Ich werde dafür sorgen, dass Ihnen das leidtut. Kimura bekommt morgen einen Anruf von mir.«

Naoko sah ihm nach, als er sich auf unsicheren Beinen davonschlich. Er würde sich sicher an nichts mehr erinnern, wenn er am nächsten Morgen aufwachte, dachte sie, und selbst wenn, wäre es unwahrscheinlich, dass er sich beschwerte. Er würde das Gesicht verlieren, falls er irgendjemandem von seiner Niederlage erzählte, und sie wusste, dass für Tyrannen wie Nishi der Status des Siegertypen wichtiger war als alles andere.

»Wer war das?«, fragte Alex.

»Nur ein potenzieller Kunde. Aber er kann es sich nicht leisten, seine Träume wahr werden zu lassen.«

»Er sah ziemlich niedergeschlagen aus.«

»Pech für ihn.«

»Wollen wir hinüber in den Park gehen und uns die Kirschblüten anschauen?«, fragte er.

Naoko schüttelte den Kopf. »Die habe ich schon tausend Mal gesehen.«

»Gefällt es Ihnen hier nicht?«

»Ich bin ein bisschen seekrank, ehrlich gesagt. Als Matrose bin ich ungeeignet.«

»Möchten Sie abmustern?«, fragte Alex.

In der Ferne strahlte das große Riesenrad von Yokohama in der Dunkelheit der Bucht. Es drehte sich wie ein fein gesponnenes Spinnennetz und erleuchtete den Nachthimmel. Darunter lag ein Vergnügungspark mit Achterbahn und Spukhaus. Seit ihrer Kindheit war sie nicht mehr dort gewesen. Sie schaute Alex an und lächelte verschwörerisch. Er faszinierte sie. Er wirkte offen und unbefangen, anders als die japanischen Männer mit ihren Regeln und Zwängen und ihren vorhersehbaren Treuebrüchen. Sie dachte an die englische Kindheit ihrer Fantasie: Gouvernanten in eichenholzgetäfelten Salons und winterliche Jagdpartien. Sie spürte, dass er eine gute Erziehung genossen, aber schlechte Zeiten erlebt hatte – wie ein Ozeandampfer im Trockendock. Irgendwo warnte eine leise Stimme vor Gefahr. Naoko konnte nicht leugnen, dass sie sie hörte, obwohl sie kaum lauter als ein Flüstern war. Ihr Gewissen riet ihr, darauf zu hören, aber ihr Instinkt erstickte die Stimme mit waghalsiger Abenteuerlust.

»Dort möchte ich hin«, sagte sie und deutete über das Wasser. »Ich möchte in den Vergnügungspark und mit dem Riesenrad fahren.«

»Ich habe Höhenangst«, sagte Alex. »Ich kann nicht mal auf einem Stuhl stehen.«

Naoko lächelte über seine Ehrlichkeit. »Ich verspreche, ich passe auf Sie auf.«

»Wollen Sie Hiro sagen, dass wir gehen?«

Wieder wisperte die Stimme in ihrem Kopf. Einen Moment lang kämpfte sie mit sich selbst, aber die Warnung war vergebens. Ihre Neugier war zu stark.

»Nein, das ist nicht nötig«, sagte sie. »Er soll raten.«

6

Die Sonne hatte den Asphalt aufgeweicht und die Farbe aus dem Laub gebleicht. In der Hitze bewegte die Stadt sich nur noch träge. Schimmernder Smog färbte den wolkenlosen Himmel zartrosa, Nase und Mund der Fußgänger auf dem breiten Boulevard waren zum Schutz vor der giftigen Luft unter OP-Masken versteckt.

Alex sah sie, als sie auf der Rolltreppe in die Schalterhalle des Bahnhofs Yurakucho kam. Sie blieb stehen, um ihr Make-up im Spiegel eines Fotoautomaten zu überprüfen. Sie drehte sich hin und her und kam dann mit federnden, schwerelosen Schritten durch die Sperre. Sie trug ein weißes, mit violetten Anemonen bedrucktes Sommerkleid und weiche Ledersandalen.

»Hast du lange hier in der Hitze gewartet?«, fragte sie.

»Wenn ich auf dich warte, macht es mir eigentlich nichts aus.«

Die Sonne stand tief im Westen, und die Hochhäuser warfen lange Abendschatten, in denen die Luft kühler zu sein schien. Sie überquerten die Straße und gingen im Schatten weiter. Radfahrer fuhren in geordneter Prozession vorbei und klingelten, während neben ihnen die Busse dröhnten. Naoko ging schneller.

»Es ist doch erst halb acht«, sagte Alex. »Wir haben noch eine Stunde, bis der Film anfängt.«

Naoko sah ihn zerknirscht an. »Der Plan hat sich geändert«,

sagte sie. »Meine Freundin hat uns eingeladen, in einem neuen Restaurant mit ihr zu essen. Es soll dort fantastisch sein.«

»Ich verstehe nicht. Ich dachte, du willst nicht, dass ich deine Freunde kennenlerne?«

»Bei Megumi ist es anders. Sie ist meine Assistentin in der Galerie, und sie kann Geheimnisse bewahren. Du wirst sie mögen. Sie kommt aus einer reichen Familie. Sehr altes Geld. Ihrem Vater gehören zwei Bürogebäude in Nihonbashi. Sie bringt ihren Freund mit; also musst du dich von deiner besten Seite zeigen.«

»Wer ist ihr Freund?«

»Das weiß ich nicht. Ich habe ihn noch nicht kennengelernt. Ich habe keine Ahnung, wie sie es geschafft hat, an einem Samstagabend einen Tisch zu bekommen. Wie ich gehört habe, ist es ein sehr exklusives Lokal.«

»Du hättest mich warnen sollen.« Alex deutete auf seinen Anzug, der wie die Krawatte aus dem Kaufhaus stammte. »Ich komme geradewegs von der Arbeit.«

»Keine Sorge. Du siehst gut aus. Ich glaube außerdem, dass es in dem Restaurant einen Dresscode gibt.«

Sie bogen in eine Seitenstraße ein. Hohe Holzhäuser standen am Ufer eines schmalen Kanals, und sie gingen über eine niedrige Brücke, deren Kopfsteinpflaster glatt wie Marmor war. Eine kleine Stadtteil-Pagode lag beinahe unsichtbar versteckt hinter einer hohen Steinmauer. Sie sah alt und ungepflegt aus, überwuchert von ineinander verschlungenen Ranken. Alex blieb stehen, um sie anzuschauen, aber Naoko ging weiter. Sie drehte sich um, als er rief, sie solle warten.

»Lass uns hineinschauen«, sagte er.

»Wir kommen zu spät, Alex. Ich glaube auch nicht, dass sie offen ist. Sie ist ja schon fast eingestürzt.«

»Na komm. Es dauert nur ein paar Minuten.«

Sie wollte weitergehen, aber dann blieb sie stehen. »Willst du das wirklich?«

»Das ist wahrscheinlich meine einzige Chance. Ich werde nie wieder hierherkommen.«

Sie überquerten die Straße und gingen die Stufen zum Gartentor hinauf. Es hing halb offen, vergessen zwischen den eleganten Eingängen der benachbarten Häuser. Der Tempel war ein niedriger Holzfachwerkbau mit ausladenden, geschwungenen Dachtraufen und einem Dach mit verschnörkelten Kupferornamenten. Die Dachziegel waren grün und vom Alter verwittert. Eine Eisenglocke hing an einem dicken Seil am Giebel, und hohe Zypressen hielten den Lärm der Großstadt ab. Hinter der Mauer hörte man nur das Gezwitscher der Vögel oben in den Zweigen.

Sie blieben an dem Geländer vor dem Tempel stehen.

»Du musst einen Segen aus dem Kasten ziehen«, sagte Naoko. »Dann kannst du ihn an den Baum da drüben binden und darauf warten, dass er wahr wird.«

Sie zeigte auf einen alten Kampferbaum, an dessen Zweigen Hunderte von Zetteln hingen, die wie trockene weiße Blätter im Wind flatterten.

»Sie heißen *omikuji*«, erklärte sie. »Sie bringen Glück, Geld, Liebe. Eine Art Aberglaube. Nur alte Leute glauben noch daran.«

Die *omikuji* lagen in einem hohen Ebenholzkasten, nach ihrer Bedeutung sortiert. Jede Schublade war mit einer Nummer in *kanji*-Zeichen bemalt. Naoko nahm eine kleine Blechdose und schüttelte sie, bis ein Stäbchen aus einem Loch im Boden fiel.

Auf dem Stäbchen stand eine Nummer, die zu einer der Schubladen gehörte. Naoko öffnete die Schublade und nahm ein zusammengerolltes Stück Papier heraus. Sie reichte Alex die Dose, und er machte es ihr nach.

»Was hast du bekommen?«, fragte sie.

»Keine Ahnung«, sagte Alex. »Ich kann es nicht lesen.« Er gab Naoko den Papierstreifen.

»Das ist ein Reisesegen«, sagte sie. »Vielleicht machst du bald eine Reise.«

»Und du? Was hast du bekommen?«

Naoko rollte das Papier auseinander und lachte aufgeregt. Sie zeigte Alex den Zettel. »Es bedeutet Erfolg im Geschäft. Was für ein Glück.«

»Ich dachte, es ist nur Aberglaube?«

Naoko las ihren Segen noch einmal. »Nicht, wenn du das bekommst, was du dir wünschst.«

Bei dem Kampferbaum falteten sie ihre Zettel der Länge nach und suchten eine Stelle zum Anbinden. Naoko deutete auf einen Zweig, der leer war, und Alex streckte sich und band die Zettel fest. Naoko klatschte in die Hände und hob sie in einer glückbringenden Geste gefaltet vor ihr Gesicht.

Sie betraten die Pagode. Hinter dem Geländer stand eine offene Holzkiste, in der lauter Fünf-Yen-Münzen lagen. Jede hatte ein Loch in der Mitte.

»Wofür ist das Geld?«, fragte Alex.

»Du musst für deinen Segen bezahlen«, sagte Naoko. »Wie alles andere im Leben gibt es ihn nicht umsonst.«

»Und warum eine Fünf-Yen-Münze?«

»Weil sie am meisten Glück bringt.«

Alex wühlte das Kleingeld aus seiner Tasche und warf alle Fünf-Yen-Münzen, die er finden konnte, in die Kiste. »Ich habe nichts dagegen, ein bisschen mehr zu bezahlen. Ich brauche alles Glück, das ich bekommen kann.«

»Aber wir sind doch für unser Glück im Leben selbst verantwortlich, oder nicht?«

»Ich wünschte, das wäre so einfach. Manchmal geht trotz bester Absichten alles schief.«

Naoko drehte sich zu ihm um. »Ich möchte, dass du es mir erzählst, Alex. Erzähl mir, was in London passiert ist. Ich will es von dir hören.«

»Was immer du da erwartest, du wirst nichts erreichen, indem du mich löcherst.«

»Warum musst du mir ausweichen? Warum sprichst du nicht mit mir?«

»Ich spreche doch mit dir. Aber manche Dinge vergisst man am besten. Das ist alles. Erzähl mir nicht, es gibt in deiner Vergangenheit nichts, an das du dich lieber nicht erinnern möchtest.«

Naoko atmete schwer. »Das ist nicht fair. Wir sprechen von dir. Wir versuchen es zumindest, aber du duckst dich immer wieder weg.«

»Haben wir uns deshalb gefunden, Naoko? Du kannst vor mir verbergen, was du willst, weil ich kein Japaner bin. Ich sehe die kleinen Details an dir nicht, die ich sonst sehen würde. Alle deine Fehler und Geheimnisse. Und du siehst meine nicht. Deshalb klappt es mit uns.«

»Meinst du?«

»Die Vergangenheit ist ein gefährliches Thema. Manchmal ist es am besten, sie ruhen zu lassen.«

Sie gingen um das Hauptgebäude herum nach hinten und über einen Kiesweg durch ein wildes Binsengestrüpp zu einem Teich in der Ecke der Außenmauer. Auf der anderen Seite strömte ein Wasserfall über einen Felsblock herunter, und eine Reihe von bemoosten Steinen führte über das Wasser. Der Wasserfall ergoss sich in ein Bambusrohr, das in den Teich kippte, wenn es voll war, und dann zurückschwang und sich wieder füllte. Der Teich war voller Karpfen, die die Abendsonne genossen und mit den Schwanzflossen schlugen, wenn sie nach Insekten schnappten. Die Wasseroberfläche funkelte im Licht der Sonne, das durch die Äste fiel.

»Lass uns zu dem Wasserfall hinübergehen«, sagte Alex.

Naoko schüttelte den Kopf. »Auf keinen Fall. Ich bin dazu nicht richtig angezogen. Wir müssen jetzt auch gehen, sonst kommen wir zu spät.«

Alex sprang auf den ersten Stein, drehte sich um und streckte ihr die Hand entgegen. »Halt dich fest. Ich fange dich auf, wenn du abrutschst.«

Naoko wich einen Schritt zurück. »Das ist albern«, sagte sie. »Warum willst du einen Wasserfall in einem Tempelgarten anschauen? Was ist daran so wichtig?«

»Ich bin neugierig. Für dich ist es etwas anderes. Du bist mit alldem aufgewachsen, aber für mich ist es immer noch neu. Ich will es verstehen.«

Sie deutete auf das Bambusrohr, das sich in ununterbrochenem Rhythmus füllte und leerte. »Nichts als eine Menge Stein und Wasser. Da gibt es nichts zu verstehen.«

»Das glaube ich nicht.« Alex sprang auf den nächsten Stein. »Was ist aus der Republik Naoko geworden? Aus der Idee, alles so zu tun, wie du es willst?«

Sie wandte sich ab und ging auf dem Pfad zurück. Dabei rief sie: »Davon kann ich nicht leben.«

Das Restaurant hieß Go. Im Entree hing eine Riesenskulptur aus Kristall und mundgeblasenem Glas an einem einzelnen Draht von der Decke über dem Eingang, scharfkantig und zackenförmig, als sei sie dazu gedacht, die Gäste, die darunter durchgingen, zu beunruhigen. Der Oberkellner begrüßte sie kühl und studierte die Liste der Reservierungen. Als er ihre Namen gefunden hatte, änderte sich seine Haltung, er verbeugte sich und führte sie hinein. Eine Kellnerin brachte sie durch den gut besetzten Raum zu einem Tisch, der hinten etwas abseits stand. Megumi und ihr Freund waren schon da. Sie tranken eisgekühlten *sake* aus Holzbechern.

Sie war erst knapp über zwanzig, schätzte Alex, kleiner als Naoko und hatte schmale Schultern und schlanke Arme. Sie trug ihr schwarzes dichtes Haar in einer Frisur mit langen, gerade geschnittenen Ponyfransen, und sie strahlte trotz ihrer Jugend ein unverkennbares Selbstbewusstsein aus.

»Endlich darf ich Sie kennenlernen«, sagte sie. »Immer wenn ich Naoko nach ihrem Privatleben frage, wechselt sie sofort das Thema. Manchmal denke ich, vielleicht geniert sie sich.«

»Überhaupt nicht«, widersprach Naoko. »Ich konzentriere mich nur gern auf die Arbeit, das ist alles.«

»Das ist Shinichi«, sagte Megumi und deutete über den Tisch auf ihren Freund. Er tippte gerade eine Nachricht in sein Telefon und war so vertieft darin, dass er nicht aufblickte. Sein stachlig frisiertes Haar war blond gefärbt und hatte schwarze Wurzeln. Hinter einem Ohr klemmte eine Zigarette. Er reagierte kaum, als er vorgestellt wurde.

Megumi wandte sich an Alex. »Wie lange sind Sie schon Lehrer?«, fragte sie.

Er lächelte schmal und verlegen. »Ist das so offensichtlich?«

Sie musterte ihn kurz von oben bis unten. »Sie sind viel zu jung, um sich zum Spaß so zu kleiden.«

»Das ist die Uniform der Sprachschule. Die müssen wir alle tragen. Sie auszuziehen erlaubt die Schule uns nur, wenn wir schlafen.« Er schaute hinüber zu Shinichi in seinem T-Shirt und der zerrissenen schwarzen Jeans.

»Ich dachte, hier gibt es einen Dresscode«, sagte er.

Megumi senkte die Stimme. »Den gibt es auch. Aber sein Vater ist hier Teilhaber.«

Das Essen wurde im *kaiseki*-Stil serviert; jedes Gericht kam in antiken Lackschalen auf den Tisch. Als alles da war, war auf dem Tisch kein Platz mehr. Es gab Schneekrabben und *manju*-Klößchen, Rübchen in weißem *miso*, gebratenen Seeteufel mit Lotuswurzeln und Aal auf gedämpftem *komatsuna*-Gemüse. Megumi bestellte mehr *sake*, und die Kellnerin brachte noch eine Flasche.

»Kommen Sie nächste Woche zu der Vernissage?«, fragte Megumi. Sie trug einen Reiher als Anhänger an einer Platinkette, den sie zwischen den Fingern drehte, während sie sprach. »Ich glaube, es wird Ihnen gefallen. Es ist eine großartige Gelegenheit, Naoko dabei zu sehen, wie sie das Publikum bezirzt.«

Naoko lachte kurz und bemühte sich, entspannt zu klingen. »Ich glaube, wir werden beide zu viel zu tun haben, um uns um Gäste zu kümmern.«

Alex merkte, dass sie nervös wurde. Normalerweise war ihre Persönlichkeit stark genug, um solche Situationen zu beherrschen, aber dagegen war Megumi anscheinend immun. Sie schien immer lockerer zu werden, je größer Naokos Anspannung wurde.

»Alex muss kommen«, sagte sie. »Es ist die perfekte Gelegenheit, ihn überall vorzustellen. Herr Kimura wird bestimmt erfreut sein, ihn kennenzulernen.«

Naoko schaute von einem zum andern. Sie sah aus wie eine, die es nicht gewohnt war, in die Enge getrieben zu werden. Schließlich streckte Megumi eine Hand aus und legte sie auf ihren Arm.

»Ich mache nur Spaß«, sagte sie. »Du bist immer so ernst, Naoko. Ehrlich, Alex, ich verstehe nicht, wie Sie damit fertigwerden.«

Gesprächslärm erfüllte das Lokal. Die Gäste redeten durcheinander wie Vögel in der Paarungszeit. Megumi zeigte auf verschiedene Leute im Raum, und ihre Indiskretion diente als perfekte Tarnung. Da waren Maler und Sammler, ein ehemaliger *sumo*-Meister und Models aus den Modehäusern, die mit den Ehemännern ihrer Kundinnen weißen Burgunder tranken. Megumi schien die persönliche Geschichte hinter jedem Gesicht zu kennen. Am vordersten Tisch saß der Vorstandsvorsitzende der größten Airline Asiens. Bei ihm war eine Schauspielerin, die notgedrungen in den Ruhestand gegangen war, nachdem ihr gutes Aussehen verblasst war. Sie trug eine *kepatsu*-Frisur zu einem grauseidenen Kimono mit breitem *obi*, wie eine Witwe. Sie bediente ihn pflichtschuldig von den Tellern auf dem Tisch, und er schaute ihr schweigend zu. Seine Hände ruhten auf seinem Bauch. Durch das Panoramafenster hinter ihnen sah man den Gipfel des Fuji, der über der Stadt schwebte wie eine geisterhafte Projektion.

Als die Kellnerin anfing, den Tisch abzuräumen, erklärte Megumi, sie gehe jetzt zur Toilette, und winkte Naoko, sie solle mitkommen. Als sie weg waren, erwachte Shinichi zum Leben. Er beugte sich über den Tisch zu Alex hinüber.

»Glauben Sie, jeder kann sehen, dass sie einander hassen? Oder nur wir beide?«, fragte er.

Alex wunderte sich über den vertraulichen Ton. »›Hassen‹ ist ein hartes Wort. Ich glaube, sie konkurrieren miteinander.«

Shinichi schüttelte zweifelnd den Kopf. »Das ist Wunschdenken. Megumi ist besessen von ihrer Arbeit. Sie redet von nichts anderem. Es ist, als gäbe es sonst nichts Wichtiges.«

Alex zuckte die Achseln. »Sie wirkt sehr selbstbewusst. Ich bin sicher, sie kommt zurecht.«

»Lassen Sie sich nicht von Äußerlichkeiten täuschen. Sie weint sich abends fast immer in den Schlaf, wenn sie denkt, ich höre es nicht. Ehrgeiz bringt eine Menge Druck mit sich. Wahrscheinlich habe ich deshalb nie welchen gehabt.«

Er nahm eine Zigarette aus einer Packung auf dem Tisch, zündete sie an und hielt Alex die Schachtel herüber. Als Alex ablehnte, war er überrascht.

»Sie werden es sich angewöhnen müssen, wenn Sie sich an die Japaner anpassen wollen. Tokio ist ein Paradies für Raucher.«

»Dieses eine Laster habe ich mir nie aneignen können«, sagte Alex. »Bei den meisten anderen habe ich es geschafft.«

Shinichi sah ihn forschend an. »Ist Ihnen das hier lieber?« Er griff in die Tasche, holte einen kleinen Plastikbeutel heraus und warf ihn auf den Tisch. Er enthielt eingerollte getrocknete Blätter – gutes Gras.

Der Beutel lag unübersehbar mitten auf dem Tisch. Alex

schaute ihn an. Voller Unbehagen sah er sich nach allen Richtungen um. Die Kellnerin war auf dem Weg zu ihnen.

»Ich bin nicht sicher, ob das eine gute Idee ist«, sagte er.

Shinichi blieb ruhig sitzen, als sie herankam. Die Gefahr beeindruckte ihn nicht. Schließlich streckte er die Hand aus und schob den Beutel zu Alex hinüber. »Nehmen Sie es mit«, sagte er. »Wenn Sie genauso viel zu ertragen haben wie ich, brauchen Sie es sicher.«

Naoko kam aus der Toilettenkabine und wusch sich die Hände. In dem großen Spiegel überprüfte sie ihr Make-up und zog ihr Kleid zurecht. Als die Tür aufging und eine Frau mittleren Alters hereinkam, erkannte Naoko sie sofort. Sie wandte sich ab, zog ein Papierhandtuch aus dem Spender und tat, als tupfe sie ihren Lippenstift ab, sodass das Papiertuch ihr Gesicht verdeckte.

Die Frau wollte vorbeigehen, aber dann blieb sie stehen und drehte sich zu Naokos Spiegelbild um. Sie lächelte, ohne zu zögern.

»Verzeihung«, sagte sie. »Du bist Eriko, nicht wahr?«

Naoko wich ihrem Blick aus.

»Du bist es. Ich würde dich überall wiedererkennen. Aber es ist lange her.«

Naoko ließ das Papiertuch sinken. »Tut mir leid«, sagte sie. »Sie müssen mich verwechseln.«

Die Frau war um die fünfzig. Ihr knallig gemustertes Kleid war zu eng, und sie trug schwere Kristallohrringe. Lippen und Zähne waren rotweinfleckig.

»Ich bin sicher, du bist es. Erinnerst du dich nicht an mich? Hisako Ota? Du warst eine der Besten, die je für mich gearbeitet haben.«

Die Stimme der Frau war laut und indiskret. Naoko würde sie nicht zum Schweigen bringen, wenn sie ihr nicht zustimmte. Sie blieb standhaft.

»Mein Name ist Naoko Yamamoto«, sagte sie frostig. »Ich habe keine Ahnung, wer Sie sind.«

»Aber ich weiß, wer du bist. Ich bekomme heute noch Nachfragen nach dir.«

Naoko sprach mit fester und entschlossener Stimme. »Ich weiß nicht, wovon Sie reden.«

Das Lächeln der Frau verschwand. »Oh, ich verstehe. Du bist dir jetzt zu fein, ja?«

Sie sah aus, als wollte sie weiterdiskutieren, aber Naoko starrte sie nieder. Schließlich wandte die Frau sich wütend ab, verschwand in einer Kabine und schloss die Tür. Megumi kam aus der Nachbarkabine. Ihr Gesicht war ausdruckslos, aber Naoko wusste, dass sie alles mit angehört hatte.

»Wer war das?«, fragte Megumi.

Naoko schüttelte den Kopf, ohne eine Miene zu verziehen. »Ich habe keine Ahnung.«

Es war nach eins, als sie das Restaurant verließen. Die Straßen glänzten im dunklen Kobaltglanz der elektronischen Reklametafeln hoch über ihnen. Es war ein gespenstisches Licht, das keine Schatten warf, hell genug, um die Nacht zurückzudrängen. Sie warteten auf Taxis, und Naoko bestand darauf, dass das andere Paar das erste nahm. Sie stand neben Alex, als es abfuhr. Er spürte, dass sie angespannt und nervös war.

»Arbeitest du morgen?«, fragte er.

»Ja, ich fange früh an.«

»Dann bringe ich dich nach Hause.« Er hielt im Verkehrsgewühl Ausschau nach einem Taxi.

»Nicht heute Nacht, Alex. Ich möchte allein sein, wenn du nichts dagegen hast.«

»Hat der Abend dir nicht gefallen?«

»Ich bin nur müde. Manchmal ist es anstrengend, mit Megumi zusammen zu sein.«

»Ich dachte, ihr beide wärt befreundet?«

Naokos Augen blitzten gereizt. »Das sind wir auch«, sagte sie.

Alex zog den Beutel aus der Tasche und hielt ihn in der gewölbten Hand. »Hast du gesehen, was Shinichi mir gegeben hat?« Er hatte damit gerechnet, dass es sie amüsieren würde, aber Naoko war verärgert, als sie erkannte, was in dem Beutel war.

»Das hat Shinichi dir gegeben? Und du hast es angenommen?«

»Er hat es einfach auf den Tisch geworfen. Ich hab's nicht gekauft.«

»Darum geht es nicht. Er ist der Freund meiner Assistentin. Jetzt wird er Megumi erzählen, dass du Drogen nimmst, und wer weiß, wem sie es weitererzählt. Verstehst du das nicht?«

Sie wollte weggehen, aber Alex hielt sie am Arm fest.

»Nein, das verstehe ich nicht. Ich habe ihn nicht darum gebeten. Findest du nicht, dass du überreagierst?«

Sie streifte seine Hand ab. »Es ist mir egal, was du tust, Alex. Das kannst du selbst entscheiden. Aber so etwas ist in Japan eine ernsthafte Angelegenheit. Wenn du damit erwischt wirst, bekommst du große Schwierigkeiten, und das wird mich in ein schlechtes Licht setzen. Shinichi hat einen reichen Vater, der ihn notfalls herausholen kann, aber du bist allein hier. Ich habe dich für klüger gehalten, aber anscheinend habe ich mich geirrt. Nach allem, was ich über deine Vergangenheit gehört habe, solltest du deine Lektion inzwischen gelernt haben.«

Alex fühlte, wie seine Haut sich straffte und das Blut aus seinem Gesicht wich. »Was hast du über meine Vergangenheit gehört?«

Naoko starrte ihn voller Empörung an. »Ich weiß, warum du hier bist, auch wenn du dich weigerst, mir etwas über dich zu erzählen. Es gibt auch andere Möglichkeiten, Dinge herauszufinden. Ich habe gehört, was dir passiert ist. Ich weiß alles über die Drogen und den Unfall, den du verschuldet hast.«

Er tat einen Schritt auf sie zu. »Wer hat dir das erzählt?«

»Was glaubst du, wer?«

»Hiro.«

»Er weiß genau, wie du dein Leben vermasselt hast. Er befürchtet, du könntest das Gleiche auch mit meinem tun. Er weiß, noch ein Trauma kann ich nicht gebrauchen. Das ertrage ich nicht.«

»Ich auch nicht.«

»Ich weiß nicht, ob es weiterhin funktioniert mit uns. Vielleicht tun wir einander nicht gut.«

»Das ist nicht dein Ernst, oder?«

»Wie kann ich dir vertrauen, wenn du nicht offen zu mir bist?«

Alex griff noch einmal nach Naokos Arm und drehte ihre Handfläche nach oben. Die halb verheilte Wunde war im Licht der Straße deutlich zu sehen.

»Und du, Naoko? Bist du wirklich offen zu mir?«

Sie wollte die Faust schließen, aber Alex bog die Finger zurück und hielt sie fest. Eine Glutwelle zog über ihr Gesicht, und Wut verdunkelte ihren Blick. Sie schlug mit der freien Hand zu und zog die Fingernägel seitlich an seinem Hals herunter, wo sie tiefe Schrammen hinterließen.

Sofort ließ er ihren Arm los und hob eine schützende Hand an seinen Hals.

»Mein Gott, Naoko. Beruhige dich. Du übertreibst.«

Sie sah die roten Schrammen an seinem Hals, und einen Moment lang flackerten ihre Augen beschämt. Aber rasch hatte sie sich unter Kontrolle, und ihr Blick wurde trotzig. Ein Taxi kam heran, und Naoko trat auf die Straße hinaus und winkte. Der Fahrer hielt an und öffnete ihr die hintere Tür.

»Ich fahre nach Hause«, sagte sie. »Ich schlage vor, das tust du auch.«

Sie stieg ein, und die Tür schloss sich. Alex sah dem Taxi nach. Er konnte Naokos Kopf im Heckfenster sehen, als der Wagen in der Ferne verschwand. Sie schaute nicht zurück.

Unter dem Hemd lief ihm der Schweiß über den Rücken. Alex öffnete seinen Kragen und atmete tief durch. Eine Zeitlang stand er so da und sah zu, wie die Welt sich um ihn herum drehte, und er drückte eine Hand an seinen Hals, um das Blut aufzuhalten. Die Leute auf der Straße machten einen weiten Bogen um ihn. Er drehte sich um und ging mit gesenktem Blick auf die Kreuzung zu.

Er wanderte eine Zeitlang ziellos durch die Nebenstraßen, wo die Luft kühler war. Er wurde schon müde, als er den alten Tempel wiedersah. Das Tor war offen, der Vorhof leer. Er trat ein und ging auf dem Kiesweg zu dem Kampferbaum. Er fand den Zweig, an den er die *omikuji* gebunden hatte, und riss sie ab, entrollte die beiden Papierstreifen und betrachtete die getuschten Segenssprüche im Mondschein. Er hatte keine Ahnung, welcher seiner und welcher Naokos war; also zerriss er sie beide in kleine Fetzen, die er in seine Jacketttasche stopfte. So viel zu ihrem Glauben an solchen Hokuspokus, dachte er.

Es war ruhig und friedlich im Garten, und das Wasser im Teich plätscherte sanft gegen die Steine. Alex blieb am Ufer stehen und schaute hinüber zu dem Wasserfall und dem Bambusrohr auf der anderen Seite, das sich langsam füllte und wieder leerte. Er raffte sich auf und sprang von Stein zu Stein. Die Blöcke waren nass, und er ließ sich Zeit. Die Karpfen schwammen langsam heran, um den Eindringling über ihnen zu beobachten. Sie kreisten träge umeinander und beäugten ihn im matten Licht. Alex zog den Beutel mit dem Gras aus der Tasche und verstreute den Inhalt über dem Wasser. Wenigstens die Fische sollten ein bisschen Spaß haben.

Vor dem Wasserfall blieb er stehen und lauschte dem Wasser, das herabrauschte, das Bambusrohr füllte und dann in den Teich floss. Es sah aus, als ob dieses Rohr sich schon seit tausend Jahren auf und ab bewegte. Ein Windglockenspiel hing über ihm am Ast eines Orangenbaums und klingelte leise in der Brise. Nach einer Weile musste er zugeben, dass Naoko recht hatte: eine Menge Steine und Wasser, weiter nichts. Für ihn ergab das alles keinen Sinn. Das ganze Land kam ihm vor wie ein Rätsel, und niemand hatte die Freundlichkeit, es ihm zu erklären. Zum ersten Mal seit seiner Ankunft in Tokio hatte Alex nicht die leiseste Ahnung, was er hier eigentlich wollte.

7

Alex beendete seinen Unterricht vorzeitig. Die Schüler gaben ihre Hausaufgaben ab und liefen hinaus. Es war Wochenende, und selbst die Gewissenhaftesten beobachteten seit zehn Minuten die Uhr und konnten es nicht erwarten, hinaus und ins Wochenende zu kommen. Sie waren Studenten von der Universität, die einen Englischkurs absolvierten, um ihren Eltern eine Freude zu machen oder um von ihren Dozenten zusätzliche Punkte für ihr Studium zu ergattern. Die meisten sprachen bereits flüssig genug, und so war es nicht schwer, sie zu unterrichten. Im Grunde interessierten sie sich nur für die neuesten Nachrichten über westliche Filmstars und Sportmannschaften. Als sie den Raum verlassen hatten, schloss Alex die Tür hinter ihnen, stapelte ihre Aufgabenblätter auf dem Pult und fing mit dem Korrigieren an.

Die Excelsior English School befand sich in einem Bürogebäude an einer Hauptstraße am Rand von Shinjuku. Alex' Klassenzimmer lag im zehnten Stock, und durch das Fenster blickte man auf eine Reklametafel für Kurzzeitkredite. Der Fensterrahmen vibrierte, wenn die Lastwagen auf der Zubringerstraße in Richtung Norden in den nächsten Gang schalteten. Unterricht gab es montags bis freitags von elf Uhr morgens bis zehn Uhr abends und am Samstag halbtags. Sonntags wollte niemand Englisch lernen.

Sein Handy vibrierte in der Jackentasche. Er nahm es heraus

und hoffte, es möge Naoko sein. Es war eine Woche her, dass sie mit Megumi essen gegangen waren, und er hatte nichts von ihr gehört. Er wusste, heute fand die Vernissage in ihrer Galerie statt, das große Ereignis, auf das sie sich seit Wochen konzentriert hatte. Deshalb war es unwahrscheinlich, dass sie ihn heute anrief. Trotzdem wischte er hoffnungsvoll über das Display, und er lächelte betrübt, als er Hiros Namen sah.

Was machst du heute Abend, gaijin? Komm, trink einen mit mir.

Er tippte die Antwort ein.

Nicht heute. Ich muss noch arbeiten.

Auf seinem Pult lag ein Berg von Hausarbeiten, die er noch korrigieren musste. Alex war klar, dass er nach dem Streit mit Naoko seine Arbeit vernachlässigt hatte. Die Woche war voll von unzähligen Substantiven und Vergangenheitspartizipien gewesen, und ein Kurs war nahtlos in den anderen übergegangen. Alex wusste, dass er abgelenkt war, und der Mangel an Begeisterung machte sich allmählich bemerkbar. Sich in eins von Hiros nächtlichen Abenteuern verwickeln zu lassen wäre die schlechteste Entscheidung, die er jetzt treffen könnte.

Er war nicht überrascht, als Hiro sofort antwortete.

Ich habe dich seit Wochen nicht gesehen. Nur ein Glas. Ich zahle.

Einen Moment lang erwog er, nachzugeben und sich mit Hiro zu treffen. Er war allein in Tokio; das wusste Naoko und hatte trotzdem nicht angerufen. Er hatte versucht, sich einzureden, das sei ihm egal, aber tief im Innern hatte er die Hoffnung noch nicht verloren. Und er wusste, es würde gedankenlos aussehen, wenn sie anriefe und er mit Hiro zusammen wäre.

Er schickte seine letzte Antwort ab.

Ein andermal, Hiro. Bis bald.

Er steckte sein Telefon ein und korrigierte weiter. Durch die Wände hörte er, wie andere Lehrer die Stühle stapelten und die Lampen ausschalteten, um sich eilig ins Wochenende zu verabschieden. Alex ließ sich Zeit. Arbeit war gut, um seine Gedanken zu beschäftigen.

Es klopfte, und die Tür ging auf, bevor er »Herein!« rufen konnte. Craig Wyndham kam hereinspaziert. Er trug einen Kreidestreifenanzug und einen silbernen Krawattenclip. Alles an ihm ließ deutlich erkennen, dass er schon zu lange in Tokio war. Er unterrichtete länger als alle andern an dieser Schule, und der Eigentümer hatte entschieden, dass er deshalb ihr Vorgesetzter sein müsse. Diese Verantwortung war ihm sofort zu Kopfe gestiegen.

»Wie war die Woche, Malloy? Ich habe gesehen, dass Sie heute Morgen wieder zu spät gekommen sind. Kann ich Ihnen irgendwie behilflich sein?«

Das Hilfsangebot war höchst doppelbödig. Alex wusste, es würde ihm kein Mitgefühl einbringen, wenn er jetzt Schwäche zeigte. Craig wünschte sich seit Monaten nichts anderes. Er war Alex gegenüber immer voller Unbehagen gewesen. Sie waren gleichaltrig und älter als die anderen Lehrer, und anscheinend betrachtete Craig ihn als bedrohliche Konkurrenz.

»Danke, es ist alles in Ordnung«, sagte Alex. »Ich habe mich heute nicht ganz wohlgefühlt, das ist alles.«

»Hoffentlich nicht zu viele lange Nächte. Wir werden schließlich dafür bezahlt, dass wir mit unseren Gedanken bei der Arbeit sind.«

»Mit den Hühnern ins Bett und mit der Sonne wieder auf, Craig. Sie kennen mich.«

Craig setzte sich an den Tisch in der ersten Reihe, stützte die Ellenbogen auf und klopfte mit der demonstrativen Geduld der Autorität mit den Fingerspitzen gegeneinander.

»Das dachte ich zumindest, Malloy. Ich habe Sie immer als eins der zuverlässigsten Mitglieder unseres Teams betrachtet. Aber in letzter Zeit stelle ich eine Veränderung fest. Einen Mangel an Fokus, könnte man sagen.«

»Ich hatte eine schlechte Woche. Zählen meine vergangenen Leistungen denn nichts?«

Craig schaute ihn an, und sein wachsbleiches Gesicht nahm einen selbstgefälligen Ausdruck an. Er schob einen seiner monogrammverzierten Manschettenknöpfe zurecht. »Wir sind alle nur so gut wie unsere letzte Unterrichtsstunde.«

Alex hatte Mühe, sich zusammenzunehmen. Ihm war klar, dass es das Klügste wäre, den Mund zu halten, aber seine Verachtung war zu giftig, um sie bei sich zu behalten.

»Seien wir ehrlich. Sie mögen mich nicht, Craig. Sie haben mich noch nie gemocht. Und ich mag Sie auch nicht. Wir kommen aus demselben Land, und deshalb weiß ich alles über Wichtigtuer wie Sie. Aber wen haben Sie hier sonst, der etwas Nennenswertes leistet? Ohne mich wären Sie verloren, und das wissen Sie.«

»Werden Sie nicht übermütig, Malloy. Jeder ist ersetzbar. Das wissen Sie.«

Alex stand auf. »Wenn Sie ohne mich leben könnten, Craig, dann wäre ich schon weg. Wenn es weiter nichts gibt, bin ich, glaube ich, hier fertig …«

Craig Wyndham stand stumm auf. Alex zog seinen Regenmantel an und nahm seine Tasche. Er wartete ab, um zu sehen, ob Craig wirklich den Mut besaß, den er vor den jüngeren Lehrern herauskehrte. Er war sicher, dass alles nur Schauspielerei war, und als er die Klassentür öffnete und in den Korridor hinausging, sah er sich bestätigt.

Adrenalin durchströmte ihn, als er das Gebäude verließ und auf die Straße hinaustrat. Das nächtliche Leben der Stadt erwachte um ihn herum. Es kam ihm nicht richtig vor, jetzt nach Hause zu gehen und mit seinen Gedanken allein zu sein, aber er wusste, Naoko würde seinen Anruf nicht entgegennehmen. Die Vernissage in der Galerie hatte Vorrang vor allem andern. Das wusste er. Aber es gab eine Möglichkeit, den Stress loszuwerden.

Er holte sein Handy aus der Tasche und tippte eine Nachricht.

»Du hast diesen Geruch an dir«, stellte Hiro fest.

»Was für einen Geruch?«

»Frauen-Trouble. Was ist passiert? Hast du dich in eine Schülerin verknallt?«

Sie hatten sich in einem *ramen*-Lokal in der Nähe des Bahnhofs Ikebukuro getroffen. Das Lokal bestand aus einem langen Tresen mit zehn Plätzen vor der Küche. Ein Vorhang aus *noren*-Bahnen hing vor der Tür. Der Raum war erfüllt von Dampf und dem köstlichen Duft von Schweinebrühe. Hiro tauchte ein *gyoza* in seine Nudelsuppe und tränkte es damit, bevor er es mit einem Bissen verzehrte.

»Nichts dergleichen«, sagte Alex. »Nur ein Mädchen, das ich in einer Bar kennengelernt habe.«

»Was hat sie getan? Deinen Gehaltsscheck geklaut?«

Er spürte, dass Hiro ihn aushorchen wollte. Es war merkwürdig, ein Gespräch mit einem so alten Freund zu führen und dabei der Wahrheit so offenkundig aus dem Weg zu gehen. Er wusste, er würde offen über Naoko reden, wenn er direkt gefragt würde, aber er würde seine Informationen nicht verschenken. Damit würde er Hiro nur ein falsches Überlegenheitsgefühl geben, und in dieser Hinsicht brauchte Hiro wirklich keinen Auftrieb.

»Glaub mir, mein Gehalt zu klauen lohnt sich nicht. Es war nur ein Streit wegen nichts. Du weißt, wie das ist.«

Hiro deutete mit seinen Stäbchen auf ihn. »Ich weiß nicht, warum du dir diesen ganzen Ärger zumutest, *gaijin*. Lohnt es sich wirklich? Warum kommst du von so weit her, um dich niederzulassen?«

»Tja, ich habe es eben nicht mehr in der Hand«, sagte Alex.

Hiro saugte lange *ramen*-Nudeln aus seiner Schale. »Du hast Glück, denn ich weiß genau, was du brauchst.«

Alex wurde unbehaglich, als er den Blick seines Freundes sah. »Wieso höre ich jetzt Alarmglocken klingeln?«

»Entspann dich.« Hiro grinste schief. »Warte, bis du siehst, was ich mir heute Abend für uns ausgedacht habe.«

Die Bar war wie ein dunkler Kokon. Im matten bernsteingelben Licht sah man eine mit schwarzem Samt bezogene Decke und krokodillederne Sitzbänke. Zwei Mädchen saßen auf hohen Hockern an der Theke und tranken Cocktails durch Strohhalme. Beide trugen kurze Röcke und kniehohe Stiefel.

»Das ist Kyumi, und das ist Yuko«, sagte Hiro. »Sie sind Gelegenheitsarbeiterinnen.«

»Was soll das sein?«, fragte Alex.

Hiro legte Kyumi einen Arm um die Taille. »Frag sie. Sie beißen nicht. Na ja, die Kleine vielleicht ein bisschen.«

Alex sah, wie Yuko einen kleinen Spiegel aus der Handtasche nahm und ihr Make-up überprüfte. Ihre Haut war stark gebräunt, ihr wasserstoffblondes Haar nach hinten gekämmt. Sie trug helle Kontaktlinsen, und an den Enden ihrer falschen Wimpern hinten schwarze Mascaraperlen. Ihre langen pinkfarbenen Nägel funkelten von Strass. Als sie ihr Glas hob, musste sie es mit beiden Händen halten.

»Gefallen sie dir?«, fragte sie. »Ich habe sie heute erst machen lassen.«

»Natürlich«, log Alex. »Sie gefallen mir sogar sehr.«

Stolz hielt sie beide Hände in das trübe Licht der Bar. »Woher kommst du?«, fragte sie.

»Aus London.«

»Da war ich noch nie. Ich habe gehört, alles sieht alt aus und die U-Bahn ist schmutzig.«

Alex dachte kurz darüber nach. »Das ist es, was mir daran gefällt«, sagte er dann.

Yuko erzählte ihm, sie wolle ihren eigenen Schönheitssalon eröffnen, aber sie könne das Geld nicht aufbringen. Das sei jedoch in Ordnung, denn sie habe es nicht besonders eilig. Ihre Eltern hätten ein *bento*-Lokal in Shinagawa und arbeiteten so viel, dass sie ständig krank seien. Ihr sei es recht, im Moment nichts zu tun, solange sie noch jung sei, sagte sie. Sie sei die einzige Tochter, und deshalb werde sie warten, bis ihre Eltern schließlich aufgäben und stürben. Dann hätte sie so viel Geld, wie sie brauchte.

Ihr Tisch war eingedeckt, und sie folgten dem Kellner durch die Bar nach hinten zu einer separaten Nische. Beide Mädchen gingen mit einwärts gewandten Füßen, als spielten sie Verkleiden, und ihre Absätze schürften über den Boden. Der Kellner schob die Papiertür auf, und sie stellten ihre Schuhe in einer Reihe davor. Hiro lachte laut über seine eigenen Witze, und die Mädchen belegten ihn mit Schimpfnamen und taten empört. Seine Hände wanderten überall auf Kyumi herum, er zog sie an sich, und sie sträubte sich nicht. Durch die verspiegelten Fenster sah Alex in der Ferne Züge wie Aufziehspielzeuge vorbeifahren. Ihre Lichter zogen wie leuchtende Kränze über die Scheiben. Yuko setzte sich neben ihn und legte eine Hand auf seinen Oberschenkel. Sie besaß die japanische Eigenschaft auszusehen, als wäre sie neunzehn und zugleich neununddreißig.

»Und was macht eine Gelegenheitsarbeiterin?«, fragte Alex.

Yuko ließ sich Zeit mit der Antwort. »Das ist eigentlich nichts Besonderes«, sagte sie schließlich. »Tokio ist eine teure Stadt, und die Frauen in Tokio haben einen teuren Geschmack. Wir gehen gern in die Geschäfte in Ginza und Shibuya, und man kann sich kaum leisten, dort zu shoppen. Also suchen wir uns Boyfriends, die uns dabei helfen.«

Alex deutete über den Tisch. »Wie Hiro?«

»Ja«, sagte sie. »Und ältere oder verheiratete Männer, die von ihren Ehefrauen die Nase voll haben. Männer, die den Blick nicht von den Mädchen wenden können, die sie jeden Tag auf der Straße sehen. Wir gehen mit ihnen aus und lachen über ihre Witze, und dafür kaufen sie uns Geschenke.« Ihre Stimme klang flach und gleichmütig, als beschreibe sie die Tätigkeit einer Sonntagsschullehrerin.

»Schläfst du mit ihnen?«, fragte Alex.

»Natürlich. Warum sollten sie uns sonst Geschenke kaufen?«

»Was ist dann der Unterschied zwischen einer Gelegenheitsarbeiterin und einem Escort-Service?«

»Das ist ein großer Unterschied«, sagte sie fast entrüstet. »Die Frauen vom Escort-Service nehmen Bargeld und haben Kunden. Wir haben Boyfriends und nehmen nur Geschenke.«

»Das scheint mir aber ein sehr feiner Unterschied zu sein«, sagte Alex.

Der Tisch war übersät von halbleeren Gläsern und Tellern, von denen niemand aß, aber die Mädchen schalteten die Sprechanlage ein und bestellten noch mehr. Dann entschuldigten sie sich und verschwanden auf der Toilette.

Alex sah Hiro an. »Ich kann nicht fassen, dass du uns ein Date mit zwei Huren gemacht hast.«

»Hast du nicht zugehört, *gaijin*?« Hiro fing an zu lachen. »Sie ist nur eine Gelegenheitshure.«

»Du bist unglaublich.«

»Hör auf, dir den Kopf zu zerbrechen. Sie haben alles, was teuer ist, von der Speisekarte bestellt. Dafür haben wir doch wohl etwas verdient, oder?«

»Sie ist ein Prinzesschen. Beide sind es.«

Hiro tippte sich mit dem Finger an die Schläfe. »Du nimmst deine Probleme zu ernst. Entspann dich und genieße den Abend. Ich garantiere dir, wer immer dein Mädchen ist, sie tut in diesem Augenblick das Gleiche.«

Alex wusste, dass Hiro recht hatte. Vielleicht war es an der Zeit, dass Naoko sich auch einmal im Stich gelassen fühlte. Er sah sich in der überfüllten Bar um.

»Lass uns verschwinden«, sagte er. »Hier gibt es nichts als Rauch und Lärm und Lichter.«

Hiro stand auf und trank sein Glas leer. »Das ist Tokio, mein Freund.«

Sie zahlten und winkten auf der Straße ein Taxi heran. Hiro setzte sich nach vorn und wies den Fahrer an, nach Shin-Okubo zu fahren. Dann drehte er sich zu Alex um und zwinkerte. Die Mädchen saßen dicht nebeneinander und schickten einander SMS-Nachrichten, und dabei sangen sie die japanischen Popsongs mit, die aus dem Radio kamen.

Das Taxi hielt vor dem Love Hotel, und Alex schaute hinauf zu dem pinkfarbenen Neonherz, das auf dem Dach des Gebäudes blinkte. Die Mädchen behielten ihren leeren, weltmüden Gesichtsausdruck, selbst als sie eingetreten waren und sie die schwarze Satinbettwäsche, die goldenen Armaturen und das Kingsize-Bett sahen, das das Zimmer ausfüllte. Ein riesiger Fernseher hing an einer Wand zwischen zwei verschnörkelten Spiegeln, aber Fenster gab es nicht.

»Das sieht aus wie in einem schlechten Blaxploitation-Film«, stellte Alex fest.

Hiro zog Kyumi auf das Bett und wickelte sie in die Decke, und sie kicherte betrunken und tat, als wehre sie sich. Yuko nahm Alex bei der Hand, führte ihn ins Bad und schloss die Tür. Sie drückte ihn hinunter auf die Fliesen rings um die abgesenkte Badewanne, umfasste sein Gesicht und küsste ihn. Er legte die Hände auf ihre Schenkel und spürte die glatte Haut an seinen Handflächen, strich höher und schob ihr kurzes Kleid hoch. Sie fuhr mit ihren langen pinkfarbenen Nägeln durch sein Haar und fing an, ihm das Hemd aufzuknöpfen.

»Mach keine hastige Bewegung«, sagte sie. »Sonst brechen sie ab.«

Alex schloss die Augen und versuchte, sich gehenzulassen. Er atmete den Duft ihrer Haut ein und vergrub das Gesicht zwischen ihren Brüsten. Sie nahm seine Hand und schob sie in ihr Höschen, und er liebkoste die warme, rasierte Haut. Sie fing an, leise auf Japanisch zu flüstern.

Während sie flüsterte, hörte Alex noch eine zweite Stimme in seinem Kopf, leiser, aber auch eindringlicher. Er wollte sie abschütteln, aber die Ablenkung war übermächtig. Yuko flüsterte immer noch vor sich hin. Alex hielt einen Finger an ihre Lippen, und sie verstummte und senkte verwirrt den Blick.

»Was ist?«, fragte sie.

»Nichts. Alles okay.«

Er küsste sie auf den Bauch und strich mit den Händen über ihr Gesäß, um das Gefühl wiederzufinden, aber es war verflogen, und er begriff, dass es nicht zurückkommen würde. Je mehr er sich anstrengte, desto weiter wich es zurück. Er öffnete die Augen, und jetzt war er nüchtern und trieb es mit einem Mädchen im Badezimmer eines geschmacklosen Love Hotels. Verzweifelt wünschte er sich woandershin. Yuko spürte den Stimmungswechsel und wich zurück.

»Möchtest du nicht?«, fragte sie.

»Ich kann nicht.« Er knöpfte sein Hemd wieder zu.

»Gefalle ich dir nicht?«

»Doch, natürlich. Aber eigentlich kenne ich dich doch gar nicht.«

»Wirst du mich ficken?«

Er schaute ihr in die künstlich hellen Augen. »Nein«, sagte er.

Sie dachte kurz nach und fragte dann: »Hast du eine Freundin?«

»Sozusagen.«

»Was heißt das?«

Er stand auf und sah sich nach seinem Jackett um. »Das heißt, es ist kompliziert.«

»Kompliziert ist es immer«, sagte sie.

»Wenn ich es tue, werde ich es später bereuen, das weiß ich.«

Sie zog ihr Kleid zurecht. »Liebst du sie?«

Alex schaute sie einen Moment lang an. »Ja«, sagte er schließlich.

»Hast du es ihr schon gesagt?«

»Nein. Noch nicht.«

»Warum nicht?«

»Sie hat mir nie Gelegenheit dazu gegeben.«

»Ist sie *jaja uma*?«

»Was zum Teufel ist *jaja uma*? Wieso höre ich das dauernd?«

»Es bedeutet ›Wildpferd‹. Ein Pferd, das niemand zähmen kann.«

»Das klingt ganz nach ihr.«

Yuko sah aus, als wollte sie noch etwas sagen, aber dann ließ sie es. Sie öffnete die Tür und wartete darauf, dass er hinausging. Als die Tür sich hinter ihm wieder schloss, hörte er, wie sie anfing, leise zu weinen.

Er wartete im Korridor auf den Lift, als er Hiro herankommen hörte. Er war barfuß und trug einen lose zugebundenen *yukata*. Sein Haar war zerzaust, und er hatte Lippenstift an Hals und Wangen.

»Verdammt, was machst du denn? Die heult da drin.«

Alex drückte noch einmal auf den Knopf neben der Aufzugtür. Der Aufzug steckte noch im Keller. Alex wich Hiros Blick aus.

»Ich kann das nicht«, sagte er.

»Warum nicht? Ich habe Geld, wenn du dir deshalb Sorgen machst.«

»Das ist es nicht.«

»Was ist es dann?«

»Ich bin nicht wie du, das ist alles.«

»Und wie bin ich?«

»Wenn ich es tue, ist zwischen uns alles vorbei.«

Hiro wedelte mit der Hand zwischen ihnen hin und her. »Du meinst, zwischen uns?«

Alex schüttelte den Kopf. »Nein. Ich meine, zwischen Naoko und mir.«

Eine Zeitlang war es still. Alex drückte wieder auf den Knopf, und jetzt hörte man, wie das Getriebe in Gang kam und die Kabel sich in Bewegung setzten. Er drückte immer wieder auf den Knopf, damit der Aufzug schneller kam.

»Ich hatte also recht«, sagte Hiro. »Ihr beide habt mich belogen. Wie lange schon?«

»Das war nicht meine Intention, Hiro. Ich wollte es dir sagen.«

»Wie lange?«

»Eine ganze Weile schon. Ungefähr vier Monate.«

»Na, du bist nicht der Einzige, der ein Geheimnis bewahren kann, Alex. Ich habe geahnt, dass da etwas im Gange ist. Seit dem Abend, an dem ihr euch kennengelernt habt. Ich wusste, ich hätte euch nie miteinander bekanntmachen sollen.«

»Warum hast du nichts gesagt?«

»Ich wollte nicht dafür sorgen, dass es Realität wird.«

»Aber es ist Realität.«

Der Lift kam, und die Tür glitt auf. Alex ging hinein und

drückte auf den Knopf für das Erdgeschoss. Hiro legte die Hand an den Türrahmen. Sein Gesicht war rot vor Wut.

»Nein, das ist es nicht. Und das wird es auch niemals sein. Deshalb habe ich dich heute Abend hierhergebracht.«

Alex' Nackenhaare sträubten sich, als er das hörte. »War das die ganze Zeit dein Plan? Du hast das alles so gedeichselt, dass ich das Mädchen ficke und du Naoko davon erzählen kannst?«

»Es ist das Beste für euch beide.«

»Warum hast du ihr erzählt, was mir in London passiert ist?«

»Weil es meine Aufgabe ist, sie zu beschützen.«

»Vor mir?«

»Vor jedem.«

»Warum hast du mich nicht vorher gefragt? Ich hätte dir die Wahrheit gesagt.«

Hiro stieß mit dem Finger nach ihm. »Nein, das hättest du nicht, Alex. Du hattest monatelang Zeit, es mir zu erzählen.«

»Ich habe dich nie belogen. Die Geschichte, die du Naoko erzählt hast, war eine krasse Lüge.«

»Ich weiß, dass du mit Drogen zu tun hattest. Willst du behaupten, das ist nicht die Wahrheit?«

»Es ist nicht die ganze Wahrheit.«

»Du hast jemanden bei einem Autounfall umgebracht, Alex. Wie kann ich zulassen, dass Naoko mit jemandem zusammen ist, der so etwas tut und dann wegläuft? Noch tiefer kann man nicht sinken.«

Alex schüttelte langsam den Kopf. »Glaub mir, Hiro, es war alles noch viel schlimmer.«

»Du wirst niemals gut genug für sie sein. Warum akzeptierst du das nicht einfach?«

Alex griff nach der Hand seines Freundes und schob sie von dem stählernen Türrahmen herunter. Die Aufzugtür begann sich zu schließen.

»Das Problem ist, Hiro, dass du dich irrst.«

»Inwiefern irre ich mich?«, fragte Hiro.

Alex sah zu, wie er in den Korridor zurückwich, aber er antwortete nicht. Die Tür schloss sich, und der Aufzug setzte sich bebend in Bewegung. Er hörte, wie Hiro seine Frage schreiend wiederholte. Seine Stimme hallte durch den Liftschacht. Du irrst dich in allem, dachte Alex.

8

Schnee bedeckte die Straßen. Weiße Flocken, ungleichmäßig wie schiefe Zähne, wirbelten langsam vom bitterharten Himmel herab. Parallele Reifenspuren zogen sich auf beiden Seiten von Denmark Hill durch grauen Matsch. Alex fuhr vorsichtig und mit beiden Händen auf dem Lenkrad; er spürte die mangelnde Bodenhaftung des Wagens, als er in die Sunset Road einbog und auf den verlassenen Park zufuhr. Vor ihm lag London, von Wolken verhüllt.

Im vorderen Fenster seines Elternhauses hingen geschmackvolle Lichterketten und umrahmten das dichte, dunkle Grün des sparsam mit Schmuck behängten Weihnachtsbaums. Es war ein schmales viktorianisches Reihenhaus mit einer dunkelblauen Haustür und hohen Erkerfenstern. Die Scheiben waren von Tropfen gesprenkelt, wo die Schneeflocken geschmolzen waren, ehe sie sich festsetzen konnten. Er parkte vor der Gartenmauer, hob die Tasche mit den Geschenken aus dem Kofferraum des Audis, ging den Gartenweg hinauf und schloss die Tür auf. Der gemusterte Teppich, der ihn schon immer hier empfangen hatte, lag noch in der Diele, und auch das abgegriffene Treppengeländer und die verschlissene Fußmatte waren noch da.

Er hörte die herzliche Stimme seines Vaters, der ihn rief, als er die Tür öffnete.

»Ist das Dr. Malloy?«

Alex machte möglichst gute Miene. »Nein. Ich bin's nur«, rief er zurück.

Sein Vater kam in die Diele, als Alex seinen Mantel an die Garderobe hängte. »Alexander«, sagte er. »Frohe Weihnachten. Wie war der Verkehr?«

Er kam heran, streckte die Arme aus, als wolle er seinen Sohn umfangen, und entschied sich dann für einen höflichen Händedruck.

»Verkehr? Gab es nicht«, sagte Alex. »Zum Autofahren ist jetzt die beste Jahreszeit.«

Das Licht, das durch das bunte Glas des Bogenfensters über der Tür fiel, bemalte die Diele mit farbigen Flecken. Sein Vater roch nach Scotch und Soda und muffigen Wollsachen. Seine Hände waren eiskalt. Er war wieder draußen gewesen und hatte in seinem Schuppen heimlich seinen Whisky getrunken, vermutete Alex. Im Haus war Alkohol unter keinen Umständen erlaubt, nicht einmal Weihnachten.

»Hast du Patrick mitgebracht?« Sein Vater schaute über Alex' Schulter zur Haustür, als müsse sie sich jeden Augenblick noch einmal öffnen.

»Ich dachte, er ist schon hier«, sagte Alex.

Sein Vater drückte ihm immer noch die Hand. »Er wird bestimmt bald da sein. Komm herein und sag allen guten Tag.«

Die Familie war im Wohnzimmer und wartete darauf, dass der Lunch serviert wurde, wie jedes Jahr. Alle tratschten und erzählten Geschichten von obskuren Verwandten zu Hause. Großtanten und Cousinen saßen auf allen verfügbaren Plätzen, und Kinder rannten von einem Zimmer zum anderen. Im Radio lief leise festliche Musik. Alex begrüßte alle nacheinander und legte seine Geschenke unter den Baum. Auf der Flocktapete an der einen Wand hingen Schulfotos aus dreißig Jahren, dichte Reihen von Jungen, die vor der Granitkolonnade von St. Dominic's College aufgebaut standen. Sein Vater war auf jedem Bild in der ersten Reihe zu sehen, und immer trug er dieselbe Cordjacke und die Flanellhose. Er sah aus wie eine strenge, patrizierhafte Version von Alex, auch wenn sein Vater die Ähnlichkeit niemals eingestanden hätte. Das Kaminsims war vollgestellt mit Kommunionsfotos und Weihnachtskarten. Ein gerahmtes Foto von Patrick in seinem Examenstalar war auch dabei, aber nichts von Alex. Nicht, dass ihm das etwas ausgemacht hätte. Es interessierte ihn schon lange nicht mehr.

Seine Mutter saß auf einem Stuhl vor dem Kaminfeuer und drehte den Flammen die Knöchel zu. Sie wartete darauf, dass er sich herunterbeugte und sie auf beide Wangen küsste. Sie trug eine schwere Schürze über ihrem Tweedrock und eine graue Strickjacke, und ihre Haut spannte sich durchscheinend über die Gesichtsknochen. Ihre Lippen waren zusammengekniffen unter dem violetten Lippenstift, den sie nur an diesem Tag trug.

»Ich habe während des Gottesdienstes heute Morgen die ganze Zeit nach dir gesucht«, sagte sie. »Aber ich habe dich nicht gesehen.«

»Ich habe versucht, es noch zu schaffen.«

»Ach, Alex. Wann warst du das letzte Mal dabei? Du oder dein Bruder?«

»Wenn ich meine Zeit in einem verdunkelten Raum verbringen möchte, gibt es einen ausgezeichneten Pub am Ende meiner Straße.«

Sie schob angewidert die Lippen vor. »Eines Tages wirst du den Trost deines Glaubens brauchen. Denk an meine Worte. Zumal nachdem du in dieser gottverlassenen City gearbeitet hast. Mir ist aufgefallen, dass der Wagen, den du fährst, sehr teuer aussieht. Er muss ja ein eigenes Loch in die Ozonschicht reißen.«

»Das ist ein Firmenwagen«, sagte Alex. »Den konnte ich mir nicht aussuchen.«

»Bezahlt mit den illegalen Profiten irgendeines Unternehmens, vermute ich.«

»Ich bin Steuerrechtsanwalt, Mutter. Ich stehle kein Geld aus dem Kollektenbeutel.«

Zumindest waren seine Eltern immer konsequent gewesen, dachte er. Es war ihre lebenslange Überzeugung, dass das Lernen nur dann sinnvoll war, wenn es anderen nutzte. Sie hatten sich gewünscht, dass er als Anwalt bei Gericht arbeitete oder arm, aber edel die Menschenrechte verteidigte, statt die Ausbildung, die sie ihm ermöglicht hatten, für den schäbigen Eingang eines regelmäßigen Gehalts zu verschwenden. Eine bequeme Auffassung, hatte Alex immer gedacht, für einen fest angestellten Lehrer, der die Tochter seines Schulleiters geheiratet hatte.

Alex hatte schon in seiner frühen Jugend begriffen, dass er zu spät gekommen war, um den Beifall seiner Eltern zu finden. Patrick war fast zehn Jahre älter, und er hatte alle Zuneigung aufgebraucht, die sie vielleicht hatten geben können. Man hatte ihm klargemacht, dass sie für einen zweiten Sohn keine Pläne gehabt hatten, zumal seine Mutter auf die vierzig zuging, als er gekommen war, zu eingefahren in ihren Gewohnheiten, um nachsichtig gegen ein Kind zu sein. Aber das hatte Alex nie beunruhigt. Er hatte immer verstanden, dass das Abenteuer des Lebens außerhalb ihres Horizonts lag.

Sie aßen am Küchentisch zu Mittag, Ellenbogen an Ellenbogen, zusammengedrängt wie Bettler. Beim Essen erwähnten seine Eltern den leeren Stuhl trotz ihrer erkennbaren Enttäuschung nicht. Sie hatten schon vor langer Zeit gelernt, ihre Gefühle zu unterdrücken wie die Spartaner.

Aber schließlich sagte seine Mutter: »Vielleicht ist er wegen eines Notfalls ins Krankenhaus gerufen worden. Das würde zu Patrick passen, dass er an einem Tag wie heute an andere denkt.«

Zumindest hatten sie immer noch ihre Illusionen, auf die sie zurückgreifen konnten, dachte Alex. Es war Wunschdenken, aber es schien die Anspannung zu lockern. Als sein Vater den Pudding flambierte, war Patrick immer noch nicht gekommen. Alex entschuldigte sich, als der Tisch abgeräumt wurde, und ging hinaus zu seinem Auto. Er wusste, dass die Abwesenheit seines Bruders in Wahrheit alles andere als selbstlos war.

Patricks Wohnung lag im dritten Stock eines Reihenhauses in der Nähe von Battersea Park. Faltbare Buggys lehnten im Hausflur, und Berge von ungeöffneter Post stapelten sich sorgfältig sortiert auf der Treppe. Alex drückte auf den Klingelknopf und trat auf den Stufen vor der Tür einen Schritt zurück, um nach oben zu schauen. Die Fenster waren dunkel. Am Himmel war eine dichte Wolkendecke aufgezogen. Der Schnee wehte jetzt in Schleiern, und harte Windböen trieben ihn nahezu seitwärts durch die Luft. Alex musste seine Augen vor den nassen, stechenden Flocken beschirmen. Er klingelte lange, wohl wissend, dass Patrick ihn irgendwann zur Kenntnis nehmen musste. Der Summer ertönte, und Alex stieß die Tür auf und stieg die schmale Treppe hinauf.

Die Wohnung war so gut wie leer. Dellen im Teppich zeigten, wo vor Kurzem noch Möbel gestanden hatten. Die Rosenholzanrichte, ein Hochzeitsgeschenk ihrer Eltern, war verschwunden, und helle

Vierecke in der Wandfarbe ließen erkennen, dass Bilder abgenommen worden waren. Alex rief den Namen seines Bruders, und seine Stimme hallte von den kahlen Wänden wider.

Niemand antwortete. Alex ging durch die leeren Zimmer und fand Patrick schließlich in der Küche, wo er allein auf dem einzigen verbliebenen Stuhl saß.

»Hi, Alex«, sagte er. »Fühl dich wie zu Hause.«

Der Kragen seines Oberhemds stand offen, und die Ärmel waren bis zu den Ellenbogen hochgekrempelt. Mantel und Schal hatte er sich um die Schultern gelegt wie ein alter Rentner. Seine Hand zitterte leicht, als er sich durch das schüttere Haar fuhr.

»Beim Mittagessen haben dich alle vermisst«, sagte Alex.

»Ich wollte kommen. Wirklich. Aber immer wenn ich das Haus verlassen wollte, konnte ich es nicht über mich bringen. Was gab's denn?«

»Gänsebraten. Wie immer.«

»Trocken?«

»Wie Sägemehl.«

»Ein paar Dinge ändern sich nie.«

Alex sah sich in der leeren Küche um. »Was ist hier passiert?«

»Ich musste Sachen verkaufen. Ich hatte kein Geld.«

»Was ist mit Monica?«

»Sie ist weg. Ich kam letzte Woche nach Hause, und sie war nicht mehr da. Sie hatte gesagt, sie werde mir Zeit bis Neujahr geben, um wieder auf die Beine zu kommen, aber anscheinend hat sie beschlossen, schon vorher auszusteigen.«

»Wo ist sie hin?«

»Ich weiß es nicht. Sie nimmt meine Anrufe nicht an. Aber sie hat einen Zettel hinterlassen, was immerhin nett ist.«

Er versuchte zu lachen, brachte jedoch die Energie nicht auf. Trotz der Kälte standen Schweißperlen auf seiner Stirn.

»Mein Gott, du siehst schrecklich aus«, sagte Alex. »Musst du nicht ins Krankenhaus?«

Sein Bruder schüttelte matt den Kopf. »Ich bin Arzt, Alex. Was sollen die mir da erzählen, was ich nicht schon weiß?«

»Dass du dich umbringst.«

»Ich brauche kein Krankenhaus. Ich brauche Geld.«

Alex schüttelte entschlossen den Kopf. »Nein«, sagte er. »Ich helfe dir nicht, an Drogen zu kommen.«

Patrick blickte mit großen, flehenden Augen auf. Sein Geist schien mit rasender Geschwindigkeit zu arbeiten. »Ich will nicht high werden. Ich brauche nur etwas gegen diese Übelkeit. Du kannst es rationieren und mir nach und nach geben. Ich kann sonst niemanden fragen.«

»Kommt nicht infrage.«

»Ich bitte dich um deine Hilfe.«

Alex zögerte. Er spürte, wie gefährlich es wäre, seinem Bruder zu geben, was er wollte, aber es war unerträglich, ihn in diesem waidwunden Zustand zu sehen.

»Selbst wenn ich Ja sage, wo soll ich Weihnachten etwas bekommen?«

»Ich kenne jemanden, der es liefert.«

»Und was dann? Du kannst nicht so weitermachen.«

»Hilf mir nur jetzt, Alex. Dann gehe ich, wohin du willst. Ich verspreche es dir.«

»Wie viel Geld brauchst du?«

Patrick errötete eifrig, als könne er es schon schmecken. »Wie viel hast du?«

Alex überlegte. »Ich bin wirklich nicht sicher.«

»Ich würde das Gleiche für dich tun«, bettelte Patrick. »Das weißt du.«

Sie warteten in der Küche. Patrick war erschöpft von der angespannten Erwartung, und immer wenn er ein Auto vorbeifahren hörte, schaute er aus dem Fenster.

Angefangen hatte es mit verschreibungspflichtigen Tabletten. Nur ein paar Valium, um den Druck auf der Station zu lindern, die langen Nachtschichten und die Zeitverschiebung der Tage. Die endlose Folge von Krankheit und Tod. Bald wurden die Tabletten stärker, die Dosis wurde höher, und dann entdeckte er Pethidin und geriet vollends aus dem Gleis. Er war immer der verantwortungsbewusste ältere Bruder gewesen, in Alex' Jugend frei von elterlicher Kontrolle wegen seines Alters und seiner akademischen Erfolge. Aber die Ausbildung, die ihm von ihren Eltern ermöglicht worden war, hatte ihm nicht den Überlebensinstinkt beigebracht, den er in seiner jetzigen Lage brauchte. Alex wusste, wie verheerend es für sie sein würde, ihren ältesten Sohn so tief unten zu sehen. Aber er wusste auch, dass sie nicht völlig schuldlos waren. Schon als Kind hatte Patrick die ganze Last des familiären Ehrgeizes tragen müssen. Es war immer offenkundig gewesen, dass er Arzt wurde, weil ihre Eltern es wünschten. Sie hatten ihn zur Medizin gedrängt, um zu beweisen, dass ihre Vorurteile immer zutreffend gewesen waren. Aber dazu war Patrick nicht geschaffen gewesen. Das war in langsamer Osmose in ihn hineingesickert wie Wasser, das einen Felsen erodiert. Wenigstens die Familie hatte es glücklich gemacht. Aber ihm hatte es nicht gutgetan.

Als es klingelte, lief Patrick zur Sprechanlage, drückte und wartete. Er bemühte sich um Haltung, aber er konnte seine Aufregung nicht beherrschen. Die Schritte, die ohne Hast auf der knarrenden Holztreppe heraufkamen, waren kaum zu ertragen.

Der Mann betrat die Wohnung, als ob sie ihm gehörte, und allzu weit war es von der Wahrheit nicht entfernt, dachte Alex. Wahrscheinlich hatte er im Laufe des letzten Jahres genug Geld von Patrick kassiert, um eine Anzahlung darauf zu leisten. Er trug eine dick wattierte Daunenjacke, die bis unters Kinn zugeknöpft war, und eine weiße Jogginghose frisch aus dem Laden. Jung und gesund sah er aus, als habe er noch niemals die Neigung verspürt, das Produkt zu probieren, das er verkaufte. Er blieb stehen, als er Alex sah, und schaute ihn finster an.

»Fuck, *wer ist das?«, fragte er Patrick.*

»Niemand, der dich beunruhigen muss.«

»Du hast mir am Telefon nicht gesagt, dass du Besuch hast.«

»Er ist mein Steuerberater«, sagte Patrick. »Er ist jetzt für alle meine zukünftigen Transaktionen zuständig.«

»Sehr komisch. Wo ist die Kohle?«

Alex trat vor und schob die Hand in die Manteltasche. »Hier sind fünfzig Pfund«, sagte er und fächerte die Scheine auf. »Wie viel bekommen wir dafür?«

»Der Beutel kostet zwanzig Pfund.«

»Dann nehmen wir drei«, sagte Alex.

»Besonders gut sind Sie aber nicht als Steuerberater, was?«

»Es gibt doch sicher Mengenrabatt?«

Der Mann schüttelte den Kopf. »Drei Beutel sind noch lange keine Menge.«

Alex deutete mit dem Kopf auf seinen Bruder. »Jetzt kommen

Sie. Sehen Sie ihn doch an. Er muss im letzten Jahr für alle Ihre Rechnungen aufgekommen sein.«

»Der Beutel kostet zwanzig Pfund.« Der Mann ließ sich Zeit und sprach die Wörter sorgfältig aus.

Alex zog seine Brieftasche heraus und legte einen Zehner zu dem Geld in seiner Hand.

»Danach gibt's nichts mehr. Haben Sie verstanden? Ich möchte, dass Sie meinem Bruder nichts mehr verkaufen. Wenn er Sie anruft, ignorieren Sie ihn. Sonst werde ich doch noch zu jemandem, der Sie beunruhigen muss.«

Der Mann musterte Alex von Kopf bis Fuß und überlegte, ob er es mit einer Respektlosigkeit zu tun hatte, der er entgegentreten musste. Er sah, Alex meinte es ernst, aber nicht drohend. Also nahm er das Geld und übergab drei kleine Beutel mit Pulver.

»Okay«, sagte er. »Dann ist er jetzt Ihr Problem.«

Als er gegangen war, ließ Patrick sich wieder auf den Stuhl sinken. Das schien eine ganze Weile zu dauern. Er ließ Alex' Hand nicht aus den Augen.

»Wir machen Folgendes«, sagte Alex. »Ich gebe dir genug, damit du vorläufig klarkommst, aber den Rest behalte ich. Und du gibst mir die Spritzen und den restlichen Kram. Auf diese Weise bekommst du nur dann mehr, wenn ich finde, dass du es brauchst. Wenn du fertig bist, fahren wir los und besuchen die Familie für eine oder zwei Stunden. Wir können erzählen, du hättest ein Heilmittel gegen Krebs gefunden oder so was. Und danach nehme ich dich mit zu mir nach Hause, wo ich dich im Auge behalten kann, bis wir etwas gefunden haben, wo du Hilfe bekommst. Keine Diskussion.«

Patrick nickte eifrig. Er hörte kaum zu. »Okay. Alles, was du willst.«

Alex klopfte eine winzige Menge von dem Pulver aus einem Beutel auf ein Blatt Papier, das er zusammenfaltete und Patrick reichte. Die Beutel steckte er in seine Manteltasche. Sein Bruder verschwand im Bad und schloss die Tür. Alex hatte kein Verlangen danach zu sehen, wie der Arzt sich seine eigene Dosis verpasste.

Die Straßen waren verlassen, als sie an der Gemeindewiese vorbeifuhren. Die Fahrbahnmarkierungen waren unter der Schneedecke verschwunden. Alex folgte den tiefen Reifenspuren, die weit hinunter zum Haus seiner Eltern führten. Dort würden sie jetzt alle zusammengedrängt im Wohnzimmer sitzen, dachte er, und sich einen Schwarzweißfilm ansehen oder sich bei einem Brettspiel streiten.

»Es tut mir leid«, sagte Patrick. »Ich war nicht sicher, ob ich es bis Neujahr schaffe, ohne mich umzubringen.«

Er war dick eingepackt in Mantel und Schal, obwohl die Heizung voll aufgedreht war. Seine kränkliche Blässe war verschwunden, und seine Augen hatten ein wenig Lebendigkeit zurückgewonnen.

»Ich brauche deine Entschuldigungen nicht«, sagte Alex. »Ich werde das nie wieder tun. Ich werde dir nicht helfen, dich Stück für Stück umzubringen, nur um zu verhindern, dass du es auf einen Schlag tust. Das muss aufhören, Patrick. Du musst jetzt Hilfe suchen.«

»Ich weiß. Ich wünschte, ich hätte nie damit angefangen. Nach sieben Jahren Medizinstudium sollte ich es eigentlich besser wissen.«

»Sobald wir eine Suchtklinik für dich finden, ziehst du da ein. Darüber sind wir uns einig.«

Patrick hob die Hände und kapitulierte scherzhaft. »Mach ich ja, mach ich.«

Sein unaufrichtiger Tonfall klang schrill. »Du hast es mir versprochen«, sagte Alex. »Nur deshalb habe ich dir geholfen.«

»Es ist nicht so einfach. Ich bin Arzt, Alex. Man wird mir die Approbation entziehen.«

»Das ist mir egal. Ich will einen lebendigen Bruder, keinen toten Arzt.«

Patrick drehte sich auf dem Beifahrersitz zu ihm um. »Aber was ist mit Mum und Dad? Es wird sie umbringen, wenn sie es erfahren. Es ist komisch. Alle haben vorausgesagt, dass du da landen wirst, wo ich jetzt bin. Vielleicht waren sie deshalb so hart gegen dich. Weil sie dich vor einem Schicksal bewahren wollten, von dem sie nie vermuteten, dass es mir *drohen könnte.«*

»Du musst mir versprechen, dass du damit Schluss machst.«

»Das will ich ja.« Patrick lächelte leise. »Ich weiß nur nicht, ob ich es noch kann.«

Alex beobachtete ihn, wie er neben ihm saß, die Arme fest vor der Brust verschränkt und mit laufender Nase. »Wenn du es mir jetzt nicht versprichst«, sagte er, »dann halte ich an und …«

Er sah, wie Patricks Gesichtsausdruck sich verhärtete, bevor ihm etwas anderes ins Auge fiel. Mit unglaublichem Krachen knickte der Audi nach innen ein, als der Abschleppwagen senkrecht auf ihn prallte. Das Chassis klappte zusammen wie eine Tür, die sich schloss. Metall kreischte an Metall, und die Fenster zerplatzten zu tausend winzigen Glaskörnchen, die in den Wagen prasselten. Die Luft schien zu verschwinden, aus der Lunge in ein Vakuum gesaugt wie bei einer explodierenden Glühbirne. Airbags knallten mit erdrückender Wucht. Eine rollende Bewegung. Schnee. Blut und Dunkelheit. Stille.

9

Flutlichtscheinwerfer bestrahlten die Galerie Kimura und beleuchteten den ganzen Platz. In der weißen Marmorfassade flankierten große Fenster eine messingumrahmte Flügeltür. Eine gestreifte Markise über dem Eingang reichte bis zum Randstein, und ein uniformierter Portier begrüßte die Gäste. Alex trat an das große Fenster und legte eine gewölbte Hand an die Scheibe. Drinnen standen makellos gekleidete Leute in Gruppen zusammen und plauderten, während stumme Kellnerinnen mit Tabletts voller Drinks und Canapés zwischen ihnen umhergingen. Alex ließ den Blick von einem Gesicht zum andern wandern, bis er Naoko gefunden hatte.

Sie stand in einer Ecke unter einem übergroßen Gemälde im Stil der Aktionsmalerei, umgeben von einer Gruppe von Männern in Abendanzügen. Sie trug ein antik anmutendes Spitzenkleid mit einem Chrysanthemenmuster, und ihr Haar lag gelockt auf den Schultern. Aufmerksam und konzentriert hörte sie dem älteren Mann zu, der gestikulierend zu der Gruppe sprach. Sie hielt ein Glas Champagner wie einen Schild dicht vor die Brust. Als der ältere Mann mit seiner Rede fertig war, lachten die andern begeistert. Naoko verhielt sich still; sie hatte die Beine elegant gekreuzt, und ihr Körper war angespannt, als halte sie sich sprungbereit. Sie wirkte irgendwie kleiner; ihre normale

Präsenz war vermindert, als ließe ihre Umgebung sie schrumpfen.

Alex ging auf den Portier zu, der hinter der Samtkordel im Eingang stand. Er streckte die Hand aus und wollte Alex' Einladung sehen.

»Ich habe keine«, sagte Alex.

Der Türsteher schüttelte den Kopf. »Dann können Sie nicht rein. Dies ist eine geschlossene Veranstaltung für geladene Gäste.«

»Ich will zu Naoko Yamamoto. Sie arbeitet hier. Ich kann sie drinnen sehen.«

Der Mann wich nicht von der Stelle. Die Samtkordel blieb, wo sie war, und er winkte Alex zur Seite, damit die nächste Gruppe von Gästen eintreten konnte. Alex überlegte, ob es eine Alternative gab, als ihm jemand auf die Schulter tippte. Er drehte sich um. Es war Megumi.

Sie schaute ihn verwundert an. »Ich dachte, Sie kommen nicht?«

»Ich wollte nicht, aber dann habe ich es mir anders überlegt. Ich will nur Naoko sehen.«

Megumi zog skeptisch eine Braue hoch. »Sie weiß nicht, dass Sie hier sind, oder?«

»Bitte, Megumi.« Er bemühte sich, nicht verzweifelt zu klingen. »Ich will nur kurz mit ihr sprechen. Das ist alles.«

»Sie arbeitet, Alex. Wenn Sie irgendetwas tun, das sie aufregt, ist das schlecht für mich.«

»Ich habe den weiten Weg hierher gemacht, weil ich ihr etwas Wichtiges zu sagen habe. Es dauert nur einen Augenblick, dann bin ich wieder weg.«

Megumi überlegte kurz. »Aber erzählen Sie ihr nicht, dass ich Sie hereingelassen habe«, sagte sie dann.

Vasen mit Bougainvilleen und weißen Lilien schmückten die Galerie. Die Gäste standen vor den Kunstwerken, sprachen gedämpft miteinander und gingen umher. Über dem Hauptraum der Galerie lag ein Mezzanin mit Scheinwerfern, die weiches weißes Licht herunterstrahlten. Sie waren sorgfältig auf die kleineren Arbeiten gerichtet und vertrieben die Schatten aus den Ecken.

Alex suchte im Gedränge nach Naoko. Er sah die Gruppe, bei der sie gestanden hatte, aber dort war sie nicht mehr. Er spähte umher, konnte sie jedoch unter den fremden Gesichtern nicht ausmachen. Während er noch suchte, war er einen Moment lang unschlüssig, und seine Waghalsigkeit drohte ihn zu verlassen. Er bereute plötzlich, dass er gekommen war. Die Luft der Klimaanlage wehte kalt über seine Haut, und seine Entschlossenheit verflog. Er drehte sich um und wollte gehen.

Da entdeckte er sie auf der anderen Seite des Raumes. Sie stand neben einem Sockel mit einer *maneki-neko* und hob ein Champagnerglas an die Lippen, während ein Mann ihr Haar berührte, die Finger sachte heruntergleiten und auf ihrer Schulter liegen ließ. Sie hörte sanft lächelnd zu, wie er redete.

Alex ging hinüber, ohne nachzudenken.

Sie sah ihn, als er sich zwischen den Gästen hindurchdrängte. Ihre Augen weiteten sich, und in ihrem Gesicht spiegelten sich tausend verschiedene Emotionen. Sofort schüttelte sie die Hand des Mannes von ihrer Schulter ab.

»Alex«, sagte sie, ohne überrascht zu klingen. »Wie schön, dich zu sehen.«

Der Mann wich ein Stück zurück und gab seinen Platz frei. Alex ignorierte ihn.

»Ich muss mit dir sprechen.«

»Hat das nicht Zeit ...?«

»Ich brauche nur fünf Minuten. Aber ich sehe schon, warum du mich hier nicht gebrauchen kannst.«

Naoko hatte Mühe, ihre professionelle Haltung zu bewahren. Sie warf einen kurzen Blick zur Seite. »Das ist Masakazu Sato«, sagte sie. »Er ist einer der Künstler, die heute Abend hier ausstellen. Masakazu, das ist Alex Malloy. Er ist mein Englischlehrer.«

Masakazus Blick huschte fragend hin und her. Er spürte die angespannte Atmosphäre und schien davon fasziniert zu sein. Als er die Hand ausstreckte, nahm Alex sie automatisch. Dass Naoko ihn verleugnete, traf ihn bis ins Mark.

»Wie gefällt Ihnen die Ausstellung?«, fragte Masakazu.

Der Themenwechsel verwirrte Alex. »Ich ... ich habe noch nichts gesehen«, stammelte er. »Ich bin eben erst gekommen.«

»Und Sie haben noch nicht mal was zu trinken. Bitte erlauben Sie.«

Masakazu verschwand im Nebenraum, wo auf einem mit schwerem weißen Leinen gedeckten Tisch eine Bar eingerichtet worden war. Als sie allein waren, verwandelte Naokos Ruhe sich in eine stille Wut.

»Was machst du hier, verdammt? Bist du high?«

Sie hatte Mühe, ihre Gefühle und ihre Lautstärke im Zaum zu halten. Die Leute in ihrer Nähe warfen ihnen neugierige Blicke zu.

»Wieso hat er dich befingert?«, fragte Alex.

Naoko schüttelte mitleidig den Kopf. »Er steht nicht auf Frauen, Alex.«

Seine ganze Sicherheit war verflogen, und er fühlte sich wie ein Stück Strandgut. Er wollte über Hiro sprechen und ihr sagen, dass alles, was er ihr erzählt hatte, falsch war. Er wollte um Verzeihung bitten und sagen, dass er einen Fehler gemacht habe, aber sein Stolz hinderte ihn daran. Er konnte jetzt nicht klein beigeben.

Trotzig sah er sie an. »Du sagst, ich erzähle dir nie etwas. Tja – hier bin ich.«

Naoko sah ihn ungläubig an. »Jetzt?«

»Warum nicht?«

»Sieht es aus, als hätte ich Zeit, mich zu unterhalten?«

»Du hattest Zeit, mir Vorwürfe an den Kopf zu werfen, als wir uns das letzte Mal gesehen haben.«

»Verdirb mir diesen Abend nicht, Alex.«

»Okay«, sagte er. »Ich bin weg.«

Naoko griff nach seinem Arm, als er sich abwandte. »Du kannst jetzt nicht gehen«, sagte sie mit zusammengebissenen Zähnen. »Es würde aussehen, als gäbe es ein Problem, und das würde alles noch schlimmer machen.«

Masakazu kam zurück und strahlte, als habe er endlich jemanden gefunden, mit dem er sich amüsieren konnte. Megumi war an seiner Seite. Naoko lachte künstlich, als sie herankamen.

Der Mann reichte Alex ein Glas Champagner. »Ich weiß, Naoko ist sehr fesselnd«, sagte er. »Aber ich hoffe, Sie werden einen Augenblick Zeit finden, sich ein paar der wunderschönen Arbeiten in dieser erstaunlichen Ausstellung anzuschauen. Sie hat monatelang gearbeitet, um das alles zu organisieren.«

»Das will ich gern«, sagte Alex. »Es sieht sehr interessant aus, auch wenn ich zugeben muss, dass ich kein Experte bin.«

»Du musst dir Masakazus neue Installation im Obergeschoss ansehen«, sagte Naoko und deutete auf ihre Assistentin. »Megumi zeigt sie dir. Ich glaube, du wirst sie sehr bewegend finden. Komm nachher zurück.«

Megumi führte ihn eine Wendeltreppe hinauf und durch einen Verdunklungsvorhang in ein finsteres Zimmer. Ein Super-8-Projektor lief hinten im Raum, und Alex sah im spärlichen Licht die Silhouetten von Köpfen. Aus den Lautsprechern hallte der Klang von *taiko*-Trommeln.

Auf der Leinwand sah man ein Mädchen im Teenageralter in einem billigen Hotelzimmer. Es war eine feste Kameraeinstellung, und der Film war zerkratzt und körnig. Das Mädchen hatte kurzes dunkles Haar, und ihre Augen blickten glasig und starr. Sie trug ein abgeschnittenes T-Shirt und Jeans-Shorts. Die Möbel in dem Zimmer sahen abgenutzt und schmutzig aus, und an den Rändern des verschlissenen Vorhangs vor dem Fenster schien helles Tageslicht herein. Mehrere japanische Männer mittleren Alters in billigen Hemden und Nylonhosen standen um sie herum. Einige hielten Videokameras in den Händen, andere machten sich Notizen. Das Mädchen trat auf die Kamera zu, knöpfte ihre Shorts auf und zog sie aus. Dann streifte sie sich das T-Shirt über den Kopf. Nackt stand sie da und lauschte irgendwelchen unhörbaren Anweisungen aus dem Off, bevor sie sich bückte. Die Kamera folgte ihr. Auf dem schmutzigen Hotelteppichboden lag eine Art Kleidertasche aus Plastik, an der ein Schlauch befestigt war. Das Mädchen strich sich die Haare aus den Augen, stieg in die offene Tasche und ließ sich in die Hocke sinken. Jemand zog ihr die

Tasche über den Kopf und verschloss sie mit dem Reißverschluss. Mit einer Pumpe wurde die Luft durch den Schlauch aus der Tasche gesogen, und das Plastik zog sich runzlig um ihre Gestalt zusammen. Sie blieb in der Hockstellung, als das Plastik sie fest umschloss und sich um die Konturen ihres Körpers schmiegte. Die Männer um sie herum überragten sie, und sie schaute durch das halb durchsichtige Plastik zu ihnen auf, als der Schlauch entfernt wurde. Die Kamera stellte sich auf sie ein, und sie saugte das Plastik in den offenen Mund und starrte in die Mündung des Objektivs.

Alex sah Megumi im Dunkeln an. Er räusperte sich, um zu sprechen, aber er fand keine Worte.

Megumi schaute zu ihm auf und drückte beschützend seinen Arm.

Das Mädchen sträubte sich nicht. Sie blinzelte nur rasch hintereinander und starrte in Großaufnahme von der Leinwand.

Stumm standen die Zuschauer da. Jemand ging vor der Kamera vorbei, und als sie sich wieder scharfstellte, sah man die Brandlöcher von Zigaretten im Hotelteppich. Alex spürte, wie Megumis Finger sich fester um seinen Arm spannten. Die *taiko*-Trommeln dröhnten weiter.

Die dicke Plastikfolie, die sich über den Mund des Mädchens spannte, bewegte sich bald nicht mehr. Kleine Feuchtigkeitsperlen bildeten sich auf der Innenseite der Tasche, wo ihr Atem kondensierte. Ihre Augen rollten langsam in den Höhlen nach oben.

Niemand in dem Hotelzimmer rührte sich. Die Füße, die den Körper des Mädchens in seinem Kokon umrahmten, blieben still. Der Filmstreifen spulte sich ratternd durch den Projektor und schlug einen gespenstischen Rhythmus im Takt der Zeit. Eine Hand schob sich ins Bild und zog am Reißverschluss. Die Tasche öffnete sich und blähte sich wie ein Ballon, als die Luft hineinströmte. Das Mädchen rollte heraus und blieb teilnahmslos liegen. Sie war rot im Gesicht und rang mit weit offenem Mund nach Sauerstoff. Die Männer standen über ihr und filmten immer weiter, während sie keuchend in die Kamera starrte. Sie versuchte zu lächeln, und der Film endete in einer Abblende.

Die Raumbeleuchtung ging an, und eine leise Welle von Applaus wanderte durch das Publikum.

»Ich dachte, verrückter könnte dieser Abend nicht mehr werden«, sagte Alex.

»Hat es Ihnen nicht gefallen?«

»Gefallen? Ich glaube, etwas so Verstörendes habe ich noch nie gesehen.«

Megumi zuckte die Achseln. »Masakazu hat es schon an eine Galerie in Berlin verkauft.«

»Wer war das Mädchen?«

»Sie ist irgendwo hier.« Megumi sah sich um. »Sie veranstaltet diese Events jedes Wochenende. Anscheinend ist es sehr lukrativ.«

»Soll das heißen, sie tut das für Geld?«

Megumi sah ihn verwundert an. »Warum sollte sie es sonst tun?«

»Manchmal glaube ich, ich verstehe überhaupt nichts«, sagte Alex.

»Von diesem Film?«

»Von diesem Land.«

Sie verließen den Vorführraum und blieben auf dem Mezzanin stehen. Über das Geländer schauten sie hinunter in den Ausstellungsraum. Die Stimmen der Leute wehten durch die Lüftungskanäle nach oben und verschmolzen zu einem dumpfen Rumoren. Eine Kellnerin kam vorbei, und Megumi nahm ihr zwei Gläser Champagner ab. Alex stellte sein leeres Glas auf ihr Tablett, und sie verschwand. Er deutete auf das Publikum hinunter.

»Kennen Sie alle diese Leute?«

»Ein paar. Nach einer Weile sehen sie alle gleich aus. Reiche Leute haben die Gewohnheit, nahtlos miteinander zu verschmelzen.«

»Lassen sie alle Geld hier?«

»Nein. Nur wenige. Hauptsächlich sind sie hier, um einander zu beobachten und so zu tun, als interessierten sie sich für Kunstwerke, von denen sie absolut keine Ahnung haben.«

»Es klingt, als ob Ihnen dieser Job keinen großen Spaß macht.«

Megumi richtete sich vor dem Geländer auf und sah ihm ins Gesicht. »Um Spaß geht es hier nicht. Wenn Sie etwas anfangen, ist es wichtig, erfolgreich darin zu sein. Wie können Sie sonst mit sich leben?«

Alex nahm einen Schluck Champagner. »Ist das der Grund, weshalb Sie und Naoko so sehr miteinander konkurrieren?«

Einen Moment lang war Megumi verblüfft. »Ist das so auffällig?«, fragte sie.

»Ich könnte mir vorstellen, es ist schwer, ihr auf den Fersen zu bleiben. Sie ist sehr engagiert.«

»Können Sie sich vorstellen, wie es ist, mit ihr zu arbeiten?« Megumi geriet in Erregung. »Können Sie sich vorstellen, in ihrem Schatten zu stehen und sich dumm zu stellen, während sie die ganze Aufmerksamkeit kassiert? Manchmal fühle ich mich wie das Mädchen in dem Film.«

»Sie sind jung. Sie haben noch viel Zeit.«

»Vielleicht brauche ich gar nicht so viel Zeit. Ich habe ein paar Dinge über Naoko erfahren, von denen sie sicher nicht will, dass sie sich herumsprechen. Aber das wird passieren, dafür werde ich sorgen. Dann wird alle Welt endlich sehen, dass sie nicht hierhergehört. Bis dahin habe ich immer noch Sie, der mir hilft.«

»Ich weiß nicht genau, was Sie damit sagen wollen.«

»Ich habe viel darüber nachgedacht«, sagte Megumi. »Und die einzige Möglichkeit, meine Karriere voranzubringen, besteht darin, dass Naoko etwas Schlimmes passiert.«

Alex war verwirrt. »Etwas Schlimmes? Was denn, zum Bespiel?«

»Zum Beispiel das.«

Megumi trat auf ihn zu und drückte ihm eine Hand auf die Brust. Sie schob die Finger zwischen den Hemdknöpfen hindurch und bohrte die Nägel in seine Haut. Instinktiv packte er ihr Handgelenk, zog ihren Arm weg und drehte ihn um, als er einen Schritt zurückwich. Megumi schrie auf und fiel auf die Knie. Sie ließ ihr Champagnerglas fallen, und es zerbrach unten auf dem Holzboden.

Es wurde still im Raum. Alle Gesichter in der Galerie erhoben sich zu ihnen.

Alex stand immer noch über ihr und hielt ihr Handgelenk fest. Er ließ es los, und sie presste es an die Brust, als sei sie verletzt. Zwei Security-Männer wollten die Wendeltreppe heraufkommen, aber Megumi winkte sie weg.

Ohne aufzublicken, sagte sie sehr langsam und deutlich: »Ich glaube, Sie sollten jetzt lieber gehen.«

Alex war sicher, dass er auf ihren Lippen die Andeutung eines Lächelns gesehen hatte. Er schaute hinunter in die schockierten Gesichter des Publikums.

»Keine Sorge«, sagte er. »Ich bin schon weg.«

10

Sein Instinkt riet ihm, sich so weit wie möglich zu entfernen. Er wanderte über die Kreuzungen und Knotenpunkte von Ebisu. Die Straßen waren dunkel, schwül und leer. Die Abfolge der Ereignisse war ohne jede Logik, sooft er auch versuchte, sie im Kopf Revue passieren zu lassen. Unter einer Straßenlaterne blieb er stehen und versuchte, Naoko anzurufen, aber sie meldete sich nicht. Er versuchte es noch einmal und landete wieder sofort auf dem Anrufbeantworter. Er fragte sich, was Megumi ihr jetzt erzählen mochte, welche Version der Ereignisse sie zu ihren eigenen Gunsten zusammenfabulierte. Es war unfassbar, dass er so dumm gewesen war.

Die Sache durfte unter keinen Umständen ungeklärt bleiben. Er suchte sich ein Taxi und befahl dem Fahrer, nach Mejiro zu fahren. Er würde dort auf Naoko warten, dachte er, und ihr alles erklären, sobald sie nach Hause käme.

Als er vor ihrem Gebäude ankam, brannte in den meisten Fenstern kein Licht mehr, und der Eingangsflur war verlassen. Er fuhr mit dem Aufzug in den zwölften Stock und vergewisserte sich, dass niemand im Flur war, bevor er sich ihrer Wohnungstür näherte. Er tastete oben am Türrahmen entlang, bis er den Ersatzschlüssel gefunden hatte, den Naoko dort aufbewahrte. Er schloss die Tür auf und trat ein.

Schon im Eingang rief er ihren Namen, aber alles blieb still. Er zog die Schuhe aus und ging ins Wohnzimmer. Ohne sie sah alles ganz anders aus. Ihre Kleider lagen auf den Möbeln im Schlafzimmer verteilt, wo sie verschiedene Outfits für die Vernissage anprobiert hatte, und ihre Schminksachen lagen verstreut auf der Kommode. Er fragte sich, ob sie noch in der Galerie war oder ob sie nach ihm suchte. Draußen im Flur näherten sich Schritte. Alex erstarrte. Er blieb stocksteif im Dunkeln stehen und wartete. Das Geräusch ging vorüber, eine Tür öffnete und schloss sich am Ende des Korridors, und dann war es wieder still. Sein Herz raste, und er musste sich zwingen, sich zu entspannen. Es war kurz vor drei; Naoko musste bald nach Hause kommen.

Er ging ins Schlafzimmer, zog Jackett und Hemd aus und legte sich in Jeans auf das Bett. Er schaute zur Decke hinauf und spürte, wie seine Lider schwer wurden, als das Adrenalin verebbte und ihn hohl und leer zurückließ. Er versuchte wachzubleiben. Er hörte die Krähen draußen auf dem Brachgrundstück krächzen, während sie sich um irgendeine Beute zankten.

Es war noch dunkel, als er aufwachte.

Naoko saß auf seiner Brust, und ihre Knie bohrten sich hart in seine Rippen. Die Wimperntusche auf ihren Wangen sah aus wie eine Kriegsbemalung. Das Kleid mit dem Chrysanthemenmuster war hochgerutscht, das Haar aus dem Gesicht zurückgestrichen. Er war erst halb wach, aber er merkte, dass seine Hände auf ihren Schenkeln lagen, und spürte ihre Haut unter seinen Handflächen. Er lächelte zu ihr auf, aber sie lächelte nicht zurück. Mit dunklen, feuchten Augen blickte sie auf ihn herunter und drückte etwas Scharfes auf die weiche Stelle seines Halses unter dem Kinn. Ihre Schultermuskeln spannten sich, und als er den Blick nach unten richtete, sah er den Holzgriff des Messers, das sie fest in der Hand hielt.

»Ich bin's nur«, sagte er. »Ich habe nichts gestohlen.«

Er wollte sich aufsetzen, aber sie drückte ihn mit der Messerklinge herunter. Er hustete und fühlte, wie der Stahl an den Bartstoppeln an seinem Hals hängenblieb.

»Alle haben gesehen, was du getan hast«, sagte Naoko.

»Es war nicht so, wie es aussah.«

»Megumi hat mir die Blutergüsse an ihrem Handgelenk gezeigt. Das hast du absichtlich getan, oder? Um es mir heimzuzahlen.«

Alex wollte die Hände heben, aber sie drückte noch fester mit dem Messer zu.

»Sie lügt«, sagte er. »Ich habe sie nicht angerührt. Das schwöre ich.«

»Die ganze Galerie hat dich gesehen.«

»Da ist nichts passiert. Ich bin blöd, aber nicht so blöd.«

»Was meinst du damit?«

»Du bist so viel wert wie tausend von ihrer Sorte, Naoko.«

Er schaute in das von schwarzem Mascara streifige Gesicht und sah das Flackern in ihren Augen, als ihr Blickwinkel sich veränderte. Er spürte sein Herzklopfen und durch die Fingerspitzen gleichzeitig auch ihres. Muskeln und Sehnen spannten sich drahtig straff unter der Haut. Mit ausgestrecktem Arm umfasste sie das Messer und drückte es fest gegen seinen Hals.

»Wenn du gut zu mir bist, gebe ich es dir zu hundert Prozent zurück. Behandelst du mich schlecht, bekommst du das Schlechte tausendprozentig zurück. Glaub mir.«

»Ich würde nie etwas tun, das dich verletzt, Naoko.«

»Du musst mich für eine Idiotin halten.«

»Das stimmt nicht.«

Naoko drückte mit dem Messer noch ein wenig fester zu, und die Klinge schien sich danach zu sehnen, die Haut zu durchdringen.

»Sag mir nur, dass du nicht high warst, als du in die Galerie gekommen bist.«

»Natürlich nicht.«

»Ich kann nicht fassen, dass ich dich überhaupt danach fragen muss.«

»Das musst du ja nicht.«

»Du hast mich gedemütigt. Ausgerechnet an dem Ort, der mir wichtig ist. Das habe ich dir gesagt.«

»Aber so war es nicht, Naoko.«

»Du kannst in deiner Welt so viel Mist machen, wie du willst. Ich will nur nicht, dass du mir meine versaust. Du hast keine Ahnung, was für Opfer ich bringen musste, um dahinzukommen, wo ich bin.«

Er fühlte das Messer an seiner weichen Kehle, und einen Moment lang dachte er, sie würde es hineinpressen, aber dann atmete sie aus und lockerte den Druck der Klinge an seinem Hals. Ihre Schultern fielen müde herab. Sie nahm das Messer von seinem Hals und ließ es neben sich herabhängen.

»Was immer du tun musstest, ich weiß, dass es dich nicht glücklich gemacht hat«, sagte er.

»Wer ist jemals glücklich im Leben?«

»Jeder, der es wirklich sein möchte.«

»Das glaubst du?«

»Etwas Gutes passiert dir nur, wenn du dich darum bemühst.«

»Und etwas Schlechtes passiert, wenn du dich zu sehr bemühst.«

»Du weißt, dass ich Megumi nicht angerührt habe, oder? Du weißt, dass ich dir so etwas niemals antun würde.«

»Aber warum sollte sie lügen? Was hat sie mit einer so verrückten Szene zu gewinnen?«

»Das weiß ich nicht«, sagte Alex. »Wir haben uns unterhalten, und sie hat sich ganz normal benommen. Dann bin ich auf dich zu sprechen gekommen, und sie ist einfach durchgedreht. Sie hat gesagt, sie habe etwas über dich herausgefunden, das niemand wissen soll. Sie hat geredet wie eine Irre.«

Naoko schaute mit misstrauischem Stirnrunzeln auf ihn herab. Die Perspektive betonte den asiatischen Schnitt ihrer Augen.

»Was hat sie denn herausgefunden?«

Alex hob resigniert die Hände. »Sie hat es mir nicht erzählt, Naoko. Und ich hatte keine Zeit, sie zu fragen.«

»Aber was hat sie gesagt? Was waren ihre genauen Worte?«

»Ich kann mich nicht erinnern. Ich konnte ihr eigentlich nicht folgen.«

»Versuch, dich zu erinnern!«, rief sie erregt.

Alex wollte sich aufsetzen, aber Naoko geriet in Panik und drückte ihn zurück auf das Bett. Sie schwang das Messer, und Alex sah die Klinge vor seinen Augen aufblitzen, bevor sie seine Wange erreichte. Das Gefühl der scharfen Schneide an seiner Haut war abscheulich, und er stieß Naoko von sich und richtete sich auf, als sie rückwärts vom Bett kippte und mit dem Kopf gegen etwas Hartes krachte, gegen einen Stuhl oder den Tisch. Das Messer rutschte kreiselnd über den Boden davon.

Erst jetzt fühlte er das Brennen auf seinem Wangenknochen, wo die Haut sich am straffsten spannte. Er fühlte die Kälte in dem Schnitt und das Blut, das über Gesicht und Hals strömte. Er drückte die Hand auf die Wunde, und seine Finger wurden glitschig. Die Handfläche lag fest auf dem Gesicht, aber er konnte das Blut nicht stoppen. Er stieg über Naoko hinweg und ging ins Bad, um in den Spiegel zu schauen.

»Du bist verrückt«, rief er. »Ich dachte, du bluffst.«

Sie lag auf dem Boden und schaute ihn an. Ihr Haar war um den Kopf herum ausgebreitet, und ihr Spitzenkleid war blutig.

»Was ist bluffen?«, fragte sie.

Blut lief ihm über den Unterarm und tropfte vom Ellenbogen auf den Boden. Er hatte eine Schnittwunde von der Wange bis zum Ohr, die wie ein sprechender Mund klaffte. Alex hatte das Gefühl, er könnte ewig vor dem Spiegel stehen und sich anstarren. Er musste sich zwingen, sich abzuwenden.

»Ich kann nicht fassen, dass du das wirklich getan hast.«

»Es war ein Unfall, Alex. Du hast dich zu schnell bewegt.«

»Ich gehe«, sagte er und sah sich nach seinem Hemd um.

»Wo willst du hin?«

»Ich weiß nicht. Irgendwohin, wo es nicht so gefährlich ist wie hier.«

Naoko stand auf und kam auf ihn zu, und er sah ihr an, dass ihr jetzt erst klar wurde, wie ernst die Situation war.

»Du kannst nicht gehen«, sagte sie. »Es war jetzt schon zu laut. Bleib hier, ich kümmere mich um dich.«

Er verzog spöttisch das Gesicht. »Ich glaube, für diese Nacht hast du dich genug um mich gekümmert.«

Naoko hob das Hemd und das Jackett hoch, die er gesucht

hatte, öffnete das Fenster und warf die Sachen hinaus. Alex sah, wie sie hinunterflatterten und zwölf Stockwerke weiter unten auf dem Brachgrundstück landeten. Naoko lief zur Wohnungstür, nahm seine Schuhe und warf sie ebenfalls hinaus.

»So«, sagte sie gelassen. »Jetzt musst du hierbleiben.«

Alex drehte sich um und fuhr mit dem Arm über ihre Kommode. Er fegte den Spiegel und ihre Schminksachen herunter, nahm einen Aschenbecher vom Couchtisch und schleuderte ihn gegen den gerahmten Kunstdruck an der Wand. Das Glas zersprang zu tausend scharfen Splittern, die auf den Holzboden regneten.

Er stand da und ballte die Fäuste so hart, dass die Knöchel weiß wurden. Vor Wut zitterte er am ganzen Körper. Naoko kam auf ihn zu, hob die Arme und wollte sein Gesicht in beide Hände nehmen. Er packte sie bei den Handgelenken und drehte die vernarbte Handfläche nach oben.

»Vielleicht ist hier das große Geheimnis, das Megumi entdeckt hat?«, schrie er und stieß sie beiseite. Er ging zu dem Bücherregal auf der anderen Seite des Zimmers, und seine Schritte ließen die tragenden Pfeiler des Gebäudes zittern. Er nahm das Landschaftsbild mit dem schweren Rahmen herunter und riss die hölzerne Rückwand ab. Das Dokument war sorgsam zusammengefaltet an seinem Platz. Er nahm es heraus und faltete es auseinander. Es sagte ihm nichts.

»Vielleicht auch das hier? Ich weiß es nicht. Mir scheint nur, du hast genauso viele Geheimnisse wie jeder andere auch.«

»Bitte gib mir das.« Naoko hatte plötzlich Tränen in den Augen.

»Sag mir, was es ist.«

»Nichts.«

»Sag es mir.«

Sie zögerte. »Es ist eine Geburtsurkunde«, sagte sie. »Du kannst hier alles zerstören, aber nicht das. Es ist alles, was ich habe.«

Alex hielt das Papier mit beiden Händen vor ihr in die Höhe. Er versuchte die Entschlossenheit aufzubringen, es zu zerreißen, irgendetwas zu tun, um sie ebenfalls zu verletzen, aber er konnte es nicht. Er ließ das Blatt fallen und sah zu, wie sie auf die Knie sank, um es aufzuheben.

Noch immer strömte das Blut über seine Wange und an seinem Hals hinab. Er ging in die Küche und drückte ein Tuch auf die Wunde. Dann spähte er durch den Türspion in den Hausflur. In den Nachbarapartments ging das Licht an, Türen öffneten sich einen Spaltbreit, und die Leute schauten heraus, um zu sehen, woher der Aufruhr kam. Alex nahm die Kette ab und wollte die Tür entriegeln. Mit kurzen, schnellen Schritten war Naoko bei ihm und hielt ihn zurück. Die Tränen gaben ihrem Blick eine brennende Klarheit.

»Bleib hier, Alex. Du kannst so nicht hinaus. Ich muss dich säubern. Ich weiß, was du brauchst.«

Sie berührte sein Gesicht und das Blut, das von der Wange über den Hals bis auf seine Brust hinunterlief. Sie wollte es wegwischen, aber sie verschmierte es nur auf ihren Händen und auf den Narben an seinen Schultern und Armen. Er schaute hinunter – frisches Blut auf alten Wunden.

»Du weißt nichts über mich«, sagte er.

Er zögerte kurz, und dann wandte er sich ab und entriegelte die Tür. Gesichter spähten aus den Wohnungseingängen, als er den Korridor entlangging. Er öffnete die Feuertür und ging zwölf Treppen hinunter in den Eingangsflur. Dann war er draußen, barfuß und hemdlos in der Dämmerung von Tokio.

Der Regen flutete durch den Rinnstein und in die Gullys. Alex ging an Reihen von geschlossenen Ladenfassaden entlang und blieb am Eingang zum Park stehen. Er war benommen, ihm war übel, und er brauchte Zeit zum Nachdenken. Das Tor war verschlossen, und so zog er sich an der Mauer hoch und kletterte hinüber.

Er setzte sich auf eine Holzbank am Rand des Baseballfelds und versuchte herauszufinden, wie alles angefangen hatte, aber es war zu viel, um es zu ordnen. Die Obdachlosen, die in der Umgebung des Musikpavillons hausten, kamen unter ihren blauen Plastikplanen hervorgekrochen, um zu sehen, wer der Fremde war, der so früh am Morgen hier aufkreuzte. Sie standen um ihn herum, starrten die Schnittwunde an seiner Wange und das Blut auf seinem Gesicht an und rätselten untereinander herum, ohne ihn nach einer Erklärung zu fragen. Sie boten ihm einen Schluck aus der Vier-Liter-Flasche *sake* an, die sie miteinander teilten, und Alex nahm an. Der *sake* war lau und abgestanden, aber es erschien ihm unmöglich, etwas zurückzuweisen, das ihm von einer Gruppe von Obdachlosen angeboten wurde.

Einer trat einen Schritt näher und deutete auf die Schnittwunde an seiner Wange und die Narben auf seinem Rücken und umfasste beides mit einer einzigen Geste.

»*Onagi mono, desu ka*?«, fragte er.

»Nein«, sagte Alex. »Nicht dasselbe.«

»Brauchen Medizin?«

Alex schüttelte den Kopf. Er dachte an die Abfolge der Ereignisse, die ihn hierhergeführt hatten. »Nein«, sagte er. »Das Letzte, was ich brauche, ist noch mehr Medizin.«

Der Mann verstand ihn nicht. Er schob die Hand in seinen Rucksack und gab Alex ein altes, schmutziges T-Shirt. Alex bedankte sich und zog es an. Eine Sirene gellte auf der Straße hinter dem Park, und blaues Blinklicht blitzte zwischen den dunklen Ästen hindurch. Die Obdachlosen erstarrten einen Moment und warteten ab, ob das Blaulicht näher kam. Das elektronische Geheul schwoll in einem durchdringenden Crescendo an und verhallte dann, als der Wagen am Parktor vorbei und in Richtung Schnellstraße fuhr. Erleichtert kehrten die Stadtstreicher einer nach dem andern zurück zu ihren Plastikunterkünften, aber Alex war klar, was es bedeutete. Er dachte an Naoko, die immer noch mit dem Messer in ihrem Zimmer war, und seine Panik nahm zu. Er wusste, er würde sich nie verzeihen, wenn er sie alleingelassen und sie eine richtige Dummheit begangen hatte. Im Laufschritt lief er zurück zum Tor, kletterte über die Mauer und lief über die regennasse Straße zurück zu ihrem Apartmentgebäude. Er bog um die Ecke und sah, dass der leere Polizeiwagen mit eingeschaltetem Blaulicht vor der Eingangstreppe parkte. Er lief durch den Eingangsflur und nahm auf der Treppe hinauf zu ihrem Stockwerk immer drei Stufen auf einmal.

Naoko bückte sich und langte unter die Kommode. Die Messerklinge war blutbeschmiert, und auf dem Holzgriff waren ihre Fingerabdrücke im Blut zu sehen. Sie holte das Messer hervor und ging hinüber zum Bett. Vorsichtig stieg sie über Glasscherben und umgekippte Möbelstücke hinweg. Bücher und Kleider lagen angehäuft auf dem Boden, als hätte ein starker Wind sie an den Rändern des Zimmers zu Wehen zusammengetrieben.

Sie legte sich, immer noch keuchend, auf das Bett und versuchte, sich zu beruhigen. Sie schloss die Augen und vergrub das Gesicht im Kissen, aber der warme Duft, wo er geschlafen hatte, drang ihr in die Nase. Sie fuhr hoch, riss das Kissen aus dem Bezug und schleuderte es quer durch das Zimmer.

Sie hörte Stimmen draußen im Korridor, und Schritte näherten sich. Der Hund ihres Nachbarn kläffte und kratzte aufgeregt an der Wohnungstür, um Fremde abzuwehren. Es klingelte, und Naoko stand auf, ging zur Tür und öffnete, ohne einen Blick durch den Spion zu werfen.

Draußen standen zwei uniformierte Polizisten mit ernsten Gesichtern. Von ihren Mänteln tropfte das Wasser auf den Teppichboden im Flur. Über ihren Mützen trugen sie Regenschutzhauben aus durchsichtigem Plastik, und sie hatten die Kragen hochgeschlagen. Naoko sah die neugierigen Blicke ihrer Nachbarn, die teils im Schlafanzug in ihren halb offenen Türen standen und sie gespannt und mitleidig beobachteten. Sie hielt immer noch das Messer in der Hand, ihr Kleid war zerrissen und zerfranst, und sie hatte Blut im Gesicht und auf den Armen.

»Man hat uns eine Störung gemeldet«, sagte der eine Polizist und spähte an ihr vorbei auf das Chaos im Zimmer. »Dürfen wir hereinkommen?«

Sie machte ihnen Platz, und sie traten ein, ohne die Schuhe auszuziehen. Naoko folgte ihnen ins Wohnzimmer.

»Sind Sie verletzt?«, fragte der zweite Polizist.

»Nein, mir fehlt nichts«, sagte Naoko.

Er streckte die Hand aus und wartete darauf, dass sie ihm das Messer gab. Sie hielt es ihm mit ausgestrecktem Arm entgegen, und er fasste den Griff vorsichtig mit Daumen und Zeigefinger und legte das Messer auf das Sideboard.

»Was ist passiert?«, fragte er.

Naoko schwieg einen Moment lang, als sie die Szene mit den Augen der Polizisten sah, und sie versuchte nachzudenken. Neben ihr lag ein umgekippter Stuhl. Sie hob ihn auf, stellte ihn hin und setzte sich langsam. Wie konnte sie ihr verwüstetes Aussehen erklären? Wie den Lärm und das Chaos der zerbrochenen Möbel in der Wohnung? Und das Wichtigste – wie das blutbeschmierte Messer? Wenn sie der Polizei die Wahrheit sagte, verurteilte sie sich selbst. Sie würde ihren Job verlieren, ihre Wohnung und alles, wofür sie gearbeitet hatte. Alex war weg, und sie war allein. Sie musste tun, was das Beste für sie war. In ihrem Kopf fügte sich eine alternative Erklärung für die Ereignisse dieser Nacht zusammen. Die Polizisten standen vor ihr und warteten. Dann kamen die Worte in einem ununterbrochenen Strom aus ihrem Mund, und sie konnte nicht mehr aufhören. Die Polizisten hörten aufmerksam zu, und ihre Gesichter wurden bei jedem Satz ernster. Als sie anfingen, wie zwei besorgte Eltern Blicke zu wechseln, wusste Naoko, dass sie zu weit gegangen war.

Sie redete immer noch, als Alex hereinkam, atemlos und mit großen Augen. Verständnislos nahm er die Anwesenheit der Polizisten zur Kenntnis. Sein Mund war halb offen, und das Haar klebte nass vom Regen an der Stirn. Resigniert erkannte er schließlich, dass er die Ereignisse nicht mehr unter Kontrolle hatte.

Naoko sah, wie er in der Tür stehen blieb. Die Schnittwunde in seinem Gesicht blutete immer noch, als der eine Polizist seinen Schlagstock hob und zuschlug, einmal an den Ellenbogen, einmal ans Knie. Alex' Beine knickten ein.

11

Die Büros der Kriminalpolizei befanden sich im zehnten Stock des Polizeireviers Ushigome. Polizisten blickten von ihren Schreibtischen auf, als er vorbeiging. Sie schauten ihm nach, und Alex wusste, er würde im umgekehrten Fall das Gleiche tun. Er verzog keine Miene und hielt ihren Blicken stand. Er hatte keinen anderen Europäer gesehen, seit sie ihn hereingebracht und ihm Handschellen angelegt hatten. Seine Hände waren unbequem vor dem Körper gekreuzt. Der Streifenpolizist öffnete die Tür zu einem leeren Vernehmungsraum und schob ihn hinein. Alex setzte sich auf den Stuhl auf der anderen Seite des Tisches.

»Warten Sie hier«, sagte der Polizist.

»Auf wen warte ich?«, rief Alex ihm nach.

»Auf den leitenden Beamten.«

»Ich weiß nicht, wieso Sie mich vernehmen wollen. Warum sprechen Sie nicht einfach mit Naoko?«

Der Polizist sah ihn verwundert an. »Ihretwegen sind Sie hier.«

Als er weg war, blieb Alex sitzen und wartete. In dem Raum war es still. Durch die Wände drang das Rumoren des Morgenverkehrs. Er starrte die Reihe der schmutzig braunen Flecke an der Wand gegenüber an, hinterlassen von Köpfen, die nervös schwitzend an der Wandfarbe gelehnt hatten.

Der leitende Beamte stellte sich als Hauptkommissar Saito vor. Er trug eine schwarzgerahmte Brille und hatte Leberflecken auf Händen und Armen. Er ließ sich auf den Stuhl sinken und schob seine Unterlagen auf dem Tisch zurecht. Dann klappte er seinen Aktenkoffer zu und stellte ihn neben sich auf den Boden. Er bewegte sich mit der bewussten Effizienz eines Veteranen, akkurat und präzise. Begleitet wurde er von einer Polizistin, die eine stichfeste Weste über der Uniform und eine Pistole im Halfter an der Hüfte trug. Sie war jung, und ihr Haar war sehr kurz geschoren. Anscheinend war sie es gewohnt, in Saitos Spuren zu gehen. Die klobige Schutzweste akzentuierte ihre zierliche Gestalt. Der Hauptkommissar stellte sie als Kommissarin Tomada vor. Sie nahm in einer Ecke des Raums Platz und legte ein Clipboard auf ihre Knie.

Saito klappte eine Akte auf, nahm ein einzelnes maschinegeschriebenes Blatt heraus und schaute es an. Er drehte es um und schob es über den Tisch. Alex sah, dass es auf Japanisch verfasst war, in einer amtlich aussehenden, fett gedruckten Type mit einem Behördensiegel, aber er hatte keine Ahnung, was da stand. Er schaute den Beamten an und wartete auf eine Erklärung. Saito nahm einen Stift, langte über den Tisch und legte ihn auf das Papier. Mit einer Handbewegung forderte er Alex auf zu unterschrieben.

»Ich kann das nicht lesen«, sagte Alex.

Der Hauptkommissar machte noch eine Gebärde und zeigte mit dem Finger auf ein rotes X vor der gestrichelten Linie für dic Unterschrift.

Alex schob das Blatt mit einer entschiedenen Bewegung zurück, um dem Polizisten unmissverständlich klarzumachen, dass er nicht unterschreiben wollte.

»Ich kann das nicht unterschreiben, wenn ich es nicht lesen kann«, sagte er.

Saito hob langsam die Schultern, als sei das die Antwort, die er erwartet hatte. Er nahm das Blatt und reichte es seiner Assistentin. Sie wurde rot, als sie anfing zu lesen, und schaute dabei nach unten, sodass Alex sich anstrengen musste, um sie zu hören.

»Am Morgen des 13. August attackierten Sie vorsätzlich und in böser Absicht Frau Naoko Yamamoto in dem von ihr bewohnten Apartment. Bei dem Angriff fügten Sie ihr körperlichen Schaden und seelische Not zu; überdies kam es zu beträchtlichen Schäden an ihrem Eigentum. Sie haben Frau Yamamoto schon in der Vergangenheit mehrmals angegriffen und verletzt …«

Alex schüttelte den Kopf und wollte etwas einwenden, aber die Polizistin sprach weiter. Der Hauptkommissar hörte zu, ohne eine Miene zu verziehen.

»In den frühen Morgenstunden verschafften Sie sich ohne Frau Yamamotos Erlaubnis Zugang zu ihrer Wohnung und widersetzten sich ihrer Aufforderung, sich zu entfernen. Sie legten ein gewalttätiges Verhalten an den Tag und sprachen mehrere Drohungen gegen ihre körperliche Unversehrtheit aus. Es kam zu einem Streit, bei dem Sie verbal und körperlich aggressiv wurden. Frau Yamamoto fürchtete um ihre Sicherheit, und bei dem Versuch, sich zu schützen, fügte sie Ihnen versehentlich eine Verletzung zu …«

Alex hörte auf, den Kopf zu schütteln, und sackte mit geschlossenen Augen auf dem Stuhl zusammen. Was die Polizistin da vorlas, war so absurd, dass er lachen musste.

Saito hob die Hand und unterbrach die Frau. »Haben Sie an dieser Aussage etwas auszusetzen?«, fragte er.

»Das ist ein Haufen Blödsinn«, sagte Alex. »Ich weiß nicht, wer Ihnen das erzählt hat.«

Saito streckte die Hand aus, und Tomada gab ihm das Blatt zurück. Er legte es auf den Tisch. »Diese Angaben stammen von Frau Yamamoto.«

Einen Moment lang hielt Alex das alles für einen Trick. »Das glaube ich Ihnen nicht«, sagte er.

»Das hat nichts zu bedeuten. Maßgeblich ist nur, was *ich* Ihnen glaube. Welchen Aussagen in diesem Dokument stimmen Sie nicht zu?«

Alex schaute dem Beamten in die Augen. »Keiner. Ich gebe nichts von alldem zu. Ich möchte mit einem Anwalt sprechen.«

Saito schüttelte den Kopf. »Hier gibt es keine Anwälte und keine Telefonate. Ich habe das Recht, Sie einundzwanzig Tage festzuhalten, bevor ich Sie dem Gesetz nach anklagen oder gehen lassen muss. Also – wenn das hier nicht die Wahrheit ist, dann müssen Sie mir die Wahrheit sagen.«

Alex drehte sich um und schaute durch die Glasscheibe in der Tür. Er spürte das Vibrieren des Straßenverkehrs in der wirklichen Welt durch seinen Stuhl, und er sah, dass die Haut auf seinen Handrücken bleich wurde, weil die Fesseln den Blutkreislauf unterbanden.

»Es tut mir leid«, sagte er. »Aber ich werde mich nicht weiter äußern.«

Saito zeigte mit dem Finger auf ihn. »Was ist mit Ihrem Gesicht passiert?«

Alex überlegte, was er antworten sollte. »Ich bin gefallen«, sagte er schließlich.

»Wo?«

»Im Bahnhof.«

»In welchem?«

Alex dachte nach, aber sein Kopf war leer. »Ist das wichtig?«

Saito stand auf, kam um den Tisch herum und setzte sich auf die Kante. Er fasste Alex' Kopf mit beiden Händen und drehte sein Gesicht zur Deckenlampe, um die Verletzung zu untersuchen.

»Warum ist das so schlecht versorgt?«

Nur eine Reihe von Klebepflastern hielt die Haut zusammen, und die Verletzung darunter war blutig und rot.

»Mehr konnte ich mir nicht leisten«, sagte Alex. »Ich habe den Rücksitz im Streifenwagen mit Blut beschmiert, und da haben sie mich in die Keio-Klinik gebracht. Ich habe dem Arzt gesagt, dass ich nicht krankenversichert bin, und da wollte er mich nicht anrühren. Eine Krankenschwester hat es dann übernommen. Sie hat gesagt, etwas Besseres könnte sie mir ohne Bezahlung nicht bieten.«

Saito drehte Alex' Kopf im Licht hin und her. Er drückte mit der Fingerspitze auf die empfindliche Haut, und Alex verzog das Gesicht.

»Da wird eine Narbe zurückbleiben, glaube ich.«

»Wahrscheinlich. Wenn sie mir die Handschellen abgenommen hätten, dann hätte ich es selbst besser machen können.«

»Erzählen Sie mir, wie das passiert ist.«

»Ich sagte doch, ich bin gefallen.«

Saito kehrte zu seinem Stuhl zurück, schob die Brille auf die Stirn hinauf und rieb sich den Nasenrücken, als habe er eine schmerzhafte Anstrengung vollbracht. Er schloss die Augen und sprach langsam und ruhig.

»Wenn Frau Yamamoto Ihnen das ohne Provokation zugefügt hat, bekommt sie große Schwierigkeiten.«

Alex wusste, dass der Hauptkommissar recht hatte. Wenn er anfinge, die Wahrheit über die Ereignisse zu sagen, würde die Situation noch schlimmer werden. Er wollte die Sache schnell hinter sich haben. Also würde er den Mund halten müssen.

Er schüttelte resigniert den Kopf. »Ich kann nicht gegen Naoko aussagen. Es war nicht ihre Schuld.«

»Wessen Schuld war es dann?«

»Jemand auf der Vernissage in ihrer Galerie hat uns hereinlegen wollen. Ich war in ihrer Wohnung, um mit ihr zu reden, und es gab einen Streit, der außer Kontrolle geriet. Ich gebe zu, ich war wütend und habe geschrien, aber ich will keine Anzeige erstatten. Ich will jetzt nur zur Arbeit gehen. Ich komme jetzt schon zu spät. In meinem Land …«

Der Polizist unterbrach ihn mit einer Handbewegung. »Wir sind nicht in Ihrem Land, Malloy-san. Japan ist ein sicheres Land, und wir sind stolz auf diese Sicherheit. Wir sind nicht in England oder Amerika, wo Drogen und Gewalt erlaubt sind. Verstehen Sie das?«

Alex nickte.

»Die Vorwürfe gegen Sie sind sehr ernst.«

»Wenn Sie noch einmal mit Naoko sprechen, wird sie sich vielleicht anders erinnern. Vielleicht war sie bei Ihrem ersten Gespräch mit ihr durcheinander und aufgebracht.«

Der Hauptkommissar war nicht überzeugt. »Sie sind ohne ihre Erlaubnis in ihr Apartment eingedrungen.«

»Ich weiß, wo sie den Ersatzschlüssel aufbewahrt. Ich bin nicht eingebrochen.«

»Aber Sie haben die Wohnung allein betreten, und sie hat Sie dort angetroffen, als sie nach Hause kam. Geben Sie das zu?«

Alex hatte das Gefühl, ein Abgrund habe sich aufgetan. Er konnte nichts anderes sagen, ohne zu lügen. »Ja«, sagte er. »Aber ich hatte nicht vor, sie zu verletzen oder zu bedrohen. Ich wollte nur, dass sie mir zuhört.«

»Die Strafe für so etwas beträgt fünfzehn Monate Haft im Ausländergefängnis in Fuchu. Sagen Sie mir, warum ich den Fall nicht sofort an den Staatsanwalt übergeben soll.«

Alex hatte einen bitteren, metallischen Geschmack im Mund. Er suchte nach einem Ausweg, aber es erschien sinnlos, weiter gegen den Strom anzukämpfen. Er spürte, wie die Energie aus dem Raum sickerte. Nach einer Weile stand der Beamte auf, schob seine Unterlagen auf dem Tisch zusammen und legte sie in seinen Aktenkoffer. Er klappte den Koffer zu, verschloss ihn und öffnete die Tür. Die Geräusche des Polizeireviers fluteten herein.

Alex blickte auf.

»Warum bin ich zurückgekommen?«

Saito blieb stehen und wartete darauf, dass Alex weiterredete. Der helle Lichtstreifen, der auf seinen Brillengläsern funkelte, machte seine Augen unsichtbar.

Alex sprach mit klarer Stimme. »Wenn alles stimmt, was Sie gesagt haben, warum bin ich dann zurückgekommen, obwohl ich wusste, dass die Polizei da sein würde?«

»Wie meinen Sie das?«, fragte der Hauptkommissar.

»Sprechen Sie mit den Polizisten, die mich festgenommen haben. Ich war nicht in Naokos Apartment, als sie kamen. Ich bin dreißig Minuten vorher gegangen, aber ich bin zurückgekommen, als ich wusste, dass sie da sein würden. Ich hätte einfach weglaufen können, und sie hätten mich nicht gefunden, aber ich wollte zurück. Wie passt das zu Ihrer Version der Ereignisse?«

Saito blieb kühl, aber Alex sah ihm an, dass er überlegte, inwiefern die Sachlage sich dadurch veränderte. Er richtete ein paar knappe Worte auf Japanisch an die Polizistin und wandte sich dann zum Gehen.

»Werden Sie mich anklagen?«, fragte Alex.

Der Beamte schüttelte den Kopf. »Nicht nötig.«

»Wie geht es dann weiter?«

»Wir werden Sie in Gewahrsam behalten und weiter ermitteln.«

»Wie lange wird das dauern?«

Saito antwortete nicht. Tomada stand auf und verbeugte sich vor dem Hauptkommissar, und beide sahen ihm nach, als er hinausging.

12

Die Galerie war geöffnet, als das Taxi sie am Bordstein absetzte. Der Rollladen vor dem Fenster war hochgezogen, und die Cateringfirma räumte Tische, Stühle und Dekorationen der Party ab. Naoko sammelte sich, bevor sie durch die Tür trat.

Sie hatte kurz erwogen, sich krankzumelden, aber sie wusste, das würde nur noch mehr Probleme schaffen. Nachdem die Polizei ihre Aussage zu Protokoll genommen hatte, hatte sie sich rasch umgezogen und sich beeilt, um noch rechtzeitig zur Arbeit zu kommen. Die Schwellung an ihrem Hinterkopf hatte sich zu einer soliden Beule entwickelt, und ihre Hände waren aufgeschürft, weil sie so hart auf den Boden geschlagen war. Es gab jetzt nur zwei Möglichkeiten, das sah sie. Sie konnte sich zu einer Kugel zusammenrollen und aufgeben. Oder sie konnte sich zusammenreißen.

Sie wusste, was sie tun würde.

Megumi war im großen Raum und telefonierte. Sie sah aus, als wäre das Drama der vergangenen Nacht spurlos an ihr vorübergegangen. Sie legte auf, als sie Naoko kommen sah, und versuchte, unschuldsvoll auszusehen, aber die Anstrengung war ihr am Gesicht anzusehen.

»Guten Morgen, Naoko«, sagte sie. »Wie geht es dir?«

Naoko war klar, dass sie am besten handelte, solange ihre Entschlossenheit noch anhielt.

»Erzähl mir noch einmal, was zwischen dir und Alex vorgefallen ist.«

Megumi zögerte. »Das habe ich dir gestern Abend schon erzählt. Es war die Wahrheit.«

»Alex hat es bestritten, als ich ihn ansprach.«

»Er ist ein Lügner, Naoko. Natürlich hat er es bestritten.«

»Erzähl es mir noch einmal.«

»Er hat sich an mich herangemacht und wollte mich küssen. Ich habe ihn zurückgewiesen. Da wurde er richtig wütend. Er war betrunken und aus irgendeinem Grund sauer auf dich. Ich habe nicht vor, mir den Kopf darüber zu zerbrechen, um all dem auf den Grund zu gehen. Aber ich habe nichts zu verbergen.«

Naoko sagte nichts. Sie blieb unbeirrt stehen und bemühte sich, keine Reaktion zu zeigen.

»Du glaubst mir doch, oder?«

»Das würde ich gern. Aber irgendetwas stimmt da nicht.«

»Herr Kimura glaubt mir.«

»Wo ist Kimura-san? Ist er schon hier?«

Megumi schüttelte den Kopf. »Er geht mit seiner Frau nach Ginza zum Lunch. Er kommt später.«

»Ist er wütend wegen gestern Abend?«

»Was glaubst du?«

Naoko wusste, es war das Beste, die Neuigkeit so bald wie möglich bekanntzumachen. Je länger sie wartete, desto weniger Einfluss hatte sie darauf, wann es herauskäme.

»Sie haben Alex verhaftet«, sagte sie so neutral wie möglich.

»Was soll das heißen? Wer hat ihn verhaftet?«

»Die Polizei. Ich kam nach Hause und fand ihn in meiner

Wohnung, wo er im Dunkeln auf mich wartete. Es kam zu einer Situation, und Alex wurde verhaftet.«

»Eine Situation?«

»Nur ein Streit, der aus dem Ruder lief. Aber einer der Nachbarn hat die Polizei gerufen, und die haben ihn mitgenommen. Er hat es verdient.«

»Das klingt ernst, Naoko. Wie geht es jetzt weiter?«

»Sie werden ihn verwarnen und laufenlassen. Vielleicht muss er auch ein kleines Bußgeld bezahlen. Du weißt, wie nachsichtig sie gegenüber Ausländern sind.«

Naoko klappte ihre Tasche auf und nahm ihr Portemonnaie heraus. Sie gab Megumi einen Fünftausend-Yen-Schein. »Willst du nicht zum Deli gehen und Kaffee und Gebäck für alle holen? Ich kümmere mich hier um alles.«

Megumi lächelte weiter, aber ein Ausdruck des Widerwillens erschien kurz in ihren Augen. Sie faltete den Schein zweimal zusammen und schloss die Faust.

»Natürlich«, sagte sie. »Es dauert nicht lange.«

Naoko sah ihr nach, als sie hinaus- und über die Straße ging. Das Schwierigste war vorbei, dachte sie. Megumi würde jeden anrufen, den sie kannte, sobald sie außer Sicht wäre. Zumindest brauchte sie sich dann nicht mehr zu fragen, ob man hinter ihrem Rücken über ihr Privatleben diskutierte. Man würde es mit Sicherheit tun.

Naoko setzte sich an den Schreibtisch und rief ihre E-Mails auf, aber sie war zu angespannt, um sich darauf zu konzentrieren. Sie versuchte, sich einfallen zu lassen, was sie zu Herrn Kimura sagen würde, als ihr Telefon klingelte.

»Hallo?«

»Ist da Frau Yamamoto?«

Es war eine Frauenstimme, knapp und direkt. Schon bei der ersten Silbe wusste Naoko, dass es die Polizei war. Sofort machte sie sich auf eine förmliche Unterredung gefasst.

»Ja«, sagte sie. »Wie kann ich Ihnen helfen?«

»Ich bin Kommissarin Tomada vom Polizeirevier Ushigome. Ich rufe im Auftrag von Hauptkommissar Saito an. Der Hauptkommissar ist mit der Untersuchung der Beschwerde befasst, die Sie eingereicht haben. Er möchte gern vereinbaren, wann Sie zu einer Besprechung auf das Revier kommen können.«

Naoko versuchte, sich die Überraschung nicht anmerken zu lassen, als sie die Worte Untersuchung und Hauptkommissar hörte. »Darf ich fragen, warum? Ich habe Ihren Kollegen heute Morgen eine Aussage zu Protokoll gegeben.«

»Der Hauptkommissar wird alle Ihre Fragen beantworten können, wenn Sie aufs Revier kommen, Frau Yamamoto.«

»Es handelt sich also nur um eine Formalität?«

Die Polizistin am anderen Ende zögerte. »Ich glaube, darüber sprechen Sie am besten mit Herrn Saito«, sagte sie schließlich.

»Wann soll ich kommen?«

»Wenn Sie Montagmorgen um elf Uhr hier sein könnten, hätte der Hauptkommissar Zeit für Sie.«

»Montag? Warum muss man zwei Tage warten? Ich hatte den Eindruck, die Angelegenheit würde sich heute klären lassen.«

»Es geht um schwerwiegende Vorwürfe, Frau Yamamoto. Es wird einige Zeit dauern, gründlich zu ermitteln.«

»Ich dachte, mit einer Verwarnung ist der Fall erledigt?«

»Ich glaube, es ist am besten, wenn Sie am Montag um elf hier sind. Es wird nur eine Stunde dauern, höchstens zwei.«

Naoko war klar, dass sie keine Wahl hatte. »Also gut.«

»Danke, Frau Yamamoto.«

Naoko legte auf. Ihre Hände zitterten. Sie nahm ihre Tasche, lief durch den Korridor und zur Toilette. Dort verschloss sie die Kabine hinter sich, setzte sich auf die Kante des Toilettensitzes und zündete sich eine Zigarette an. In ihrem Hinterkopf sagte eine Stimme: Jetzt hast du es wirklich vermasselt, Naoko. Du verdienst alles, was du dafür kriegen wirst.

Ihre Hände zitterten immer noch. Sie verschränkte die Finger miteinander, aber das Zittern hörte nicht auf. Sie zog an ihrer Zigarette, bis die Glut hellrot brannte, und dann drückte sie sie in die Handfläche und sah zu, wie die versengte Haut Blasen warf. Ihre Bangigkeit verebbte, als der Schmerz zunahm. Sie drückte die Zigarette lange in ihre Hand.

Als es nicht mehr brannte, hielt sie die Hand eine ganze Weile unter das kalte fließende Wasser. Ein makelloser Kreis war in die Handfläche gebrannt, umgeben von den Narben anderer, identischer Verletzungen, die meisten längst verheilt, planlos verteilt wie die Krater einer Mondlandschaft. Das rohe Fleisch brannte unter dem eiskalten Wasser. Sie überlegte, wie sie die Wunde verdecken könnte, bevor sie an ihren Schreibtisch zurückkehrte.

13

In der Gewahrsamszelle schlossen sie die Handschellen auf, und Alex massierte sich das Leben in die Hände zurück. Ihre Haut war grau und taub, und die Gelenke knackten, als er sie krümmte und streckte. Der Wärter deutete auf den Umkleideraum und signalisierte ihm, er solle seine Taschen ausleeren und sich ausziehen. Nackt stand er da, während sie seine Sachen in Beutel verpackten und ihm eine blaue Drillich-Uniform reichten. Der Stoff war steif und schwer, und die Nähte waren aufgerissen.

Nachdem man seine Fingerabdrücke gescannt hatte, führte man ihn vor eine Wandtafel, wo das erkennungsdienstliche Foto aufgenommen werden sollte. Der Techniker schrie ihn an und wurde wütend, weil Alex seine Anweisungen nicht verstand. Er schob ihn in die erforderliche Position und trat gegen seine Füße, bis er auf den Fußabdrucksymbolen auf dem Boden stand. Alex machte sich auf eine Tracht Prügel gefasst.

»Gefallen dir die gelben Taxis?«, fragte der Techniker höhnisch.

Alex hatte keine Ahnung, wovon er redete. Der Wärter lehnte gelangweilt an der Wand und schaute zu.

»Manche japanische Mädchen sind wie gelbe Taxis«, sagte der Techniker. »Sie lassen jeden Ausländer mitfahren.«

Alex war klug genug, nicht zu reagieren. Er stand da, blickte starr nach vorn, als das Blitzlicht aufstrahlte, und hielt das Namensschild dicht vor die Brust.

Danach führte man ihn durch zahlreiche Türen, und vor jeder musste er warten, bis ein Summer ertönte. Schließlich kam er im Zellenblock an. Leises Gemurmel erfüllte die Korridore. Männer, knorrig und hässlich, standen in einer Reihe und warteten auf Abfertigung. Sie musterten ihn argwöhnisch, als er vorbeikam. Er sah ein paar Koreaner und Filipinos unter den Japanern, aber keine Westler. Es stank nach Angst, gemischt mit Schweiß und Schimmel und verdorbenem Essen, und über allem lag der Geruch von billigem Desinfektionsmittel. Der Wärter blieb vor einer Zelle am Ende des Trakts stehen, schloss sie auf und schob Alex hinein. Sechs Chinesen drängten sich in einem Raum, der gerade groß genug für vier war. Alle trugen identische blaue Häftlingskleidung mit schablonierten Zahlen auf den Beinen. Sie saßen dicht an dicht auf dem Betonboden, den Rücken an die Wand gelehnt.

In der Zelle gab es weder Bett noch Stuhl, nur eine Toilettenschüssel aus Edelstahl in einer Ecke und eine grelle Leuchtstoffröhre an der Decke, geschützt durch ein Drahtgitter. Jede Fläche war zerkratzt, verschrammt und mit Graffiti bekritzelt. Die Tür schloss sich, und die Verriegelung klickte. Alex suchte sich eine Lücke auf dem Boden, ließ sich dort mit hochgezogenen Knien nieder und stützte das Kinn auf den Unterarm. Eine Staubschicht, fein wie Asche, wirbelte dabei um ihn herum auf.

Einer der Männer, groß und sehnig und mit einem Muttermal rings um ein Auge, starrte quer durch die Zelle herüber. Sein Haar war struppig geschnitten, und er hatte eingefallene Wangen, weil ihm Zähne fehlten. Die anderen Männer sprachen schnell auf Kantonesisch miteinander, als diskutierten sie Alibis und Schuldzuweisungen. Jedes Mal, wenn draußen ein Wärter vorbeikam, senkten sie die Stimmen zu einem Flüstern.

Die Stunden vergingen. Allmählich stank es nach schwitzenden Körpern in dem heißen, fensterlosen Raum. Alle wirkten benommen, als ständen sie kurz vor einer Ohnmacht vor lauter Hitze und Langeweile. Nur das unbequeme Sitzen ohne Lehne auf dem harten Betonboden hielt Alex wach. Der Tag floss dahin, und seine Gedanken kehrten immer wieder zu der Party in der Galerie und dem Streit in Naokos Wohnung zurück. Nichts war geschehen, was seine Inhaftierung rechtfertigte, das wusste Alex. Eigentlich sollte es ihn beruhigen zu wissen, dass er unschuldig war und dass die Balance der natürlichen Ordnung zu seinen Gunsten ausgerichtet war, dachte er. Aber es blieb ein unbestreitbarer Zweifel. Würde er am Ende doch verlieren?

Am späten Abend öffnete die Tür sich schließlich mit einem Klicken, und ein Wärter rief die Leute in den Zellen nacheinander auf, sich im Korridor zu versammeln. Die Chinesen standen alle gleichzeitig auf und stolperten hinaus, benommen und wie betäubt. Alex folgte ihnen. Der Korridor war voll von uniformierten Häftlingen, die dicht beieinander standen, sich streckten und ihre eingeschlafenen Glieder massierten, um die Blutzirkulation wieder in Gang zu bringen. Er nahm seinen Platz ein und wartete. Als der Wärter sich vergewissert hatte, dass alle Zellen leer waren, ließ er die Kolonne losmarschieren. Jeder hielt fünfzehn Zentimeter Abstand zu seinem Vordermann. Sie zogen im Gänsemarsch durch den Korridor, riefen dem Wärter im Vorbeigehen ihre Nummer zu und bogen nach links in einen langen, schmalen Waschraum ein, wo Reihen von stählernen Wassertrögen sich durch die Mitte erstreckten.

Alex tat, was die andern taten. Er zog das Häftlingshemd aus, wusch sich Gesicht und Hals und schöpfte das Wasser mit den Händen über sich, um den Schweiß abzuspülen. Als er gründlich nass war, spülte er sich den Mund aus, und dann trocknete er sich ab und machte Platz für den nächsten Mann. Im Umkleideraum gab man ihm einen dünnen Futon und eine raue Decke, und dann folgte er der Kolonne zurück zu seiner Zelle. Die Chinesen breiteten ihr Bettzeug auf dem Boden aus und balgten sich um die besten Schlafplätze. Alex bekam am Ende den neben der Toilettenschüssel und legte dort seinen Futon und die Decke zurecht.

Bevor er sie für die Nacht einschloss, stellte der Wärter ein Tablett in die Mitte der Zelle und gab ein paar Anweisungen, die Alex nicht verstand. Die Chinesen nickten und verbeugten sich vor dem Wärter, als sei ihnen dieser Vorgang vertraut. Die Tür wurde verschlossen, die Deckenlampe erlosch flackernd unter ihrem Drahtkorb, und die grüne Notbeleuchtung schimmerte auf. Sieben Plastikbehälter und sieben Wasserflaschen stapelten sich unordentlich auf dem Tablett, und jeder Behälter enthielt eine Portion Reis mit Fisch und eingelegtem Gemüse. Das Essen sah abgestanden und kalt aus, aber Alex war kurz davor zu verhungern. Er streckte die Hand aus, um eine der Boxen von dem Tablett zu nehmen, und schlagartig veränderte sich die Atmosphäre.

Eine Hand schoss vor und packte sein Handgelenk. Einen Moment lang war er verdattert. Er fuhr herum und schaute in wütende Augen neben einem tiefroten Muttermal. Die Hand hielt ihn fest, und Alex erstarrte, als die andern das Essen vom Tablett nahmen und anfingen, die Verpackungen aufzureißen.

Er wand sich los, aber der Mann ballte die Fäuste und versperrte ihm den Weg. Er starrte ihn durch den dunkelroten Fleck an dem einen Auge an, atmete schwer und mit geblähten Nasenflügeln, angespannt und kampfbereit. Die andern steckten die Köpfe zusammen und schauten mit ausdruckslosen Gesichtern zu. Einer der Männer nahm eine Wasserflasche und warf sie auf Alex' Futon. Er rief seinen Freunden auf Kantonesisch etwas zu, und sie lachten und aßen weiter. Alex' schweißfeuchte Uniform klebte am Körper, und vor Hunger und Angst drehte sich ihm der Magen um. Er tat einen Schritt vorwärts.

Eine Faust traf ihn am Wangenknochen, wo die Schnittwunde noch frisch war. Es brannte, als die Wundränder an den Pflastern zerrten. Arme packten ihn von hinten und umschlangen seine Brust. Er riss sich los und wollte sich umdrehen, aber er kam ins Stolpern. Jemand warf ihm eine Decke über den Kopf und zog sie fest um ihn herum, und dann stieß man ihn zu Boden. Die Landung auf dem harten Beton verschlug ihm den Atem. Er rang nach Luft und konnte sich nicht aufrichten, denn ein Arm klemmte unter seinem Körper, und der andere wurde an seine Seite gepresst. Er wollte um sich treten, aber auch seine Beine wurden festgehalten, und der grobe Stoff vor seinem Mund erstickte seine Stimme.

Faustschläge und Fußtritte prasselten auf ihn herab. Alex versuchte, sich herauszuwinden, aber zu viele Hände hielten ihn fest. Eine Rippe brach unter harten Fingerknöcheln, und als er einen Tritt in den Magen bekam, krümmte er sich zusammen wie ein zerbrechender Zweig im Sturm. Er hörte raue Stimmen und gedämpftes Gelächter. Wann er endgültig das Bewusstsein verlor, wusste er nicht.

17

Ein Vorhang umgab das Krankenhausbett. Dahinter sprachen Krankenschwestern leise miteinander, und ein krummes Rad an einem Materialwagen, der über den Flur geschoben wurde, quietschte. Seine Lippen klebten trocken und rissig aneinander. Überall in seinem Körper spürte er den Schmerz, gedämpft von der warmen, Übelkeit erregenden Glut der Medikamente. Das Laken lag faltig und feucht unter seinem Körper, und eine auf seiner linken Hand aufgespießte Kanüle sah aus wie ein Insekt, das nach und nach Morphin in seinen Körper entließ. Der Himmel draußen war strahlend blau. Im Schnee auf dem Fenstersims sah man die zierlichen Fußspuren von Vögeln, die dort gelandet waren.

Durch einen schmalen Spalt im Vorhang konnte er die Füße des Mannes im Nachbarbett sehen. Sie lagen bleich und still da, wächsern und leblos. Er starrte sie lange an und versuchte, sie mit seiner Willenskraft in Bewegung zu setzen. Dabei lauschte er dem leisen Rauschen des Ventilators. Er hatte keine Ahnung, wem die Füße gehörten.

Der Vorhang teilte sich. Sein Vater war anscheinend überrascht, weil er wach war. Er zögerte und wippte unsicher auf den Fersen vor und zurück. Schließlich rief er eine Schwester. Er trug immer noch den steifen Kragen und die gestreifte Krawatte, die er für das Weihnachtsessen ausgesucht hatte.

»Du bist wach«, stellte er fest und blieb neben dem Bett stehen. »Dafür können wir dem lieben Gott danken. Du hattest einen höllischen Unfall. Wir wussten nicht, ob du durchkommst.«

Alex öffnete langsam den Mund, um zu sprechen. Seine Zunge war geschwollen, und die Zähne taten ihm weh. »Wie lange bin ich schon hier?«, fragte er.

»Seit zwei Tagen«, sagte sein Vater.

»Was ist passiert?«

»Du bist mit einem Pannenlastwagen zusammengestoßen. Er hatte einen Wagen im Schlepp, und der Fahrer hat im Schnee die Kontrolle verloren. Er hat dich mit vollem Tempo erwischt, genau an der Fahrertür.«

»Sie wollen mir nicht sagen, wie schlimm ich verletzt bin. Die Schwestern sagen immer, darüber soll ich mir später den Kopf zerbrechen.«

»Na, vielleicht solltest du auf sie hören.«

»Sag's mir, Dad.«

Sein Vater legte ihm eine Hand auf die Schulter. »Du wirst wieder gesund. Aber es wird eine Weile dauern, bis du völlig wiederhergestellt bist. Du hast einen Beinbruch, einen Milzriss und zwei angebrochene Rückenwirbel. Und schwere Verbrennungen an Rücken und Armen.«

»Und der Lastwagenfahrer?«

»Dem geht's gut. Er hat eine Gehirnerschütterung, aber nichts Ernstes.«

»Und Patrick?«, fragte Alex zögernd. Er merkte, dass er davor zurückscheute, den Namen seines Bruders auszusprechen.

Sein Vater blinzelte ein paar Mal. Seine Augen wurden feucht. »Mach dir darüber jetzt keine Sorgen«, sagte er.

»Du redest wie die Schwestern.«

»Sie haben recht. Manche Dinge schiebt man lieber eine Weile hinaus.«

»Wo ist er?«

»Er ist fort, Alex.«

»Fort?«

»Er ist tot.«

Alex wandte den Blick zur Seite. Über ihm gluckerten die Heizungsrohre. Irgendwo klingelte ein Telefon. Der Schmerz an Rücken und Schultern war ungeheuer.

»Durch den Unfall?«

»Nein. Er hatte nur Platzwunden und Blutergüsse, als sie ihn aus dem Wrack zogen. Er ist in der Notaufnahme kollabiert, bevor wir hinkamen. Sie sagten, es war eine Hirnblutung. Er erkundigte sich detailliert nach deinem Zustand, bevor sie dich in den OP brachten, und er war nur ein paar Minuten allein. Als die Schwester zurückkam, war er bewusstlos. Er hat überhaupt keinen Schmerz gespürt.«

»Wie nimmt Mum es auf?«, fragte Alex.

Sein Vater trat voller Unbehagen von einem Bein auf das andere. »Nicht gut.«

»Ist sie hier?«

»Sie will nicht kommen.«

»Warum nicht?«

Sein Vater warf einen Blick über die Schulter. »Wo bleibt diese Schwester? Es ist jetzt fünf Minuten her, dass ich sie gerufen habe.«

»Warum will sie nicht kommen, Dad?«

»Sie ist in der Kirche.«

»Gibt sie mir die Schuld?«

Sein Vater beugte sich über das Bett und senkte die Stimme. Er klang sachlich und geradlinig, ganz wie früher als Lehrer.

»Die Polizei … Tja, sie sagen, Patrick hatte Heroin im Körper, als er starb … Sie haben deine Kleidung am Unfallort durchsucht und ein paar merkwürdige Dinge gefunden. Eine Spritze sowie ein paar andere ungewöhnliche Gegenstände. Sie sagen, du hattest Heroin bei dir. Sobald es dir gut genug geht, wollen sie dich vernehmen. Du kannst dir vorstellen, dass deine Mutter sehr aufgebracht ist. Anscheinend glaubt sie, du hättest Patrick irgendwo hineingezogen. Ich versuche immer, mit ihr zu reden, aber sie hört nicht auf mich. Und sie ist nicht glücklich darüber, dass ich jetzt hier bin.«

Alex schaute aus dem Fenster. Irgendwie hatte die Welt sich verändert in den wenigen Augenblicken, seit er sie das letzte Mal gesehen hatte. Die Häuser und die Straßen waren noch die gleichen, der Stop-and-go-Verkehr, die Leute, die in Scharen auf den breiten Gehwegen aneinander vorbeigingen. Aber was immer so vertraut erschienen war, wirkte jetzt feindselig und abweisend. Die Last der Situation war überwältigend, als wäre da irgendeine gewaltige Kraft, die seine Füße gepackt hatte und ihn gnadenlos hinunterzog. Er hatte kein Verlangen danach, sich zu wehren. Überhaupt keins. Das Einzige, was er verspürte, war ein übermächtiges Verlangen nach Schlaf.

15

Der Gefängnishof war ein Abgrund am Fuße des Polizeireviers Ushigome, eine Betongrube in der Erde, zehn Meter tief unter der Straßenebene, überspannt mit Bändern von messerscharfem Stacheldraht. Die Polizisten, die in dem darüber aufragenden Gebäude arbeiteten, schauten aus den Fenstern auf die Männer hinunter, die dort unten eingesperrt waren.

Der Hof lag zum größten Teil im Schatten. Die Sonne schien schräg über das Dach hinweg in die hintere Ecke. Alex fühlte sich zerschlagen; alles tat ihm weh, und er bewegte sich mit der Demut des Besiegten. Gern hätte er die Sonne im Gesicht gespürt, aber er konnte sehen, dass er nicht willkommen war. Eine Gruppe japanischer Gefangener saß rauchend und plaudernd auf den Bänken, und die Wärter standen entspannt um sie herum. Die Ecke des Hofs, wo die Sonne schien, war ihr exklusives Eigentum.

Die Gruppe der Koreaner stand im Schatten bei dem Trinkwasserbrunnen, und die Chinesen steckten die Köpfe zusammen, damit niemand hören konnte, was sie sagten. Alle sogen gierig an ihren billigen Zigaretten; die Tagesration von zwei Stück bekam jeder zu Beginn des morgendlichen Hofgangs. Alex stand mit dem Rücken am Maschendrahtzaun und sah einer Krähe nach, die hoch über dem Stacheldraht mit kräftigem Flügelschlag gegen den Wind zwischen den Gebäuden ankämpfte.

»Hey! Russia-jin!«, rief eine Stimme.

Alex sah sich wachsam um. Ein japanischer Gefangener kam auf ihn zu. Vorsichtig wich er den Regenpfützen im Hof aus. Beim Gehen hatte er Schlagseite – das eine Bein wollte sich unter ihm nicht strecken lassen. Alex wandte sich ab und bemühte sich, den Mann zu ignorieren.

»Hey! Russia-jin!«, rief der Mann noch einmal.

»Ich bin kein Russe«, sagte Alex, ohne sich umzudrehen.

»Du siehst aus wie ein Russe.«

»Ich bin Engländer.«

»Wie du willst, Russia-jin. Willst du eine Zigarette?«

Alex schüttelte den Kopf. »Ich rauche nicht.«

»Kann ich die dann haben?« Er deutete auf die beiden Filterzigaretten, die aus Alex' Brusttasche ragten.

Er hatte ein flaches Gesicht mit einer fliehenden Stirn, und seine Haut war von alten Aknenarben übersät. Alex schätzte sein Alter auf etwa fünfundzwanzig Jahre, eine dürre Gestalt mit kurzen Gliedmaßen. Er grinste vor sich hin, weil er Alex so leicht hatte in die Falle gehen lassen. Er wirkte völlig entspannt, als wäre er in dieser Umgebung zu Hause. Sein Gesicht war das erste, das Alex sah, das nicht gefährlich oder unfreundlich blickte.

»Nimm«, sagte er und reichte die Zigaretten hinüber. »Ich habe keine Energie zum Feilschen.«

»Ich bin Jun«, sagte der Mann und zündete sich eine an. »Warum bist du hier?«

»Ich möchte nicht darüber reden.«

»Warum nicht?«

»Weil ich nicht noch mehr Schwierigkeiten haben will.«

Jun nahm einen langen Zug von der Zigarette und blies den

Rauch durch die Nase aus. »Du bist schon im Knast, Russia-jin. Was für Schwierigkeiten könntest du noch kriegen?«

Seit er in Ushigome war, hatte er nichts Gutes mehr erlebt, und er sah keinen Grund, weshalb sich daran etwas ändern sollte. Er wandte sich ab und wartete darauf, dass der Mann wegging.

»Warum haben sie dich verhaftet?«, fragte Jun seinen Hinterkopf. »Was muss ein Westler tun, um hier zu landen?«

Alex überlegte kurz. »Zu schnell fahren«, sagte er dann.

Jun lachte schnaubend. »Zu schnell fahren. Sehr gut. Zumindest bist du nicht in seiner Lage.«

Alex drehte sich um. »In wessen Lage?«

»In der Lage des Alten da drüben.«

Ein alter Mann stand allein neben der Latrine, die Arme fest vor der Brust verschränkt, als wollte er sich so klein wie möglich machen.

»Wer ist das?«, fragte Alex.

»Er ist *hentai.*« Jun machte eine Handbewegung, als melke er eine Kuh. »Er wurde dabei erwischt, dass er im Zug ein Schulmädchen betatscht hat. Das ist seine Schwäche. Jetzt kann er von Glück sagen, wenn er hier an einem Stück wieder rauskommt.«

»Woher weißt du das alles?«, fragte Alex.

»Es ist mein Job, so was zu wissen«, sagte Jun achselzuckend. Er zündete sich die zweite Zigarette an der Glut der ersten an. »Ich weiß auch von den Chinesen in deiner Zelle.«

Alex hob den Kopf und wartete darauf, dass er weitersprach. Jun deutete sein Interesse als Einladung zum Nähertreten.

»Sie gehören zur Triade. Keine großen Fische, aber unangenehm genug. Sie haben ihr Urteil in Fuchu abgesessen und warten jetzt auf die Abschiebeverfügung.«

»Na, die kommt hoffentlich bald.«

»Wieso? Machen sie dir Ärger?«

»Sagen wir einfach, sie teilen ihr Essen nicht gern.«

»Und was machst du dagegen?«

Alex schaute hinüber zu den Chinesen, die in einer Gruppe zusammenstanden. Keiner von ihnen hatte sich von der Meute entfernt, seit sie in den Hof gekommen waren.

»Ich muss sie einfach weiter mit meinem Charme betören«, sagte er.

»Und wie klappt das bisher?«

»Nicht gut.«

»Du willst nicht mit denen reden?« Jun deutete mit einer Kopfbewegung zu den Wärtern hinüber.

»Nein, das macht meine Probleme nur noch schlimmer. Eins muss ich meinen Zellengenossen lassen: Sie sind clever. Sie schlagen nur da zu, wo man die blauen Flecke nicht sieht.« Er hob sein Hemd ein Stück hoch und entblößte seine Rippen. Sie waren mit leuchtend gelben und violetten Blutergüssen bedeckt.

»Vielleicht kann ich dir helfen«, sagte Jun.

»Und was kriegst du dafür?«

»Deine Zigaretten.«

»Die hast du schon.«

Jun lächelte und nahm einen Zug. »Dann haben wir eine Abmachung.«

Er wandte sich ab und humpelte über den Hof davon, zwischen den einzelnen Gruppen hindurch und zu dem Tisch, an dem die japanischen Häftlinge die Sonne genossen. Dort blieb er stehen und verbeugte sich vor einem älteren Mann, der Kaffee aus einem Plastikbecher trank. Alex konnte nicht hören, was sie sagten, aber er sah, dass der Mann aufmerksam zuhörte, als Jun sich zu ihm hinunterbeugte. Er nickte von Zeit zu Zeit, um zu zeigen, dass er verstanden hatte, aber er sagte nichts, sondern starrte nur konzentriert vor sich hin. Als Jun fertig war, trank er weiter seinen Kaffee und schaute nachdenklich in den Himmel. Alex beobachtete das alles von der anderen Seite des Hofes mit wachsender Unruhe. Er hatte keine Ahnung, was da vorging.

Schließlich drehte der ältere Mann sich um und winkte einem brutal aussehenden Häftling, der am Zaun stand. Er deutete auf die Chinesen aus Alex' Zelle, und der Häftling verbeugte sich und ging zu der Gruppe hinüber. Als sie ihn kommen sahen, rückten sie zusammen wie eine Herde, die in Abwehrstellung geht. Er blieb vor ihnen stehen, und sie hörten schweigend zu, als er sagte, was er zu sagen hatte. Es dauerte nur ein paar Sekunden.

Dann läutete die Glocke, die Pause war zu Ende, und die Wärter trieben die Häftlinge wieder ins Gebäude. Die Männer rafften sich müde auf und schlurften zum Eingang des Zellentrakts. Alex warf einen letzten Blick zum Himmel, bevor er zu der fensterlosen Zelle zurückkehrte. Die Krähe flatterte immer noch da oben, eine dunkle Silhouette vor dem hellen Himmel, deren Flügel mit den Strömungen des Windes kämpften. Sie war ihrem Ziel noch nicht näher gekommen.

Die Gefangenen fegten ihre Zellen aus und brachten ihr Bettzeug in den Spindraum. Ein Wärter zählte sie ab, als sie sich in ihre Zellen zurückzogen, sich auf dem Boden niederließen und den nächsten Tag in der Haft begannen. Alex sah zu, wie das Tablett mit dem Frühstück in die Mitte der Zelle gestellt wurde. Der Wärter ging hinaus und verschloss die schwere Tür. Er blieb sitzen und wartete darauf, dass die Chinesen den ersten Schritt taten.

Sie saßen regungslos an der Wand und beobachteten ihn.

Auf dem Tablett standen sieben Behälter. Die durchsichtigen Plastikdeckel waren vom Dampf beschlagen. Alex stemmte sich hoch und zog seine Uniform zurecht. Die Chinesen blieben, wo sie waren, als er in die Mitte der Zelle trat. Er bückte sich, nahm eine Box vom Tablett und hob sie vorsichtig hoch, als rechne er jeden Moment mit einer plötzlichen Bewegung oder einem Angriff. Er nahm den Deckel ab, schaute hinein und sah ein einfaches Omelett, ein weiches Brötchen und einen Pappbecher mit Instant-Miso-Suppe. Der Duft des warmen Essens wehte verlockend durch die Zelle.

Der Mann mit dem violetten Muttermal blinzelte, als er das Essen roch. Er verlagerte sein Gewicht, um aufzustehen. Jemand auf der anderen Seite der Zelle rief ihm etwas zu, und er blieb sitzen. Hilfesuchend sah er sich um, aber alle schauten ihn warnend an. Er lehnte sich zurück und wartete ab, als Alex seinen Platz neben der Toilettenschüssel einnahm und anfing, hastig zu essen, das warme Omelett und die Suppe zu löffeln und zwischendurch von dem Brötchen abzubeißen. Alle schauten ihm schweigend zu, und niemand rührte sich, bis seine Box leer war.

16

Der Hauptkommissar bot ihr den Stuhl neben seinem Schreibtisch an, und Naoko verbeugte sich dankend. Auf der Fahrt nach Ushigome hatte sie eine OP-Maske getragen, die sie jetzt abnahm und auf dem Schoß zusammenfaltete. Der Stuhl war aus hartem Formplastik und anscheinend dazu gedacht, es seinem Benutzer so unbequem wie möglich zu machen. Ihre Schuhsohlen baumelten über dem verschossenen grauen Teppichboden.

»Danke, dass Sie gekommen sind«, sagte Saito und drehte sich zu der kleinen, unscheinbaren Polizistin zu seiner Linken um. »Kommissarin Tomada assistiert uns bei den Ermittlungen.«

Naokos höfliches Lächeln erwiderte die Polizistin nicht. »Wir haben miteinander telefoniert.«

»Es gibt noch ein paar Kleinigkeiten, zu denen ich Sie befragen möchte, Frau Yamamoto. Mir ist klar, dass es Ihnen vielleicht schwerfällt, aber leider gibt es keine andere Möglichkeit.«

Naoko antwortete in respektvollem Ton. »Das verstehe ich vollkommen, Herr Hauptkommissar.«

Saito saß kerzengerade auf seinem Stuhl. Er hatte ein kantiges Gesicht, und sein militärisch geschnittenes Haar war akkurat gekämmt. Naoko sah, dass trotz seines Alters ein schlanker, durchtrainierter Körper in dem frischen weißen Hemd steckte. In seinem Blick lag die ruhige Entschlossenheit der Erfahrung.

In gemessenem Ton verlas er ihre Aussage gleichmäßig und ohne dramatische Betonungen. Naoko hörte zu, aber sie brauchte keine Gedächtnisauffrischung. Sie hatte sich in den letzten zwei Tagen fast ununterbrochen durch den Kopf gehen lassen, was sie zu Protokoll gegeben hatte. Stumm, aber aufmerksam saß sie da und hoffte, ihr Gesichtsausdruck sah aufrichtig, aber nicht bemüht aus. Als er fertig war, lehnte der Beamte sich auf seinem Stuhl zurück.

»Die Details dieses Protokolls treffen also zu?«, fragte er.

Naoko wusste, sie hatte keine Wahl. »Jawohl.«

»In der fraglichen Nacht hat Herr Malloy sich ohne Ihre Erlaubnis Zutritt zu Ihrer Wohnung verschafft. Sie haben ihn dort entdeckt, und er hat sich geweigert zu gehen. Es kam zu Handgreiflichkeiten, und Sie wollten sich verteidigen.«

»Ganz recht.«

»Und Herr Malloy hat sich Ihnen gegenüber in der Vergangenheit schon ähnlich verhalten?«

»Ja.«

»Aber bei dieser Gelegenheit glaubten Sie ein Messer zu brauchen, um sich vor ihm zu schützen?«

»Ich habe nach dem Messer gegriffen, ohne nachzudenken. Ich wollte mich nur verteidigen ... ihn abschrecken. Ich hatte nie die Absicht, irgendjemanden zu verletzen.«

»Darf ich Sie noch etwas fragen, Frau Yamamoto? Nach dem Streit, als er verletzt worden war – warum, glauben Sie, ist Herr Malloy da noch einmal zu Ihrem Apartment zurückgekehrt?«

Naoko betrachtete die Unterlagen auf dem Tisch des Hauptkommissars. Sie waren präzise angeordnet, anders als die auf anderen Tischen in diesem Büro. Sie schaute hinüber zu den jungen

Kriminalpolizisten, die ihren Kaffee tranken und sich zwanglos unterhielten. Wenn einer von ihnen diesen Fall zu bearbeiten hätte, dachte sie, wäre die ganze Sache inzwischen längst zu den Akten gelegt worden.

»Verzeihen Sie, Herr Hauptkommissar«, sagte sie, »aber ich möchte nicht gern spekulieren.«

»Es ist sehr ernst. Herr Malloy muss vielleicht für fünfzehn Monate in die Haftanstalt in Fuchu.«

Der Polizist versuchte, sie aus der Fassung zu bringen, und sie wusste, das durfte sie nicht zulassen. Sie straffte sich. »Meine Aussage ist in allen Einzelheiten zutreffend.«

»Und Sie sind bereit, genauso als Zeugin auszusagen, wenn der Fall vor Gericht kommt?«

»Wenn Sie das für nötig halten, Herr Hauptkommissar.«

Saito schaute sie über sein Brillengestell hinweg an. »Was halten *Sie* für nötig?«

»Alex weiß, dass er etwas falsch gemacht hat. Ich bin sicher, er hat seine Lektion gelernt. Reicht da nicht eine Verwarnung oder ein kleines Bußgeld?«

»Es handelt sich um einen schwerwiegenden Zwischenfall, Frau Yamamoto. Meine Kollegen wurden zu Ihrer Wohnung gerufen, und sie fanden Sie dort mit einem Messer in der Hand, mit dem Sie einen Einbrecher verletzt hatten. Es wurde eine Straftat begangen, und man hat uns beauftragt zu ermitteln. Wir müssen also zu einem Ergebnis kommen.«

»Aber eine Anklage finde ich ziemlich streng. Ich bin sehr beschäftigt. Ich habe keine Zeit, mich in ein Gerichtsverfahren verwickeln zu lassen.«

»Meine Aufgabe ist es, die Ordnung aufrechtzuerhalten, aber

nicht, es so zu tun, wie es Ihnen passt. Entweder ist Ihre Aussage korrekt oder nicht. Wenn sie es ist, muss es eine Anklage geben. Wenn sie es nicht ist, müssen Sie es mir jetzt sagen, und wir müssen einen anderen Weg gehen.«

Naoko blieb standhaft. Sie hatte sich auf diesen Augenblick vorbereitet. »Ich muss an meinen Ruf denken, Herr Hauptkommissar. An meine Zukunft. Alles in meiner Aussage entspricht der Wahrheit.«

»Was mir Sorgen macht, ist nicht Ihre *Zukunft*, Frau Yamamoto.«

»Was wollen Sie damit sagen?«

»Ich habe mir Ihre Akte angesehen. Anscheinend gibt es da bestimmte Ereignisse, die Sie gern vertuschen wollten.«

»Was meinen Sie damit?«

»Sie wissen genau, was ich damit meine. Es muss eine schwierige Situation für ein Schulmädchen gewesen sein, oder?«

»Ich wüsste nicht, was das hier zur Sache tut.«

»Das Gericht wird alles über Sie wissen wollen, um Ihre Glaubwürdigkeit einzuschätzen. Ich habe nur einen kurzen Blick in Ihre Akte werfen müssen, um Informationen zu finden, die Ihr Ansehen beschädigen könnten. Wollen Sie das in die Öffentlichkeit bringen?«

»Selbstverständlich nicht.«

Der Beamte starrte sie durch seine dicken Brillengläser an. Sein Überlegenheitsgefühl war unverkennbar. »Sie sind ehrgeizig, Frau Yamamoto. Eine Frau, die es weit gebracht hat in der Welt. Da müssen Sie fähig sein, sich zu schützen, wenn es darauf ankommt.«

Naoko hatte Mühe, ihre Wut zu bändigen. »Bin ich hier nicht das Opfer?«

Saito lehnte sich wieder zurück. »Genau das versuchen wir herauszufinden.«

Sie starrten einander über den Tisch hinweg in die Augen. Naoko war nervös, aber sie ließ es sich nicht anmerken. Sie wusste, jedes Zugeständnis wäre Selbstmord. Kommissarin Tomada rutschte auf ihrem Stuhl hin und her und hüstelte, um die Stille zu unterbrechen.

»Es gibt eine Alternative«, sagte sie zaghaft.

Saito drehte sich zu ihr um. »Was meinen Sie?«

Tomada wirkte eingeschüchtert, als ob sie es schon bereute, sich eingemischt zu haben. »Ich glaube, es gibt noch eine andere Möglichkeit, die Angelegenheit zu klären. Eine Möglichkeit, mit der sich ein Gerichtsverfahren vermeiden und trotzdem ein offizielles Ergebnis finden lässt.«

»Weiter.«

»Es könnte eine finanzielle Wiedergutmachung geben. *Jidan.*«

Diesen Ausdruck hatte Naoko noch nie gehört. »Was ist *jidan*?«

»Vergebungsgeld. Herr Malloy könnte seine Schuld in dieser Sache eingestehen und eine festgesetzte Summe zum Ausgleich zahlen. Wenn Sie bereit sind, das zu akzeptieren, könnten wir einen Schlussstrich unter unsere Ermittlungen ziehen.« Die Polizistin zögerte einen Moment lang. »Vorausgesetzt natürlich, der Hauptkommissar ist einverstanden.«

»In einem solchen Fall wäre es höchst ungewöhnlich«, sagte Saito. »Eine Gewalttat unterliegt normalerweise dem Urteil der Behörden.«

Tomada warf Naoko einen kurzen Blick zu, in dem eine Andeutung von Solidarität zu erkennen war. »Aber wenn eine *jidan*-Zahlung auf hohem Niveau festgesetzt würde, wäre das eine Strafe für Herrn Malloy, mit der auch die Staatsanwaltschaft zufrieden wäre.«

Naoko sah den Ausweg, den Tomada ihr eröffnete. Sie konnte Schadenersatz fordern und Alex das Geld zurückgeben, wenn der Fall abgeschlossen wäre. Sie ergriff ihre Chance, bevor sie wieder verschwand.

»Ich glaube, ein *jidan* würde genügen«, sagte sie. »Natürlich müsste die Höhe dem Schaden entsprechen, den Alex angerichtet hat. Fünf Millionen Yen klingt wie ein akzeptabler Betrag.«

Saito stützte die Ellenbogen auf den Schreibtisch, faltete die Hände und legte das Kinn auf die Finger. »Aber fünf Millionen Yen sind erheblich mehr als das, was im *jidan*-System normalerweise gefordert wird.«

Naoko hatte plötzlich die Oberhand, und die würde sie nicht aufgeben. »Das verstehe ich, Herr Hauptkommissar. Aber warum wollen Sie Alex diesen Vorschlag nicht machen? Die hohe Summe würde die Aufrichtigkeit seiner Bitte um Verzeihung unterstreichen. Wenn er akzeptiert, könnten wir doch alle wieder nach vorn schauen und diese Angelegenheit hinter uns lassen.«

Saito nahm sich einen Augenblick Zeit, um diesen Vorschlag zu überdenken. Er wollte etwas sagen und brach dann ab, als hätten sich halbfertige Wörter in seinem Mund ineinander verheddert. Zum ersten Mal sah Naoko, dass er eine Situation nicht restlos im Griff hatte. Anscheinend war er enttäuscht von sich selbst – wie ein Jäger, der sein Wild im entscheidenden Moment aus den Augen verloren hat. Er nahm die Brille ab und polierte langsam die Gläser. Die Fältchen an seinen Augen wurden zu tiefen Furchen. Naoko wich seinem Blick aus und konzentrierte sich auf die verblassten Verbrechensbekämpfungsplakate an der Wand hinter der Schulter des Beamten.

Schließlich sagte Saito: »Also gut. Ich werde den Vorschlag an Herrn Malloy weiterleiten. Wenn er bereit ist zu zahlen, können wir den Fall als erledigt betrachten.«

Naoko musste sich anstrengen, um sich die Erleichterung nicht anmerken zu lassen. »Danke, Herr Hauptkommissar.«

»Ich danke Ihnen, Frau Yamamoto.«

Naoko stand auf und verbeugte sich vor den beiden Polizisten. Sie band sich die OP-Maske wieder vor das Gesicht, um ihr Lächeln zu verbergen, als sie das Büro verließ und mit dem Aufzug nach unten fuhr. Sie konnte nicht fassen, wie leicht es gewesen war.

Ihr Triumph war nicht von Dauer. Herr Kimura erwartete sie, als sie in die Galerie zurückkam. Er saß an ihrem Schreibtisch, und sein Gesichtsausdruck ließ ahnen, dass er schon eine ganze Weile auf sie wartete. Mit seinen langen, manikürten Fingern blätterte er ziellos in einem Verkaufsbericht.

»Wo sind Sie gewesen?«, fragte er.

»Ich musste etwas Privates erledigen, Kimura-san. Ich bitte um Entschuldigung.«

»Etwas Privates?«

»Ja. Aber es ist jetzt erledigt.«

Kimura schaute zu ihr auf. Sein resignierter Blick war beunruhigend. Das Altherrengesicht blieb unbewegt, seine Hände ruhten locker auf den Armlehnen des Stuhls, und er hatte die dünnen Beine übereinandergeschlagen.

»Da bin ich nicht so sicher«, sagte er. »Ich habe einen Anruf vom Polizeirevier Ushigome bekommen. Ein Hauptkommissar Saito wollte mit mir über die Unannehmlichkeiten sprechen, in die Sie sich da gebracht haben.«

Naoko spürte ein trockenes, kaltes Gefühl im Nacken. »Das tut mir wirklich leid, Kimura-san. Ich hoffe, Sie sind mir nicht böse.«

»Seit wann treffen Sie sich mit diesem Ausländer?«

»Erst seit ein paar Wochen«, log sie.

»Haben Sie ihn in dieser Zeit in Ihr Bett gelassen?«

Die indiskrete Frage ließ sie zögern. »Ja«, sagte sie schließlich.

»Obwohl Sie unverheiratet sind?«

»Es war ein unvernünftiger Augenblick.«

Ärger blitzte in Kimuras Gesicht auf. »Die Störung bei der Vernissage war überaus enttäuschend. Und jetzt das. Megumi hat mir ihre Seite der Geschichte erzählt, und sie wirft ein sehr schlechtes Licht auf Sie.«

Naoko konnte ihre Empörung nicht verbergen. »Ich glaube, hinter Megumis Beteiligung steckt mehr, als sie zugibt«, sagte sie. »Dieser ganze Zwischenfall fing an mit einem Tumult, der mir Unannehmlichkeiten bringen sollte. Das alles passt ihr nur zu gut.«

Kimura strich sich ein Stäubchen vom Anzug, als habe es ihn schon eine ganze Weile gestört. »Bitte, Naoko. Sie ist jung und naiv. Sie hat nicht so viel Erfahrung wie Sie und ich. Sie sind doch sonst so verlässlich, und deshalb hätte ich mehr von Ihnen erwartet. Zumal nach allem, was ich Ihnen gegeben habe – Ihre Stellung hier in der Galerie, Ihr großzügiges Gehalt, Ihr Apartment.«

»Ich empfinde nichts als Dankbarkeit für alles, was Sie für mich getan haben, Kimura-san. Das ist in meiner Arbeit hoffentlich jederzeit erkennbar.«

Er stand auf und knöpfte sein Jackett zu. Alles an ihm war leicht und elegant – nur sein Benehmen nicht, in dem ein Hauch von Grausamkeit lag. Er kam zu ihr und hob eine Hand an ihr Gesicht, um eine einzelne Haarsträhne zurückzustreichen.

»Die Zeiten sind beunruhigend«, sagte er. »Aber das Leben geht seinen unvorhersehbaren Gang. Unser Charakter erweist sich daran, wie wir die Hindernisse bewältigen, die uns im Wege stehen. Deshalb habe ich mich entschieden, nicht sofort etwas zu unternehmen. Aber wir werden irgendwann eingehender darüber reden müssen. Jetzt jedoch gibt es etwas Geschäftliches, das ich mit Ihnen besprechen muss. Ich habe für einen exklusiven Kunden den Verkauf eines sehr teuren *ukiyo-e*-Drucks gemakelt. Er möchte das Geschäft am Samstagabend bei einem Essen in Ginza zum Abschluss bringen. Für unsere Galerie könnte es sehr lukrativ werden, und er hat ausdrücklich darum gebeten, dass Sie mich begleiten.«

»Es wäre mir eine Ehre, Kimura-san«, sagte sie erleichtert. »Ich danke Ihnen für Ihr Vertrauen in mich.«

Kimura öffnete die Bürotür und ging hinaus. »Samstagabend um halb acht«, sagte er. »Ich schicke Ihnen einen Wagen.«

17

»Du bist in einer schwierigen Lage«, sagte Jun. »Fünf Millionen Yen sind eine Menge Geld. Vielleicht solltest du dir eine billigere Freundin suchen.«

Der Abend war heiß und stickig. Als die Sonne unterging, stieg die schwüle Luft herauf. Hinter dem Hochhaus des Polizeireviers von Ushigome hörte Alex gedämpft den Verkehrslärm auf der Innenstadt-Schnellstraße. Sie saßen auf einer niedrigen Mauer am Rande des Hofes. Alex rechnete die Summe im Kopf um. Fünf Millionen Yen, das waren mehr als dreißigtausend Pfund.

»Ich verstehe nicht, warum sie so viel verlangt«, sagte er. »Sie weiß, dass ich das Geld nicht habe.«

»Es geht nur darum, den Schein zu wahren. Sie darf ihren guten Ruf nicht verlieren. Und den zeigt sie am besten mit Geld.«

»Ich habe sie nicht mal angerührt.«

»Kann ja sein.« Jun schaute durch den Drahtzaun nach oben. »Aber sie ist da draußen, und du bist hier eingesperrt.«

»Ich will jetzt nur noch hier raus«, sagte Alex. »Ich habe diesen Laden so satt.«

»Hast du Ersparnisse?«

»Ein paar Tausend Yen. Mehr nicht.«

»Hast du eine Familie, die dir helfen kann?«

Alex stellte sich vor, wie er sie anrief – wie seine Mutter den Hörer abnahm und wie ihre Stimme nach all der Zeit klang. Wie sie reagierte, wenn sie hörte, wo er war. Die bittere Genugtuung, mit der sie ihr Fehlurteil bestätigt sah. Das wäre eine Demütigung, mit der er niemals würde leben können.

»Nein«, sagte er. »Ich habe keine Familie.«

Jun zündete sich eine Zigarette an und klopfte die Asche an der Schuhsohlenkante ab. »In dem Fall kann ich dir vielleicht helfen.«

Alex sah ihn mit hochgezogenen Brauen an. »Wirklich? Wie kannst du mir helfen?«

»Wir sind im Gefängnis, Russia-jin. Glaubst du, du bist der Erste, der vor diesem Problem steht? Wenn es darum geht, Geld zu leihen, gibt es keinen Ort, an dem es leichter ist als hier.«

Jun nahm einen tiefen Zug von seiner Zigarette und ließ den Rauch langsam zwischen den Lippen hervorkräuseln, sodass er in der stillen, feuchten Luft schwebte. Er zeigte auf die Männer, die auf dem Zementboden des Hofes saßen oder umhergingen.

»Jeder hier hat irgendwann ein Darlehen gebraucht. Um ein Bußgeld zu zahlen oder seine Familie zu ernähren, solange er hier eingesperrt ist. So ist das System.«

»Und was willst du damit sagen?«

»Ich will damit sagen, ich kann ein Darlehen für dich organisieren. Fünf Millionen Yen.«

»Und ich muss Zinsen zahlen?«

»Wie bei einer Bank.«

»Und wer leiht mir das Geld?«, fragte Alex. »Du?«

Jun deutete mit dem Kopf auf die Gruppe der japanischen Häftlinge, die an ihrem gewohnten Tisch saßen. »Nicht ich. Die da.«

»Wer ist das?«

»Das sind ein paar alte Männer mit Geld. Sie warten auf ihren Prozess und versuchen, die Staatsanwaltschaft mit allen Tricks zu behindern, die ihnen einfallen. Die Tage verbringen sie hier, die Nächte im Krankenhaus in Keio. Ihre Anwälte haben behauptet, sie seien zu alt, um in einer Zelle zu schlafen. Sie haben eine Menge Erfahrung mit solchen Spielchen.«

»Und warum sind sie hier?«

Jun lächelte vielsagend. »Du bist zu klug, um diese Frage zu stellen, Russia-jin.«

»Und bist du sicher, dass es eine gute Idee ist, Geld von ihnen zu nehmen?«

»Willst du hier raus oder nicht?«

»Natürlich will ich.«

»Wie lange bist du schon in Japan?«, fragte Jun.

»Ungefähr sechs Monate.«

»Weißt du, was *uchi-soto* ist?«

Alex schüttelte den Kopf.

»Dann gebe ich dir jetzt die einzige Japanischlektion, die du brauchst.«

Er schnippte seinen Zigarettenstummel in den Hof und lehnte sich an den Maschendrahtzaun.

»*Uchi-soto* bedeutet ›drinnen draußen‹. Du bist *soto*. Draußen. Meine Familie stammt aus Korea, ich bin zwar hier geboren, aber ich bin auch *soto*. Zwischen dir und mir ist kein Unterschied. Ganz egal, wie lange wir hier leben, wir werden immer Außenseiter sein. Deine Freundin ist *uchi*. Drinnen. Sie muss ihre Stellung und ihr Ansehen in der Gesellschaft bewahren, denn sonst ist sie nichts. In vieler Hinsicht ist das Leben für sie schwieriger.

Aber alles, was sie sagt, ist wahr, und alles, was du sagst, ist gelogen. Merk dir das. Du bist schuldig, so oder so. Schuldig, ein Ausländer zu sein. Jetzt brauchst du Geld, und ich kann dir welches besorgen. Du musst es nur sagen.«

»Bist du da sicher?«

Jun zuckte die Achseln. »Welche Alternative hast du?«

Alex ließ die Frage einen Moment lang in der Luft hängen. Nicht die geringste, dachte er.

»Okay«, sagte er. »Dann los, regle das für mich.«

Es klingelte, und sie kehrten zum Abendappell in den Zellentrakt zurück. Nach dem Abzählen verschwanden die Männer grüppchenweise in ihren stickigen Zellen. Wieder lag ein Abend des Wartens vor ihnen. Wenigstens wäre das alles bald vorüber, dachte Alex.

Die Notbeleuchtung tauchte die Zelle in grünliches Licht. Die Häftlinge waren nassgeschwitzt und leichenblass, und sie rührten sich gelegentlich. Es war, als träumten sie auf dem Meeresboden. Alex erwachte von lauten Stimmen vor der Zellentür, und er hörte schlurfende Schritte: In der Nacht eingelieferte Häftlinge wurden in ihre Zellen gebracht. Er hatte keine Ahnung, wie spät es war.

Er ließ sich zurücksinken und schaute zu den Rissen in der Decke hinauf. Sein Durst war unerträglich. Die Schwüle war nachts noch schlimmer; sie saugte den Sauerstoff aus der Zelle und schlug sich in dicken Tropfen an den Wänden nieder. Er hatte beobachtet, dass die Chinesen sich ihre Wasserration für die Nacht aufhoben, und inzwischen tat er es auch. Er zog die Flasche aus ihrem Versteck unter dem Kopfkissen und nahm einen winzigen Schluck, der kaum seine Kehle befeuchtete.

Er versuchte, sich zu erinnern, wie lange er jetzt hier war. Waren es drei Tage oder vier? Im Tageslauf gab es keine Einzelheiten, die den Gang der Zeit markiert hätten, sondern nur mahlende Stunden voll bedeutungsloser Ereignisse – Schlüssel in Schlössern, schlagende Türen, laute Stimmen, die die Stille zerrissen. Endlose Stunden des Wartens, die träge durch den Korridor sickerten. Nur eins wusste er: Er war schon zu lange hier. Was immer er Naoko angetan hatte und wie groß die Wut auch sein mochte, in die sie sich hineingesteigert hatte – das hier hatte er nicht verdient.

Er drehte sich auf die Seite und versuchte weiterzuschlafen, als er merkte, dass er nicht als Einziger in der Zelle wach war. Zwei Augen glänzten im fahlgrünen Licht. Sie wirkten gespenstisch, als hätten sie ihn schon eine ganze Weile beobachtet. Alex blickte einen Moment lang zurück und schloss dann die Augen.

Er hörte das Rascheln einer Decke, die zurückgeschlagen wurde, und öffnete die Augen wieder. Er sah, wie der andere sich auf seinem Futon aufrichtete und die Hand zum Kopf seines Nachbarn ausstreckte, der im Schlaf ein langes, nasales Schnauben von sich gab. Er bewegte sich langsam und verstohlen und atmete kaum, und immer wieder sah er sich um und vergewisserte sich, dass niemand ihn beobachtete. Alex schien ihn nicht zu beunruhigen.

Er schob die Hand unter den Kopf seines schlafenden Nachbarn und zog langsam eine halbvolle Wasserflasche hervor. Er schraubte den Deckel ab, hob die Flasche an die Lippen und ließ das Wasser in einem Zug durch die Kehle laufen. Leise drehte er den Deckel wieder auf die leere Flasche, schob sie an ihren Platz zurück und legte sich wieder hin. Alex drehte sich um und schloss die Augen. Er lauschte noch eine Weile, aber nichts regte sich. Er zwang sich weiterzuschlafen. Es gab schon zu viele Stunden, die er wach in dieser Zelle verbringen musste.

Die Glocke weckte sie am nächsten Morgen um sechs Uhr, und sie begannen sich zu regen. Der üble Gestank ungewaschener Körper hing sauer in der Luft. Alex hatte das Gefühl, seine Knochen seien auf dem harten Betonboden zu Staub zerrieben worden. Er rieb sich die Augen und stand auf. Seine Zellengenossen rollten ihr Bettzeug zusammen.

Der Gefangene mit dem Muttermal am Auge hob sein Kopfkissen hoch und griff nach der Wasserflasche, die er dort versteckt hatte. Sie war leer. Mit einem frustrierten Aufschrei schleuderte er sie quer durch die Zelle. Er zeigte mit dem Finger auf die andern und überschüttete sie mit knurrenden Vorwürfen. Alex begriff, dass er wütend war, auch wenn er die Worte nicht verstand. Er fauchte den Mann an, der neben ihm geschlafen hatte, aber der schüttelte nur beiläufig den Kopf und deutete zu Alex herüber. Er grinste verschlagen und wandte sich dann ab. Der mit dem Muttermal tat einen Schritt auf Alex zu. Ein älterer Gefangener streckte die Hand aus, um ihn aufzuhalten, aber jetzt war er einmal in Fahrt und schüttelte die Hand mühelos ab. Alex hatte nur einen winzigen Augenblick Zeit, um sich auf das Kommende gefasst zu machen.

Der Muttermalmann griff mit ungeheurer Wucht an. Er rammte den gesenkten Schädel gegen Alex' Brust, und sie stürzten zusammen zu Boden. Er fing an, mit zusammengebissenen Zähnen zu zischen und zu fluchen, legte Alex beide Hände um den Hals und drückte sein Gesicht in die stinkende Brühe in der

Toilettenschüssel. Alex wehrte sich und stemmte sich gegen den Stahlrand der Schüssel, krümmte die Schultern und warf den Kopf zurück. Sein Schädel traf auf Fleisch und Knorpel, und sie rutschten beide zu Boden. Der Chinese landete für einen Moment auf ihm, ehe der Schwung ihn weiterrollen ließ. Alex warf sich auf ihn und stieß ihm wütend den Ellenbogen an die Gurgel. Er schlug zweimal mit geballten Fäusten zu und hörte, wie der Schädel des Chinesen auf den Betonboden krachte. Ein Schlag traf ihn im Gesicht, und Alex schmeckte das Blut, das ihm warm in die Kehle floss. Er holte aus, um noch einmal zuzuschlagen, aber jemand zog ihn auf die Beine. Er sackte mit dem Rücken an der Wand zusammen und wartete darauf, dass sie alle über ihn herfielen, aber die andern hielten sich zurück. Sie starrten auf das Blut, das über seine Lippe rieselte, als verkörperte es ihre schlimmsten Befürchtungen.

Jun sah ihn, als er in den Spindraum kam, um sein Bettzeug einzuschließen. Mit schmalen Augen betrachtete er sein Gesicht und prüfte die Verletzungen.

»Wer war das?«, fragte er.

»Geht dich nichts an.«

»Du hast Glück, dass dein Gesicht schon verletzt war. Wenn die Wärter das bemerken, kriegst du noch mehr Ärger.«

»Lass uns von was anderem reden.«

Jun schüttelte den Kopf. »Aber das ist jetzt ernst.«

»Es war ein fairer Kampf. Du hast nichts damit zu tun.«

»Sie wurden gewarnt. So was darf man ihnen nicht ungestraft durchgehen lassen.«

»Überlass das mir, Jun.«

»So einfach ist das nicht, Russia-jin. Jeder muss wissen, wer hier was zu sagen hat.«

Er wandte sich ab und ging den Korridor hinunter. Sein Körper wiegte sich schwerfällig bei seinem ungleichmäßigen Gang. Alex sah ihm nach. Er fühlte sich ausgelaugt und müde, und er konnte nicht aufhalten, was jetzt in Bewegung gesetzt wurde.

Die Wärter ließen die Männer in einer Reihe antreten und führten sie in den Waschraum. Alex reihte sich ein, folgte den anderen und blieb vor dem Waschtrog stehen. Im dichten Gedränge der Häftlinge sah er seinen chinesischen Zellengenossen auf der anderen Seite des Waschraums, der zu ihm herüberschaute. Er zog sein Hemd aus und fing an, sich zu waschen. Dabei starrte er Alex mit entschlossener Miene an, während er die Schwellungen an Kiefer und Stirn mit eiskaltem Wasser benetzte. Alex starrte zurück. Ein Augenblick der animalischen Intuition verging, in dem sie beide begriffen, wie tief Leute sinken können, die nichts zu verlieren haben. Der Blick des Mannes verlor seine Härte. Er nickte Alex respektvoll zu und fing an, sein Hemd anzuziehen.

Dann ging alles so schnell, dass der Mann nicht reagieren konnte. Die Männer rechts und links neben ihm packten seine Arme, die noch in den Ärmeln verheddert waren. Ein junger Insasse neben ihnen bückte sich nach seiner Schuhsohle und richtete sich wieder auf. Sein Blick war leer und seine Gestalt so hager, dass er halb verhungert aussah. Er drehte sich um, und etwas blitzte in seiner Hand. Er fuhr damit durch das Gesicht des Chinesen. Hellrotes Arterienblut spritzte aus dem weinroten Mal, und der Mann fuhr zurück, eher überrascht als vor Schmerz, und versuchte sich loszureißen. Der japanische Häftling warf eine halb mit Klebestreifen umwickelte Rasierklinge klappernd in den Waschtrog, und alle drei wandten sich ab und flüchteten. Wie gebannt stand Alex da, als sein Zellengenosse mit den Fingerspitzen in seine Augenhöhle tastete und schleimigen Brei fand, wo sein Augapfel gewesen war. Alle drängten gleichzeitig zum Ausgang, als die Wärter mit gezückten Schlagstöcken hereinstürmten. Der Chinese tastete taumelnd nach dem Rand des Waschtrogs, und seine andere Hand versuchte immer noch vergebens, die blutigen Reste seines Auges wieder zusammenzufügen.

18

Nach zwei Tagen Einzelhaft ließ Saito ihn kommen. Die Wärter legten ihm Handschellen an und schnallten ihm einen breiten Ledergürtel um die Taille. Sie ketteten die Handschellen straff an den Gürtel und führten ihn durch die Korridore und Treppenhäuser von Ushigome. Im Vernehmungsraum hatte sich seit seinem letzten Besuch nichts geändert. Dieselben Schmutzflecken, die sich in die Wände gefressen hatten, dieselbe Atmosphäre von Ungewissheit und Verzweiflung. Seine Eskorte befahl ihm, sich hinzusetzen, und er musste die Handschellen anbehalten, während er auf den leitenden Ermittlungsbeamten wartete. Schließlich kam er, und Kommissarin Tomada folgte ihm auf dem Fuß.

Saito warf ihm einen langen, vernichtenden Blick zu, bevor er schließlich seinen Stuhl heranzog und sich setzte. Er legte seine wettergegerbten Unterarme auf die schwere Tischplatte.

»Ihr Aufenthalt hier in Ushigome war sehr ereignisreich, Malloy-san«, stellte er mit seiner tiefen, gleichförmigen Stimme fest.

»Ich habe mich bedeckt gehalten und gewartet, weiter nichts. Sie wissen, dass ich mit dem, was im Waschraum passiert ist, nichts zu tun hatte. Es gab viele Zeugen. Alle haben gesehen, dass ich nicht beteiligt war.«

Saito blieb unbeeindruckt. »Wir wissen genau, wer dafür verantwortlich ist. Er ist aus dem Zellentrakt in eine andere Einrichtung verlegt worden. Wir wissen auch, wer ihn zu seiner Tat gezwungen hat. Er hat alles gestanden, aber ich brauche noch mehr Beweismaterial. Ich brauche Ihre Hilfe.«

»Was immer der Grund für seine Tat war, ich habe nichts damit zu tun.«

»Das glauben Sie?«

Alex wählte seine Worte sorgfältig. Der Einsatz schien sich mit jeder Stunde zu erhöhen. »Ich weiß es. Und alles andere geht mich nichts an.«

Saito beugte sich hinunter und öffnete seinen Aktenkoffer. Er nahm einen dicken braunen Umschlag heraus und legte ihn vor sich auf den Tisch.

»Machen Sie auf«, sagte er und schob den Umschlag zu Alex hinüber.

Die Stahlketten an seinen Handgelenken klirrten auf der Tischplatte, als er sich vorbeugte und den Umschlag aufhob. Er war nicht verschlossen, und er enthielt ein dickes Bündel Zehntausend-Yen-Scheine mit glatten, neuen Rändern.

»Ist das das *jidan*-Geld?«, fragte Alex hoffnungsvoll.

»Ja. Es wurde mir heute Morgen persönlich zugestellt, und ich soll es in Ihrem Namen an Frau Yamamoto weiterleiten.«

»Dann kann ich gehen?«

»Es sieht wohl so aus, Malloy-san.«

Eine Woge der Erleichterung durchströmte Alex. Er fing an zu lächeln, aber sein Instinkt warnte ihn vor voreiligem Optimismus. Er rechnete inzwischen nur noch mit Katastrophen.

»Warum bin ich dann noch hier?«

»Weil ich weiß, wo dieses Geld herkommt. Ich habe schon viele Ausländer sitzen sehen, wo Sie jetzt sitzen, Malloy-san, und ich schätze, in Zukunft werde ich noch viele sehen. Aber ich bezweifle, dass einer dabei sein wird, der in so großer Gefahr ist wie Sie.«

»Sie haben gesagt, ich muss fünf Millionen Yen aufbringen, um hier rauszukommen. Genau das habe ich getan.«

»Haben Sie eine Ahnung, wer diese Leute sind?«

»Ja. Sie sind die Einzigen, die ein Interesse daran gezeigt haben, mir zu helfen.«

»Gab es sonst niemanden, an den Sie sich wenden konnten?«

»Ich bin allein da unten in dem Zellentrakt, Herr Hauptkommissar. Ich habe niemanden.«

»Und wie sieht es draußen aus?«

Alex schüttelte den Kopf. »Draußen bin ich auch allein.«

Saito nahm den Umschlag, schüttete die Geldscheine in seine Hand und blätterte sie durch wie ein Kartenspiel.

»Sagen Sie mir, was in der Nacht passiert ist. Sagen Sie mir die Wahrheit, und ich kann versuchen, Ihnen zu helfen. Wir wissen beide, dass Frau Yamamotos Version der Ereignisse zweifelhaft ist.«

Alex war entschlossen, nicht gegen Naoko auszusagen. Er wusste, es würde ihren Ruf ruinieren, wenn er ihrer Aussage widerspräche, und das würde sie jeder Chance berauben, die sie noch hatten, wieder zueinanderzufinden und diese Affäre hinter sich zu lassen. Deshalb hatte er sich selbst das Versprechen gegeben, es nicht zu tun, und bisher hatte er es gehalten, trotz der gefährlichen Haft in Ushigome. Es war nicht vernünftig, Saito jetzt zu Willen zu sein.

»Ich werde nicht gegen Naoko aussagen. Das kann ich nicht.«

»Ihre Loyalität ist bewundernswert. Aber sie ist fehl am Platz.

Finden Sie, sie handelt in Ihrem Interesse? Oder eher in ihrem eigenen?«

»Was ist mit Ihnen, Herr Hauptkommissar? Wessen Interessen haben Sie wirklich im Auge? Nach allem, was ich hier durchgemacht habe, vertraue ich niemandem mehr.«

Der Kriminalbeamte betrachtete einen Moment lang das Geld in seiner Hand, als wäre es ein heiliger Gegenstand. Sein Blick war traurig geworden. Er schob die Scheine in den Umschlag zurück und klebte ihn zu.

»Wollen Sie, dass ich dieses Geld an Frau Yamamoto weiterleite?«

»Ich will nur raus hier. Wenn mich das ein Jahresgehalt kostet, soll es mir recht sein.«

»Wenn das Ihre Entscheidung ist, werde ich sie respektieren, Malloy-san. Aber ich habe das Gefühl, es wird Sie sehr viel mehr kosten.«

Kommissarin Tomada begleitete ihn hinunter in den Zellentrakt. Sie wartete vor dem Umkleideraum, als er die blaue Gefängnisuniform gegen seine muffigen, blutbefleckten Kleider auswechselte. Nach einer Woche Gefängnisessen waren die Sachen ihm eine Nummer zu groß. Brieftasche und Handy befanden sich in einem verschlossenen Plastikbeutel. Schuhe hatte er nicht.

»Hauptkommissar Saito hat mich gebeten, Ihnen das hier zu gehen«, sagte Tomada und gab ihm eine japanisch bedruckte Karte.

»Was ist das?«, fragte Alex.

Sie zeigte auf die Zahlen, die sich zwischen den *kanji*- und *hiragana*-Schriftzeichen versteckten. »Das ist Herrn Saitos Durchwahlnummer in Ushigome«, sagte sie. »Und seine Handynummer steht auf der Rückseite.«

»Warum will er, dass ich diese Nummern habe?«

Tomada sah ihn mit ihrem ausdruckslosen, niemals fragenden Blick an. »Er glaubt, Ihre Lage ist jetzt sehr ernst. Er möchte, dass Sie ihn schnell erreichen können. Ich schlage vor, Sie nehmen dieses Angebot an. Ich habe noch nie erlebt, dass er es jemandem macht.«

Alex schüttelte den Kopf. »Ich brauche das nicht.«

Tomada drückte ihm die Visitenkarte in die Hand. »Da wäre ich nicht so sicher.«

Das Tageslicht blendete ihn, als er die Tür des Polizeireviers öffnete und auf die Straße hinaustrat. Es war kurz nach Mittag, und die Straße war voll von Büroangestellten, die gruppenweise unterwegs waren. Der Lärm der Stadt, der vorüberziehende Verkehr und die hellen, achtlos hingeworfenen Gesprächsfetzen – das alles war anfangs verwirrend. Alex war schwindlig, beinahe als sei er betrunken, als wären seine Sinne überlastet. Er war barfuß, und seine Kleidung war schmutzig und befleckt. Zwei Schüler im Teenageralter kamen ihm entgegen und starrten seine Sachen an. Alex glotzte zurück. Er sah aus wie der Überlebende einer nirgends gemeldeten Katastrophe, aber er war jetzt zu erschöpft, um verlegen zu sein. Er war frei, nur darauf kam es an. Er konnte gehen, wohin er wollte, ohne Anweisungen zu folgen oder Gewalttätigkeiten zu befürchten. Schon deshalb hätte er am liebsten Tränen der Erleichterung geweint.

An einem Imbiss in der Nähe des Reviers bestellte er sich eine

Schale Nudeln und ein Glas Wasser. Der Verkäufer musterte sein Erscheinungsbild und bestand darauf, dass Alex bezahlte, bevor er ihm etwas servierte. Alex zählte das Kleingeld aus seinen Taschen ab, legte es auf die Theke und aß hastig, als habe er Angst, jemand könnte ihm die Schale wegschnappen, bevor er sich satt gegessen hätte. Es war ein schnelles, billiges Essen, aber nach einer Woche Gefängniskost immer noch zu schwer. Die Brühe schwappte in seinem Magen herum, und ihm war flau. Einen Augenblick lang befürchtete er, er müsse sich übergeben, aber es gelang ihm, die Suppe bei sich zu behalten. Er ging über den Querbahnsteig bis zur Rolltreppe, die ihn zu den westlichen Gleisen hinunterbrachte, und dort blieb er am hinteren Ende des Bahnsteigs, abseits der Menge, stehen und wartete auf den Zug nach Hause.

Sein Zimmer war so, wie er es verlassen hatte. Das Rollo war hochgerollt, und seine Wäsche hing an der Trockenstange vor dem Fenster, bedeckt vom Dreck mehrerer Tage und ausgebleicht von der Sonne. Er nahm die Sachen herein und warf sie in der Ecke des Zimmers auf einen Haufen. Erst jetzt, hinter der verschlossenen Zimmertür, fühlte Alex sich allmählich sicher. Es war vorbei. Er ahnte nicht, was in den nächsten Tagen passieren würde.

Er hängte sein Telefon an das Ladegerät und schaltete es ein. Er hatte zwölf entgangene Anrufe – zehn von der Excelsior School und zwei von Hiro. Ganz gleich, wie schwierig das Gespräch ausfallen würde, er wusste, wen er zuerst zurückrufen musste. Er wählte die Nummer der Schule und ließ sich mit Craig Wyndham verbinden.

»Sie sind also endlich wieder draußen?«, fragte Craig.

Bei diesen Worten verzog Alex das Gesicht. Er hatte gehofft, der Grund für seine Abwesenheit sei immer noch geheim.

»Wie haben Sie davon erfahren?«, fragte er.

»Nachdem Sie ein paar Tage nicht zur Arbeit erschienen waren und auf meine Anrufe hin nicht zurückgerufen hatten, habe ich die Polizei angerufen, um Sie als vermisst zu melden. Stellen Sie sich vor, wie überrascht ich war, als ich erfuhr, dass man Sie verhaftet hatte.«

»Das war alles nur ein Missverständnis, Craig. Sie haben mich ohne Strafe entlassen.«

»Sie waren eine Woche weg.«

»Es war ein kompliziertes Missverständnis.«

»Was ist denn passiert?«

»Ich möchte eigentlich nicht darüber reden, ehrlich gesagt. Ich möchte nur wieder arbeiten.«

Craig lachte kurz. »Sie erwarten wirklich, dass ich Sie willkommen heiße, als wäre nichts vorgefallen?«

»Ich brauche meinen Job jetzt. Ich kann es mir nicht leisten, ihn zu verlieren.«

»Alle Lehrer hier wissen, wo Sie gewesen sind. Einige von ihnen möchten nicht mehr mit Ihnen zusammenarbeiten. Ein paar der weiblichen Mitarbeiter haben Angst vor Ihnen.«

»Das ist doch lächerlich.«

»Wirklich? Was ist, wenn Ihre Schüler es erfahren? Oder deren Eltern? Wie wird das aussehen? Ich bin derjenige, der Schwierigkeiten bekommt, wenn ich Sie weiterbeschäftige, obwohl ich weiß, dass Sie eine potenzielle Gefahr für die andern darstellen.«

Alex ging jetzt auf und ab und suchte verzweifelt nach einem Argument zu seinen Gunsten. »Bitte, Craig. Ich muss arbeiten. Ich kann mein Einkommen nicht verlieren.«

»Es ist zu spät, Alex.«

»Ich brauche Ihre Hilfe, wirklich.«

»Jetzt erwarten Sie, dass ich Ihnen helfe? Nach all dem Ärger, den Sie mir gemacht haben? Tja, aber dazu habe ich keine Lust. Kommen Sie am Montag vorbei und holen Sie Ihre privaten Sachen ab. Ich packe sie für Sie in einen Karton.« Er legte auf.

Alex brauchte einen Augenblick, um den Ernst der Lage vollends zu begreifen. Ihm war klar, dass er mit diesem Ergebnis hätte rechnen müssen, aber es war trotzdem ein vernichtender Schlag. Er fühlte sich ausgelaugt, und so legte er sich auf seinen Futon und versuchte nachzudenken. Schritte ertönten draußen im Korridor; die anderen Mieter kamen und gingen und begrüßten einander in freundlichem Ton. Das Leben, das sie führten, erschien ihm plötzlich unvorstellbar. Sorglos und entspannt.

Sein Handy summte. Eine SMS war gekommen, und Alex rief sie sofort auf, weil er hoffte, sie sei von Craig. Überrascht sah er, dass sie von Naoko war. Er öffnete sie und las.

Ich habe dein Geld. Jetzt ist alles vorbei.

Er las den Text noch einmal, ließ die Worte langsam durch seinen Kopf klingen und herabrieseln wie Gift. Er hatte sie, während er im Gefängnis war, vor Hauptkommissar Saito beschützt. Er hatte sich geweigert, sie in irgendeiner Weise zu belasten, und gehofft, es gebe eine Möglichkeit, die Beziehung zwischen ihnen nach seiner Entlassung zu retten. Aber jetzt, als wäre es nicht genug, den Job zu verlieren, musste er auch dies noch ertragen. Musste hier sitzen und sich unter die Nase reiben lassen, wie sehr sie ihren Sieg genoss. Es war der härteste Schlag von allen, die er bekommen hatte. Er schaltete sein Handy ab. *Fuck*, dachte er. Zum Teufel mit Naoko. Zum Teufel mit Tokio. Zum Teufel mit allen.

19

Die Schnellstraße nach Norden lag im Schatten von Bürogebäuden und den hellen Hochbauten der Apartmentblocks. Alex schlief auf dem Beifahrersitz. Ab und zu wachte er kurz auf und schaute sich um, aber die Aussicht war immer die gleiche. Lauter Platten aus Beton und Glas und Stahl, aufeinandergetürmte Grabsteine im flachen grauen Licht des Morgens. Zwei Stunden später öffnete er die Augen wieder, und da war sie, draußen vor den Fenstern, die wirkliche Welt. Üppig und grün erstreckte sie sich über eine weite Ebene bis zu einer Reihe von dunklen Bergen in der Ferne. Wohin er auch schaute, sah er erntereife Reisfelder und Bewässerungsgräben, durchquert von aschebestreuten Pfaden. Reihen von alten Frauen standen gebückt bis an die Knie im schlammigen Wasser.

Hiro trommelte im Takt der Radiomusik auf das Lenkrad. »Du solltest das mal versuchen«, sagte er. »Es ist gut für die Seele, ein bisschen japanische Erde zwischen den Zehen zu fühlen.«

Alex schüttelte sich wach und rieb sich das Gesicht. Er fühlte den erhabenen Grat der Narbe auf seiner Wange. »Es tut schon gut, mal eine Weile aus Tokio zu verschwinden«, sagte er.

»Ich weiß. Aber das Beste daran, die Stadt zu verlassen, ist die Rückkehr danach.«

»Wo werden wir wohnen?«

»Das ist eine Überraschung. Du erfährst es, wenn wir da sind.«

»Ich glaube, ich habe vorerst genug von Überraschungen.«

»Wart's ab, *gaijin*. Es ist eine Überraschung, auf die sich zu warten lohnt.«

Wenig später ging es bergauf, die Bäume wurden größer und standen dichter, und die Hügel wurden zu steilen Bergen. Die Straße schlängelte sich an den aufsteigenden Konturen der Landschaft entlang zum Berg Asama. Sie fuhren weiter in Richtung Karuizawa, vorbei an den Hochzeitskapellen und Grand Hotels. Die Luft war klar und frisch. Hinter dem Usui-Pass blieben die Gebäude zurück und machten Platz für gepflegte Golfplätze. Dann kamen Lärchen- und Birkenwälder, und die Straße führte in engen Kurven bergauf und bergab. Hiro bog scharf auf einen Feldweg ab, der über eine Steinbrücke führte, und hielt vor einem großen Haus im Schweizerstil unter dem Blätterdach des Waldes. An der Seite lag ein Swimmingpool, und in einem Terrassengarten wuchsen Iris und Hortensien. Japanische Ahornbäume säumten den mit Steinplatten gepflasterten Weg, der zur Veranda hinaufführte.

»Wie können wir uns diesen Laden leisten?«, fragte Alex.

Hiro antwortete nicht. Er hupte und wartete. Die Eingangstür öffnete sich, und zwei junge Frauen traten heraus ins Sonnenlicht. Sie winkten dem Auto aufgeregt zu. Es waren Yuko und Kyumi.

»*Okaeri nasei!*«, riefen sie im Chor mit ihren hohen, klaren Stimmen. Anscheinend waren sie begeistert über diesen Besuch, als hätten sie lange auf die Ankunft der Gäste gewartet.

»Da hast du deine Überraschung«, sagte Hiro. »Zwei kleine Geishas, die uns ein Wochenende lang verwöhnen und dir helfen, deine Sorgen zu vergessen. Deinen eigenen Namen zu vergessen, wenn du nicht aufpasst.«

Alex war inzwischen misstrauisch gegen unerwartete Gesellschaft. »Ich weiß nicht, ob ich dafür genug Energie habe. Ich brauche nur ein bisschen Ruhe und Frieden, damit ich wieder einen klaren Kopf bekomme.«

»Keine Sorge. Hier kannst du dich entspannen. Die Mädchen wissen, wie sie dir dabei helfen müssen.«

»Gehört ihnen das Haus?«

»Es gehört einem von Kyumis Stammkunden. Er ist für einige Zeit außer Landes.«

»Und er hat uns erlaubt, das Haus zu benutzen, während er weg ist?«

Hiro lächelte breit und boshaft. »Keine Sorge, es ist ja nur ein Wochenendhaus. Er wohnt in Saitama. Komm rein, lass uns sehen, wie es drinnen aussieht.«

Das Innere zeigte erst, wie riesig das Haus war. Das Wohnzimmer hatte eine geschnitzte Balkendecke, so hoch wie in einer Kathedrale, und einen gigantischen Granitkamin, über dessen Sims ein Hirschgeweih hing. An den Wänden hingen Urkunden und Diplome von Forschungsinstituten aus der ganzen Welt und gerahmte Dankesbriefe von Wohltätigkeitsorganisationen.

»Wer ist der Kerl?«, fragte Alex. »So was wie ein Philanthrop?«

Kyumi zuckte die Achseln. »Er war Arzt, aber jetzt ist er im Ruhestand«, sagte sie. »Er ist zum Segeln auf Hawaii, bis Ende nächster Woche. Im Sommer fährt er immer mit mir her. Er wird nichts dagegen haben, wenn wir das Haus benutzen, solange er weg ist.«

Es klang ungläubig, wie sie es sagte, als müsse sie sich selbst noch davon überzeugen.

»Und seine Familie?«, fragte Alex. »Was ist, wenn jemand auftaucht und uns hier findet?«

Kyumi schüttelte den Kopf. »Die Gefahr besteht nicht. Er bringt sie nie mit nach Karuizawa. Nicht bei dem, was er hier gern treibt.«

Sie gingen hinaus auf die Sonnenterrasse an der Rückseite des Hauses. Yuko hatte eine Karaffe Grapefruit Sour gemacht, schenkte für alle ein und reichte die Gläser herum.

»*Kanpai*«, sagte sie und stieß mit Alex an

»Cheers«, antwortete er. »Und danke.«

»Wie geht's dir?«, fragte sie. »Es ist eine Weile her, dass ich dich zuletzt gesehen habe.«

Alex sah ihr an, dass sie schon Bescheid wusste. Sicher hatte es Hiro Spaß gemacht, ihr alles zu erzählen.

»Mir geht's gut«, log er ohne weitere Erklärungen. »Und dir?«

»Geht so. Mein Vater ist gestorben.« Ihre Stimme klang flach und emotionslos.

Alex stellte sein Glas hin. »Das tut mir leid. Wann ist es passiert?«

»Vor zehn Tagen.«

»Du musst sehr traurig sein.«

»Es ist okay. Er war alt, und er war lange krank. Selbst meine Mutter war nicht allzu unglücklich.«

»Immerhin siehst du gut aus.«

»Danke«, sagte sie. »Ich glaube, du hast ein bisschen abgenommen, seit wir uns zuletzt gesehen haben.«

»Ich habe gefastet.«

Yuko lachte. »Ich mache uns nachher Abendessen und mäste dich ein bisschen.«

»Das wäre schön«, sagte Alex.

Yuko schenkte ihm nach, und Alex trank langsam. Das Haus stand allein und ohne Nachbarn im Kiefernwald. Der getrimmte Rasen war übersät von Kiefernzapfen, die in der Sonne getrocknet waren. Alex spürte den Bergwind, der über ihn hinwegwehte. Die Steinplatten der Terrasse waren warm unter seinen Füßen. Allmählich löste sich die Anspannung. Die Mädchen zogen Badeanzüge an und legten sich am Poolrand in Liegestühle. Hiro setzte sich neben ihn und goss sich noch einen Drink ein.

»Ich dachte, du wärst noch wütend auf mich«, sagte Alex.

»Wegen Naoko?«

»Ja.«

»Das bin ich auch«, sagte Hiro. »Aber nach allem, was du hinter dir hast, wäre es nicht fair, jetzt noch mit dir zu streiten.«

»Ich hätte auf dich hören sollen. Es tut mir leid.«

»Ich kenne sie schon lange. Ich hätte dir sagen können, dass es nicht gut endet. Aber niemand konnte vorhersehen, wie verrückt ihr beide werden konntet.«

Alex passte es nicht, dass er nach allem, was geschehen war, noch diesen Tadel einstecken sollte. Er war verändert, denn er hatte eine Seite des Lebens in Japan gesehen, von der Hiro keine Ahnung hatte. Er hatte den Zellentrakt und den Gefängnishof von Ushigome überlebt. Es kam ihm merkwürdig vor, dass er jetzt auf der Grundlage ihrer alten Freundschaft zur Rede gestellt wurde, in der er immer der Juniorpartner gewesen war, aber er wusste, er musste den Mund halten. Er wollte Hiro noch um einen Gefallen bitten.

Er atmete tief durch, bevor er sprach. »Es gibt noch etwas, das ich dir nicht erzählt habe«, sagte er. »Ich habe noch mehr Schwierigkeiten.«

»Was soll das heißen?«

»Ich musste Geld leihen, um mich aus dem Gefängnis freizukaufen. Und ich muss es rasch zurückzahlen.«

»Wie viel?«

»Fünf Millionen Yen.«

Hiro stieß einen leisen Pfiff aus. »Wie bist du kurzfristig an so viel Cash gekommen?«

»Da waren ein paar Japaner, die es mir gern geliehen haben.«

Hiro sah Alex aus den Augenwinkeln an. »*Yakuza*?«

»Keine Ahnung. Aber ich möchte ihnen nicht allzu lange Geld schulden. Es gab einmal einen Streit im Zellentrakt; sie hatten einen Mann gewarnt, sich mir zu nähern. Er hat nicht auf sie gehört, sie waren verärgert. Er wurde mit einem Rasiermesser aufgeschlitzt.«

»Das klingt ernst, Alex. Warum hast du mich nicht gefragt? Ich hätte dir das Geld doch auch geliehen.«

»Ich durfte in der ganzen Zeit nicht einen einzigen Anruf tätigen. Ich durfte auch keinen Besuch bekommen. Nicht mal von einem Anwalt. Ich war verloren da drin, Hiro. Und ich habe getan, was nötig war, um rauszukommen. Aber jetzt brauche ich deine Hilfe. Ich möchte das Geld von dir leihen, damit ich es diesen Leuten zurückzahlen kann. Dann bin ich dir was schuldig, aber nicht mehr denen.«

»Selbstverständlich«, sagte Hiro, ohne zu zögern. »Ich gebe dir das Geld, sobald wir wieder in Tokio sind.«

Alex' Gesicht entspannte sich erleichtert. »Willst du es dir nicht erst noch überlegen? Es ist eine Menge Geld.«

»Da gibt es nichts zu überlegen. Ich bin froh, dass ich dir helfen kann.«

»Danke, Hiro. Ich bin dir wirklich dankbar.«

»Ich bitte dich nur, dich von Naoko fernzuhalten.«

Hiro sprach schnell, als wäre selbst ihm klar, dass diese Forderung allzu hochfahrend war – die arrogante Annahme, er könne Leute herumkommandieren, nur weil er Geld hatte. Alex wollte erwidern, er solle die ganze Abmachung vergessen, aber er verkniff es sich. Es gab keine andere Möglichkeit, kurzfristig so viel Geld aufzutreiben, und er wusste, er war in Gefahr, solange er Jun und seinen Freunden etwas schuldete. Naokos Nachricht hatte klargemacht, dass sie sowieso fand, zwischen ihnen sei es aus. Die Rechnung war einfach.

»Okay«, sagte er. »Wenn du es so willst, werde ich keinen Kontakt mehr mit ihr unterhalten.«

Als er die Worte aussprach, fühlte er sich innerlich hohl. Hiro konnte seine Genugtuung nicht verbergen. Er strahlte triumphierend.

»Vergiss sie. Das ist mein Rat«, sagte er. »Und jetzt tu, was du von vornherein hättest tun sollen. Lass dich verwöhnen, wo es einfach ist.«

Hiro deutete auf die beiden Mädchen. Sie lagen auf dem Rücken in der Sonne und hatten die Bikiniträger heruntergestreift. Ihre Haut glänzte vom Sonnenöl. Hiro stand auf und schlich sich hinter sie. Er schöpfte eine Hand voll Wasser aus dem Pool, kam noch näher und bespritzte sie damit. Die Mädchen kreischten überrascht. Alex lehnte sich zurück und schaute ihnen zu. Sonnenstrahlen schienen zwischen den im Wind schwankenden Zweigen über ihm hindurch. Allmählich wurde ihm schwindlig von den Cocktails. Er dachte an Naoko und fragte sich, wo sie wohl war und was sie gerade tat. Es hatte keinen Sinn, sich alles noch einmal durch den Kopf gehen zu lassen; also versuchte er, an nichts zu denken. Er lauschte dem Plätschern des Wassers, das gegen die Kacheln am Poolrand schlug. Das Geräusch von Wasser, genau wie in der Nacht im Tempelgarten, wo es aus dem Wasserfall in das Bambusrohr floss. Es schien so lange her zu sein, dass eine Woge der Trauer, ja, des Schmerzes über ihn hinwegrollte. Er stand auf, ging zum Beckenrand und stürzte sich hinein, tauchte hinunter zu den kühlen Fliesen am Boden des Pools.

Yuko kochte *nabe* auf der kleinen Platte auf dem Tisch im Esszimmer. Es war eine Brühe aus Gemüse und Tofu, und als sie fast alles gegessen hatten, gab sie noch Reis und Ei in den Topf und schlug das Ganze kurz auf. Nach dem Essen tranken sie den *sake* aus, und dann fand Kyumi eine Flasche alten *sho-chu*. Sie lag noch ungeöffnet in einer versiegelten Holzkiste. Kyumi drehte den Korken heraus und schenkte vier hohe Gläser ein. Sie war inzwischen betrunken und wollte das Haus zeigen. Sie nahm Hiro beim Arm und schleifte ihn von Zimmer zu Zimmer, und stolz präsentierte sie jedes Möbelstück, als ob es ihr gehörte. Sie sah, dass Hiro bald das Interesse verlor.

»Ich will dir zeigen, wozu der gute Professor das Haus gern benutzt, wenn wir allein sind«, sagte sie.

Die Mädchen schlossen sich im großen Schlafzimmer ein, und als sie wieder herauskamen, trug Kyumi ein komplettes weißes Hochzeitskleid mit Taftschleier und einer langen Seidenschleppe, die Yuko wie eine Brautjungfer hinter ihr hertrug. Mit kurzen, unsicheren Schritten stolzierten sie hin und her durch das ganze Wohnzimmer.

»Es gehört seiner Tochter«, sagte Kyumi. »Sie hat letztes Jahr hier in der Stadt geheiratet. Es gilt als sehr exklusiv, in Karuizawa zu heiraten. Der Kaiser hat seine Frau hier in der Nähe kennengelernt, und deshalb ist es ein Zeichen für Vornehmheit. Ich glaube, eines Tages möchte ich hier gern heiraten.«

Hiro fing an zu lachen, und Kyumi war gekränkt.

»Was ist daran so lustig? Ich werde eines Tages einen Ehemann finden.«

»Ich glaube, da suchst du vielleicht an den falschen Orten«, sagte er.

Sie drehte sich zu ihm um und hob den Schleier. Ihr Gesicht war grau und fahl, ihre Lippen waren weiß und die Augen schwarz geschminkt, sodass sie aussah wie eine Leiche.

»*Honto?*«, sagte Hiro. »Warum hast du das getan?«

Kyumi zuckte die Achseln. »Der Professor hat es gern. Er spielt das Hochzeitsvideo seiner Tochter auf dem großen Bildschirm, während ich hier mit verschränkten Armen liegen muss. Wenn er fertig ist, schluchzt er sich das Herz aus dem Leib, aber es ist das Einzige, was ihn in Fahrt bringt. Alles andere habe ich versucht, glaubt mir. Vielleicht kommt so was, wenn man den ganzen Tag von Büchern umgeben ist.«

Hiro sah Alex an. »Für mich klingt das, als wäre der Typ ein bisschen verrückt.«

Kyumi lächelte wehmütig. »Verrückt seid ihr alle. Jeder Einzelne.«

Ihr Lächeln verschwand, und Tränen liefen über ihr geschminktes Gesicht und hinterließen tintenschwarze Spuren auf ihren Wangen. Sie raffte die Schleppe des Hochzeitskleides auf, rannte aus dem Haus und sprang in den Pool. Die Röcke des

Hochzeitskleides flatterten unter Wasser wie bei einer Qualle, als sie an die Oberfläche kam.

»Das ist nicht fair!«, schrie sie. »In Wirklichkeit werde ich nie ein so schönes Kleid tragen. Kein Mann will mich heiraten. Sie wollen mich alle nur ficken.« Schluchzend strampelte sie im Wasser, das in der Dunkelheit beleuchtet war.

»Kümmere dich um sie, Hiro«, sagte Alex. »Sie ist zu betrunken.«

Hiro stand auf, ging zum Pool und sprang lachend hinein. Alex ging um die Veranda herum zur anderen Seite des Hauses. Er wollte jetzt allein sein. Er hörte Kyumis tränenerstickte Stimme. Nie werde man ihr verzeihen, weinte sie. Aber sie irrte sich, dachte er. Jemand, dem wirklich etwas an ihr lag, würde nichts zu verzeihen finden. Sie hatte nichts Bösartiges oder Hinterhältiges an sich. Sie war ehrlich, was ihre Motive anging, auch wenn sie seicht und trivial waren – aber das war nicht unverzeihlich. Im Gegensatz dazu, sein Leben auf eine Lüge zu bauen und jemanden zu verkaufen, der einen liebte, nur um seine eigene Haut zu retten.

Er setzte sich auf eine Holzbank in dem abgezirkelten Garten und schaute hinaus zu den mächtigen Gipfeln der Berge, über denen die Sterne leuchteten. Eine gewaltige Nacht wölbte sich über ihm. Ein Meteor sank herab, ein leuchtender Streifen im dunklen Firmament. Die Positionslichter einer Linienmaschine auf dem Flug nach Norden blinkten. Ein Chor von Stimmen nächtlicher Lebewesen drang aus dem Wald, und man hörte das Knarzen der Bäume, die im Wind schwankten. Alex dachte daran, auf dem Absatz kehrtzumachen und wegzulaufen, geradewegs zum Flughafen, und den nächsten Flug nach London zu nehmen, aber das hatte keinen Sinn. Trotz allem, was passiert war, hatte er nach wie vor nichts, wohin er zurückkehren konnte.

Er hörte Schritte und drehte sich um. Yuko kam mit zwei Gläsern und der Flasche *sho-chu* heran.

»Soll ich wieder gehen?«, fragte sie.

»Komm und setz dich zu mir«, sagte Alex.

Sie rückte dicht an ihn heran, und er legte ihr einen Arm um die Schultern.

»Es gefällt mir nicht mehr in Tokio«, sagte sie.

Alex fühlte ihren Atem an seinem Hals. »Warum nicht?«

»Ich weiß es eigentlich nicht. Ich habe keinen Grund mehr, dort zu sein.«

»Du musst das Geschäft deiner Familie führen.«

»Ich will aber keine Geschäftsfrau sein. Es ist mir zu schwer.«

»Was willst du dann tun?«

»Ich glaube, ich werde das Geschäft verkaufen und mit meiner Mutter wegziehen.«

»Wohin?«

»Keine Ahnung. Irgendwohin, wo es ruhig ist.«

Eine Zeitlang schauten sie schweigend hinaus in die Nacht, und Alex fühlte, wie ihre Brust sich beim Atmen hob und senkte. Er spürte, wie sie neben ihm nachdachte.

»Es ist schwer, wenn man allein ist, nicht wahr?«, sagte sie.

»Ja«, sagte Alex. »Das stimmt.«

»Sicher fehlt dir deine Familie. So weit weg von zu Hause.«

»Eigentlich nicht. Ich glaube, mein Bruder fehlt mir.«

»Mir fehlt mein Vater. Es gibt so vieles, was ich ihm gern noch sagen würde.«

»Die Leute fehlen einem immer, wenn man weiß, dass man sie nie wiedersehen wird.«

»Wollen wir von etwas anderem sprechen?«, fragte Yuko.

»Vielleicht sollten wir einfach nur ein Weilchen hier sitzen.«

»Fühlst du dich wohl mit mir?«

»Ja«, sagte Alex. »Sehr.«

Er schaute auf sie hinunter, und wenig später war sie eingeschlafen. Sollte er sie ins Haus tragen? Aber er wollte sie nicht wecken. Er trank einen großen Schluck aus der *sho-chu*-Flasche, blieb im Dunkeln sitzen und schaute den vorüberziehenden Sternen zu.

Als er aufwachte, dämmerte der Morgen, und fahles Licht stieg über den Bäumen herauf. Yuko saß neben ihm und hielt sein Telefon an ihr Ohr.

»Hallo?«, sagte sie und wartete. »Hallo? Ist da jemand?«

Sie gab Alex das Telefon, aber die Verbindung war tot.

»Wer war das?«, fragte er.

Sie sah beunruhigt aus. »Ich weiß es nicht. Ich bin nur rangegangen, weil es so früh war. Du hast geschlafen, und ich dachte, vielleicht ist es ein Notfall. Ich konnte jemanden atmen hören. Ich glaube, es war eine Frau. Ich wollte mit ihr sprechen, aber sie hat einfach aufgelegt.«

20

Das Geld war in ihrer Tasche, immer noch in dem verschlossenen Umschlag, den Hauptkommissar Saito ihr gegeben hatte. Die ganze Zeit hatte Naoko die Absicht gehabt, Alex den Umschlag ungeöffnet zurückzugeben. Diese Chance war jetzt vorüber, dachte sie.

Als sie aus dem Bahnhof in die Mittagshitze hinaustrat, war die Allee voll von Menschen, die im Schatten der hohen Ulmen unterwegs waren. Die Geschäfte in der Umgebung des Bahnhofs Omotesando verkauften nur billigen Kitsch und nicht das, was sie haben wollte. Zielstrebig ging sie auf die Ladenschilder von Gucci, Louis Vuitton und Dior zu, die in der Ferne lockten.

Es war fünf Uhr einundfünfzig in der Frühe gewesen, als sie ihn angerufen hatte. So früh, dass es keine Mieterin in seiner Pension oder eine Lehrerin in der Schule gewesen sein konnte, die den Anruf entgegengenommen hatte. Um diese Zeit musste es eine intime Bekannte gewesen sein, eine, die entspannt genug war, um an sein Telefon zu gehen, und die nicht damit rechnete, eine andere Frauenstimme zu hören. Um fünf Uhr einundfünfzig musste es eine Frau gewesen sein, die das Bett mit ihm teilte. Eine andere Erklärung fiel Naoko nicht ein.

Sie fing bescheiden an. In Tsuichi Chimaru fand sie eine Auswahl von Kleidern aus der neuen Kollektion, die ihr gefielen, und ging damit in die Anprobe. Sie zog sie nacheinander an, wählte die zwei aus, die ihr am besten standen, und trug sie zur Theke. Als sie zusammengefaltet wurden und sie das Geld aus dem Umschlag nehmen wollte, fiel Naoko ein, was sie sich vorgenommen hatte. Sie war hier, um alles auszugeben, ohne sich zurückzuhalten. Von da an war sie besessen.

Hocherhobenen Hauptes betrat sie die exklusivsten Boutiquen, ohne wie sonst zu befürchten, dass die haarsträubenden Preisschilder sie einschüchtern würden. YSL, Jil Sander, Ferragamo, Ralph Lauren. Sie kaufte einen schräggeschnittenen Rock von Céline und eine Bluse mit Laubmuster von Comme des Garçons. Sie kaufte Dessous und elegante Schuhe. Kleider, von denen sie wusste, dass sie sie niemals tragen würde, Kleider, bei denen sie nicht mal sicher war, ob sie ihr passten – alles, um das Geld loszuwerden. So freizügig damit um sich zu werfen war ihrer Natur fremd, und als es Nachmittag wurde, war es ihr allmählich zuwider. Sie beschloss, als Letztes ein Geschenk für Hiros Mutter zu kaufen. Ein Tuch von Hermès wäre passend, dachte sie. Im Geschäft fand sie ein quadratisches Seidentuch in leuchtendem Blau, weiß und golden umrahmt und mit einem Muster aus fliegenden Kranichen bedruckt. Jetzt war sie müde und bereit, Schluss zu machen, aber als sie bei Chanel vorbeikam und das Schaufenster sah, konnte sie nicht widerstehen.

Eine mit weichem Licht von unten angestrahlte Schaufensterpuppe trug die perfekte Jacke, ein Retro-Stück in Schwarz mit Messingknöpfen. Taschen und Nähte waren akkurat ausgeführt. Als sie hineinging und die Jacke anprobieren wollte, machte die Verkäuferin zunächst ein zweifelndes Gesicht, aber dann sah sie die Markenlogos auf den Tüten, die Naoko am Arm trug, und Naokos entschlossenen Gesichtsausdruck. Sie gab nach und nahm die Jacke von der Puppe herunter. In der Kabine fiel Naoko die Stimme wieder ein, die sie am Telefon gehört hatte – jung und mädchenhaft war sie zögernd aus dem Telefon gekommen.

Sie bezahlte die Jacke mit einem dicken Bündel Zehntausend-Yen-Scheine und einem erregenden Kribbeln der Genugtuung.

Yukiko schloss die Tür und führte Naoko hinaus auf den Balkon, wo sie im Schatten sitzen konnten. Naoko stellte ihre Einkäufe zu ihren Füßen ab. Ihr fiel auf, wie gebrechlich Yukiko aussah. Sie trug einen dünnen *yukata* und einen Sonnenhut, der ihr zu groß war, sodass sie immer wieder die Hand heben und die Krempe aus dem Gesicht schieben musste. Der Vogelkäfig, der über dem Balkon hing, war leer, und die Klappe stand offen.

»Was ist aus deinem Singvogel geworden?«, fragte Naoko.

Yukiko zuckte die Achseln. »Er ist weg. Ist gestern weggeflogen.«

»Warum hast du den Käfig offen gelassen?«

»Er war so unruhig. Es kam mir grausam vor, ihn da allein drinzulassen.«

Naoko schaute vom Balkon über die Dächer und Bahngleise von Asakusa. »Wo mag er jetzt sein? Wahrscheinlich versucht er, sich draußen mit den Tauben zu paaren.«

»Wenn ich die Klappe offen lasse, kommt er irgendwann zurück. Er scheint mir einer von dieser Sorte zu sein.«

»Von welcher Sorte?«

»Von der Sorte, die nicht anders kann, als sich hinter Gitter zu bringen.«

Naoko lachte. »Glaubst du das wirklich?«

»Natürlich. Aber egal, es ist Hiros Schuld. Er hätte so einen schönen Vogel nicht kaufen sollen.«

»Wo ist Hiro?«, fragte Naoko.

»Ich habe ihn seit einer Weile nicht gesehen. Er hat gesagt, er wollte übers Wochenende aus der Stadt verschwinden.«

»Hat er gesagt, wohin?«

»Du weißt, dass er mir nichts erzählt.«

Naoko reichte ihr das Päckchen von Hermès und sah zu, wie Yukiko es öffnete und das Seidentuch herausnahm. Sie faltete es auseinander und hielt es hoch, um es zu betrachten. Staunend klappte sie den Mund auf.

»Zum Dank für alles, was du für mich getan hast. Die Kraniche sollen Glück bringen.«

»Es sieht sehr teuer aus«, sagte Yukiko.

»Natürlich. Ich kaufe gern schöne Dinge für dich. Aber sieh dir an, was ich mir selbst gekauft habe.«

Sie bückte sich und gab Yukiko die glänzend schwarze Tasche von Chanel. Yukiko spähte hinein.

»Nimm sie heraus und pack sie aus.«

Yukiko nahm das Seidenpapierbündel heraus, legte es auf den Schoß und fing an, langsam die Jacke auszuwickeln.

»Sie ist schön«, sagte sie dann.

»Probier sie an.«

»Nein. An mir wird sie albern aussehen. Zieh du sie an, und lass dich anschauen. Sie ist bestimmt noch schöner, wenn du sie trägst.«

Naoko nahm die Jacke und schlüpfte hinein. Der schmale Schnitt und der weiche Stoff fühlten sich so luxuriös an, dass es beinahe dekadent war. Sie drehte sich um sich selbst und zeigte sich von allen Seiten.

»Gefällt sie dir?«

»Ich finde sie wunderbar. Aber sie muss mehr als ein Monatsgehalt gekostet haben. Wie kannst du dir das leisten?«

Naoko bemühte sich um einen lässigen Ton. »Es hat einen unerwarteten Geldregen für mich gegeben. Und ich finde es wichtig, sein Glück mit den Leuten zu teilen, die einem nahestehen.«

»Einen Geldregen?«

»Einen sehr ansehnlichen.«

»Und da hast du beschlossen, dir eine komplette neue Garderobe zu kaufen?«

»Warum nicht? Wir wissen beide, dass Kleider länger halten als Männer.«

Yukiko schaute ihr in die Augen und sah sofort, was Naoko zu verbergen versuchte. Sie kannte sie lange genug, um jeden Versuch, ihre Sorgen zu verheimlichen, sofort zu durchschauen. Sie warf einen Blick auf die Einkaufstüten, die neben Naoko auf dem Boden standen.

»Ich glaube, du solltest mir lieber erzählen, was los ist.«

Und Naoko fing an zu erzählen – von Alex, der Galerie, Megumi und Saito. Die Geschichte sprudelte aus ihrem Mund, als habe sie schon seit einer Weile verzweifelt auf diese Gelegenheit gewartet. Sie hörte sich selbst reden und errötete verlegen. Es klang alles so kindisch.

»Langsam«, sagte Yukiko. »Wer ist Alex?«

»Ein Freund von Hiro. Er war bei mir an dem Abend, als ich Hiro betrunken hergebracht habe.«

»Der *gaijin?*«

»Ja.«

»Und warum wurde er in deiner Wohnung verhaftet?«

»Er hat eine große Szene gemacht, und ein Nachbar hat die Polizei gerufen. Du weißt, was für Schnösel in meinem Haus wohnen. Sie finden sowieso alle, ich gehöre da nicht hin. Als die Polizei dann kam, bin ich in Panik geraten und habe ihnen das Erste erzählt, was mir in den Sinn kam. Ich wusste, wenn ich die Wahrheit sage, könnte ich meinen Job und meine Wohnung verlieren, und deshalb habe ich versucht, sie zu überzeugen, dass es nicht meine Schuld war. Woher sollte ich wissen, dass Alex zurückkommt, bevor die Polizisten wieder weg sind? Und als sie ihn festgenommen hatten, musste ich bei meiner Geschichte bleiben.«

»Und dann hast du *jidan* verlangt?«

»Ja.«

»Fünf Millionen Yen?«

»Genau.«

»Und warum gibst du ihm das Geld jetzt nicht zurück?«

»Das wollte ich ja«, sagte Naoko. »Es war von vornherein meine Absicht. Ich habe ihn heute Morgen angerufen, und da war irgendein Mädchen am Telefon. Er hat nicht lange gebraucht, um mich zu ersetzen. Also gehört das Geld jetzt mir. Das finde ich nur fair.«

»Woher hatte der *gaijin* das Geld? Ist er reich?«

»Das weiß ich nicht. Er lebt von einem Lehrergehalt. Vielleicht hatte er Ersparnisse, von denen er nie gesprochen hat.«

Yukiko klang besorgt. »Und jetzt hast du alles für Kleider und Schuhe ausgegeben?«

»Nicht alles.« Naoko hatte Mühe, ihre moralische Überlegenheit zu bewahren. »Ich habe mehr als die Hälfte ausgegeben, aber ungefähr zwei Millionen Yen sind noch da.«

»Das passt nicht zu dir, Naoko. Dabei wird nichts Gutes herauskommen. Am Ende wird es dir schaden, nicht helfen. Wenn du meinen Rat hören willst: Du solltest die Sachen zurückbringen. Sie werden dir kein Glück bringen.«

Naoko wusste, dass sie recht hatte. »Ich weiß nicht, wie ich das alles auflösen soll«, sagte sie. »Ich schäme mich, weil ich das Geld ausgegeben habe. Ich war wütend und konnte nicht klar denken. Aber für das, was ich habe erleiden müssen, habe ich doch sicher auch etwas verdient?«

Yukiko schüttelte langsam den Kopf. Sie faltete das Tuch zusammen und gab es Naoko zurück. »Das Komische mit dem Leiden«, sagte sie, »ist, dass dir dann, wenn du denkst, du hast genug gelitten, plötzlich klar wird, dass es erst angefangen hat.«

21

Der Wagen kam wie vereinbart um halb acht. Naoko sah, wie er vor dem Hauseingang anhielt und mit laufendem Motor am Randstein wartete. Sie knöpfte ihre neue Chanel-Jacke zu, sprühte ein Wölkchen Parfüm vor sich in die Luft und drehte sich zweimal darin. Einen Moment lang betrachtete sie sich im Spiegel. Heute Abend hatte sie die Chance, sich in Herrn Kimuras Augen zu rehabilitieren. Sie würde zuhören und aufrichtig lächeln und so wenig wie möglich reden. Das hatte sie lange genug getan, um mit ihrem Charme auch noch ein weiteres Business-Meeting beim Essen mit reichen älteren Männern zu überstehen. Es war kein Geheimnis, was sie von ihr erwarteten. Sie warf einen letzten Blick in den Spiegel, verließ das Apartment und schloss ab.

Der Fahrer hielt ihr die Tür auf, und sie dankte ihm, als sie einstieg. Während sie durch Mejiro und auf der Showa Dori auf das Herz von Ginza zufuhren, sprach sie nicht, aber sie war überrascht, als sie nach Osten abbogen und Kurs auf die Regierungsgebäude am Rande des Hibiya-Parks nahmen. Sie beugte sich nach vorn, um den Fahrer auf sich aufmerksam zu machen.

»Ich dachte, ich treffe Herrn Kimura in einem Restaurant in Ginza«, sagte sie.

Der Fahrer wandte den Blick nicht von der Straße. »Ich soll Sie zum Imperial Hotel bringen«, sagte er. »Das ist mein Auftrag.«

»Zum Imperial?«, wiederholte sie. »Wirklich?«

Er zuckte die Achseln und sah sie im Rückspiegel an. »Kimura-san hat gesagt, Sie sollen an der Rezeption seinen Namen angeben.«

Das Imperial Hotel stand vor dem Park. Die Steinfassade war mit viereckigen gelben Lichtflecken gesprenkelt. Der Wagen fuhr auf den Vorplatz, und ein Türsteher half ihr beim Aussteigen und führte sie durch den Eingang. In der hohen Eingangshalle roch es nach Elend und altem Geld. Naoko ging an die Rezeption und lächelte den Portier höflich an. Als sie erklärte, sie sei mit Herrn Kimura verabredet, erfuhr sie, dass er in Suite 237 auf sie wartete. Sie hatte angenommen, er habe einen diskret gelegenen Tisch im Restaurant oder in der Brasserie reserviert, wo sie über das Geschäft sprechen könnten, ohne belauscht zu werden. Vielleicht war der Kunde noch geheimnisvoller als sonst, dachte sie. Der Portier rief einen Pagen heran, und der begleitete sie durch die Lobby und mit dem Fahrstuhl in den siebten Stock.

Herr Kimura saß in einem klobigen Wildledersessel am anderen Ende der Suite. Er hob den Kopf, als Naoko eintrat, aber er stand nicht auf, um sie zu begrüßen. Er war in ein Gespräch mit einem anderen Mann vertieft, der ihm gegenüber in einem Sessel saß. Sie konnte nur seinen Hinterkopf sehen. Kimura trug eine karierte Hose und einen marineblauen Club-Blazer. Die Verhandlungen über den *ukiyo-e*-Verkauf hatten offenbar auf dem Golfplatz angefangen, dachte Yukiko, und sie hatte den Eindruck, sie waren schon weit fortgeschritten. Durch ein Panoramafenster hinter ihnen sah sie die nächtliche Kulisse der beleuchteten Gebäude. Seitlich lagen die endlosen Gärten des kaiserlichen Palastes in der Dunkelheit. Die Balkontür stand offen, und dünne Gardinen blähten sich im leichten Wind. Ein Eiszapfen-Kronleuchter hing in der Mitte des Raums. Sein weiches, gedämpftes Licht verlieh allem eine traumartige Qualität.

»Guten Abend, Kimura-san«, sagte Naoko, als sie herankam.

»Guten Abend, Naoko. Ihr Timing ist wie immer ausgezeichnet. Sie können uns davor bewahren, in eine endlose Diskussion über Politik abzugleiten.« Er deutete auf seinen Gast. »Ich glaube, Sie kennen unseren neuen Kunden bereits?«

Der Mann erhob sich langsam aus den tiefen Polstern des Sessels. Er war so schwer, dass er sich anstrengen musste, um sich auf die Beine zu stemmen und sich zu ihr umzudrehen. Sie stockte, als sie ihn wiedererkannte.

»Wie schön, Sie wiederzusehen, Frau Yamamoto. Sie sehen entzückend aus.«

Er verbeugte sich, ohne das Gesicht von ihr zu wenden, und seine Augen leuchteten triumphierend. Es war Togo Nishi, und er sah aus, als habe er noch mehr zugenommen, seit sie sich an jenem Abend bei der Kirschblüten-Kreuzfahrt kennengelernt hatten. Seine glänzenden Knopfaugen standen weit auseinander, dunkel und durchbohrend wie die einer Eule. Er lächelte wissend, als sei ihm bekannt, dass sie mit seiner Anwesenheit nicht gerechnet hatte.

Naoko fasste sich und atmete einmal tief durch. »Guten Abend, Nishi-san«, sagte sie. »Ich bin sehr froh, dass wir Ihnen endlich helfen konnten, die Kunst zu finden, die Sie so verzweifelt gesucht haben.«

Entrollt an einer Staffelei in einer Ecke des Zimmers hing ein traditioneller japanischer Holzschnitt. Der Druck zeigte eine

Szene an einem Flussufer. Eine mittelalterliche Kurtisane spielte auf einer *shamisen*, und zwei Reiher wateten vor ihr durch das Schilf und suchten mit ausgestrecktem Schnabel nach Fischen. Es war ein Kunisada aus der Edo-Periode, wahrscheinlich ein zweiter oder dritter Abzug, eine Antiquität, wie man sie außerhalb eines Museums nur selten zu Gesicht bekam. Die Schichten der Kleider, die die Kurtisane trug, und die Schilfrohre am Wasserrand waren perfekt konturiert, und zarte Pinselstriche mit blassblauer Tusche deuteten die Strömung des Flusses an. Das feine Papier war vom jahrelangen Aufgerolltsein an den Rändern leicht gekräuselt, aber die Farben waren immer noch leuchtend und frisch. Es war ein seltenes Exemplar eines hochwertigen Original-*ukiyo-e*, und Naoko vermutete, dass es äußerst wertvoll war. Zehn Millionen Yen, schätzte sie.

»Möchten Sie etwas trinken, während wir das Geschäft zum Abschluss bringen, Frau Yamamoto? Ich warte auf den Anruf meines Buchhalters, der mir bestätigt, dass der Betrag überwiesen wurde und die Sache abgeschlossen ist.«

»Was immer Sie für das Beste halten, Nishi-san.«

In einem Eiskübel auf der Anrichte stand eine alte Flasche Pol Roger. Nishi schenkte zwei Gläser ein, reichte Naoko das eine und winkte ihr, sich zu setzen. Er nahm ihr gegenüber Platz und fuhr sich mit der Hand durch sein schütteres Haar.

»Ich hoffe, die Umgebung gefällt Ihnen«, sagte er. »Ich finde den Service im Imperial immer erstklassig. Er garantiert eine äußerst günstige Atmosphäre für die Feier eines erfolgreichen Kaufs. Ich habe angeordnet, dass nachher ein Dinner serviert wird, sobald die geschäftlichen Dinge erledigt sind.«

»Das hört sich sehr gut an.«

»Prachtvoll, nicht wahr?« Bewundernd betrachtete Nishi den Holzschnitt. »Kennen Sie das Stück?«

Sie lächelte unschuldsvoll. Ihr war klar, dass es bei Männern wie Nishi immer am besten war, sich ahnungslos zu stellen. »Es ist ein Versäumnis von mir«, sagte sie, »aber ich fürchte, ich verstehe nichts von traditioneller Kunst.«

Er war sichtlich erfreut, mit seinen Grundkenntnissen zu prahlen. »Es stammt aus einer Serie namens *Zweiundzwanzig Stationen am Fluss Kanda*. Eins der besten Stücke, die noch im Umlauf sind. Ein erstaunlicher Fund.«

»Ja, es ist sehr schön. Und so gut erhalten. Es sieht aus, als wäre es erst vor wenigen Tagen gedruckt worden.«

Nishi sonnte sich in diesem Kompliment, als hätte er das Bild selbst angefertigt. »In der Edo-Periode war der Geschmack so viel kultivierter. Und die handwerkliche Ausführung ist erstklassig. Ich werde es meiner Frau zu unserem Hochzeitstag schenken.«

»Sie wird sicher überglücklich sein.«

»Das will ich hoffen. Ein Geschenk, das fünfzehn Millionen wert ist, sollte man unter allen Umständen zu schätzen wissen.«

Als sie den Preis hörte, hätte Naoko sich beinahe verschluckt. Er überstieg selbst die optimistischsten Erwartungen bei einem solchen Exemplar. Sie verstand nicht, weshalb ein Mann wie Nishi so bereitwillig überbezahlte.

Nishis Handy klingelte. »Das dürfte die Bestätigung der Überweisung sein«, sagte er. »Wenn Sie gestatten, nehme ich den Anruf allein entgegen.«

Er stand auf, entschuldigte sich und ging in ein Nachbarzimmer. Kimura sah ihm mit feierlicher Miene nach und klatschte dann vergnügt in die Hände.

»Gut gemacht, Naoko«, sagte er. »Sie haben in der Vergangenheit ein paar fabelhafte Fische an Land gezogen, aber das hier ist einer der besten Deals, die Sie uns je gebracht haben.«

Sie war ein wenig verwirrt. »Ich weiß nicht genau, ob ich Ihr Lob verdiene, Kimura-san.«

»Unsinn. Den ganzen Tag lässt Nishi im Gespräch immer wieder Ihren Namen fallen. Anscheinend haben Sie großen Eindruck auf ihn gemacht, als Sie ihn im letzten Frühling kennengelernt haben. Ich weiß, ich kann mich immer darauf verlassen, dass Sie neue Kundschaft in die Galerie bringen.«

Die Erinnerung an jenen Abend war noch so frisch, dass Naoko alles vor sich sah. Es war überraschend zu hören, dass Kimura dieses Zusammentreffen in einem so positiven Licht darstellte. Vielleicht war Nishi zu betrunken gewesen, um noch zu wissen, wie lümmelhaft er sich aufgeführt hatte, dachte sie. Sie war sich über seine Motive im Unklaren.

»Selbstverständlich erwarte ich, dass Sie Ihre gastfreundliche Haltung aufrechterhalten, wenn ich Sie zwei alleingelassen habe«, sagte Kimura. »Wir wissen beide, das Geschäft mit einem Kunden ist nie wirklich zu Ende. Ein Abschluss ist immer nur das Vorspiel für den nächsten.«

Naoko hätte beinahe die Stirn gerunzelt, aber dann beherrschte sie sich. »Sie bleiben nicht?«, fragte sie.

Kimura schüttelte den Kopf. »Nishi hat darum gebeten, dass ich Sie beide zum Essen alleinlasse. Er möchte sehr gern ungestört mit Ihnen zusammen sein.«

»Ich weiß nicht, warum«, sagte Naoko.

»Oh, das können Sie aber sicher erraten.«

Die Härchen auf ihren Armen sträubten sich. »Ich dachte, wir essen gemeinsam zu Abend und dann verabschiede ich mich wie immer mit Ihnen zusammen.«

»Aber unsere üblichen Kunden zahlen keinen so stattlichen Preis für das Vergnügen Ihrer Gesellschaft.« Die onkelhafte Wärme, die er gern ausstrahlte, war verschwunden. »Ich hätte gedacht, für so etwas haben Sie inzwischen einen Instinkt, Naoko. Es ist ja nicht so, als wären Ihnen solche Umstände völlig fremd.«

Sie stellte ihr Champagnerglas auf den Tisch. »Warum sagen Sie mir nicht einfach, was hier läuft, Kimura-san? Dann gibt es auch keine Missverständnisse zwischen uns.«

Er stand auf, ging am offenen Fenster vor dem Balkon hin und her und verschränkte die Hände auf dem Rücken. Reklamelicht überstrahlte seine Silhouette.

»Ich habe immer an Sie geglaubt, Naoko. Ich habe immer gedacht, ich wüsste, wer Sie wirklich sind. Aber anscheinend habe ich mich täuschen lassen. Ich dachte immer, Sie sind raffiniert und ehrgeizig, aber letzten Endes eine intelligente und vertrauenswürdige Angestellte. Eine, die weiß, welche Linien nicht überschritten werden dürfen. Dann ereigneten sich diese unglückselige Geschichten mit dem *gaijin* auf der Vernissage und der Auftritt der Polizei bei der Ruhestörung in Ihrem Apartment. Mein Glaube an Sie kam ins Wanken. Tja, und jetzt ist etwas Neues ans Licht gekommen. Etwas, das mein Vertrauen in Sie aussehen lässt wie die Torheit eines alten Mannes.«

»Ich weiß nicht, ob ich Sie verstehe.«

»Leider ist Megumi mit gewissen Informationen über Ihr Leben vor Ihrer Zeit als meine Mitarbeiterin zu mir gekommen. Sie meinte, sie habe keine andere Wahl, als mir diese Informationen zukommen zu lassen, weil sie so schwerwiegend sind.«

»Megumi kann man nicht trauen. Sie ist eifersüchtig auf mich und versucht schon seit einer Weile, mich in Misskredit zu bringen.«

Kimura blieb stehen, griff in seine Jacke und holte etwas aus der Innentasche.

»Ich weiß nicht, ob ich ihr ohne Beweise geglaubt hätte«, sagte er.

Er warf einen Umschlag vor ihr auf den Tisch. Naoko hob ihn auf.

Er war in Megumis Handschrift an Kimura adressiert. Naoko sah zu ihm auf und suchte in seinem Gesicht nach einem Hinweis auf das, was sie darin finden würde, aber er hatte ihr den Rücken zugewandt und stand als dunkle Gestalt vor den Lichtern der Großstadt.

Sie öffnete den Umschlag.

Sie hatte so etwas wie eine Notiz oder einen Brief erwartet, aber stattdessen steckte eine Visitenkarte in der unteren Ecke. Naoko zog sie heraus und begriff sofort, was sie bedeutete.

Der Name, der in fetter *kanji*-Schrift auf der einen Seite der Karte stand, war Hisako Ota. Die Adresse stand auf der anderen Seite. Naoko war seit Jahren nicht dort gewesen. *Haus der gefallenen Blätter, Meidai Dori, Ochanomizu.* Wie war es möglich, dass sie in Herrn Kimuras Besitz gekommen war? Megumi musste ihr Gespräch mit angehört haben, als Hisako in die Damentoilette gestolpert war. Danach hatte sie sie anscheinend aufgestöbert und alle Einzelheiten über Naokos Jugend herausgefunden. All das, vor dessen Aufdeckung sie so lange geflohen war. Sie blickte von der Karte auf, und jegliches Leben war aus ihren Zügen gewichen.

Kimura drehte sich langsam zu ihr um.

»Megumi war äußerst bestürzt, als sie damit zu mir kam. Sie wollte mir nicht sagen, wie sie an die Informationen gekommen war, aber sie fühlte sich in hohem Maße verraten.«

»*Sie* fühlte sich verraten?«

»Insofern, als Sie sich in der Zeit, in der sie Sie kannte, für jemanden ausgegeben haben, der Sie nicht sind, und zwar sehr lange. Anscheinend haben Sie uns alle mit Ihren Lügen eingewickelt.«

»Bitte, Kimura-san«, sagte Naoko. »Ich war nie etwas anderes als treu und loyal. Ich habe der Galerie mein Leben gewidmet. Bitte glauben Sie mir.«

»Ich wünschte, das könnte ich, Naoko.«

»Soll das heißen, ich bin entlassen?«

»Entlassen? Nein. Es bedeutet, wenn Leute wie Nishi mit einem Ansinnen zu mir kommen, wie er es für heute hatte, habe ich keinen Grund mehr, es ihm abzuschlagen.«

Kimura blieb vor dem Kunisada-Druck stehen, um ihn ein letztes Mal zu betrachten. Sein Blick war voller Bewunderung. Als er sich zu Naoko umdrehte, wurde aus dieser Bewunderung blanke Verachtung.

»Ich gehe jetzt«, sagte er. »Wenn Ihnen Ihre Stellung in der Galerie etwas wert ist, werden Sie alles tun, was Nishi von Ihnen verlangt.«

Als Nishi aus dem Nachbarzimmer zurückkam und leise die Tür hinter sich schloss, tat er überrascht, als er Naoko allein in der Suite antraf. Der Kronleuchter warf weiche Sepiaschatten über die geschmackvoll arrangierten Möbel, die Rotholzanrichte und den antiken Berberteppich. Die Nachtluft wehte durch das offene Fenster herein und spielte mit den Rändern des entrollten Holzschnitts. Die Kurtisane starrte rätselhaft über die Jahrhunderte hinweg. Naoko hatte sich wieder fassen können. Sie saß auf der Sofakante und nippte an einem frisch eingeschenkten Glas Pol Roger, als wäre dies der Abend, von dem sie schon immer geträumt hatte.

»Ich muss gestehen, ich habe Kimura nicht geglaubt, als er sagte, Sie würden seinen Anweisungen folgen. Ich dachte, Ihr feuriges Temperament wäre stärker als Ihr Pragmatismus. Anscheinend kennt er Sie besser als die meisten.«

Naoko lächelte. »Kimura-san war schon immer ein höchst gutherziger und verständnisvoller Mann.«

Nishi nahm die Visitenkarte vom Couchtisch und betrachtete sie. »Er meinte, dies würde eine Offenbarung für Sie sein.«

»Das ist es auch. Aber nicht aus den Gründen, die er vermutet.«

»*Das Haus der gefallenen Blätter*«, las Nishi mit lauter, bedeutungsschwerer Stimme. »Was ist das? So etwas wie ein Bordell?«

»In etwa, ja.«

»Und Sie haben dort gearbeitet?«

»Ja. Als Studentin.«

»Ich hatte also doch recht. Sie haben einen weiten Weg hinter sich.«

Naoko senkte resigniert den Kopf. »Man sollte es nicht annehmen.«

Nishi ragte vor ihr auf und genoss sein glückliches Geschick. Er drehte die Karte zwischen seinen kurzen, madenförmigen Fingern hin und her. Er las noch einmal, was darauf stand, und murmelte die Adresse leise vor sich hin. Dann warf er die Karte auf den Tisch und ließ sich plötzlich auf sie fallen. Sein Körper presste sie in das weiche Sofapolster. Sie fühlte die glatte feuchte Haut seines Gesichts an ihrem Hals, und die Knopflöcher an ihrer Chanel-Jacke spannten sich, als er versuchte, sie aufzuknöpfen.

»Warte«, sagte sie und schob ihn von sich herunter, um seinen Körpermassen zu entkommen. »Lass mich das machen.«

Er war rot und atemlos, als wäre er soeben eine Treppe heraufgestiegen. »Ja«, sagte er, »lass mich zusehen. Ich will alles an dir genießen.«

Sie fing an, sich auszuziehen.

Mit jedem Kleidungsstück, das fiel, ergab Naoko sich weiter in ihr Schicksal. Ein Teil ihrer selbst wollte sich umdrehen und aus der Suite laufen, auf das Dach hinauffahren und sich auf die dunkle Straße hinunterstürzen. Sie begriff, dass sie sich für immer verlor. Alles, wofür sie gearbeitet hatte, war fort, und die Erkenntnis betäubte sie. Sie suchte nach einer Möglichkeit, noch einen Rest ihrer Glaubwürdigkeit zu retten, wenn das hier vorbei wäre, und irgendwie daran zu glauben, dass Kimura sie noch schätzen würde. Aber sie wusste, das war jetzt unmöglich. Nachdem er von ihrer Vergangenheit erfahren hatte, würde sie in seinen Augen immer eine Hure sein, ganz gleich, wie die Wahrheit aussehen mochte. Sie ließ diesen Gedanken durch ihren Kopf hallen, als sie die Verschlüsse an ihrem Rock aufhakte und ihn zu Boden fallen ließ. Jetzt stand sie in Unterwäsche vor Nishi.

Er winkte ihr, sie solle sich umdrehen. Mit fasziniertem Blick starrte er auf das Tattoo auf ihrem Bauch und ihren Rippen.

»Außergewöhnlich«, sagte er. »Ich hätte mir denken können, dass du Beziehungen zur kriminellen Klasse hast.«

Sie schaute hinunter auf die Linien und Muster auf ihrer Haut und strich mit der Hand darüber. Diese Reaktion hatte sie immer erwartet, von jedem Japaner, seit sie das Tattoo hatte machen lassen. In gewisser Hinsicht, dachte sie, war das überhaupt der Grund, weshalb sie sich so unauslöschlich hatte markieren lassen. Das Tattoo brachte mit sich, dass sie immer von genau den Leuten verachtet werden würde, deren Werte sie ihrerseits ablehnte.

Sie tat einen Schritt auf Nishi zu. Eine Linie führte von ihrem Bauchnabel nach unten, bedeckt von der Tuschfarbe, eine Narbe, die schon seit Langem von dem Tattoo verdeckt wurde. Naoko nahm seine Hand und führte seinen Zeigefinger daran entlang.

»Anfangs war das Tattoo nur dazu gedacht, dieses Souvenir von einer Operation zu überdecken«, sagte sie. »Aber als ich einmal angefangen hatte, kam es mir sinnlos vor, gleich wieder aufzuhören. Zumal ich gut dafür bezahlt wurde, die Methode der Tätowierung zu ertragen.«

Jetzt machte Nishi ein verständnisloses Gesicht. »Ich weiß nicht genau, was du meinst«, sagte er.

»Du kannst dir doch sicher denken, was für eine Narbe das ist, oder, Nishi-san?«

Sie kam noch näher, sodass er sie aus intimer Distanz inspizieren konnte. Vor Geilheit riss er die Augen weit auf.

»Du hattest ein Kind«, sagte er.

»Als ich sechzehn war. Ich hatte das große Privileg, in der Nacht schwanger zu werden, in der ich meine Jungfräulichkeit verlor.«

»Warum erzählst du mir das?«

»Ich will, dass du alles über mich weißt.«

»Warum?«

»Weil es nicht mehr wichtig ist, es geheim zu halten. Ich habe mit keiner Menschenseele jemals darüber gesprochen, nicht seit der Nacht, in der es passiert ist. Es war ein Mädchen. Meine Eltern bestanden darauf, es zur Adoption freizugeben, und sie wurde mir noch im Kreißsaal weggenommen. Ich habe sie nie wiedergesehen. Die Visitenkarte gehört einer Frau, die als Krankenschwester auf der Entbindungsstation arbeitete. Sie rekrutierte Schulmädchen, die das Pech hatten, ihr dort zu begegnen. Wir waren sowieso alle befleckt, und deshalb waren wir leichte Beute. Manche Mädchen schliefen gern für ein paar Tausend Yen mit ihren Kunden, aber das war eigentlich schon damals nicht mein Stil. Sie hatte einen speziellen Kunden mit einem besonderen Geschmack, und er war bereit, gut zu bezahlen, wenn man ihm darin entgegenkam. Keines der anderen Mädchen konnte die Schmerzen ertragen. Er bestand darauf, eine Bambusspitze zu benutzen, keine elektrische Nadel. Das entspricht einer traditionellen Handwerkskunst, die im Aussterben begriffen war. Als Erstes deckte er die Narbe ab, die von der Entbindung zurückgeblieben war, zumindest die äußerliche. Danach erlaubte ich ihm, seiner Fantasie nach Belieben die Zügel schießen zu lassen. Mit dem Geld, das ich dafür bekam, bezahlte ich das College. Ich sah keinen Grund, weshalb ich mein Unglück nicht in vorteilhaftes Wissen verwandeln und dieses Wissen dann dazu verwenden sollte, mir ein besseres Leben aufzubauen. Aber anscheinend gibt es Verbrechen, die einem bis in alle Ewigkeit folgen.«

Nishi stand auf und legte beide Hände um ihre Taille. Seine

Gier schien ihn zur Raserei zu bringen. Sie konnte seinen sauren Atem riechen, als er sagte: »Ich will dich. Du gehörst jetzt mir.«

Naoko ließ zu, dass sie in seine Arme sank, als ihr die Knie weich wurden. »Wollen wir nicht noch ein Glas Champagner trinken, Nishi-san? Es wäre doch eine Schande, ihn schal werden zu lassen.«

Er sah sich nach der Flasche um und fand sie im Eiskübel auf dem Balkon, wo Naoko sie abgestellt hatte.

»Ja, natürlich«, sagte er und ließ sie los. Er schob die Gardine beiseite, die vor der Tür wehte, und ging hinaus auf den Balkon, um die Flasche zu holen.

Kaum war er draußen, trat Naoko zu der Glastür, schob sie zu und verriegelte sie. Sie trat einen Schritt zurück und sah zu, wie Nishi, der das Schließen der Tür gehört hatte, sich überrascht umdrehte. Er suchte außen nach einem Schloss oder einem Türgriff, aber da war nichts. Er drückte die flachen Hände auf die große Glasscheibe und versuchte, die Tür aufzuschieben, aber sie rührte sich nicht. Sein Gesicht war zu einer fassungslosen Maske erstarrt.

»Mach die Tür auf«, sagte er mit nur leicht erhobener Stimme. Ihm war anscheinend klar, dass er die anderen Gäste aufmerksam machen würde.

Naoko hob ihre Sachen vom Boden auf und fing an, sich hastig anzuziehen. »Glaubst du, ich bin in meinem Leben so weit gekommen, um mich jetzt von dir herumschubsen zu lassen?«, rief sie. »Glaubst du, ich habe nichts gelernt?«

»Du dreckige Schlampe«, zischte Nishi auf dem Balkon. Er bemühte sich immer noch, die Tür zu öffnen und hereinzukommen. »Mach auf! Denk an Kimura. Denk an deinen Job.«

Sie zog ungläubig eine Braue hoch und lachte. »Ich glaube, diese Drohung hat ihre Wirkung inzwischen verloren, Nishi-san.«

Sie hob Schuhe und Handtasche auf und wandte sich zum Gehen. Nishi hämmerte mit der Faust an die Scheibe. Er war puterrot vor Wut. Sie schaute sich um und vergewisserte sich, dass sie all ihre Sachen hatte, und dabei fiel ihr Blick auf den Kunisada-Holzschnitt in der Ecke.

Naoko blieb davor stehen und strich mit der Hand über den Druck. Sie fühlte die seidige Oberfläche des antiken Papiers und die Glätte des Lacks, der die farbige Tusche schützen sollte, den meisterlich kühnen Pinselstrich. Nishi erstarrte draußen auf dem Balkon, als ihm dämmerte, was sie vorhatte.

»Aufmachen!«, schrie er verzweifelt.

Sie ignorierte ihn, öffnete ihre Handtasche und nahm ihren Lippenstift heraus. Sie drehte die Spitze heraus, hielt die Rolle mit einer Hand fest und schrieb in dicken Schriftzeichen in der Farbe »Autumn Damask« der Länge nach auf das Papier: *ICH GEHÖRE NIEMANDEM*. Dann drehte sie die Staffelei zum Fenster, damit Nishi die Weisheit seiner Investition betrachten konnte.

Mit möglichst gefassten und zielstrebigen Schritten verließ sie die Suite und schloss die Tür hinter sich. Am Ende des Korridors drückte sie auf den Knopf am Aufzug. Der Flor des Teppichs war dick unter ihren bloßen Füßen. Auf der Fahrt hinunter in die Lobby betrachtete sie sich im Spiegel und sah, wie ihre Frisur zu losen Strähnen aufgelöst und ihr Make-up verschmiert war. Unwillkürlich musste sie über ihr eigenes Spiegelbild laut lachen.

Die Lobby war leer bis auf einen Gebäudereiniger, der sich

über seine Bohnermaschine beugte und sie auf dem schwarzen Marmorboden hin und her schob. Naoko ging zur Rezeption. Ihre High Heels hielt sie noch in der Hand.

»Ich möchte die Rechnung für Suite 237 bezahlen«, sagte sie.

Der Nachtportier warf einen Blick auf den Computerbildschirm. »Herr Nishi bezahlt eigentlich immer per Überweisung…«

Sie stellte ihre Handtasche auf die Theke und nahm den Umschlag mit dem restlichen *jidan*-Geld heraus. »Sagen Sie mir einfach, wie viel es ist.«

Sie zählte den Betrag in Zehntausendern ab und bezahlte die Rechnung. Den Umschlag steckte sie wieder ein und ging auf die Drehtüren zu.

»Möchten Sie, dass ich Ihnen ein Taxi rufe?«, rief der Nachtportier ihr nach.

»Nicht nötig«, sagte sie, ohne sich umzuschauen.

Draußen schlug ihr die feuchte Nachtluft ins Gesicht. Es gab keinen Verkehr, als sie die breite Hauptstraße überquerte und durch das Tor in den Hibiya-Park ging. Alte Trinker durchwühlten die Papierkörbe im Schatten unter den Ahornbäumen und suchten nach Essensresten. Polizisten in Reflektorjacken machten rudelweise Jagd auf sie, und die Strahlen ihrer Taschenlampen zuckten kreuz und quer durch den Park. Ein Polizist richtete das Licht seiner Lampe auf Naoko, aber als er sah, dass sie jung und gut gekleidet war, entschuldigte er sich und ging weiter.

Yukiko hatte recht, dachte sie. Das *jidan*-Geld hatte ihr nichts als Unglück gebracht. Sie würde Alex nie wiedersehen, und deshalb konnte sie es ihm jetzt auch nicht mehr zurückgeben. Aber sie wollte es nicht mehr haben. Es kam ihr unehrlich vor, das

Geld oder die Sachen, die sie dafür gekauft hatte, zu behalten. Die Stadt war voll von Leuten, die es eher verdienten. Sie nahm den Umschlag mit dem restlichen Geld aus der Handtasche und warf ihn in den Papierkorb. Dann zog sie die Chanel-Jacke aus, knüllte sie zusammen, stopfte sie hinterher und warf ihre neuen High Heels obendrauf. Wenn sie zu Hause wäre, würde sie den Rest ihrer Einkäufe verschenken.

Sie setzte sich auf eine Bank, zündete sich eine Zigarette an und lauschte darauf, wie die Stadtstreicher kamen und den Papierkorb durchwühlten. Sie lächelte, als sie hörte, wie sie riefen, als hätten sie eine Goldader gefunden, und dann wartete sie, bis die Sonne aufging und sie Lust bekam, nach Hause zu gehen.

22

Die *pachinko*-Halle war voll von Lärm und Zigarettenrauch und den stakkatohaften Lichtblitzen der Spielautomaten. Jun saß, wie er es gesagt hatte, in der hinteren Ecke, fütterte die Automaten mit Geld und sah zu, wie die Stahlkugeln durch das senkrechte Labyrinth hinter der Glasscheibe fielen. Er sah Alex kommen und lächelte freundlich, als wären sie zwei alte Freunde, die sich endlich wiedersahen. Er trug ein offenes, mit Ginkgo-Blättern bedrucktes Hemd, und sein Haar war aus dem Gesicht glatt nach hinten gekämmt. Das grelle Neonlicht ließ die Narben auf seinen Wangen scharf hervortreten. Er musste das Getöse mit lauter Stimme übertönen, als er Alex die Hand schüttelte.

»Wie geht's dir, Russia-jin? Es ist schön, dich ohne die Knastuniform zu sehen.«

»Mir geht's gut«, sagte Alex. »Freut mich ebenfalls, dich zu sehen.«

»Hast du gut hergefunden?«

»Ich habe mich an die Beschreibung gehalten, die du mir geschickt hast.«

Jun saß entspannt auf seinem Stuhl, aber während er redete, wanderte sein Blick durch die Spielhalle, und er beobachtete die ganze Umgebung.

»Ich habe ja gesagt, wir werden uns in besseren Zeiten wiedersehen.«

»Ich habe darauf gewartet, dass du dich meldest. Ich habe gute Neuigkeiten. Ein Freund will mir das Geld leihen, das ich brauche, um meine Schulden zu bezahlen.«

Jun winkte warnend ab und vergewisserte sich, dass niemand sie beachtete. »Nicht hier«, sagte er. »Ein Treffen ist schon vorbereitet, bei dem wir alles besprechen werden. Keine Sorge.«

»Ein Treffen? Wo?«

»Im *onsen*. Es ist Tradition, dass man sich im Badehaus trifft und dort seine Geschäfte bespricht. Man spricht unbekleidet miteinander, und jeder kann sehen, dass keiner etwas verbirgt.«

»Aber ist das denn nötig? Ich kann das Geld besorgen, das ich schuldig bin. Sag mir nur, wohin ich es schicken muss.«

»Das musst du persönlich besprechen. Es ist schon alles arrangiert.«

Alex war klar, dass er kaum eine andere Wahl hatte, als sich an diesen Plan zu halten. »Wenn du es für das Beste hältst«, sagte er. »Gehen wir gleich?«

»Später. Wir haben noch Zeit, um ein bisschen *pachinko* zu spielen.«

»Das kann ich nicht. Ich hab's noch nie getan.«

Jun deutete auf den freien Platz an dem Automaten neben ihm. »Probier's aus. Was kann schlimmstenfalls passieren?«

Alex schob einen Fünftausend-Yen-Schein in den Schlitz und drehte an ein paar Knöpfen, ohne zu wissen, was er damit erreichen wollte. Die alten Leute um ihn herum waren wie hypnotisiert. Ketterauchend verfeuerten sie ihre Rente. Die silbernen Kugeln flossen in mächtigen Kaskaden hinunter in die Hohlräume der Maschinen, angetrieben von dröhnenden elektronischen Stimmen. Die Faszination inmitten dieses Chaos von Lärm und Licht war kaum zu ergründen. Jun verlor schnell viel Geld, aber Alex schien zu gewinnen. Er schüttete einen Eimer voll Stahlkugeln in den Bargeldautomaten und sah, wie ein dickes Bündel Geldscheine in das Ausgabefach flatterte.

»Anfängerglück«, sagte Jun. »So füttern sie neue Spieler an und machen sie süchtig. Sie merken, dass du noch nicht hier warst, und lassen dich gewinnen.«

»Soll mir recht sein«, sagte Alex. »Ich brauche das Geld.«

»Ihr seid alle Gangster!«, schrie Jun in die Schaltzentrale, in die sich die uniformierten Mitarbeiter verkrochen hatten, um der hämmernden Musik zu entkommen. Sie starrten ihn an und zogen die Köpfe ein, als er die Faust schüttelte.

Sie verließen die Spielhalle und wanderten in die engen Gassen von Gotanda und dem Nachtmarkt hinter dem alten Tempel. Grauhaarige Frauen sagten hier die Zukunft voraus, und Buchmacher sammelten in dunklen Hauseingängen Wettgelder ein. Die Plastikmarkisen der Verkaufsstände spannten sich wie ein Gewölbe über die Straße und das Gedränge der Menschen. Hühnerspieße rösteten über offenem Feuer, und Männer in blutbeschmierten Kitteln schnitten dicke Scheiben Schweinebraten auf. Darüber summten Stromleitungen. Alex blieb dicht hinter Jun, als sie sich durch die Menschenmassen drängten. Jun bog in eine ruhige Seitengasse ein, weg von dem lärmenden Treiben, und Alex folgte ihm. Scharen von Katzen streiften durch die Dunkelheit und erschraken vor ihren eigenen Spiegelbildern in den Reihen leerer Flaschen am Bordstein. Die Luft war schwer vom Geruch der Räucherstäbchen, die für die Toten angezündet wurden.

Der Eingang zu dem *onsen* war nicht gekennzeichnet. Nur die hohen Dampfkamine, die schräg über dem Holzdach aufragten, ließen erkennen, was das Gebäude war. Jun zählte das Eintrittsgeld für sie beide ab und legte es auf die Theke. Der Eigentümer zögerte, einen Ausländer hereinzulassen, und er murmelte vor sich hin, während er Alex von oben bis unten musterte. Aber er schien Jun zu kennen, und deshalb protestierte er nicht. Widerstrebend nahm er das Geld und winkte sie hinein. Wachsam verfolgte er, wie sie *yukata* und Handtücher nahmen und damit in den Umkleideraum gingen.

Das Badehaus war durch eine hohe Mauer, die mitten durch das Gebäude führte, in zwei Hälften geteilt. Trotz der späten Stunde herrschte Hochbetrieb. Die Männer wurden auf die eine Seite geleitet, Frauen und Kinder auf die andere. Zwei große Holzzuber waren in den Steinboden eingelassen, und an der einen Seite des Raumes reihten sich Duschen aneinander. Alte Männer saßen grüppchenweise in dem sprudelnden Wasser, lasen ihre Wettzeitungen und wimmelten nackt in den Waschräumen umher. Über die Mauer hinweg riefen Frauen mit schriller Stimme zu ihren Männern herüber, und der Raum war erfüllt von Dampf und platschenden Schritten auf dem nassen Boden.

»Du musst dich waschen, bevor du ins Bad darfst«, sagte Jun. »Diese Oldtimer werden dich nicht reinlassen, bevor sie nicht gesehen haben, wie du den *gaijin*-Schweiß von dir abwäschst.«

Er setzte sich auf einen niedrigen Holzschemel und fing an, sich am ganzen Körper mit Schwarzbambus-Seife einzuschäumen. Alex nahm einen Schemel ihm gegenüber und tat das Gleiche. Er sah jetzt, dass Juns linkes Bein verkümmert war wie von einer Kindheitserkrankung. Die Gelenke wirkten eingefallen und waren von Wundnarben bedeckt. Jun füllte einen Eimer mit Wasser, übergoss sich damit und reichte Alex den Eimer herüber. Alex ließ ihn volllaufen und schüttete ihn über den eigenen Kopf. Die unerwartete Kälte ließ ihn zusammenfahren. Es war schmerzhaft, aber belebend, und so füllte er den Eimer wieder und überschüttete sich noch einmal.

Er folgte Jun hinüber zu dem Badezuber, und die alten Männer machten in dem schäumenden Wasser Platz für sie. Ihre runzlige Haut war hummerrot.

»Das letzte Mal habe ich dich gesehen, als dein Zellengenosse kurz danach sein Auge verloren hat«, sagte Jun.

Alex schauderte es bei der Erinnerung. »Ich denke nicht gern daran. Ich bekomme immer noch Albträume.«

»Es war das Beste, was ihm passieren konnte. Sie mussten ihn so lange auf der Krankenstation behalten, dass er seinen Abschiebetermin verpasst hat. Er ist bedingt entlassen worden, und es wird ein Jahr oder länger dauern, bis man das Abschiebeverfahren wiederholt hat. Vielleicht kann er dann sogar auf Dauer in Tokio bleiben, selbst wenn er es nur noch zur Hälfte sehen kann.«

»Ich begreife immer noch nicht, warum er das verdient hatte. Ich habe dir gesagt, ich wäre selbst mit ihm fertiggeworden.«

Jun zuckte die Achseln. »Das sind die Regeln«, sagte er. »Erzähl mir von deiner Freundin. Wie geht es ihr?«

»Ich habe sie nicht wiedergesehen. Ich glaube auch nicht, dass ich sie je wiedersehen werde.«

»Das ist schade. Ich hatte den Eindruck, du bist unglücklich darüber, sie zu verlieren.«

»Das war ich auch. Aber darüber bin ich hinweg.«

»Wirst du Japan verlassen?«

»Das weiß ich noch nicht genau. Ich habe noch nichts entschieden. Wenn ich hierbleiben will, brauche ich einen neuen Job.«

»Sie haben dich rausgeworfen?«

»Ja. Aber das ist okay. Es ist nicht das erste Mal.«

»Willst du wieder einen Job als Lehrer haben?«

»Ich denke schon. Ich kann eigentlich nichts anderes. Was immer passiert, ich muss schnell an Geld kommen.«

Ein Bademeister kam heran, beugte sich zu Jun herunter und flüsterte ihm leise etwas ins Ohr. Alex sah, wie die Muskeln in Juns Gesicht sich strafften, als er zuhörte. Er nickte bestätigend, und der Bademeister trat zurück und wartete.

»Okay, Russia-jin«, sagte Jun. »Es ist so weit.«

Sie zogen ihre *yukata* an und traten durch eine Seitentür hinaus in einen kleinen Innenhof. Alex spürte die kühle Nachtluft auf seiner nassen Haut. Sie gingen durch einen Steingarten und vorbei an einem langen Hochbeet mit gestutzten Kiefern, an deren Ästen Laternen hingen. Der Bademeister schob die Papiertür zu einem separaten Raum zur Seite und trat ein paar Schritte zurück.

Der Raum war matt erleuchtet und von dicken, heißen Nebelschwaden erfüllt. Alex konnte einen hochwandigen Holzzuber erkennen, nur wenig kleiner als das Gemeinschaftsbad im vorderen Teil des *onsen*. Zwei Männer saßen darin bis zum Hals im Wasser. Sie beobachteten Alex, als er hereinkam. Der Ältere hatte ein viereckiges Gesicht und ein breites Kinn, das mit dem Alter an Kraft verloren hatte. Sein Schädel war bis auf kurze Stoppeln kahlrasiert, grau und glitzernd vom Schweiß. Er beherrschte den

Raum, selbst in diesem Zustand der Ruhe. Alex erkannte ihn wieder: Er hatte ihn im Gefängnishof in Ushigome gesehen. Der jüngere Mann hatte eine platte Nase, und ein Netz von geplatzten Äderchen überzog seine Wangen.

Jun schien leicht zusammenzuzucken, als die Tür sich hinter ihnen schloss. Er wirkte nervös und als sei ihm unbehaglich; seine Schultern hingen herab, und er drückte die Hände fest an die Seiten. Er verbeugte sich vor dem alten Mann, hinkte unsicher die Holzstufen an der Seite des Zubers hinauf und kletterte hinein. Er winkte Alex, ihm zu folgen. Auf dem Wasser schwamm ein Bambustablett mit einem *sake*-Krug aus Keramik und vier kleinen Bechern. Jun schenkte den *sake* ein und reichte jedem einen Becher.

Alle beugten sich vor, stießen ihre Becherränder zum *kanpai* aneinander. Alex sah die Arme der Männer, als sie sie aus dem Wasser hoben, die blassblaue Farbe ihrer Tattoos, ganze Ärmel aus Drachen und tanzenden Mädchen und verschlungenen Mustern, tief eingegraben in die Haut von Schultern und Brust. Unterhalb des Halses gab es keine freie Stelle mehr. Alex kannte solche Bandenabzeichen nur von Zeitungsfotos zu Artikeln über Entführungen und Mordfälle. Er musste sich beherrschen, um keine Angst zu zeigen.

Der ältere Mann sprach als Erster. »Lassen Sie uns über das Darlehen sprechen, das gegeben wurde«, sagte er. »Das Geld wurde übergeben wie versprochen. Fünf Millionen Yen.«

»Ja«, sagte Alex. »Es wurde verwendet, um den *jidan* zu bezahlen, der von mir gefordert wurde.«

»Wir alle kennen den Namen für eine solche Frau. Für eine, die Geld so hoch schätzt. Wenn es das ist, was sie will, dann wollen wir hoffen, es macht sie glücklich.«

»Es ist mir egal, was Naoko jetzt tut. Sie interessiert mich nicht mehr. Ich habe jemanden gefunden, der bereit ist, mir das Geld zu leihen, damit ich es Ihnen zurückzahlen kann. Ich kann es morgen bringen.«

Der alte Mann wischte sich mit einem Handtuch über die Stirn und schaute Alex unter schweren Lidern hinweg an.

»Wie viel können Sie bezahlen?«

»Alles«, sagte Alex. »Ich kann Ihnen die ganzen fünf Millionen Yen zurückgeben.«

Der Alte schüttelte ernst den Kopf. »Das genügt nicht. Mit den Zinsen, die fällig sind, betragen Ihre Schulden jetzt zehn Millionen.«

Alex war entsetzt, als er die Summe hörte, und seine Haut brannte im dampfenden Wasser. »Das habe ich nicht zugesagt«, antwortete er. »Das ist Erpressung.«

»Dies ist keine Verhandlung, Malloy-san. Wir sind keine Bank. Sie schulden uns jetzt zehn Millionen Yen.«

»Ich kann mir nicht leisten, so hohe Zinsen zu bezahlen, nicht zusätzlich zu der Summe, die ich Ihnen sowieso schon schulde. So viel Geld werde ich niemals in die Hände bekommen.«

»Sie werden vor Ende der Woche einen Weg finden müssen.«

»Das ist unmöglich. Selbst wenn ich das Geld auftreiben könnte, würde ich sehr viel mehr Zeit brauchen.«

Der alte Mann nahm einen kleinen Schluck *sake*. »Zeit ist das Einzige, wovon keiner von uns genug hat«, sagte er. »Wenn Sie bis dahin nicht gezahlt haben, werden Ihre Schulden noch weiter wachsen. Tag für Tag werden sie wachsen.«

Alex erinnerte sich an Saitos Warnung. Er hatte das Erschrecken in der Stimme des Kriminalbeamten gehört, aber er hatte es lieber verdrängt. Doch jetzt spürte er seine Bedeutung deutlich. Der alte Mann bewahrte seine gemessene, ruhige Art, aber sein Bodyguard schien es kaum noch erwarten zu können, sich aufzuspielen, als sei ihm das Bedürfnis nach Action angeboren. Juns Blick ging von einem zum andern. Er atmete tiefer als sonst und wartete. Alex hatte immer gewusst, dass dieser Abend womöglich auf so etwas hinauslaufen würde. Sein einziger Trost war, dass er nie eine andere Wahl gehabt hatte.

»Was immer Sie mit mir machen wollen, bringen wir es doch hinter uns«, sagte er. »Es ist völlig unmöglich, dass ich zehn Millionen Yen aufbringe. Und selbst wenn ich es könnte, habe ich meinen Stolz.«

Der alte Mann funkelte ihn quer über den Zuber hinweg an. »Stolz ist ein teurer Luxus, Malloy-san. Stolz kann Sie am Ende noch viel mehr kosten.«

»Das ist mir egal. Ich möchte, dass jetzt Schluss ist.«

Der Alte wischte sich den Schweiß von der Stirn. »Was wäre, wenn es noch eine andere Möglichkeit gäbe?«

»Was meinen Sie?«

»Was ist, wenn es noch eine andere Möglichkeit gäbe, Ihre Schuld abzuzahlen? Etwas Lukrativeres als Englischunterricht?«

Alex spürte, dass alle ihn anschauten und auf seine Reaktion warteten. »Was wollen Sie vorschlagen?«, fragte er.

Der alte Mann rieb sich die schlaffe Haut unter seinem Kinn. Er nahm ein Handtuch vom Rand des Zubers, tauchte es in einen Eimer mit Eiswasser und wrang es über seinem Kopf aus.

Er schaute Alex an und sagte: »*Tada hodo takai mono wanai.*«

Er hob die Hände und klatschte kurz hintereinander. Das Geräusch hallte durch den Raum. Der Dampf schwebte wie

Rauchschwaden vor ihm. Er signalisierte Jun, er solle mehr *sake* einschenken.

Alex sah Jun verwirrt an.

»Nichts ist teurer als das, was nichts kostet«, übersetzte Jun.

Alex schüttelte den Kopf. »Das verstehe ich nicht.«

»Na ja«, sagte Jun und warf einen Blick hinüber zu dem alten Mann, der starr und unbewegt im kochend heißen Wasser saß. »Es bedeutet, wir haben einen Vorschlag für dich.«

23

Alex wartete auf der Treppe, die hinauf zu Yukikos Wohnung führte. Er würde Naoko exakt eine Stunde Zeit geben, nahm er sich vor. Wenn sie dann nicht erscheinen sollte, würde er sie für immer verlassen. So hatte sie immerhin eine Chance, dachte er. Er hatte sich vierundfünfzig Minuten in der dunklen Ecke herumgedrückt, als sie um die Ecke und auf ihn zu kam. Sie sah gedankenversunken aus und biss die Zähne zusammen, als bedrücke sie noch immer irgendeine ferne Erinnerung. Als sie die Eingangstür öffnete und zum dritten Stock hinaufsteigen wollte, rief er ihren Namen. Seine Stimme war brüchig vor Nervosität. Naoko erschrak und sah überrascht, wie er ihr aus dem Dunkel entgegentrat.

»Alex?«, sagte sie. »Was machst du hier?«

»Ich muss mit dir sprechen.«

»Woher wusstest du, dass ich komme?«

»Ich habe geraten.«

Sie spähte hinauf zu Yukikos Tür. »Das ist keine gute Idee«, sagte sie. »Hiro kommt gleich.«

»Dann lass uns woanders hingehen. Irgendwohin. Wo wir reden können.«

Naoko zog die Stirn kraus. »Warum jetzt? Ich habe seit Wochen nichts von dir gehört. Ich habe versucht, dich anzurufen, und du hast nicht abgenommen. Ich habe dir Nachrichten hinterlassen, und du hast mich nicht zurückgerufen.«

»Ich musste Hiro versprechen, mich von dir fernzuhalten.«

»Und das hast du getan?«

»Er hat mir eigentlich keine Wahl gelassen.«

»Das klingt nicht, als wäre viel Überredung nötig gewesen.«

»Ich war wütend auf dich.«

»Und bist du jetzt auch noch wütend?«

»Nein. Aber du fehlst mir.«

Naoko zögerte nicht. »Du fehlst mir auch.«

»Dann lass uns irgendwo miteinander reden.«

Sie gingen zu dem Vierundzwanzig-Stunden-Restaurant in der Nähe des Senso-ji-Tempels. Der Eigentümer erinnerte sich an ihren letzten Besuch und begrüßte Naoko wie eine Lieblingsnichte. Er führte sie an denselben Fenstertisch, an dem sie schon einmal gegessen hatten. Der ganzen Einrichtung entströmte nach wie vor der Duft von Gewürzen und kochendem *miso*.

»Ich war bei deinem Apartment in Mejiro«, sagte Alex. »Die Concierge sagte, du bist vor ein paar Wochen ausgezogen. Was ist passiert? Ich dachte, du wohnst gern da?«

Naoko wollte gelassen aussehen, aber ihre Enttäuschung war offenkundig. »Ich habe meinen Job verloren. In dem Apartment konnte ich nur wohnen, solange ich in der Galerie arbeitete. Deshalb bin ich jetzt bei Yukiko untergekommen.«

»Hast du deinen Job meinetwegen verloren?«

»Nein. Da sind noch andere Dinge passiert.«

»Was denn?«

Naoko lächelte resigniert. »Darüber möchte ich nicht reden«, sagte sie. »Du bist nicht der Einzige, der schweigt, wenn es ihm passt.«

»Ich habe meinen Job auch verloren. Als sie erfahren hatten, dass ich in Ushigome im Knast war, wollten sie nicht mehr, dass ich an der Schule unterrichte. Ich kann es ihnen nicht verdenken.«

»Wie war es im Gefängnis?«

»An den meisten Tagen langweilig, an anderen absolut schrecklich. Das Schlimmste war zu erfahren, dass ich dir ein Jahresgehalt bezahlen musste, um da rauszukommen.«

»Den *jidan* hat Saitos Assistentin Tomada vorgeschlagen. Es sollte eine Möglichkeit sein, eine Anklage zu vermeiden.«

»Eine Anklage für etwas, das ich nicht getan habe.«

Naoko schaute schuldbewusst zur Seite. »Dafür habe ich keine Entschuldigung, Alex. Es tut mir leid. Ich habe das alles nicht geplant. Ich habe nur versucht, mich selbst zu schützen. Ich wollte dir niemals schaden. Es ist alles außer Kontrolle geraten.«

»Ich dachte, du wolltest es mir heimzahlen, dass ich dich in Schwierigkeiten gebracht hatte.«

Naoko langte über den Tisch und legte ihre Hand auf seine. »Natürlich nicht. Das alles tut mir leid, Alex, wirklich. Ich hatte Angst, ich würde dich nie wiedersehen.«

»Aber du hast gesagt, es sei aus zwischen uns. Als ich gleich nach meiner Entlassung aus Ushigome deine SMS bekam, hast du geschrieben, du wolltest mich nie wiedersehen.«

Naoko war verwirrt. »Aber das habe ich nicht geschrieben.«

Alex zog sein Handy hervor und zeigte ihr die Nachricht, die sie ihm geschickt hatte.

»*Ich habe dein Geld. Jetzt ist alles vorbei*«, las er ihr vor. »Ich war am Boden zerstört, als ich das las. Wie hätte ich da reagieren sollen?«

»Ich meinte, dass die Tortur vorbei war. Ich habe darauf gewartet, dass du dich meldest. Dann habe ich dich angerufen, und irgendeine Frau hat sich an deinem Handy gemeldet. Du musst aus dem Gefängnis geradewegs zu ihr gegangen sein.«

»Aber es war nicht das, was du denkst. Sie ist eine Freundin von Hiro.«

»Ich weiß alles über Hiros Freundinnen.«

»Ich schwöre dir, Naoko, da ist nichts passiert. Ich konnte immer nur daran denken, dass ich dich verliere, und nicht daran, mit einer anderen zusammen zu sein.«

»Ehrlich?«

»Ehrlich. Sieh mich an. Du weißt, dass ich die Wahrheit sage.«

Naokos Blick wurde sanft. »Das alles war wie ein Albtraum. Ich wünschte, ich könnte den letzten Monat ausradieren und noch einmal von vorn anfangen. Ich bereue jeden Augenblick. Ich wünschte, wie könnten in unser Leben zurückkehren, wie es vorher war.«

»Das möchte ich auch«, sagte Alex. »Darum bin ich heute Abend gekommen. Ich finde, wir sollten wegfahren. Für eine Weile aus Tokio verschwinden, damit wir wieder klar denken können. Uns irgendwo entspannen und all das hinter uns lassen.«

»Ist das denn wirklich möglich?«

»Wir müssen es versuchen. Nicht wahr?«

»Wo wollen wir hin?«

»Wohin möchtest du?«

Naoko überlegte kurz. Aufgeregt sah sie die vielfältigen Möglichkeiten. Schließlich sagte sie: »Irgendwohin, weit weg. Wo niemand uns kennt. Wo es heiß ist.«

Alex schaute sie über den Tisch hinweg an. »Wir haben nichts zu verlieren«, sagte er.

24

Alex stellte das Tablett auf den Rand der Matratze und schob das Moskitonetz weg, das über dem Bett hing. Er kniete sich neben sie und rüttelte sie sanft an der Schulter. Naoko öffnete kurz die Augen, drehte sich weg und rollte sich unter dem weißen Laken zusammen. Alex schaute sie an, wie sie dalag. Das schwarze Haar lag ausgebreitet wie ein Fächer in dicken Strähnen auf dem Kopfkissen.

»Ich habe dir Frühstück gebracht«, sagte er.

»Was gibt es?«

»Wassermelone. Ich bin selbst auf den Baum geklettert und habe sie abgeschnitten.«

Sie drehte sich um und sah ihn an. Ihr Blick war schlaftrunken und sanft.

»Wassermelonen wachsen nicht auf Bäumen«, stellte sie fest.

»Nicht?«

»Nein. Sie wachsen am Boden.«

»Ich habe nicht behauptet, es war ein hoher Baum.«

»Hat sie Kerne?«, fragte sie.

»Natürlich.«

»Ich mag die Kerne nicht.«

»Wenn ich alle Kerne heraussuchen muss, werden wir sie zum Abendbrot essen.«

Naoko dachte einen Moment lang nach. »Ich kann sie ausspucken.«

Er gab ihr eine Scheibe Wassermelone von dem Tablett. »Komm. Wir können sie ins Meer spucken.«

Er stand auf und öffnete die schwere Teakholztür des Bungalows. Ein Streifen grellweißes Licht strahlte in spitzem Winkel herein. Die Wärme eines tropischen Morgens flutete in die schattigen Ecken, und er trat hinaus auf die Veranda und legte sich in die Hängematte, die unter den Dachbalken hing.

Der Bungalow stand auf Steinblöcken, die vor tausend Jahren von den Klippen am Rand des Palmenwaldes herabgebrochen und ans Meer gerutscht waren. Er gehörte zu einer Gruppe von Hütten, die im regionalen thailändischen Stil auf hohen Pfählen auf der Spitze der Landzunge erbaut waren. Alex beschirmte die Augen vor der Morgensonne, die über den Klippen heraufkam, und spähte hinaus über die Bucht. Jenseits der Landzunge war das Wasser grün und kräuselte sich in der Inselströmung. Ein hufeisenförmiges Riff beschützte die Ruhe der milchweißen Lagune, und ein weißer Sandstrand führte vom Wasser hinauf zu einem Saum aus gebogenen Palmen. Der bewaldete Hang führte steil hinauf zum Kamm des Berges, dessen Konturen sich vom Himmel abhoben. Am Strand führte eine einzelne Reihe von Fußspuren durch den Sand zu den beiden Langheckbooten, die nebeneinander oberhalb der Hochwasserlinie lagen. Von seiner Hängematte aus konnte Alex die Fischschwärme sehen, die unter ihm unterwegs waren. Vom tiefen Wasser vergrößert, blitzten sie bunt. Er fühlte sich wie auf einem Floß, das ins offene Wasser des Golfs und weiter hinaus ins Südchinesische Meer trieb.

Naoko kam aus dem dunklen Bungalow. Sie trug einen grünen

Badeanzug und hatte sich einen Sarong um die Taille gewickelt. Sie nahm einen Bissen Wassermelone und kam langsam heran. Die Sonne blitzte in ihren Augen.

»Tut es noch weh?«, fragte sie und strich mit einem Finger über die Narbe an seiner Wange.

»Nicht mehr.«

»Es sieht schlimmer aus als bei unserer Ankunft hier.«

»Nur weil es nicht braun wird. Deshalb hebt es sich ab.«

Sie rieb die Fingerspitzen aneinander. »Jedes Mal, wenn ich dich ansehe, werde ich an diese Nacht erinnert.«

»Denk nicht mehr dran. Das ist jetzt Vergangenheit.«

»Meinst du das ernst?«

»Eines Tages wirst du die Narbe gar nicht mehr bemerken.«

»Das macht mich traurig.«

Alex griff nach ihrer Hand. Ihre Handfläche war verheilt, aber in der Haut saßen die Spuren vergangener Verletzungen wie alte, dunkle Blutergüsse.

»Du hast auch ein paar Narben. Die du dir selbst zugefügt hast.«

»Das ist jetzt vorbei«, sagte sie. »Ich habe mir vorgenommen, es nicht wieder zu tun. Ich muss meine Probleme in Zukunft vernünftiger lösen.«

Alex sank in die Hängematte zurück und schaukelte über dem Balkongeländer hin und her. Zwei Pelikane flogen über dem Riff entlang, und ihre Schatten verfolgten sie in der rollenden Dünung.

»Komm, klettere zu mir herein«, sagte er.

»Glaubst du, das ist ungefährlich?«

»Natürlich.«

»Ich möchte nicht ins Wasser fallen.«

»Warum glaubst du, dass du hineinfällst?«

Sie legte beide Hände auf den Rand der Hängematte, und er sah, was sie vorhatte, bevor sie sich bewegte. Sie zog die Hängematte zu sich heran und stieß sie dann mit aller Kraft über das Geländer. Er spürte ihre Hand in seinem Kreuz, als der Stoff unter ihm wegrutschte und er verdreht in der Luft über dem klaren Wasser schwebte. Die Sonne beschien seine Haut, und er hörte Naoko lachen, als er ins Wasser fiel und es frisch und salzig um sich herum spürte. Er sank hinunter, krümmte und streckte sich, atmete aus und öffnete die Augen. Der Sand am Meeresgrund war kalt unter seinen Füßen, und Schwärme von Fischen schossen an ihm vorbei. Durch das Prisma der Wasseroberfläche sah er Naoko, die vom Balkon zu ihm herunterschaute. Er stieß sich vom Boden ab und zu ihr hinauf. Luftblasen sprudelten zur Oberfläche.

»Komm rein«, sagte er. »Es ist schön.«

Naoko nahm den Sarong ab und kletterte auf das Geländer. Mit einem anmutigen Kopfsprung flog sie im Bogen über ihn hinweg und tauchte ohne einen Spritzer ins Wasser.

Nach dem Frühstück fuhren sie mit dem Taxi quer über die Insel in die kleine Hauptstadt am Fuß des Berges. Die Straße, die sich zum Pass hinaufschlängelte, war eine einspurige Piste mit kleinen Ausbuchtungen an manchen Stellen, wo Lastwagen und Personenautos einander passieren konnten. Diese Buchten lagen am Rand der Klippe und waren kaum breit genug für das Taxi. Der steile Abgrund neben der Straße war schwindelerregend. Naoko umklammerte jedes Mal Alex' Hand, wenn der Fahrer an den

Straßenrand steuerte, um ein entgegenkommendes Fahrzeug auf der schmalen Piste vorbeizulassen.

Als sie auf dem Höhenkamm angekommen waren, bat Alex den Fahrer anzuhalten, damit sie aussteigen und das Panorama fotografieren konnten. Dicht über dem Horizont war der Himmel fast violett, und in der Ferne schwebten die grünen Atolle des Naturschutzgebiets wie körperlos über dem weiten Meer. Das Land unter ihnen war grün und fruchtbar. Terrassenförmige Reisfelder bedeckten die Ausläufer des Gebirges, und riesige Kokospalmenwälder wuchsen auf den Steilhängen.

»Es ist schön«, sagte Naoko. »Ich bin so sehr daran gewöhnt, Hochhäuser bis zum Horizont zu sehen, dass ich manchmal vergesse, wie die wirkliche Welt aussieht.

»Stell dir vor, wie es wäre, in einer solchen Gegend zu wohnen. Das Leben hier sieht so einfach aus.«

Naoko schob ihre Sonnenbrille auf die Stirn hinauf. »Ich glaube, auch hier wird das Leben schnell kompliziert.«

Sie fuhren über die Serpentinen hinunter in die Stadt. Halbfertige Hütten und Holzbaracken standen zwischen weißgestrichenen Wohnhäusern und Tempeln mit goldenen Dächern. Am Straßenrand flackerten kleine Feuer, in denen die Bewohner ihren Müll verbrannten. Scharen von Mopeds verstopften die Straßen, die zum Hafen hinunterführten. Alex bezahlte das Taxi, und sie spazierten die Hauptstraße entlang, die zu beiden Seiten von Geschäften und Restaurants gesäumt war. Herrenlose Hunde schliefen im Schatten der Stände am Straßenrand. Sie fanden ein Café mit einer überdachten Terrasse und setzten sich an einen Tisch, den die Sonne nicht erreichte. Eine Reklametafel auf dem Dach einer Apotheke gegenüber warb mit einem Riesenplakat für ein Luxusparfüm. Darauf war eine grauäugige junge Frau zu sehen, um deren nackten Körper eine Schlange gewunden war. Als Naoko es sah, lachte sie resigniert.

»Was ist?«, fragte Alex.

»Das Foto stammt von Masakazu, dem Fotografen, den du in der Galerie kennengelernt hast. Es ist Teil einer Kampagne, die er letztes Jahr gemacht hat. Ich habe das Gefühl, diese Leute folgen mir, wohin ich auch gehe.«

»Ich weiß, wie viel deine Karriere dir bedeutet hat.«

»Das ist das Komische«, sagte sie. »Masakazu wird zu einer neuen Galerie nach Osaka wechseln. Er hat mich gefragt, ob ich mitgehe.«

»Und wirst du es tun?«

»Ich fühle mich versucht. Ich habe noch nie in Osaka gewohnt. Und es gibt nicht viele Gründe, weshalb ich ablehnen sollte. Es ist eine gute Gelegenheit für mich.«

»Warum hast du mir das nicht schon früher erzählt?«

»Ich glaube, es war nie der richtige Moment dafür.«

Alex zog die Leinenserviette vor ihm zurecht und räusperte sich. »Ich freue mich für dich«, sagte er schließlich. »Wie es aussieht, geht es in deinem Leben wieder voran.«

»Und wie ist es bei dir?«

»Ich weiß es nicht genau. Das Englisch-Business in Tokio ist eine kleine Welt. Es wird schwer sein, ohne Referenzen einen Job zu finden.«

Naokos Haut hatte von der Sonne einen leuchtenden Glanz bekommen. Sie nagte kurz an ihrer Unterlippe, bevor sie sprach. »Und wenn du in Osaka wärest? Wäre es dort leichter, einen Job zu finden?«

»Fragst du mich, ob ich mitkommen will?«

»Wir kennen dort niemanden, und niemand kennt uns. Es wäre ein neuer Anfang.«

»Wie ist es denn in Osaka? Ich war dort noch nie.«

»Es ist eine von den Städten, in denen alles immer nur aufwärtszugehen scheint. Ich glaube, es würde dir gefallen. Ehrlich gesagt, es hat viel Ähnlichkeit mit Tokio. Nur dass sie in Osaka einen Dialekt sprechen.«

»Vielleicht würde ich dann niemanden verstehen.«

»In Tokio verstehst du doch auch niemanden.«

»Ich fange aber an.«

Sie schaute über den Tisch hinweg auf die dunklen Gläser seiner Sonnenbrille. »Ist das deine Antwort?«, fragte sie.

Sie wurden unterbrochen, als die Kellnerin mit Speisekarten an ihren Tisch kam. Alex lächelte sie an.

»Gibt es hier ein Münztelefon?«, fragte er. »Ich muss telefonieren.«

Sie deutete in den hinteren Teil des Cafés, hinter der Küche. Alex stand auf.

»Wen musst du anrufen?«, fragte Naoko.

»Ich muss mein Bankkonto checken«, sagte Alex munter. »Ich muss sehen, ob ich noch so viel Geld habe, dass wir wieder nach Hause kommen. Es dauert nur fünf Minuten. Bestell mir etwas, wovon du glaubst, dass ich es mag.«

Sie sah ihm nach, als er zwischen den anderen Tischen hindurch auf der schattigen Terrasse davonging. Seine Schritte hatten etwas Dringliches, was in schrillem Gegensatz zu dem tagelangen Faulenzen und Schlafen stand. Als er verschwunden war, fiel Naokos Blick auf seinen Platz am Tisch. Aneinandergelehnt wie Bücher in einem Regal standen seine Brieftasche und sein Handy.

Sie aßen langsam und schlenderten dann über den Markt, um Postkarten und Souvenirs zu kaufen. Als die Hitze unerträglich wurde, nahmen sie sich ein Taxi und ließen sich zum Strand zurückfahren. Sie warteten, bis die Sonnenhitze zurückging, und dann schwammen sie von den Felsen unter dem Bungalow hinaus in die Mitte der Lagune und weiter zu dem Wall aus toten Korallen, die die Gezeiten dort abgelagert hatten und die die Bucht vor Wind und Wellen schützten. Je tiefer das Wasser wurde, desto kälter wurde es.

»Glaubst du, hier gibt es Haie?«, fragte Naoko.

»Du musst vom Wasser kosten. Daran kann man es erkennen.«

Sie tauchte einen Finger hinein und legte ihn an die Lippen.

»Salzig«, sagte sie.

»Dann gibt es Haie.«

Sie schwamm schnell und mit panischem Gesicht zu ihm herüber und legte schutzsuchend die Arme um seine Schultern.

»Glaubst du wirklich?«

Er lachte. »Nicht in der Lagune. Sie ist nicht tief genug. Vor solchen geschützten Stellen fürchten sie sich. Aber da draußen, hinter dem Riff, schwimmen sicher welche herum.«

»Das gefällt mir nicht«, sagte sie. »Sie machen mir Angst.«

Alex zuckte die Achseln. »Sie haben ein größeres Recht als wir, hier zu sein.«

Am Fuß der Klippe lagen einige Felsblöcke. Sie schwammen hinüber, Alex kletterte hinauf und zog Naoko mit beiden Händen auf die Felsen. Die Sonne hatte den glatten Stein aufgeheizt, und sie legten sich hin und ließen sich trocknen.

»Darf ich dich etwas fragen?« Naokos Stimme war leise.

»Natürlich.«

»Warum bist du so nett zu mir?«

Er sah sie verblüfft an. »Wie meinst du das?«

»Warum sind wir hier? Wofür tust du das alles? Es ist schön hier – das Meer, die Palmen, jeden Tag mit dir zu schwimmen und zusammen zu sein. Es ist wundervoll. Aber was ist der Grund? Warum wolltest du mit mir verschwinden? Warum hierher?«

»Ist das nicht genug?«, fragte Alex. »Hier können wir reden und Dinge klären und die Vergangenheit vergessen.«

»Ich habe damit gerechnet, dass du wirklich wütend über alles sein würdest, was passiert ist, aber du könntest ruhiger nicht sein. Ich weiß nicht genau, warum.«

Alex stand auf und sah sich um. Ungefähr zehn Meter über ihnen war ein Spalt in die Felswand gehauen. Er sah zerklüftet und dunkel aus. Alex kletterte den Felsen hinauf und darauf zu.

»Wo willst du hin?«, rief sie ihm nach.

»Da hinauf.«

»Warum?«

Er schaute zurück zu ihr am Rand des Wassers. Der Felsen, auf dem sie lag, schimmerte in der Hitze.

»Ich will sehen, was in der Höhle ist«, rief er hinunter.

Die Mündung der Spalte war voll mit nassem Sand und Seewasserpfützen, die von der Flut hinterlassen worden waren. Der Eingang lag unter der überhängenden Steilwand, und Alex spürte, wie er eine Gänsehaut bekam, als er aus der Sonne ins

Dunkle trat. Es sah aus, als sei der Spalt aus der Landzunge geschnitten worden, eine Nahtstelle, die im Laufe von Tausenden von Jahren makellos glattgeschliffen worden war. Auf den ersten paar Metern konnte Alex noch aufrecht stehen und die Arme nach beiden Seiten ausstrecken, ohne die Wände zu berühren. In der Felswand waren Namen und Daten zu sehen, im Laufe der Jahrzehnte eingeritzt von anderen, die vor ihm hier gewesen waren, um die Höhle zu erkunden. Alex ging weiter über Wassertümpel und Büschel von Seetang hinweg, bis er sich bücken und den Kopf auf die Brust senken musste, tief hinten im Dunkeln, wo die Sonne niemals hinkam. Er fand eine versteckte Nische im Fels und hockte sich hinein.

Nach einigen Augenblicken sah er Naokos Silhouette im Eingang der Höhle.

»Alex?«, rief sie. »Alex?« Ihre Stimme hallte durch die Dunkelheit.

Er kauerte schweigend in seiner Nische und wartete.

Zögernd wagte sie sich ein paar Schritte weit in die Höhle hinein. »Das ist nicht lustig, Alex. Wo bist du?«

Er sah, wie sie sich umdrehte, ins Sonnenlicht zurückging und es sich dann wieder anders überlegte. Sie kletterte über Felsbrocken und kam auf ihn zu. Er fror jetzt, und Feuchtigkeit perlte in der kalten Finsternis auf seiner Haut. Er atmete leise und wartete.

Gebückt bewegte sie sich voran und stieg vorsichtig über scharfkantige Steine. Ihre Füße tasteten über den Boden und suchten nach sicherem Grund, bevor sie ihr Gewicht verlagerte und langsam weiterging. Sie blinzelte, damit ihre Augen sich an die Dunkelheit gewöhnen konnten, und ihre Hände suchten nach Halt an der Wand. Er hörte nur, wie sie atmete, und ihre Mandelaugen waren weit aufgerissen. Er sah, wie die Haut sich über ihre entblößten Rippen spannte, und ihr Gesicht war jetzt so nah, dass er ihren Atem spürte, aber sie konnte ihn nicht sehen. Er blieb starr und unbewegt sitzen und beobachtete sie.

Langsam schob Naoko sich vorbei.

Er streckte die Hand aus und berührte ihre Taille mit einer Fingerspitze, und sie stieß einen lauten, schrillen Schrei aus, der von den Felswänden widerhallte.

Er lachte und griff nach ihrer Hand, und sie schrie noch einmal. Er zog sie an sich und nahm sie in die Arme. Sie zitterte am ganzen Leib.

»Du Mistkerl«, sagte sie mit bebender Stimme. »Ich dachte, du bist in einen Felsspalt gestürzt oder so und kannst mich nicht rufen, weil du verletzt bist.«

»Ich dachte, du machst dich gleich nass.«

»Das ist nicht lustig, Alex.« Sie stieß ihn weg.

»Es war doch nur ein Scherz.«

»Es ist zu kalt hier drin.«

»Ich weiß. Ich friere.«

»Ich will hier raus«, sagte sie.

Ja, dachte Alex. Ja, das willst du.

Naoko drehte sich im Dunkeln um und tastete sich zurück zum Licht. Alex blieb ein paar Schritte hinter ihr. Er hatte sie absichtlich hergebracht und sie erschreckt, nur um zu sehen, ob die Reste seiner Wut genügten, um seine Zuneigung zu überlagern. Die Antwort war nicht klar, und das beunruhigte ihn. Bei dem, was kommen würde, war es nötig, dass sein Groll gegen sie nichts infrage stellte.

Sie schwammen durch die Lagune zurück zum Bungalow. Die Wellen brachen sich am Riff und rollten in einer smaragdgrünen Linie zurück. In der geschützten Bucht war das Wasser glasklar und ruhig. Naoko erklärte, sie werde müde, und sie hielt sich an Alex' Schultern fest, während sie schwammen. Sie erklommen die Veranda und gingen ins Haus. Das Zimmermädchen war da gewesen, um die Vorhänge zu öffnen und das Bett aufzuschlagen. Sie gingen in das langgestreckte Bad im hinteren Teil des Bungalows und drehten die Dusche auf. Naoko spülte sich das Salzwasser aus dem Haar, und Alex sah zu, wie das Wasser über ihren Rücken hinunterfloss.

»Es gefällt mir wirklich hier«, sagte sie. »Ich kann nicht glauben, dass wir morgen schon wieder abreisen. Ich habe nichts Wichtiges zu tun. Warum bleiben wir nicht länger?«

Alex schüttelte den Kopf. »Unser Flug nach Bangkok ist gebucht, und die Hotelrechnung ist bezahlt. Und dann müssen wir wieder nach Tokio. Es ist zu spät für eine Umbuchung. Mir gefällt es hier auch, aber glaub mir, jetzt müssen wir uns an den Plan halten.«

Er legte ihr die Hände auf die Schultern und roch die Sonne auf ihrer Haut.

Naoko sah zu ihm auf. Einen Moment lang war sie nachdenklich, dann schaute sie weg. »Ich wünschte, wir würden nie mehr zurückfahren«, sagte sie.

25

Als der erste Kampf mit einem K. o. endete, sprang die Menge in der Arena von ihren Sitzen. Der junge Boxer in der blauen Hose lag ausgestreckt auf der Matte, nur ein paar Schritte weit von den Plätzen am Ring entfernt. Naoko umklammerte Alex' Arm, und er spürte ihre Anspannung. Die Augen des Boxers rollten in den Höhlen nach oben, und sein Gesicht war blutbespritzt.

»Das gefällt mir nicht«, sagte Naoko. »Ist er tot?«

»Nein, es ist okay. Lass ihm ein paar Sekunden Zeit, dann kommt er wieder zu sich.«

»Der andere hat ihn mit dem Knie getreten. Ist das erlaubt?«

»Wir sind in Bangkok«, sagte Alex. »Alles ist erlaubt.«

Der Trainer kam in den Ring, hob den Kopf des Fighters hoch und schob ein Handtuch darunter. Dann schlug er ihm fest auf beide Wangen, und der Mann kam langsam wieder zur Besinnung. Der Boxer in Rot tanzte triumphierend hin und her und reckte die Handschuhe in die Höhe, und die Zuschauer jubelten. Die Blitzlichter der Kameras erfassten weit aufgerissene Augen und gefletschte Zähne. Das Brüllen der Menge in der Halle wurde vom Kuppeldach zurückgeworfen.

Die Teilnehmer des nächsten Kampfes kamen in den Ring. Sie trugen den traditionellen Kopfschmuck und hatten Bänder um die Oberarme geschlungen. Es war ein Mittelgewichtskampf, und die Boxer waren schlank und sehnig. Der Stadionsprecher rief ihre Namen in die vollgepackte Arena.

»Was glaubst du, welcher diesmal gewinnt?«, fragte Alex.

»Ich weiß es nicht. Ich will nur nicht, dass jemand verletzt wird.«

»Ich schließe eine Wette für uns ab, aber du musst entscheiden, okay?«

Naoko betrachtete die Boxer, die im Ring hin und her tanzten. »Ich glaube, der in Rot ist größer und sieht kräftiger aus«, sagte sie.

»Aber der andere scheint schneller zu sein.«

»Ich kann mich nicht entscheiden, sie sehen beide gefährlich aus.«

Sie hielt immer noch angespannt seinen Arm fest.

»Es liegt immer in den Augen«, sagte Alex. »Sieger, Verlierer – man sieht es in den Augen. Entscheide dich für den, der den Killerblick hat.«

»Ich sehe keinen Killerblick. Ich habe den Eindruck, sie haben beide Angst.«

»Dann rate.«

Naoko deutete zum Ring. »Der in Rot – ich glaube, er wird gewinnen.«

»Okay. Warte hier«, sagte Alex. »Ich setze unser Geld auf ihn.«

Er ging vom Ring nach hinten zu dem Tor zwischen den Sitzplätzen und der Tribüne. Die Einheimischen standen auf den Betonstufen, die in den hinteren Teil der Arena hinaufführten. Auf den höheren Etagen standen die Wettenden in Gruppen zusammen, schwenkten dicke Bündel Geldscheine in der Luft und riefen die Quoten aus. Die Profis schrien am lautesten; sie hielten Telefone ans Ohr und brüllten mit adrenalinbefeuerten Stimmen thailändische Sätze in das chaotische Getöse. Es war unmöglich zu verstehen, was das alles bedeutete.

Alex blieb am hinteren Rand der Arena bei der Punktetafel unter dem Porträt des Königs stehen, wie man es ihm gesagt hatte. Er zog eine Rolle Dollarscheine aus der Tasche und schwenkte sie über dem Kopf. Die Einheimischen ignorierten ihn, aber er hielt trotzdem Abstand und wartete. Unten im Ring setzten die Fighter ihren Schlangentanz fort. Sie drehten und wendeten sich und taxierten einander. Das Publikum tobte in der Hitze.

»Keine Dollar. Keine Dollar.«

Ein junger Thai von vielleicht fünfzehn Jahren kam auf dem oberen Rang auf Alex zu. Lächelnd wackelte er mit dem Zeigefinger.

»Nur Baht«, sagte er.

»Ich habe nur Dollar, keine Baht.«

»Keine Dollar«, wiederholte der Junge.

»Ich will zweihundert Dollar auf den in Rot setzen.« Alex fächerte die Scheine in seiner Hand auf.

Der Junge sah Alex unter langen Wimpern hinweg an.

»Alex-san?«, fragte er.

Alex nickte. »Ja.«

Der Junge faltete die Hände zum Gruß. »Sie haben etwas für mich?«

»Ich bringe Grüße aus Tokio.«

»Sehr gut. Sie haben Ihre Hoteladresse?«

»Ja«, sagte Alex. »Chao Phraya Hotel, bei Pier vierzehn. Ich habe Adresse und Zimmernummer aufgeschrieben.«

Alex holte einen Zettel aus der Tasche und gab ihn dem

Jungen. Der Junge warf einen Blick darauf, aber Alex sah ihm an, dass er nicht lesen konnte.

»Wann wirst du kommen?«, fragte Alex.

»Um Mitternacht. Vielleicht später. Okay?«

»Komm nicht zu spät. Verstehst du?«

Der Junge formte einen Kreis mit Daumen und Zeigefinger. »Okay. Kein Problem.« Er wandte sich ab.

»Hey!«, rief Alex ihm durch den Lärm nach. »Mach eine Wette für mich«, sagte er. »Ich weiß nicht, wie das hier geht. Dieser Laden ist ein verdammtes Irrenhaus.«

Der Junge lachte und nahm Alex das Geld aus der Hand.

»Verdammtes Irrenhaus.« Er lachte. »Ja, verdammtes Irrenhaus.«

Das Nachtboot am Pier neben der Arena füllte sich mit Passagieren. Es war heiß und eng, und Naoko stand neben Alex an der Reling im Heck. Die Fähre fuhr im Zickzackkurs über den Chao-Praya-Fluss und wich Langheckbooten und den Palmwedelinseln aus, die langsam zum Meer hinaustrieben. Naoko hielt das Geld in der Hand und zählte es.

»Wie viel ist es?«, fragte Alex.

»Ich komme immer wieder durcheinander. Es sind zu viele Stellen.«

»Das ist nur thailändisches Geld. Wir sollten es ausgeben, bevor wir morgen zum Flughafen fahren. In Tokio ist es nichts wert.«

»Es ist mein Glücksgeld. Ich möchte es als Souvenir behalten.«

»Dieser Boxer hat sich wirklich für dich eingesetzt. Vielleicht hättest du ihm ein Trinkgeld geben sollen?«

Naoko runzelte die Stirn, faltete das dicke Geldbündel zusammen und stopfte es in ihre Handtasche. »Ich bin Japanerin«, sagte sie. »Ich weiß nicht, wie man Trinkgeld gibt.«

Die Fähre legte am Pier vor ihrem Hotel an, und Alex half ihr, auf den Ponton hinunterzusteigen. Das Hotel war ein elegantes Hochhaus, umgeben von spinnenförmigen Palmen. Ein leuchtender Schriftzug auf dem Dach strahlte durch die Nacht. Am Flussufer erstreckte sich ein künstlich aufgeschütteter Strand aus feinem weißen Sand, der von den Andamanen importiert war. Der Sand war warm unter ihren Füßen, als sie den Strand überquerten und auf einem kunstvoll gestalteten Pfad zum Hoteleingang hinaufgingen.

In der Lobby erwartete sie ein üppiger Regenwald aus Farnen, Orchideen und einem Wasserspiel. Die thailändischen Angestellten lächelten und begrüßten sie mit gefalteten Händen, als sie hereinkamen und vor dem Aufzug warteten.

Ihr Zimmer lag im siebenundzwanzigsten Stock, mit Blick auf die Memorial Bridge und die Flussbiegung, wo eine Prozession von Booten flussabwärts schipperte. Die Klimaanlage hatte das Zimmer in einen Eiskeller verwandelt; die Fenster waren beschlagen, und der Marmorboden war bitterkalt. Naoko ließ Wasser in die abgesenkte Badewanne laufen, und sie setzten sich einander gegenüber hinein.

»Danke, dass du mich hergebracht hast, Alex«, sagte sie. »Für mich war es eine wunderbare Zeit auf den Inseln und in Bangkok. Ich hatte ja gehört, wie schön es hier ist, aber es war ein großes Glück für mich, es mit eigenen Augen zu sehen.«

»Es war gut, sich zu entspannen und über alles zu sprechen. Ich wusste, wir brauchten einfach ein bisschen Zeit für uns allein.«

Es klopfte. »Room Service«, rief eine gedämpfte Stimme im Korridor.

Alex stieg aus der Wanne und schlang sich ein Badelaken um die Taille. »Warte hier«, sagte er.

Naoko ließ sich ins Wasser zurücksinken, und Alex schloss die Badezimmertür hinter sich.

Als er öffnete, legte er den Finger an die Lippen, damit der Mann, der mit ausdruckslosem Gesicht draußen stand, und der Junge, der lächelte wie in der Arena, wussten, dass sie keinen Laut von sich geben sollten.

Er ließ sie eintreten, und sie gingen lautlos zum Bett.

Alex hob Naokos Koffer auf und legte ihn auf die Matratze. Der Mann zog vorsichtig den Reißverschluss auf. Er atmete leise durch die Nase, als er den Koffer aufklappte und Naokos säuberlich gefaltete Kleider durchsuchte. Sie hatte nur leichte Sachen eingepackt, wie Alex es ihr gesagt hatte. Obenauf lagen die Sarongs, die sie gekauft hatte, um sie zu Hause zu verschenken. Der Mann zog sie behutsam heraus und bemühte sich, sie in der Ordnung zu behalten, in der sie eingepackt worden waren. Alex sah, dass er blaue Latexhandschuhe trug, wie Chirurgen sie gebrauchten. Er stand da und tropfte auf die Marmorfliesen. Das Badelaken war fest um seine Taille geschlungen.

Der Mann nahm dem Jungen einen Rucksack von den Schultern. Er öffnete ihn und nahm ein in dicke Plastikfolie gewickeltes, mit mehreren Lagen von silberfarbenem Isolierband verklebtes Paket heraus. Er beugte sich über Naokos offenen Koffer und legte das Paket sorgfältig hinein. Als der Stapel Kleider und Sarongs wieder im Koffer lag, strich er alles noch einmal glatt, schloss den Reißverschluss des Koffers und schaute Alex an, während er die Latexhandschuhe von den Händen schälte und in die Tasche seiner zerknitterten Jacke steckte. Der Junge lächelte und machte wieder sein Okay-Zeichen mit Daumen und Zeigefinger.

Die beiden wandten sich ab, gingen leise hinaus und schlossen die Tür hinter sich.

Alex stand allein im Hotelzimmer in einer Wasserpfütze. Er konnte sich nicht erinnern, wie der Mann ausgesehen hatte.

Auf dem Weg ins Bad merkte Alex, dass er Herzklopfen hatte. Seit ihrer Ankunft in Thailand hatte er gewusst, dass dieser Augenblick kommen würde, aber es war trotzdem ein Schock. Die Ungeheuerlichkeit der Situation war überwältigend, die potenzielle Gefahr, die in der Zukunft lauerte, unfassbar. Er öffnete die Tür und schaute auf Naoko hinunter, die ausgestreckt in der Wanne lag, bis zum Hals im heißen, schaumigen Wasser. Sie hatte sich ein nasses Tuch über die Augen gelegt.

»Was hat der Room Service uns gebracht?«, fragte sie.

Alex stieg langsam in die Wanne und lehnte sich zurück.

»Nichts«, sagte er. »Sie hatten das falsche Zimmer.«

26

»Du schuldest ihr nichts, Alex. Jetzt nicht mehr.« Juns Stimme zitterte. Alex konnte ihn im Dampf des Badehauses kaum sehen. Kalte Schweißtropfen liefen ihm über die Stirn und fielen ins wirbelnde Wasser. Die beiden Japaner tranken stumm ihren sake *und beobachteten seine Reaktion.*

»Was soll das heißen, Jun? Ich verstehe das nicht.« Alex' Stimme hallte von den Holz- und Papierwänden wider.

»Im Augenblick schuldest du uns fünf Millionen Yen plus Zinsen, und es wird jeden Tag mehr. Du hast keinen Job, du hast keine Möglichkeit, deine Schulden zu bezahlen. Wir zeigen dir einen Weg, deine Verpflichtungen zu lösen – und mehr als das. Wir arrangieren alles – die Flüge, das Hotel, alles –, und wir bezahlen dich zusätzlich für deine Mühe.«

»Wie viel zusätzlich?«

»Zwei Millionen Yen. Du brauchst nur ein Paket für uns anzunehmen. Man wird es dir bringen. Du musst gar nichts tun.«

»Was ist in dem Paket, Jun?«

»Das brauchst du nicht zu wissen. Es ist egal. Stell dir vor, es ist ein Karton Apfelsinen oder ein sashimi bento. *Stell dir vor, es ist ein Paket schmutzige Wäsche. Was du willst. Du wirst es nie anrühren, du wirst auch nicht derjenige sein, der es trägt. Das kann Naoko für dich tun, für all den Ärger, den sie gemacht hat.«*

»Und wenn sie erwischt wird? Das könnte ich ihr nicht antun. Egal was für Ärger sie gemacht hat.«

»Sie wird nicht erwischt«, sagte Jun mit Nachdruck. »Sie ist Japanerin – und hinter allen Verbrechen in Japan stecken Ausländer. Das weißt du doch. Das hast du aus erster Hand erleben dürfen. Naoko wird japanischen Boden betreten, und niemand wird eine Braue hochziehen.«

Alex schüttelte den Kopf. »Das ist mir zu heftig.«

»Denk nach, Alex.« Jun tippte mit dem Finger an die Schläfe. »Womit hast du das verdient? Auf diese Weise kannst du deine Schulden tilgen und verdienst noch ein bisschen Geld für dich. Danach kannst du tun, was du willst – nach London zurückgehen, in Tokio bleiben, die ganze Kohle in Macao verzocken, mir egal. Weißt du noch, wie du Nacht für Nacht in Untersuchungshaft gesessen hast? Da hat Naoko nicht an dich gedacht, sondern nur an sich selbst. Du bist ihr nichts schuldig, sondern umgekehrt. Und auf diese Weise kann sie ihre Schuld bei dir tilgen.«

Alex trank einen Schluck sake *und überlegte kurz. Er schaute zu dem älteren Mann hinüber, der ihn gelassen beobachtete, und zu dem Gorilla, der mit arrogantem Blick zurückgelehnt im Zuber saß und es nicht erwarten konnte, jemanden zu verprügeln. Alex erinnerte sich an Juns Gesicht, als er ihn im Gefängnishof von Ushigome das erste Mal angesprochen hatte. Seine verstohlenen Seitenblicke, mit denen er ihn taxiert hatte. Plötzlich ging ihm ein Licht auf, und er wusste, dass er vom ersten Tag an in eine Falle gelockt worden war.*

Wütend drehte er sich zu Jun um. »Du hast immer gewusst, dass wir hier landen würden. Du hast es vom ersten Augenblick an gewusst. Nicht wahr?«, schrie er. »Du hast gesehen, in welchen Schwierigkeiten ich steckte, und du wusstest, wie du die Sache zu deinem Vorteil deichseln konntest, sodass du mich bei den Eiern hättest. Ich wette, es ist nicht das erste Mal, dass du so etwas drehst. Es war von Anfang an ein abgekartetes Spiel.«

Alex stand auf und kletterte aus dem Badezuber. Er nahm seinen yukata *und zog ihn an. Der junge Bodyguard kam aus dem Wasser und versperrte die Tür mit einem tätowierten Arm. Alle schauten den alten Mann an, der ruhig und unbewegt im Wasser saß.*

»Ich glaube, du hast die Situation hier nicht begriffen«, sagte Jun. »Sie bitten dich nicht. Sie sagen es dir. Das Geld interessiert sie nicht. Wenn du nicht mitmachst, wird es für alle böse enden.«

Alex schaute auf Jun hinunter. »Ich kann es nicht«, sagte er. »Tut mir leid.«

Bevor er sich abwenden konnte, bekam er einen Schlag auf den Hinterkopf und kippte auf die Holzbank, die den Zuber umgab. Ein Knie drückte sich in seinen Rücken und hielt ihn mit einer Kraft fest, die ihm fast den Brustkorb zerquetschte. Zwei Hände packten seinen Kopf und tauchten ihn über den Rand des Zubers ins Wasser, bevor er einatmen konnte. Er würgte, als die Hände ihn tiefer in den Zuber drückten, und Nase und Mund füllten sich mit Wasser, dessen Hitze ihm die Nasenlöcher verbrühte. Hilflos ruderte er mit den Armen in der Luft. Als die Hände ihn herauszogen, atmete er das Wasser in seinem Mund ein und würgte wieder, als er erneut untergetaucht wurde. Dann lag er auf dem Boden des Badehauses, schnappte nach Luft und starrte die tätowierte Gestalt an, die über ihm aufragte. Er sah Juns Gesicht, der sich neben ihn hockte und sich das Haar aus den Augen strich. Sein Gesichtsausdruck war beinahe mitleidsvoll.

»Denk an das, was ich dir gesagt habe«, sagte er. »Uchi-soto. *Von jetzt an bist du entweder drinnen oder draußen.«*

27

Sie schlang die Beine um seine Hüften und zog ihn in sich hinein, und er fuhr mit der Hand durch ihr glänzendes blauschwarzes Haar, das so dicht war, dass er jede einzelne Strähne leuchten sehen konnte. Mit halb geschlossenen Augen hauchte sie unbekannte Worte an seinem Ohr. Der Deckenventilator kreiste über ihnen und kräuselte den Bezug der dünnen Bettdecke. Alex schaute hinüber zu dem blauen Koffer, der allein auf den kalten Bodenfliesen stand.

Naoko hob die Hände und drehte sein Gesicht zu ihrem herum. Sie schaute ihm tief in die Augen und suchte nach dem Gedanken, der dort verborgen war. Sie strich über seinen Rücken, über die unebene, vernarbte Haut und fing an, sich schneller zu bewegen. Er bemühte sich, seinen Blick ständig in Bewegung zu halten, und ließ ihn über die Tuschelinien ihres Tattoos wandern, das sich auf ihren Rippen hob und senkte, über den Bambuswald und über das Pfauenauge, das ihn von ihrer Hüfte herauf anstarrte. Sie bewegte sich unter ihm, und der Ventilator ließ die kalte Luft in Wellen über sie hinwegwehen. Ihr schweißfeuchtes Haar klebte verfilzt auf ihren Schultern. Er packte eine dicke Strähne dicht an der Kopfhaut und stemmte den anderen Arm so gegen das geschnitzte Mahagoni-Kopfbrett des Bettes, dass er ihm die Sicht verdeckte. Der Koffer stand immer noch da, und jetzt starrte er ihn an und drehte eine noch dickere Haarsträhne in seiner Faust, als wäre sie gar nicht da. Naoko sah seinen Gesichtsausdruck, seine Isolation, und sie rief seinen Namen. Er schaute auf sie herab, als sei er nach tiefem Nachdenken gerade erst ins Zimmer zurückgekehrt.

»Das gefällt mir nicht«, sagte sie. »Was ist los mit dir?«

Alex rollte schwer atmend auf den Rücken. »Nichts«, sagte er. »Entschuldige.«

Sie legte ihm eine Hand auf die Brust, aber er schob sie weg. Schweiß lief über seine Haut. Eine Zeitlang lagen sie schweigend da, ohne sich zu berühren, getrennt voneinander. Dann richtete er sich auf und setzte sich auf die Bettkante. Er bemühte sich, den Blick durch das Zimmer wandern zu lassen, über das Standardmobiliar, die gemusterte Tapete, die zerknüllte Bettwäsche – überallhin, nur nicht dahin, wo er doch immer wieder hinschauen musste: zu dem Koffer auf dem Boden, über den der Schatten des Ventilators gleichmäßig hinwegstrich.

»Sag mir, was nicht stimmt, Alex«, bat sie.

Einen Moment lang war ihm schwindlig, und er stand auf, um sein Gleichgewicht wiederzufinden. »Alles in Ordnung«, sagte er. »Ich gehe duschen.«

Sie saß am Tisch auf dem Balkon, als er aus dem Bad kam und sich abtrocknete. Er zog Shorts und ein T-Shirt an und trat hinaus in die drückende Nacht. Die Außenbeleuchtung brannte, und Mücken umschwärmten die Glühlampen, prallten gegen das Glas und verbrannten sich die Flügel. Schrilles Hupengeplärr hallte von der Straße herauf. Naoko klopfte sorgfältig die Asche von ihrer Zigarette. Sie hielt den Blick gesenkt, als sie sprach.

»Du bist wütend auf mich, nicht wahr? Auch wenn du dich sehr bemühst, es für dich zu behalten.«

Er wollte es abstreiten, aber sein Zögern verriet ihn. »Ich habe immer gewusst, dass du Ärger bringst. Es war offensichtlich, vom ersten Augenblick an.«

Naoko schaute mit großen dunklen Augen zu ihm auf. Die Lichter der Stadt funkelten darin, wildes Orange und lebhaftes Grün.

»Du meinst *jaja uma*?«, fragte sie.

»Ja. Wie ein Pferd. Ein verrücktes, unzähmbares Pferd.«

»Aber ich will nicht immer so sein.«

»Was willst du dann?«

»Ruhe und Frieden. Irgendwo hingehören.«

Er schaute über die Balkonbrüstung hinweg auf das dunkle Flussbett. Auf dem Wasser lag eine dicke Schicht verfilzter Palmwedel.

Naoko drückte ihre Zigarette aus. »Hast du noch einmal über mein Angebot nachgedacht?«

»Über welches Angebot?«

»Mit mir nach Osaka zu gehen.«

»Ein neuer Anfang?«

»Warum nicht? Wir brauchen beide eine Veränderung.«

Alex lächelte sarkastisch. »Tokio sollte für mich ein neuer Anfang sein. Das hat nicht so gut geklappt. Vielleicht eigne ich mich nicht dazu, neu anzufangen.«

»Du hast ein gutes Herz. Darauf kommt es doch sicher an.«

Winzige Eidechsen liefen im Zickzack an der weißen Wand des Gebäudes hinauf. Ihre schwarzen Knopfäuglein funkelten bei jeder Bewegung.

»Ich möchte dich etwas fragen«, sagte Alex. »Als du sagtest, du hättest Angst, mich nie wiederzusehen – hast du das ernst gemeint?«

»Natürlich.«

»Glaubst du wirklich, wir könnten ein Leben zusammen hinbekommen?«

Sie sah zu ihm auf. »Ja, das glaube ich.«

»Und wenn du es später bereust?«

»Ich bereue schon zu viel. Das ist das schlimmste Gefühl, das es gibt. Ich will, dass es mit uns klappt. Ich will nicht mein Leben lang aufwachen und wünschen, ich hätte alles anders gemacht. Wünschen, ich hätte eine Lösung für unsere Probleme gefunden. Ich weiß, dir geht es genauso.«

Alex atmete tief ein. Die Nachtluft war heiß und feucht in seiner Kehle. Über der Stadt zogen Wolken auf, zum Bersten voll von einem Druck, der in der Dunkelheit summte. Er stellte sich vor, wie Naoko am Morgen aufwachte und sich eilig für den frühen Abflug zurechtmachte. Wie sie beide nebeneinander im Flugzeug saßen und ihr Kopf auf seiner Schulter lag. Wie sie in einem Magazin blätterte, während das Essen serviert wurde. Er sah ihr Gesicht vor sich, als sie in der Schlange vor der Passkontrolle wartete. Jeden dieser Augenblicke malte er sich aus und sah sich dabei an ihrer Seite, im vollen Bewusstsein der Gefahr, von der sie nichts ahnte.

»Und weißt du die Antwort?«

»Zu Osaka?«

»Ja.«

Er hatte gehofft, sein Groll gegen sie werde groß genug sein, um bei seiner Absicht zu bleiben. Aber so zynisch war er nicht. Er wusste, er hatte keine andere Wahl.

»Vorher musst du noch etwas tun.«

»Was denn?«, fragte sie.

»Ich möchte, dass du in deinen Koffer schaust.«

Er sah durch die Glasscheibe der Balkontür, wie Naoko ihren Koffer aufhob, den Reißverschluss öffnete und den Inhalt auf das zerwühlte Bett kippte. Kleider, Schuhe und Unterwäsche fielen heraus, und zum Schluss kam das Plastikpaket. Sie nahm es in die Hand und drehte es hin und her. Sie schaute aus dem hellen Zimmer zu ihm heraus, und ihr Gesicht war schlaff vor lauter Verwirrung. Alex stand vom Tisch auf, öffnete die Tür und ging hinein.

»Was ist das?«, fragte sie.

»Ehrlich gesagt, ich weiß es nicht.«

»Warum ist das in meinen Koffer?«

»Wegen fünf Millionen Yen.«

Naoko zog die Stirn kraus, und die feinen Fältchen dort vertieften sich. »Wovon redest du?«

»Darum ist es in deinem Koffer«, sagte Alex. »Wegen fünf Millionen Yen.«

»Das verstehe ich nicht.«

»Woher, glaubst du, hatte ich das Geld, Naoko? Ich war im Knast und konnte nirgends hin. Ich musste mir das *jidan*-Geld leihen, und auf diese Weise soll ich es ihnen jetzt zurückzahlen.«

»Du hast das in meinen Koffer getan?«

Er schüttelte den Kopf.

»Wie kommt es dann hinein?«

»Es wurde hineingelegt, als du im Bad warst.«

»Vom Room Service?«

»Ja.«

»Und du hast es zugelassen?«

»Das ist doch egal. Ich wollte dir auf jeden Fall sagen, dass es da ist.«

»Du hast mir noch nicht gesagt, was drin ist.«

»Ich glaube, es sind Drogen.«

Naoko hielt das Paket ins Licht und suchte nach irgendeinem Hinweis auf den Inhalt unter den zahlreichen Lagen von silberfarbenem Klebeband. Sie drehte es hin und her, aber es war so fest eingewickelt, dass sie nichts erkennen konnte.

»Was für Drogen?«, fragte sie.

Alex versuchte zu lächeln, aber die Anspannung war ihm anzusehen. »Illegale Drogen.«

Sie nahm ihre Toilettentasche vom Bett, öffnete sie und holte eine kleine Nagelfeile heraus. Dann hielt sie das Paket in der einen Hand, schlitzte eine Ecke mit der Feile auf und spähte hinein. Sie drehte das Paket um und hielt eine Hand unter die Öffnung. Ein Häufchen feiner weißer Kristalle, wie Splitter von reinstem Quarz, rieselte in ihre hohle Hand. Sie hielt sie ins Licht, um sie genauer zu untersuchen.

»Sieht aus wie Crystal Meth«, sagte Alex.

»Was ist das?«

»*Shabu*. Speed. Das glaube ich wenigstens.«

Ungläubig sah sie ihn an. »Wirklich?«

»Ich bin kein Fachmann. Wir können ein bisschen nehmen und es rausfinden, wenn du willst.«

Naoko stocherte in den Kristallen in ihrer Hand, als suchte sie nach Spuren. »Sollte ich dieses Zeug am Flughafen durch den Zoll bringen? Einfach durchmarschieren, ohne zu ahnen, was in meinem Koffer ist?« Sie sprach leise und sanft und wie zu sich selbst.

Alex wollte einen Schritt auf sie zugehen, aber seine Füße blieben wie angewurzelt an Ort und Stelle. »Das hätte ich niemals zugelassen«, sagte er.

»Aber du hast daran gedacht.«

»Es musste so aussehen. Ich hatte keine Wahl. Die Leute, mit denen ich zu tun habe, meinen es ernst, Naoko. Wir sind beide in so großer Gefahr, dass ich es nicht ablehnen konnte.«

Er sah, dass sie nicht mehr zuhörte. Ihr Gesicht wurde zornrot, und ihr Blick war leer, als steige ein unsichtbares Bild vor ihrem geistigen Auge auf.

»Die ganze Zeit, als wir auf den Inseln waren, hast du gewusst, was passieren würde. Du bist mit mir hingeflogen, um die Sache zu verschleiern und sicherzustellen, dass ich entspannt und ahnungslos war, damit ich auch keinen Verdacht schöpfen würde, wenn du mich in dieses Hotelzimmer bringst. Du hast mich die ganze Zeit belogen, nicht wahr?«

Er kam einen Schritt näher, und sie wich gleichzeitig einen Schritt zurück. Ihr Gesicht zeigte die ganze Tiefe ihrer Reaktion auf seinen Verrat. Sie warf das Paket auf das Bett, machte auf dem Absatz kehrt und rannte aus dem Zimmer. Sie schlug die Tür hinter sich zu. Alex folgte ihr durch den hellen, mit Teppichboden ausgelegten Korridor, vorbei an den Reihen der nummerierten Türen und durch den Notausgang auf die Feuertreppe. Die Stahlstufen der Treppe schnitten sich in seine bloßen Füße, als er von Etage zu Etage hinuntersprang, um sie einzuholen, bevor sie die Lobby erreichte. Auf dem Absatz des dreizehnten Stocks bekam er sie zu fassen. Naoko fiel gegen ihn, und sie taumelten zusammen in die weißgestrichene Ecke. Sie hatte Tränen in den Augen und weigerte sich, ihn anzusehen.

»Ich habe es doch nicht getan«, sagte er immer wieder und versuchte, sich in ihr Gesichtsfeld zu schieben. »Ich habe es nicht zu Ende gebracht. Ich hätte einfach den Mund halten können, aber ich wusste, ich musste es dir sagen. Ich wollte nicht, dass du in Gefahr gerätst. Das musst du mir doch zugestehen.«

»Ich gestehe dir gar nichts zu«, schrie sie. »Du dreckiger Lügner.«

Er bemühte sich um einen ruhigen Ton, der sie besänftigen würde, aber seine Stimme zitterte zu sehr. »Ich weiß, es sieht übel aus, aber ich hätte es niemals zugelassen, das schwöre ich. Ich wusste von Anfang an, dass ich es dir irgendwann sagen würde.«

»Was ändert das denn?«

»Ich kann dieses Problem lösen, ohne dich in Gefahr zu bringen.«

»Wie denn?«

»Ich habe darüber nachgedacht. Es gibt eine Möglichkeit.«

»Welche?«

»Ich übernehme es. Ich trage es in meiner Reisetasche. Auf diese Weise habe ich das Risiko, nicht du.«

Allmählich fasste sie sich wieder, wenn auch unter Tränen. Sie wischte sich mit dem Handrücken über die Augen. »Aber wenn du erwischt wirst? Was dann?«

Alex versuchte, gelassen die Achseln zu zucken. »Dann gehe ich wieder ins Gefängnis.«

»Das ist doch Wahnsinn.« Sie zog die Wörter lang, um ihnen Nachdruck zu verleihen.

Er sah ihr in die Augen und kniete vor ihr, sodass ihre Gesichter sich beinahe berührten. »Habe ich denn eine andere Wahl?«

Unter ihnen öffnete sich eine Tür, sie hörten Stimmen, und Schritte gingen die Treppe hinunter. Alex warf einen Blick über das Metallgeländer, um sicher zu sein, dass man sie nicht gesehen hatte.

Er drehte sich zu Naoko um. »Lass uns ins Zimmer zurückgehen und da weiterreden. Wir können nicht hier draußen bleiben, ohne dass jemand misstrauisch wird. Sonst bekommen wir beide Schwierigkeiten.«

Sie schaute auf ihre Knie und dachte nach. Dann streckte sie die Hand aus, damit er ihr hoch half. »Okay. Gehen wir«, sagte sie leise.

28

Das Paket lag noch auf dem Bett, als sie ins Zimmer zurückkamen. Ganz offen lag es da, beinahe unverschämt, wie ein Totem des Unheils. Alex öffnete den Kleiderschrank und legte es hinein. Ihm war wohler, als man es nicht mehr sehen konnte. Naoko zündete sich eine Zigarette an und rauchte in tiefen, nervösen Zügen.

»Es fällt mir schwer, das alles zu verarbeiten«, sagte sie. »Mir schwirrt der Kopf.«

»Ich weiß, es ist ein Schock für dich. Wenn ich es irgendwie hätte vermeiden können, hätte ich es getan. Aber es geht nicht anders.«

»Du hattest schon früher etwas mit Drogen zu tun, nicht wahr?«, sagte sie. »Wenn ich das gewusst hätte, als wir uns kennenlernten, hätte ich mich vielleicht anders entschieden.«

Er setzte sich auf das Fußende des Bettes und stützte die Ellenbogen auf die Knie. »Ich nehme keine Drogen«, sagte er. »Ich habe nie etwas Schlimmeres getan, als einen Joint zu rauchen. Das ist die Wahrheit.«

»Und was ist mit den Problemen, die du in London hattest?«

Er stützte das Kinn auf die Hände und schaute von unten zu ihr herauf. »Du hörst zu viel auf Hiro.«

»Auf wen soll ich denn sonst hören, Alex? Du erzählst mir doch nichts.«

Er schwieg kurz. Dann sagte er: »Als ich aus London wegging, habe ich mir vorgenommen, das alles zu vergessen. Das ist alles. Ich will meine Vergangenheit nicht überallhin mitschleppen.«

»Aber ich habe den Eindruck, genau das tust du.«

»Alles, was Hiro dir erzählt hat, war komplett seitenverkehrt. Ich hatte nichts mit Drogen zu tun, und ich war nicht süchtig. Mein Bruder Patrick allerdings. Ich habe ihn nur gedeckt. Meine Eltern waren so verzweifelt, als er starb, dass ich es nicht ertragen hätte, alles noch schlimmer für sie zu machen. In ihren Augen war ich immer eine Enttäuschung, und sie brauchten jemanden, der am Tod ihres perfekten Sohnes schuld war. Warum nicht ich?«

»Du hast alle glauben lassen, du wärst schuld?«

»Es schien mir das Richtige zu sein. Ich musste Patricks Ansehen beschützen, und meine Eltern hatten ihre Schlussfolgerungen sowieso ziemlich schnell gezogen.«

Naoko nahm einen tiefen Zug und ließ den Rauch dann langsam zwischen den Lippen hervorkräuseln. »Wahrscheinlich findest du das heldenhaft, ja? Eine edle Selbstopferung? Du glaubst, du hast deine Familie vor einem gebrochenen Herzen bewahrt, indem du sie an diese Version der Ereignisse glauben lässt? Was für eine sinnlose, leere Geste. Warum wolltest du ihnen nicht die Wahrheit sagen?«

»Weil sie sie nicht hören wollten.«

Sie schaute ihn an, und ihr Blick war klar und scharf. »Nein«, sagte sie. »Es geht um das, was *du* willst. *Du* willst den Märtyrer spielen. *Du* bist lieber ein Versager, damit du die Verantwortung, erfolgreich zu sein, nicht tragen musst.«

»Das ist Quatsch.« Alex schüttelte wegwerfend den Kopf, aber

Naoko redete weiter wie eine, die über eine lange verborgene Wahrheit gestolpert war.

»In unserem Fall hast du dich genauso entschieden«, sagte sie. »Ich wollte unsere Beziehung geheim halten, um uns beide zu schützen. Aber du bist am Abend der Vernissage in die Galerie gestürmt, um meine Loyalität auf die Probe zu stellen. Nicht jeder kann es sich leisten, ein solches Risiko einzugehen. Einige von uns müssen in der wirklichen Welt leben und zusehen, wie sie vorankommen. Du hältst dich immer für besonders großzügig, wenn du in Wirklichkeit nur an dich selbst denkst. Weißt du, warum? Weil immer alles sich um dich drehen muss. Nicht wahr?«

Alex spürte, dass er rot wurde. Seine Haut brannte heiß auf den Gesichtsknochen. Er ließ ihre Worte einen Moment lang zwischen ihnen schweben, und dann stand er auf und starrte ihr ins Gesicht.

»Und an wen hast du gedacht, als du mich bei der Polizei angezeigt hast? Inwiefern war das eine selbstlose Tat?«

»Es tut mir leid. Ich habe einen Fehler gemacht. Aber deshalb hatte ich dich gebeten, dich an dem Abend von der Galerie fernzuhalten. Hättest du es getan, wäre nichts von alldem je passiert.«

»Dass ich dort gewesen bin, war ein impulsiver Akt. Du solltest nur wissen, dass die Geschichten, die Hiro dir erzählt hatte, nicht stimmten.«

»Aber warum ausgerechnet da? An diesem speziellen Abend? Es ist, als hättest du einen sechsten Sinn, Alex. Die Gefahr zieht dich magnetisch an. Sieh dir doch an, wo wir jetzt sind.«

»Aber ich bin sicher nicht allein hierhergekommen.«

Naoko kam zu ihm und legte ihm die Hände auf die Schultern. »Ich weiß. Es ist meine Schuld. Ich habe dafür gesorgt. Aber warum spülen wir dieses Zeug nicht einfach in die Toilette und werden es los? Dann können wir nach Hause fliegen und diesen Irrsinn vergessen.«

»Das kann ich nicht, Naoko. Inzwischen steht zu viel auf dem Spiel.«

»Wenn es nur um das *jidan*-Geld geht – ich finde eine Möglichkeit, mir ein Darlehen zu besorgen und es diesen Leuten zurückzuzahlen.«

»So einfach ist es nicht mehr. Ich habe angeboten, es zurückzuzahlen, aber sie erhöhen meine Schulden einfach immer weiter und machen es mir unmöglich. In diesem Paket sind sicher zwei Kilo Meth. Das muss das Vier- oder Fünffache von dem wert sein, was sie mir geliehen haben. Eine ernstzunehmende Summe. Wen ich den Stoff nach Tokio bringe und abliefere, wie es vereinbart ist, dann ist alles vorbei. Wir können vergessen, was zwischen uns schiefgegangen ist, und noch einmal von vorn anfangen. Wenn ich es nicht tue, reite ich mich nur weiter rein. Die Chancen, dass ich es schaffe, sind gut. Das Paket ist so verpackt, dass das Röntgengerät am Flughafen es nicht entdeckt. Am Gate suchen sie nach Waffen und Sprengstoff, nicht nach Rauschgift. Die Chancen, dass ich Erfolg habe, stehen fifty-fifty. Vielleicht besser. In Anbetracht all dessen werde ich dieses Risiko auf mich nehmen.«

Naoko schaute ihm in die Augen. »Wirklich?«

Alex hatte das Gefühl, dass das Zimmer um ihn herum zusammenschrumpfte. Er wusste, dies war der schlechteste Augenblick für die Suche nach Alternativen. Um ihrer beider willen durfte er jetzt nicht zögern.

»Es ist reine Nervensache«, sagte er.

29

Als er in dem stickigen Zimmer aufwachte, hatte er Kopfschmerzen. Naoko war im Bad und duschte. Er richtete sich auf und schaute auf die Uhr auf dem Nachttisch. Es war sechs Uhr fünfzehn. Ihr Flug ging um halb zehn. Er rieb sich die Augen und stand langsam auf. Seine Glieder waren schwer, und die Gelenke taten ihm weh. Er blickte aus dem Fenster und sah siebenundzwanzig Etagen tiefer die ersten Pendler des Tages aus der Metro-Station kommen. Auf der Straße stauten sich die Busse und krochen langsam voran, und Tuk-Tuks schlängelten sich flink um sie herum und flitzten durch die engsten Lücken. Das Leben ging weiter, dachte Alex, trotz seiner Probleme. So verzweifelt die Situation auch sein mochte, er musste einfach da durch.

Er schob die Schranktür auf und nahm das dick eingewickelte Paket aus dem Fach. Seine Reisetasche stand am Fußende des Bettes. Er kippte sie auf dem Bett aus und verteilte den Inhalt auf dem Laken. Für alles war die Tasche zu klein; also machte er sich daran, Kleidungsstücke auszusuchen, die er wegwerfen konnte, um Platz zu schaffen. Er hatte keine Zeit, sentimental zu werden, und deshalb raffte er willkürlich ein paar T-Shirts und Unterhosen zusammen und warf sie auf den Boden. Er breitete ein dickes Strandlaken aus und legte das Paket in die Mitte. Weil die eine Ecke aufgeschlitzt war, schälte er einen Streifen des silbernen Klebebands ein Stückchen ab und zog ihn über das Loch, um es zu verschließen. Dann schlug er das Badelaken um das Paket und wickelte es fest ein, bevor er es ganz unten in die leere Reisetasche legte. Er stopfte seine Kleidungsstücke um das Paket herum, bis es ganz versteckt war, und legte dann eine Lage säuberlich gefaltete Hemden zuoberst. Er zog den Reißverschluss zu und hob die Tasche auf, um das Gewicht zu prüfen. Sie war schwerer als vorher, aber nicht auffallend, und es sah natürlich aus, als er sie in der Hand hielt.

»Naoko?«, rief er. »Wir müssen uns jetzt beeilen, wenn wir pünktlich am Flughafen sein wollen.«

Er bemühte sich um einen positiven Tonfall, denn er wollte ihr keinesfalls einen neuen Grund zur Unruhe geben. Als sie nicht antwortete, ging er zur Badezimmertür und öffnete sie vorsichtig.

»Naoko?«, rief er noch einmal.

Die Dusche in der Glaskabine lief, das Wasser prasselte an die Scheiben, und Dampf wallte heraus ins Badezimmer. Aber in der Kabine war niemand.

Er spähte um den Türrahmen herum in die Ecken des Badezimmers. Der Raum war leer. Seine Müdigkeit verschwand unter einem Adrenalinstoß.

Um sicher zu sein, dass er sich nicht täuschte, ging er zum Balkon, schob die Tür auf und schaute hinaus. Die Morgensonne brannte in seinen Augen. Als er sicher war, dass Naoko nicht da war, schloss er die Tür wieder und sah sich im Zimmer um. Er öffnete den Kleiderschrank noch einmal und schaute hinein. Nichts. Er wusste, wie lächerlich es aussah, aber er kniete trotzdem nieder und spähte unter das Bett. Auch dort war nichts.

Allmählich geriet er in Panik. Wo zum Teufel war sie? Vielleicht war sie ohne ihn frühstücken gegangen. Aber warum ließ sie dann die Dusche laufen? Warum weckte sie ihn nicht und fragte, ob er mitkommen wollte? Langsam befürchtete er, sie könnte etwas wirklich Dummes getan haben.

Er ging noch einmal auf den Balkon und schaute über das Geländer senkrecht hinunter auf die Straße. Schick gekleidete Büroangestellte waren auf den breiten Gehwegen unterwegs, Straßenhändler schleppten Körbe mit Obst und Softdrinks an den Autoschlangen entlang, die vor den Ampeln hielten. Von irgendeinem Aufruhr war nichts zu sehen, keine Schreie, keine Gaffer, die man erwarten konnte, wenn jemand aus dem siebenundzwanzigsten Stock gesprungen war. Er kehrte ins Zimmer zurück und schloss die Tür.

Als er ins Badezimmer ging und in die Duschkabine langte, um das Wasser abzudrehen, sah er das zusammengefaltete Papier auf dem Glasregal über dem Waschbecken. Er nahm es und faltete es behutsam auseinander. Fast hatte er Angst vor dem, was er finden würde. Es war Naokos saubere Handschrift. Er fing an zu lesen.

Alex,
es tut mir leid. Wirklich. Aber es ist mir unmöglich mitzumachen. Ich weiß, wenn ich versuche, es dir auszureden, wirst du dein Bestes tun, um mich zu überzeugen, und am Ende wirst du es schaffen, dass wir zwei zum Flughafen fahren und zusammen nach Japan zurückfliegen. Und ich glaube, das wäre ein großer Fehler für uns beide. Ich habe jetzt die Chance, ein neues Leben anzufangen, und das kann ich nicht aufs Spiel setzen, weil du zu starrsinnig bist, um vernünftig zu sein.

Ich werde mir ein anderes Hotel suchen und noch ein paar Tage in Bangkok bleiben. Ich brauche Zeit zum Nachdenken. Es tut mir leid, dich zu verlassen, aber ich sehe keine andere Möglichkeit.
Naoko

Er las die Nachricht schnell, und als er am Ende ankam, las er sie noch einmal von vorn. Er konnte es nicht glauben. Wer war jetzt derjenige, der im Stich gelassen wurde, dachte er.

Er suchte sein Handy heraus, wählte ihre Nummer und hörte ihre Stimme, die ihn einlud, eine Nachricht zu hinterlassen. Er trennte die Verbindung, ohne etwas zu sagen, und wählte dann noch einmal. Wann sie gegangen war, konnte er nicht sagen. Sie musste sich wie ein Dieb hinausgeschlichen haben, als er schlief. Es war alles so gut organisiert, dass sie es sicher die halbe Nacht hindurch geplant hatte.

Aber er hatte jetzt keine Zeit, sich zu überlegen, wie sie es angestellt hatte. Er hatte eine Aufgabe zu erfüllen, kalt und abweisend wie eine Bergflanke. Hastig zog er sich an, sah sich ein letztes Mal im Zimmer um und schloss die Tür hinter sich. Im Korridor waren die Zimmermädchen mit ihren Wäschewagen unterwegs. Sie lächelten und wünschten ihm einen guten Morgen, als er vorbeikam, und Alex versuchte zu lächeln, wenn er ihre Begrüßung erwiderte. Ihm war klar, dass er Ruhe bewahren musste. Von jetzt an bewegte er sich in der Öffentlichkeit, und jedes Zeichen von Angst oder Unruhe würde dazu führen, dass man ihn bemerkte. Er würde beweisen, dass Naoko im Unrecht war, und demonstrieren, dass ihre wilden Theorien über ihn weit entfernt von der Wirklichkeit waren. Er drückte auf den Aufzugknopf und fuhr hinunter in die Lobby.

»Wie war Ihr Aufenthalt?«, fragte die Rezeptionistin, als er ihr seinen Zimmerschlüssel gab.

»Sehr gut, danke.« Und möglichst beiläufig fügte er hinzu: »Haben Sie Miss Yamamoto heute Morgen schon gesehen?«

»Ja«, sagte die Rezeptionistin. »Sie war vor einer Weile hier und hat um ein Taxi ins Zentrum gebeten.« Sie hatte gleichmäßige weiße Zähne, und wenn sie sprach, sah man eine Lücke zwischen den Schneidezähnen.

»Ins Zentrum?«

»Ja. Sie sagte, sie wolle heute Morgen allein in die Stadt. Sie würden später herunterkommen und auschecken.«

»Wann genau war das?«

Sie schaute auf die Uhr an der Wand hinter ihr. »Vor ungefähr einer halben Stunde. Kurz nach sechs.«

»Oh. Verstehe.«

»Ist alles in Ordnung?«

Alex wischte die Möglichkeit, dass etwas nicht in Ordnung sein könnte, beiseite. »Selbstverständlich«, sagte er. »Alles bestens.«

Er bezahlte die Rechnung, und die Rezeptionistin rief einen Pagen, der ihm helfen sollte. Der Page bestand darauf, die Reisetasche bis zum Taxistand zu tragen. Alex gab sie nur widerstrebend aus der Hand. Er folgte ihm hinaus und sah zu, wie die Tasche in den Kofferraum des ersten Taxis in der Reihe gelegt wurde. Merkwürdigerweise war es eine Erleichterung, von ihr getrennt zu sein, wenn auch nur für ein paar Sekunden.

Der Fahrer fuhr unter die Einschienenbahn und folgte dem Verkehr stadteinwärts zur Schnellstraße. Alex versuchte noch einmal, Naoko anzurufen, aber sie meldete sich nicht; er hörte nur ihre helle, fröhliche Stimme, die ihn aufforderte, eine Nachricht zu hinterlassen. Wieder trennte er die Verbindung, ohne etwas zu sagen. Vor den Fenstern zog die Stadt in den vom Verkehr aufgewirbelten Staubschleiern vorüber. Alte Gebäude im Kolonialstil verfielen langsam neben neuen Büroblocks und Kaufhäusern. Bald kam der Flughafen in Sicht, und das tiefe Turbinenbrüllen der Linienflugzeuge erfüllte den wolkenlosen Himmel. Der Asphalt war voll von Reisenden, die ihr Gepäck ausluden und Kofferwagen durch die automatischen Türen und in den Transitbereich schoben. Der Taxifahrer hielt zwischen zwei Bussen an und stellte den Motor ab. Er stieg aus und öffnete den Kofferraum. Alex bezahlte die Taxigebühr und gab dem Fahrer ein Trinkgeld, als er seine Reisetasche in Empfang nahm. Seine Finger schlossen sich fest um die abgenutzten Ledergriffe. Aus den Augenwinkeln sah er uniformierte thailändische Polizisten, die an der Reihe der Fahrzeuge entlangpatrouillierten. Rasch wandte er sich ab und folgte den anderen Reisenden ins Terminal.

Er fand den Schalter für seinen Flug und stellte sich in die Schlange zum Check-in. An allen Wänden hingen Plakate, auf denen detailliert beschrieben wurde, mit welchen Strafen Verstöße gegen die Zollvorschriften geahndet wurden. Alex versuchte, sie gar nicht zu lesen. Als er an der Reihe war, legte er seinen Pass auf das Pult.

»Sie reisen heute allein, Mr Malloy?«, fragte die junge Airline-Angestellte. Ihr starkes Make-up und der dunkle Lippenstift ließen sie viel älter aussehen, als sie wahrscheinlich war.

»Ja, richtig.«

»Möchten Sie Gepäck aufgeben?«

Bei dieser Entscheidung musste er sicher sein. Wenn er seine Tasche aufgäbe, würde sie in seiner Abwesenheit durchleuchtet werden, und er würde nicht wissen, ob es ein Problem gab, bis er beim Einsteigen eine Hand auf der Schulter fühlte. Wenn er sie bei sich behielte, würde er wenigstens sehen, wo neugierige Kontrolleure unterwegs waren, und ihnen nach Möglichkeit aus dem Weg gehen können. So oder so ging er ein Risiko ein.

»Zum Aufgeben habe ich nichts«, sagte er schließlich. »Nur Bordgepäck.«

Sie warf einen Blick auf seine Reisetasche und überzeugte sich davon, dass ihr Umfang den Vorschriften entsprach. »Haben Sie diese Tasche selbst gepackt?«

Alex nickte. »Ja.«

»Haben Sie sie heute unbeaufsichtigt irgendwo stehen lassen?«

»Nein.«

»Enthält sie irgendwelche dieser verbotenen Gegenstände?« Sie zeigte auf eine Tafel auf ihrem Pult, auf der die Symbole für verschiedene Sorten von Schmuggelware zu sehen waren. Ihre Bewegungen waren flüchtig und roboterhaft.

»Nein, nichts«, log Alex.

Die Frau nahm seine Antwort kaum zur Kenntnis. Sie beugte sich zur Seite, schlang mit einer schnellen Bewegung ein Etikett um die Henkel, das die Tasche als Bordgepäck auswies, und reichte ihm Pass und Bordkarte.

»Guten Flug«, sagte sie ohne Überzeugung und hatte den Blick schon auf den nächsten Passagier in der Schlange gerichtet.

Je näher er der Sicherheitskontrolle vor dem Gate kam, desto schwerer wurde die Tasche an seiner Hand. Er konzentrierte sich auf das, was Jun an dem Abend im Badehaus gesagt hatte – dass das Paket so verpackt sein werde, dass das Röntgengerät nichts sehen würde. Glaubst du, die Behörden interessiert es, ob jemand Drogen aus dem Land schmuggelt, hatte Jun gesagt. Die suchen nur nach Sprengstoff und Waffen – nach allem, was das Flugzeug oder die Passagiere gefährden kann. Vorsichtig musst du am anderen Ende sein. Aber in Bangkok musst du nur die Ruhe bewahren, dann gibt es keine Probleme.

Er stellte die Tasche auf das Fließband und sah zu, wie sie im Röntgengerät verschwand. Er legte sein Handy und das Kleingeld aus seiner Tasche in eine Plastikbox, nahm den Gürtel ab, legte ihn dazu und wartete, dass man ihn aufforderte, durch den Metalldetektor zu treten. Als er gerufen wurde, trat er zuversichtlich durch das Tor und gab dem Security-Mitarbeiter seinen Pass und die Bordkarte. Der junge Beamte, der auf den Röntgenbildschirm starrte, sah gelangweilt und müde aus. Er hatte das Kinn auf die Hand gestützt, als sei das Ende einer langen Nachtschicht nahe und als seien die Gegenstände, die vor ihm über den Monitor zogen, längst miteinander verschmolzen. Alex nahm seine Papiere zurück und wartete am Ende des Fließbands. Er sah zu, wie seine Reisetasche herangeglitten kam, gefolgt von der Plastikbox mit seinen anderen Habseligkeiten. In aller Ruhe legte er den Gürtel wieder an und ging dann weiter in den geschäftigen Abflugbereich.

In einem Café fand er ein ruhiges Eckchen. Er setzte sich an einen Tisch, stellte die Reisetasche unter seinen Stuhl und betrachtete die Kaffeetasse vor ihm. In den Fastfood-Restaurants und Discount-Kosmetikgeschäften herrschte ein endloses Kommen und Gehen. Die Leute schlugen die Zeit tot, bis ihr Flug aufgerufen wurde. Jeder schien ihn verstohlen zu mustern. Die Haut auf seinen Handrücken wurde straff und kalt. Geduldig wartend, machte er sich auf die Katastrophe gefasst.

Als die Passagiere für seinen Flug zum Gate gerufen wurden, raffte Alex sich auf und folgte den Schildern. Der weiße Rumpf der Boeing glänzte draußen vor den Fenstern in der Sonne. Die Flugbegleiterinnen ließen die Passagiere reihenweise einsteigen und füllten die Maschine von hinten nach vorn. Als die Nummer seiner Reihe aufgerufen wurde, zeigte Alex seine Bordkarte vor und ging durch die Fahrgastbrücke zur offenen Luke der Maschine. Er widerstand der Versuchung, einen Blick über die Schulter zurückzuwerfen, als die Stewardess ihn an Bord begrüßte.

Er lief durch den Gang zu seinem Platz. Im Gepäckfach darüber war noch Platz. Er verstaute seine Reisetasche, schob sich auf den Sitz und schnallte sich an. Das Flugzeug füllte sich stetig mit jungen westlichen Backpackern und aufgeregten japanischen Eltern mit ihren Kindern. Die letzten Sekunden tickten vorbei, und noch immer gestattete Alex sich nicht den Luxus, sich in Sicherheit zu fühlen.

Die Kabinentür wurde geschlossen, die Boeing entfernte sich rückwärts vom Gate und rollte zur Startbahn. Seine Anspannung löste sich langsam, als die Triebwerke anfingen zu heulen und das Flugzeug auf Touren kam. Der Rumpf fing an zu vibrieren, als die Turbinen hochgefahren wurden, und dann beschleunigte das Flugzeug auf dem Asphalt. Ein plötzlicher Anstieg und ein Augenblick der Schwerelosigkeit, und dann waren sie in der Luft. Die Erde versank, die Maschine legte sich auf die Seite, und Alex schaute auf Bangkok hinunter. Irgendwo da unten war Naoko, dachte er. Er sah ihr Gesicht vor sich, wie sie schlafend im

Bungalow gelegen hatte, und hörte das Plätschern des Wassers auf den Steinen unter ihrem Zimmer. Er fragte sich, ob er sie jemals wiedersehen würde.

Turbulenzen über dem Ostchinesischen Meer. Die Kabinenbeleuchtung war gedämpft. Das Flugzeug schaukelte und bockte, und sein stählernes Skelett stöhnte, während es sich durch die böigen Querwinde kämpfte. Babys weinten, Erwachsene schrien auf, wenn sie auf ihren Plätzen hin und her geworfen wurden. Drinks schwappten in den Gang. Alex entspannte sich innerlich, je schlimmer die Strapaze wurde und die Fracht im Laderaum rumpelte, als würden dort Kisten umgeworfen. Alex nahm Naokos Brief aus der Tasche und las ihn noch einmal.

Was hatte ihn hierhergebracht, fragte er sich, in dieses Flugzeug, in dem er Rauschgift über internationale Grenzen schmuggelte? War er wirklich so tief gesunken? Was für eine Verschwendung all dessen, was er hätte erreichen können? Zumindest damit hatte Naoko recht. Kein Wunder, dass sie ihn verlassen hatte.

Das Wetter beruhigte sich, als die Maschine über der Südspitze Japans aus dem Sturm in großer Höhe herunterkam und zum langen Anflug auf den Flughafen Narita ansetzte. Im Süden war die dichte weiße Wolkendecke aufgerissen, und Sonnenstrahlen blitzten in den Fenstern auf.

Alex stand auf und ging zur Toilette im Heck der Boeing. Er schloss sich ein, ließ kaltes Wasser ins Waschbecken laufen und benetzte damit Gesicht und Nacken. In der engen Zelle stand er ein wenig geduckt vor dem Spiegel und betrachtete sich.

Folgendermaßen wird es laufen, dachte er. Du wirst daran

denken, dass das Glück auf deiner Seite ist. Du wirst deine Tasche nehmen und sie aus dem Flugzeug tragen wie eine Trophäe. Du wirst jedem Zollbeamten und Grenzer in die Augen schauen und jede Frage ohne Zögern beantworten. Du wirst durch den Flughafen laufen, als machtest du einen Spaziergang durch den Park – zum Ausgang hinaus und in den Expresszug nach Tokio. Dann wirst du Hiro anrufen, und ihr werdet ausgehen und euch betrinken.

Entschlossen verließ er mit den anderen Passagieren das Flugzeug und folgte dem Pulk ins Terminal. Elektronische Ansagen in japanischer Sprache begleiteten ihren Weg durch die blanken Korridore und endlosen Durchgänge von Narita. An der Passkontrolle spürte er, dass die Periode höchster Gefahr begonnen hatte. Er hatte jetzt keine andere Wahl mehr, als sich durch das Getriebe der Maschinerie tragen zu lassen und die Kontrolle über sein Schicksal aus der Hand zu geben. Er musste sich ausliefern. Er entschied sich für einen Zollabfertigungsschalter und ging darauf zu.

30

Als der Hund anfing zu bellen und zu knurren, hatte Alex das Gefühl, alle Augen im Terminal richteten sich auf ihn. Der Hundeführer ließ die Leine locker, und der Schäferhund richtete sich auf die Hinterbeine auf und versuchte mit aller Kraft, sich der Witterung zu nähern. Die Passagiere in seiner Umgebung erstarrten und wagten nicht, sich in der Nähe dieser kontrollierten Raserei zu bewegen. Alex stand da und wartete. Niemand war im Zweifel über das Ziel des Hundes.

Der Hundeführer zog das Tier zurück und befahl ihm zu sitzen. Der Hund gehorchte sofort, und sein langer Schwanz fegte aufgeregt über den Boden. Zwei junge Zollbeamte verließen ihren Platz am nächsten Pult und näherten sich vorsichtig. Sie wechselten Blicke und waren nicht sicher, was die richtige Vorgehensweise wäre. Beide hatten jugendliche Gesichter, und die billigen blauen Uniformen waren zu groß für ihre schmächtigen Gestalten.

Der eine der beiden winkte Alex, ihm zu folgen. Alex gehorchte, ohne nachzudenken. Wie mechanisch ging er zwischen ihnen durch eine Reihe von Sicherheitstüren hinunter in die verborgenen Kammern des Flughafens. Er hatte keine Zeit, vorauszudenken oder zu planen, was er sagen würde. Also ging er einfach mit, und seine Schritte hallten im Takt mit ihren.

Durch ein steiles Treppenhaus und eine offene Tür gelangten sie in einen fensterlosen Raum.

Ein höherrangiger Offizier sprach in ein Telefon an der hinteren Wand. Er beendete sein Gespräch, als sie hereinkamen, und drehte sich zu ihnen um. Er war schon älter, und seine aufrechte Haltung war gebieterisch. Er sah aus, als sei er auf eine Parade vorbereitet. Ein Tisch und ein Stuhl standen unter einer Leuchtstoffröhre, die so hell war, dass Alex blinzeln musste, als der Offizier ihm befahl, Platz zu nehmen. Er stellte seine Reisetasche auf den Inspektionstisch und leerte seine Taschen aus, als man ihn dazu aufforderte. Zuerst Brieftasche, Handy und Kleingeld, dann seinen Pass und Naokos Brief. Der Offizier hob den Pass hoch und überprüfte die Echtheit des Fotos.

»Möchten Sie mir irgendetwas erzählen?«, fragte er. »Sie wirken beunruhigt.« Der strenge Ton war verstörend, und seine Stimme war zu laut für den kleinen Raum.

»Mit mir ist alles in Ordnung«, sagte Alex. »Ich hatte nur einen holprigen Flug. Das ist alles.«

»Sie kommen als Tourist nach Japan?«

»Nein. Ich arbeite hier.«

Der Offizier blätterte die Seite mit den Visa in Alex' Pass auf. »Sie wohnen in Tokio?«

»Ja. In Koenji.«

»Sie haben Ihre *gaijin*-Karte?«

Alex nahm seine Brieftasche vom Tisch. Er durchsuchte die Fächer und fand die unbeschränkte Aufenthaltsgenehmigung zwischen ein paar alten Zetteln und Quittungen. Als er sie herauszog, sah er noch etwas anderes. Er reichte den Ausweis über den Tisch.

Der Offizier studierte ihn aufmerksam und warf ihn dann zufrieden auf den Tisch.

»Woher sind Sie heute gekommen?«, fragte er.

Alex spürte die Implikationen des Wortes, bevor er es aussprach. »Bangkok.«

Der Offizier trat ins Licht und deutete auf die Reisetasche auf dem Tisch. Seine Lippen und Zähne waren erwartungsvoll feucht. »Haben Sie etwas in Ihrem Gepäck, das den Suchhund aufmerksam machen konnte, Mr Malloy?«

Alex schaute die Tasche an. Das braune Leder sah in dem grellen Licht abgenutzt und rissig aus. Das Logo des Herstellers war auf der einen Seite eingeprägt: *St. James's of London*. Er dachte plötzlich daran, dass die Tasche seinem Vater gehört hatte. Gottlob war er heute nicht hier, um das alles mitzuerleben. Sein Instinkt riet ihm, so viel Zeit wie möglich zu schinden, auch wenn das nutzlos war. Er spürte, wie schnell die Sekunden verflossen.

»Nein«, antwortete er.

Der Offizier sah seine Untergebenen an und sagte ein paar kurze Worte auf Japanisch. Der Nächststehende kam heran und zog den Reißverschluss auf. Er war jung und hatte einen Bürstenschnitt, und sein nervöser Gesichtsausdruck ließ ihn schuldbewusst aussehen. Seine schneeweißen Baumwollhandschuhe waren am Handgelenk zugeknöpft. Er hob die obere Lage der gefalteten Hemden aus der Tasche und legte sie auf den Tisch. Sein Kollege faltete sie auseinander, tastete die Nähte ab und durchsuchte die Taschen. Er nahm ein Paar Flip-Flops heraus, hielt sie ins Licht und quetschte die Sohlen zwischen den Fingern. Dann blätterte er in den Seiten eines Buches, das er über den Tisch hielt, um zu sehen, ob etwas herausfiel. Alex dachte an die Geschichten, die Jun ihm über das Ausländergefängnis in Fuchu erzählt hatte. Geschichten über Zwangsarbeit und Strafzellen. Geschichten, neben denen die Zeit in Ushigome aussah wie ein Spaziergang. Alex fühlte sich wie ein Schwimmer, der weit vom Ufer entfernt war.

Die beiden Zöllner legten alles, was sie inspiziert hatten, in Plastikboxen, die sie an der Seite des Tisches stapelten. Alex wusste, bald war nichts mehr in der Tasche außer dem Paket, das sie suchten. Der letzte Hoffnungsschimmer erlosch. Der Raum wurde kleiner.

Der junge Zöllner griff tief in die Reisetasche und hob vorsichtig das zusammengefaltete Strandlaken heraus. Seinen Bewegungen war anzusehen, dass er das Missverhältnis zwischen Gewicht und Umfang des Bündels spürte. Er legte es auf den Tisch und fing an, den Frotteestoff langsam auseinanderzufalten, als ob er den Verband von einer Wunde entfernte. Das Paket, das Alex darin eingewickelt hatte, kam zum Vorschein. Die Zöllner traten näher heran, und die Aufregung über die Entdeckung ließ ihre Gesichter breiter werden. Alex biss die Zähne zusammen.

»Wussten Sie, dass das in Ihrer Tasche war?«, fragte der leitende Offizier.

Alex nickte. Sein Mund war so trocken, dass er nicht sprechen konnte.

»Wissen Sie, was drin ist?«

Er nickte wieder.

»Sie wissen, dass Betäubungsmittel in jeder Form in Japan illegal sind?«

»Ja«, sagte er.

Der Offizier sah einen seiner jungen Untergebenen an, und der nahm ein scharfes Messer aus einer Tasche an seinem Gürtel. Er nahm das Paket in die Hand und legte die Messerspitze an einer Seite an, wobei er nur sehr wenig Druck aufwandte, als wollte er den Inhalt nicht beschädigen. Langsam zog er das Messer über das Plastik.

»Warten Sie«, sagte Alex.

Der Zollbeamte erschrak und hielt inne. Die Klinge hatte das schützende Isolierband kaum durchdrungen.

»Was ist?«

»Bevor Sie es aufmachen«, sagte Alex, »muss ich Ihnen etwas zeigen.«

Er nahm seine Brieftasche vom Tisch, zog die Visitenkarte heraus, die er eben gefunden hatte, und reichte sie über den Tisch. Der Offizier las sie und drehte sie zwischen den Fingern hin und her.

»Was ist das?«, fragte er zögernd,

»Das ist die persönliche Nummer von Hauptkommissar Saito im Polizeirevier Ushigome«, sagte Alex. »Rufen Sie ihn an und sagen Sie ihm, er soll herkommen. Ich werde nichts sagen, bevor er hier ist.«

Er erinnerte sich an Kommissarin Tomadas ernstes Gesicht, die ihn gezwungen hatte, die Karte zu nehmen, als er aus der Haft entlassen wurde. Jetzt war er dankbar für ihre Hartnäckigkeit. Saitos Name war die einzige Rettungsleine weit und breit.

»Warum sollte ich ihn anrufen?«, fragte der Offizier. »Die Polizei ist hier nicht zuständig.«

Alex schaute hinauf in das harte Licht, das von der Decke herunterstrahlte, und spannte demonstrativ die Gesichtsmuskeln an. »Herr Saito ist ein leitender Beamter der Kriminalpolizei Ushigome. Wenn Sie dieses Paket ohne seine Anwesenheit öffnen, stören Sie wichtige Ermittlungen.«

31

Es war spät am Abend, als der Kriminalbeamte eintraf. Wortlos übernahm er das Kommando, als er den Raum betrat und seinen Regenmantel an einen Haken neben der Tür hängte. Die beiden jungen Zöllner verbeugten sich ehrfurchtsvoll, und er stand aufrecht da und wartete geduldig, bis auch ihr Vorgesetzter es schließlich widerwillig tat. Saito quittierte die Anerkennung seiner Autorität mit einem knappen Nicken seines kleinen, grauhaarigen Schädels.

Alex war nicht sicher, ob er angesichts seiner Anwesenheit Erleichterung oder Angst empfinden sollte. Er rührte sich nicht, als Saito sich setzte und mit kaltem Blick das silbern verklebte Paket auf dem Tisch anschaute. Es lag im hellen Licht der Leuchtstoffröhre wie ein aufgedecktes Geheimnis.

»Wie ich sehe, ist meine Warnung unbeachtet geblieben, Malloy-san«, sagte Saito.

Alex antwortete mit klarer, gleichmäßiger Stimme, denn er wusste, auf Bitten würde Saito nicht ansprechen. »Ich hatte keine Wahl, Herr Hauptkommissar. Sie wissen, mit wem ich es zu tun hatte.«

»Was haben Sie den Zollbeamten erzählt?«

»Ich habe etwas erfunden, um Zeit zu gewinnen. Mehr ist mir nicht eingefallen.«

Saito betastete den Schnitt in der Ecke der Plastikverpackung und schälte den Klebestreifen an den Rändern zurück. »Ich wusste ja, Sie waren im Begriff, sich in neue Schwierigkeiten zu bringen, aber anscheinend haben Sie sich selbst übertroffen.«

»Das war nicht meine Idee, glauben Sie mir.«

»Sie wurden also zu diesem Plan genötigt, damit Sie Ihre Schulden zurückzahlen?«

»Genau.«

»Und warum bin ich hier?«

»Sie haben gesagt, Sie würden mir helfen, Herr Hauptkommissar. Jetzt will ich Sie beim Wort nehmen.«

Saito rückte seine Brille zurecht. Seine Augen waren ruhig und undurchdringlich hinter den Gläsern. »Warum jetzt? Warum haben Sie mich nicht angerufen, als man Ihnen diesen Vorschlag gemacht hat?«

»Ich hatte keine Ahnung, wie Sie reagieren würden. Ob Sie mir glauben oder nicht. Genauso gut hätte ich mich damit noch weiter in Schwierigkeiten bringen können.«

»Behandeln Sie mich nicht wie einen Idioten, Malloy-san. Sie haben die Sache riskiert, um zu sehen, ob Sie damit durchkommen. Wenn der Zoll Sie nicht aufgehalten hätte, wären Sie sicher nicht auf die Idee gekommen, mich anzurufen.«

»Ich tue das nicht, um mich persönlich zu bereichern«, widersprach Alex. »Sie wissen, wie gefährlich diese Leute sind. Ich hatte gehofft, Sie könnten mir helfen, aus dieser Sache herauszukommen.«

Saito lehnte sich zurück und hob das Kinn ein wenig, als wollte er sich einen besseren Überblick über den Raum vor ihm verschaffen. »Und welchen Dienst, glauben Sie, kann ich Ihnen erweisen?«

»Sie können der Zollbehörde meine Situation erklären, damit sie weiß, wie ich hier gelandet bin.«

»Und was habe ich davon? Was können Sie für mich tun?«

Alex sah einen Hoffnungsschimmer. »Was wollen Sie?«, fragte er.

Ohne zu zögern, fragte Saito: »Wer hat das organisiert?«

»Einer der Häftlinge, mit denen ich in Ushigome war. Einer der älteren, die aussahen, als ob sie dort zu bestimmen hätten.«

»Nur ein Mann? Das ist alles?«

»Da war noch einer bei ihm, eine Art Bodyguard. Und noch einer.«

»Wer?«

»Ein Mittelsmann, der das alles eingefädelt hatte. Er war auch in Ushigome.«

»Das sind nicht gerade erstklassige Informationen.« Saito zuckte resigniert die Achseln. »Ich brauche mehr. Ich brauche Namen.«

Alex schwieg einen Moment lang. »Die kann ich Ihnen nicht geben, Herr Hauptkommissar«, sagte er dann.

»Warum nicht? Diese Leute sind doch nicht gerade Ihre Freunde.«

»Ich will auch niemanden schützen. Nur mich selbst. Wenn ich Ihnen Namen gebe, habe ich nichts mehr zu bieten.«

»Na ja, einen Namen habe ich schon. Den können Sie mir wenigstens bestätigen.«

»Welchen?«

Saito nahm das zusammengefaltete Blatt vom Tisch. Er faltete Naokos Brief auseinander und strich ihn sorgfältig glatt.

»Das ist praktisch ein Geständnis. Sogar mit Unterschrift.«

»Aber da steht, sie will nichts damit zu tun haben.«

»Sie hat nicht versucht, Sie aufzuhalten, oder? Sie hat nicht die Polizei informiert. Damit ist sie der Beihilfe schuldig.«

Alex schüttelte langsam, aber entschieden den Kopf. »Nein, Herr Hauptkommissar. Sie hat mit alldem nichts zu tun.

»Selbstverständlich hat sie das. Es steht doch alles hier.«

»Ich kann Ihnen zu jedem Beteiligten alle Einzelheiten geben, die Sie wollen. Ich kann Ihnen den Namen nennen, den ich kenne, und Beschreibungen von allen, mit denen ich zu tun hatte. Ich kann Ihnen Telefonnummern geben. Aber ich werde nicht gegen Naoko aussagen.«

»Warum nicht? Was hat sie für Sie getan?«

»Sie ist an diesen Entwicklungen unschuldig.«

»Selbst wenn Sie mir von diesen andern erzählen, bedeutet das nichts. Welche Straftaten haben sie denn begangen? Was können Sie beweisen? Sagen Sie gegen Naoko aus, dann werde ich versuchen, etwas für Sie zu tun. Vielleicht können Sie sogar ohne ein Gerichtsverfahren nach Hause.«

Alex blieb standhaft. Alles in ihm sträubte sich dagegen, dieses Angebot zu akzeptieren. »Nein«, sagte er.

»Warum nicht?«

»Weil es nicht richtig ist.«

Saito stand auf und ging zum Garderobenhaken. Er zog seinen Mantel an, knöpfte ihn zu und öffnete die Tür, um zu gehen.

»Sie werden mir also nicht helfen?«, fragte Alex.

»Ich habe keinen Grund dazu.«

»Und das war's?«

Saito drehte sich um und sah Alex durchdringend an. »Sie haben nichts, was ich will«, sagte er. Er rief den jungen Zöllner heran und ließ sich sein Messer geben. Der junge Mann nickte pflichtbewusst und gab es ihm.

Der Hauptkommissar kam zurück zu Alex ins Licht und nahm das Paket vom Tisch. Er schob die Klinge in das Loch an der Ecke und schnitt durch die dicken Plastikschichten. Er hielt die vergrößerte Öffnung über die Tischplatte, und der Inhalt geriet in Bewegung. Rauschend rieselte ein dicker Strom von trockenem weißem Sand heraus und bildete einen perfekt geformten Berg auf dem Tisch.

Der Kriminalbeamte klappte die Klinge ein, und der Zolloffizier trat an den Tisch und harkte mit den Fingern durch den Haufen, als suchte er darin nach verborgener Schmuggelware. Saito öffnete seinen Aktenkoffer und legte die leere Verpackung hinein.

»Ist es das, was ich glaube?«, fragte Alex und schaute auf den feinen Sand, der auf dem Tisch ausgebreitet lag. Es war der weiße Sand von den Andamanen, mit dem der Strand vor dem Hotel aufgeschüttet war.

»Was immer es ist, illegal ist es nicht«, sagte Saito. »Es war Ihr Pech, dass die Spuren an der Verpackung den Drogenhund aufmerksam gemacht haben. Zum Glück kann man wegen Rauschgiftspuren nicht verhaftet werden.«

»Woher wussten Sie davon?«

Er wischte sich ein paar Sandkörner vom Mantelärmel und schaute Alex mit müdem Blick an. »Weil Frau Yamamoto bereits so klug war, mich anzurufen.«

»Aus Thailand?«

»Nein, sie ist in Tokio. Sie ist vor ein paar Stunden zurückgekommen.«

»Das verstehe ich nicht.«

»Sie hat das, was Sie in diesem Paket vermutet haben. Sie hat mir bereits alles erzählt.«

»Und wie geht es jetzt weiter?«

»Jetzt will sie einen Deal machen.«

32

Im Bahnhof Shinjuku herrschte Hochbetrieb. Auf den Bahnsteigen und in den Gängen drängten sich die Fahrgäste. Sekretärinnen und Vertreter marschierten Schulter an Schulter und kämpften sich durch das Geschiebe, um einen der vollgestopften Pendlerzüge nach Hause zu besteigen. Das Rattern der Waggons auf den Gleisen und das Kreischen hydraulischer Bremsen in der riesigen Halle waren ohrenbetäubend.

Naoko bewegte sich stetig gegen den Strom.

Vor dem Bahnsteig der Chuo-Linie ging sie die Treppe hinunter in einen langen Korridor mit Schließfächern. Reihe um Reihe standen die grauen Stahlschränke und glichen einander wie ein Ei dem anderen. Es gab sicher Tausende davon in jedem Bahnhof der Stadt, dachte sie. Wer wusste schon, welche Geheimnisse sie enthielten. Sie fand ein leeres Fach und öffnete es. Als sie sicher war, dass niemand sie beobachtete, öffnete sie ihren Koffer und nahm eine Plastiktüte aus dem 7-Eleven-Supermarkt heraus. Sie legte sie in das Fach, blieb einen Moment lang stehen und schaute sie an. Die Tragegriffe waren verdreht und ineinander verknotet. So viel Mühe und Herzweh für ein paar Pfund giftige Chemikalien. So wenig, und dafür so viel Ärger.

Sie hatte fast die ganze Nacht gebraucht, um ihre Entscheidung zu treffen. Sie hatte dagelegen und zum Deckenventilator hinaufgestarrt. Alex hatte sich neben ihr hin und her geworfen, und der kalte Schweiß seiner Angstträume hatte feucht auf seinem Rücken geglänzt. Sie wusste, er war unbesonnen genug, das Unternehmen durchzuziehen und durch den Flughafen zu stürmen, als stürme er eine Barrikade, aber er war auch leichtsinnig genug, um sich erwischen zu lassen. Naoko konnte es sich vorstellen.

Sie hatte ein schlechtes Gewissen dabei gehabt, ihn zu hintergehen, aber sie war sicher, dass es die einzige Möglichkeit war. Hätte sie versucht, darüber zu diskutieren, hätte Alex sich halsstarrig geweigert, sich die Sache anders zu überlegen. Er hätte bei seinem Plan bleiben wollen, um sein Ehrgefühl zu befriedigen. Naoko hingegen wusste, dass dies nicht der Augenblick für abstrakte Begriffe wie »Ehre« war. Praktische Lösungen waren das Einzige, was sie interessierte. Sie war schon oft durch die Kontrollen am Flughafen Narita gegangen und noch nie angehalten oder befragt worden. Wenn sie einen klaren Kopf bewahrte und sich benahm wie immer, hatte sie sicher eine gute Chance. Tatsache war, dass die Flughafenbediensteten darauf trainiert waren, sich auf Ausländer zu konzentrieren, die nach Japan einreisten. Insofern würde Alex eher auffallen als die meisten. Eine japanische Frau stände auf dem letzten Platz ihrer Prioritäten. Je länger sie über die verfügbaren Optionen nachgedacht hatte, desto klarer war geworden, dass die Erfolgschancen hier am größten waren. Wie Alex gesagt hatte, es war alles reine Nervensache.

Sie warf die Fünfhundert-Yen-Gebühr ein und schloss das Fach. An dem Plastikschlüssel hing ein runder Chip mit der Schließfachnummer. Naoko lernte die Nummer auswendig, riss den Chip ab und warf ihn in einen Papierkorb. Sie schloss das Fach zu, steckte den Schlüssel in ihre Handtasche, ging die Treppe hinauf in die Haupthalle und folgte den Schildern zu dem Ausgang zur Yasakuni Dori. In der Abenddämmerung schalteten sich die Neontafeln ein und strahlten von den Gebäuden herunter. Auf der Straße waren Schlepper mit nach Aufmerksamkeit heischenden Blicken unterwegs und verteilten Flyer für Topless-Bars. Mönche standen schweigend und mit gesenktem Blick an den Straßenecken und hielten ihre Bettelschalen vor sich. Ein scharfer Duft wehte aus verborgenen koreanischen Barbecue-Lokalen, und aus den Videospielhallen blitzten bunte Lichter. Tokio, dachte sie, immer lebendig. Es tat gut, wieder auf heimischem Boden zu stehen.

Lächelnd bahnte Naoko sich ihren Weg durch das Gedränge nach Golden Gai und zu dem Nachtcafé, in dem sie sich mit Hauptkommissar Saito treffen wollte.

Sie sah Alex an einem Fenstertisch. Sein Gesicht war ernst, beinahe hohlwangig, und er saß zurückgelehnt und mit fest verschränkten Armen da. Saito saß aufrecht und ruhig ihm gegenüber und blies kräftig auf seinen schwarzen Kaffee. Dampf kräuselte sich aus dem Pappbecher. Beide sahen sie, als sie hereinkam.

Sie berührte Alex' Hand unter dem Tisch mit den Fingerspitzen, als sie Platz nahm. »Jetzt sind wir quitt«, sagte sie. »Ich finde, das ist der Ausgleich für alles, womit ich dir so viel Ärger gemacht habe.«

Er sah sie an und lächelte langsam, beinahe zögernd. »Du bist wirklich verrückt«, sagte er.

»Glaub mir, das war noch gar nichts«, antwortete sie.

Saito nahm einen kleinen Schluck von seinem Kaffee. »Sehr anrührend«, sagte er. »Aber dies ist nicht der Augenblick für eine von Herzen kommende Versöhnung. Sie sind beide in ernsthaften Schwierigkeiten.«

»Ich habe Sie freiwillig angerufen, Herr Hauptkommissar«, sagte Naoko. »Ich hätte die Lieferung weisungsgemäß durchführen können, aber ich dachte, das Beste ist, ich spreche mit Ihnen und sage die Wahrheit. Ich möchte die Einfuhr von Rauschgift nicht auf meinem Gewissen haben.« Sie kramte den Schlüssel aus ihrer Handtasche und warf ihn auf den Tisch. »Was Sie haben wollen, ist in einem Schließfach, und das ist der Schlüssel. Sie können ihn haben. Sagen Sie nur, dass Alex und mir nichts mehr passieren kann, dann sag ich Ihnen, wo das Schließfach ist.«

»Und Sie glauben, damit ist alles zu Ende?«

»Allein werden Sie es nicht finden. Es gibt Tausende solche Fächer in der Stadt. An uns sind Sie eigentlich gar nicht interessiert, das weiß ich. Wir haben mit all dem doch überhaupt nichts zu tun. Sie suchen die Leute, die dieses Geschäft eingefädelt haben.«

Saito schüttelte den Kopf. »Ich fürchte, so einfach wird das nicht sein. Die Möglichkeiten für Sie beide sind jetzt begrenzt, und deshalb schlage ich vor, Sie hören mir zu und entscheiden sich schnell. Erstens, Sie könnten diesen Schlüssel wegwerfen, und wir alle gehen unserer Wege. Ohne Beweise kann ich Sie nicht vor Gericht bringen, und deshalb werden Sie mit der Polizei keine Probleme haben. Aber Sie werden ein großes Problem mit einem Mann namens Ichiro Tanaka bekommen. Ich würde Ihnen nicht empfehlen, ihn zu verärgern, aber ich bin sicher, darüber haben Sie sich schon Gedanken gemacht, denn sonst hätten Sie mich nicht angerufen. Zweitens, Sie könnten dabeibleiben und ihm das Rauschgift liefern, wie es verabredet ist. Damit halten Sie ihn bei Laune, aber dann werde ich Anlass haben, gegen Sie zu ermitteln. Der Vertrieb illegaler Substanzen ist in diesem Lande eine schwerwiegende Straftat, und ich werde Sie mit genauso viel Energie verfolgen wie Tanaka. Drittens, Sie können mir zeigen, dass Sie Anhängerin des Rechtsstaats sind, und mir helfen, die wahren Kriminellen zu fangen. Sie können sich denken, welche Möglichkeit mir die liebste ist. Sie sind eine gescheite junge Dame, Frau Yamamoto. Ich glaube, Ihnen war die ganze Zeit klar, dass dies die einzige echte Option für Sie ist, denn sonst hätten Sie nicht sofort Kontakt mit mir aufgenommen, als Sie wieder im Lande waren.«

»Woher wissen Sie, dass Tanaka dahintersteckt?«

»Weil ich weiß, woher Ihr *jidan*-Geld kam. Tanaka ist nicht der Mann, der eine so große Summe verleiht, ohne für diese Investition eine beträchtliche Rendite zu erwarten.«

»Und wer ist er?«

»Ichiro Tanaka sitzt ganz oben auf einem großen, dicken Baum. Auf einem sehr alten Baum. Sein Einfluss infiziert alles, was er berührt, nicht selten mit tödlichen Folgen. Er ist ein sehr gefährlicher Mensch. Je weniger sie über ihn wissen, desto besser.«

»Und wenn wir Ihnen helfen, sind wir wirklich frei?«

»Wenn ich wollte, könnte ich Sie jetzt beide festnehmen und Sie die nächsten einundzwanzig Tage in Ushigome verbringen lassen. Malloy-san wird Ihnen bestätigen, dass es kein angenehmes Erlebnis ist. Aber in einem Punkt haben Sie recht. Eigentlich will ich nichts von Ihnen. Ich will Tanaka und so viele von seiner Gang, wie ich mit ihm zusammen erledigen kann. Ganz Tokio wäre sicherer, wenn man ihn aus der Gesellschaft entfernen könnte. Danach habe ich keine Verwendung mehr für Sie. Gehen Sie, wohin Sie wollen, und lassen Sie das alles hinter sich.«

»Woher wissen wir, dass wir Ihnen vertrauen können?«, fragte Naoko.

»In diesem Augenblick sitzen die einzigen Menschen, denen Sie vertrauen können, an diesem Tisch. Sie beide haben einander Ihre Loyalität bewiesen, indem Sie nicht Ihre eigene Haut gerettet haben, als Ihnen die Möglichkeit geboten wurde, das auf einfache Weise zu tun. Was mich angeht, so müssen Sie mir einfach glauben. Wenn ich Sie verhaften wollte, hätte ich das inzwischen getan. Darüber hinaus sollten Sie niemandem vertrauen. Wo Tanaka im Spiel ist, vertraue ich nicht vielen Menschen. Seine Leute haben es geschafft, alles zu zerstören, was sie anrühren, alles und jeden. Anwälte, Richter, Polizisten. Überall, wo Leuten das Geld wichtiger ist als alles andere. Soweit es ihn betrifft, ist jeder verdächtig und jeder korrupt.«

»Und was tun wir jetzt?«, fragte Alex. »Die Uhr tickt. Sie erwarten meinen Anruf mit der Bestätigung, dass wir durchgekommen sind.«

Saito sah sich in dem Café um. Sein Blick wanderte über gelangweilte Aussteiger und einsame Nachteulen. Anscheinend beunruhigte ihn niemand weiter. Er schaute abwechselnd Naoko und Alex an, schob die Lippen vor und ergab sich resigniert.

»Es wird nicht einfach werden«, sagte er. »Aber Sie haben es nach allem, was Sie durchgemacht haben, trotzdem geschafft, zusammenzubleiben. Das ist immerhin ein guter Anfang.«

33

Das Riesenrad war in meilenweitem Umkreis über der Skyline von Yokohama zu sehen. Es stand an der Promenade am Rand des Hafens, drehte sich sanft vor dem Nachthimmel und überragte den Vergnügungspark zu seinen Füßen. Dicke Stahlspeichen strahlten vom Zentrum des Rades nach außen, und in regelmäßigen Abständen hingen die Aussichtskabinen am äußeren Ring. Touristen drückten die Nasen an die Fenster und betrachteten das Panorama, das die Drehkonstruktion ihnen bot. Eine elektronische Uhr im Zentrum leuchtete hell und ließ die dünnen Wolken, die über der Bucht hereingetrieben waren, farbig schimmern.

Jun wartete wie verabredet am Kartenschalter. Er stand allein an der Seite, abseits der Menschenmassen, und der Wind trieb Papier und leere Fastfood-Kartons um seine Füße. Er sah beunruhigt aus, wie er das Gewimmel mit kurzen, verstohlenen Blicken und gesenktem Kopf beobachtete. Als er Alex kommen sah, warf er eine halb gerauchte Zigarette auf den Boden und trat sie aus.

»Das gefällt mir nicht, Russia-jin«, sagte er. »Es gefällt mir ganz und gar nicht.«

Alex bemühte sich, Ruhe auszustrahlen. »Entspann dich. Ich bin ja hier. Lass uns die Sache hinter uns bringen.«

»Ich weiß immer noch nicht, warum ich den weiten Weg hierher machen musste. Was gab es denn an dem ursprünglichen Treffpunkt auszusetzen?«

»Ich kann mich nicht mit dir in einer Bar treffen, in der ich noch nie gewesen bin, Jun. Sieh es mal von meinem Standpunkt aus. Ich hatte keine Ahnung, wer da bei dir sein würde, und deshalb dachte ich, wir sollten uns lieber auf neutralem Boden treffen. Das ist alles.«

Misstrauisch betrachtete Jun die Fahrgeschäfte und Attraktionen an der Promenade – die steil aufwärtsrasende Achterbahn, das Karussell, das Riesenrad, das sich über ihm langsam drehte.

»Aber warum musste es hier sein? Ich hasse Vergnügungsparks.«

»Naoko und ich waren hier an dem Abend, als wir uns kennenlernten. Vielleicht ist es sentimental, aber ich fand es passend. Der Kreis schließt sich, oder so ähnlich.«

»Es macht mich nervös, es an einem so öffentlichen Ort zu erledigen.«

Alex nickte. »Ich weiß«, sagte er. »Deshalb fühle ich mich ja sicher.«

»Hast du es bei dir?«

»Es ist ganz in der Nähe.«

Jun hob überrascht das Kinn. »Was soll das heißen, ganz in der Nähe?«

»Es ist in Sicherheit. Ich will es dir auf dem Riesenrad geben. Da sind wir ungestört.«

»Aber wo ist es, wenn du es jetzt nicht bei dir hast?«

»Ein Freund passt darauf auf. Wird gleich kommen.«

»Soll das ein Witz sein? Das wird allmählich sehr beunruhigend, Russia-jin.«

Alex streckte die Hand aus und legte sie Jun beruhigend auf die Schulter. »Jetzt bist du an der Reihe, mir zu vertrauen.«

Er gab Jun eine Fahrkarte, und sie stellten sich in die Warteschlange auf der Rampe zu der Einstiegsplattform, wo die neuen Fahrgäste darauf warteten, die Gondeln zu besteigen. Von den Achterbahngleisen hoch über ihnen gellten schrille Angstschreie herab. Jun rauchte ohne Unterbrechung und zündete sich eine Zigarette am Stummel der vorigen an. Er bewegte sich mit seinem vertrauten Wiegegang voran, hielt den Kopf gesenkt und suchte in der Menge nach irgendwelchen Anzeichen der Gefahr. Alex sah zu, wie die Gondeln an dem kreisenden Rad herunterkamen und an der Einsteigestation anhielten. Bald standen sie am Anfang der Schlange. Die Gondeln leerten sich schnell und schwebten dann heran, um die nächste Fahrgastgruppe aufzunehmen.

Als sie an der Schranke waren, drängte Naoko sich heran. Jun drehte sich um und sah sie kommen.

»Wer ist die? Vermute ich richtig?«

»Sie weiß alles, Jun.«

Jun sah Alex an. »Alles?«

»Ich konnte es nicht durchziehen wie geplant. Ich musste sie einweihen.«

»Sie hat den Stoff durch den Zoll gebracht, obwohl sie wusste, was in ihrem Koffer war?«

Alex nickte.

Jun stieß einen leisen, respektvollen Pfiff aus. »Dieser Abend entwickelt sich wirklich sehr merkwürdig«, sagte er.

Naoko blieb neben Alex stehen und nahm seinen Arm. Sie schaute Jun mit unbewegter Miene an, sagte aber nichts. Jun kam anscheinend zu dem Schluss, dass Naokos Komplizenschaft sie vertrauenswürdig machte. Er verbeugte sich schwungvoll vor ihr.

»Ich gratuliere«, sagte er. »Ein ziemliches Ding beim ersten Mal, was?«

»Prickelnd«, sagte sie verachtungsvoll.

»Alex hat mir nie gesagt, wie hinreißend Sie aussehen. Ich weiß nicht, ob ich Sie für den Job empfohlen hätte, wenn ich es gewusst hätte.«

Naoko wedelte dieses Kompliment beiseite. »Wollen wir es einfach hinter uns bringen?«

Die Schranke öffnete sich, und sie gingen hinüber zur Einsteigeplattform und bestiegen die nächste Gondel. Als die Tür sich schloss, hörte Alex überraschte Stimmen und hastige Schritte. Er drehte sich um und sah zwei stiernackige, bullige Japaner, die sich durch die Schlange der wartenden Touristen drängten. Der eine, erkannte er, war der narbengesichtige Leibwächter, den er bei Tanaka im Badehaus gesehen hatte. Der andere war stämmiger, und seine Glatze glänzte im Licht des Vergnügungsparks. An seinen beiden Händen fehlte das erste Glied des kleinen Fingers. Jun blieb in der Tür der Gondel stehen und winkte den beiden einzusteigen. Sie schlüpften herein, als die Tür sich schloss. Sie waren zu fünft allein in der Gondel. Die Maschinerie drehte sich mahlend, als es aufwärts ging.

»Du möchtest dich sicher fühlen, Russia-jin? Tja, ich auch. Meine Partner werden dafür sorgen, dass mir nichts zustößt. Du hast hoffentlich nichts dagegen.«

Juns Partner standen hinter ihm mit platten Nasen und schmalen Lippen.

»Durchaus nicht«, sagte Alex. »Ich hätte Tickets für sie gekauft, wenn du es mir rechtzeitig gesagt hättest.«

»Unser Freund ist sehr aufgebracht. Er glaubt, du willst ihn betrügen.«

»Unser Freund aus dem Badehaus?«

»Ganz recht.«

»Du meinst Tanaka-san?«

Jun machte schmale Augen, als er den Namen hörte. Seine Leibwächter machten finstere Gesichter. Das Riesenrad drehte sich, und die Gondel stieg gleichmäßig in die Höhe.

»Woher kennst du diesen Namen?«, fragte Jun.

»Es war nicht schwer, ihn herauszufinden.«

»Dann sollte es auch leicht sein, ihn wieder zu vergessen. Ich rate dir, ihn nie wieder zu erwähnen. Zumal da du jetzt schon tief in der Tinte sitzt. Den Treffpunkt zu wechseln war keine gute Idee.«

»Was hättest du denn an meiner Stelle getan?«

»Ich hätte getan, was man mir gesagt hat. Du tust, als wäre das ein Spiel, in dem du die Regeln bestimmen kannst. Aber die Sache ist ernst, und Leute haben schon für weniger leiden müssen.«

Alex deutete mit dem Kopf auf den Gorilla hinter Jun. »Du meinst wie an dem Abend im Badehaus? Als dein Freund herausfinden wollte, wie lange ich unter Wasser atmen kann?«

Jun war empört. »Das war geschäftlich, Russia-jin. Nichts Persönliches.«

»Du hast mich von Anfang an eingewickelt. Ich war in Schwierigkeiten, und du wusstest, ich hatte niemanden, an den ich mich wenden konnte. Ich habe dir vertraut, und du hast in mir nur eine leichte Beute gesehen.«

Jun schaute ihm in die Augen, und ein selbstzufriedenes Lächeln trat auf seine Lippen. »Es gibt kein Vertrauen«, sagte er. »Vertrauen ist nur ein Verrat, der noch nicht passiert ist.«

Die Gondel stieg langsam hinauf zum Scheitelpunkt des Rades. Die Lichter der Gebäude wirkten verzerrt durch die schrägen Stahlstreben der riesigen Konstruktion.

»Ich will jetzt das Paket«, sagte Jun.

»Ich will das Geld, das du mir versprochen hast.«

»Du fängst an.«

Alex schüttelte den Kopf. »Nach allem, was du mir zugemutet hast, finde ich, du kannst mich bezahlen, bevor ich irgendetwas tue.«

Jun zog einen Umschlag aus der Innentasche seiner Jacke und gab ihn Alex. Alex öffnete ihn und blätterte das dicke Geldbündel durch, das darin war. Die Summe schien zu stimmen, aber er hatte keine Zeit, richtig zu zählen.

»Das ist für dich«, sagte Alex und gab Naoko den Umschlag.

Sie stopfte ihn in die Handtasche, holte das silbern verpackte Paket heraus und reichte es Jun.

»Ist alles drin?«

Alex nickte.

»Und was ist das?« Jun zeigte auf die geöffnete Ecke.

»Wir haben es probiert«, sagte Naoko. »In Bangkok. Aber da fehlt fast nichts.«

Jun drehte das Paket hin und her und wog es in der Hand. Er riss das Loch an der Ecke ein bisschen weiter auf und spähte blinzelnd hinein. Als er den erwarteten Inhalt sah, zuckte er die Achseln.

»Ich habe kein Problem damit, dass ihr ein oder zwei Gramm

für den persönlichen Bedarf herausnehmt. Ich hoffe, ihr hattet Spaß. Und du weißt, an wen du dich wenden musst, wenn du mehr haben willst.«

Die Gondel begann ihren langsamen Abstieg zur Bodenstation. Jetzt, nachdem das Geschäft abgeschlossen war, besserte Juns Laune sich. Er holte eine Packung Lucky Strike aus der Tasche und zündete sich eine an. Blaugraue Rauchschleier wehten durch die Kapsel.

»Ich soll fragen, ob ihr Lust hättet, noch einen Trip zu machen. Beim zweiten Mal ist es immer leichter.«

»Was zahlt ihr, wenn wir es noch mal machen?«, fragte Naoko.

»Wieder zwei Millionen Yen. Mehr, wenn ihr Lieferungen übernehmen könnt, die mehr wert sind. Wir beauftragen Anfänger gern mit Kleinigkeiten, und wenn ihr zuverlässig seid, könnt ihr lukrativere Waren übernehmen.« Er schaute Naoko mit geilem Grinsen an. »Natürlich verdienst du mehr, wenn du allein arbeitest. Lohnt es sich wirklich, den Profit zu teilen, wenn du die ganze Arbeit machst?«

Naoko sah Alex an. »Wir arbeiten als Team am besten.«

Die beiden jungen Gorillas schauten aus dem Fenster. Wie ihre Körpersprache verriet, waren sie zu dem Schluss gekommen, dass ihre Wachsamkeit nicht mehr notwendig war. Jun nahm einen langen, tiefen Zug an seiner Zigarette und wartete darauf, dass das Rad seine Runde vollendete. In der Kabine war es still.

Ein gedämpfter Klingelton unterbrach das Schweigen. Jun zog sein Handy aus der Tasche, warf einen Blick auf das Display und nahm den Anruf an.

Ohne ein Grußwort stand er da und hörte sich an, was am anderen Ende gesagt wurde. Ab und zu nickte er.

Sein Gesichtsausdruck änderte sich nach und nach. An die Stelle seiner arroganten Zuversicht trat ein rattenhafter Überlebensdrang. Er drückte auf die rote Taste und stürzte sich im selben Moment auf Alex. Die beiden Leibwächter sahen es und taten das Gleiche. Die Atmosphäre in der Kabine knisterte plötzlich von Adrenalin.

Jun riss Alex' Hemd so wütend auf, dass die Knöpfe zu Boden fielen. Das mit einem versteckten Aufzeichnungsgerät verbundene Mikrofon war mit Klebstreifen auf einer kahlen Stelle der Brust befestigt, wo ein Polizeitechniker das Brusthaar wegrasiert hatte, damit der Streifen besser hielt.

Jun war atemlos vor Angst. »*Fuck*, du bist ein toter Mann!«, schrie er, und Speichel sprühte von seinen Lippen. »Du hast mich reingelegt.«

Alex stieß ihn weg. »Jetzt weißt du, wie es sich anfühlt.«

»Das Geschäft war fast in trockenen Tüchern. Wieso musst du es jetzt noch versauen?«

Alex packte Jun mit einer Hand bei der Kehle und schlug mit der anderen zu. Seine Faust traf krachend auf Juns Schläfe, und Jun taumelte rückwärts gegen das Fenster der Gondel.

»Weil ich es nicht ertragen könnte, dich gewinnen zu sehen«, sagte Alex.

Die beiden *yakuza* hatten ihn rasch in die Mitte genommen und drückten ihn in die Ecke der Gondel, wo er sich nicht wehren konnte. Der eine hielt ihn fest, und der andere fing an, auf Brust und Bauch einzuschlagen. Jun versuchte, das Mikrofon abzureißen, und Alex trachtete danach, sich zu schützen, so gut es ging. Der glatzköpfige Gorilla trat einen Schritt zurück und zog ein Butterfly-Messer mit langem Griff aus der Jackentasche.

Mit einer schnellen Drehung des Handgelenks ließ er die Klinge herausschnappen und kam mit erhobenem Messer wieder heran.

Plötzlich schienen die Gestalten in der Gondel in einem grellen Lichtblitz zu erstarren. Jun und seine Schläger rissen instinktiv die Hände vor die Augen, um sie vor dem schmerzhaften Gleißen zu schützen, das aus der Nachbargondel flutete. Naoko drehte sich um und blinzelte zwischen den Fingern hindurch in das Licht.

Am Fenster der Nachbargondel standen vier uniformierte Polizisten und Hauptkommissar Saito und schauten herüber in das Getümmel. Einer der Polizisten hielt eine Kamera mit Teleobjektiv vor sein Auge und machte ein Foto nach dem andern, während ein zweiter neben ihm den Scheinwerfer hielt. Saito beobachtete die Szene mit unheilvollem Blick, und seine Reglosigkeit wirkte bedrohlich.

Jun sah seine Komplizen an. Er keuchte vor Anstrengung, und die Adern an seinen Schläfen waren wütend angeschwollen. Er nickte den beiden zu, und sie ließen die Fäuste sinken. Das Messer fiel klappernd zu Boden. Das Rad hatte seine Umdrehung vollendet.

34

Sie warteten am Geländer der Promenade und schauten in das kalte dunkle Wasser des Hafens. Der Vergnügungspark wurde geschlossen, die Fahrgeschäfte schalteten für die Nacht ab. Über ihnen verschwand das beleuchtete Riesenrad Abschnitt für Abschnitt in der Dunkelheit. Naoko betastete behutsam die Blutergüsse auf Alex' Rippen.

»Wie fühlt sich das an?«, fragte sie. »Ist etwas gebrochen?«

Er atmete flach und befühlte vorsichtig seine Brust, um zu sehen, ob er verletzt war. »Alles okay. Glaube ich.«

»Tut es weh?«

»Nur wenn ich atme.« Er verzog das Gesicht. »Ich sollte mich schon daran gewöhnt haben.«

»Es tut mir leid, dass du verprügelt worden bist. Ich hätte die Polizei nicht dazugeholt, wenn ich gewusst hätte, dass es noch gefährlicher wird.«

»Keine Sorge«, sagte Alex. »Wir haben alles richtig gemacht.«

Am Ende hatte es keinen dramatischen Showdown gegeben. Anscheinend verliefen in Japan sogar Verhaftungen nach einem organisierten Drehbuch, in dem jeder bemüht war, nicht das Gesicht zu verlieren. Jun war trotzig aus der Gondel gestiegen, hatte demonstrativ die Hände erhoben und sich den Polizisten ergeben, die auf der Plattform warteten. Seine Gorillas waren ihm gefolgt. Jun hatte Alex einen Blick voll glühender Verachtung zugeworfen, als er abgeführt wurde, und Alex hatte diesen Blick erwidert und gezeigt, wie sehr seine Rache ihn mit Genugtuung erfüllte. Er sah zu, wie Jun auf der Promenade zu einem der wartenden Streifenwagen geführt und auf den Rücksitz geschoben wurde. Die spätabendlichen Besucher des Vergnügungsparks standen abseits, als die Polizisten vorbeikamen; sie drängten sich zusammen und tuschelten mit gedämpfter Aufregung untereinander. Dies war heute mit Abstand die größte Attraktion des Abends.

Saito wartete, bis die Polizeiwagen in einer dichten Kolonne abgefahren waren und die Festgenommenen in die Stadt verfrachteten. Hoch aufgerichtet kam er zum Geländer der Promenade, und in seinem sonst so strengen Gesicht lag die Andeutung eines Lächelns.

»Gut gemacht«, sagte er. »Ich habe die Aufnahme gehört, und wir haben alles, was wir brauchen. Das Beweismaterial reicht für eine solide Anklage.«

»Was war denn das für ein Anruf?«, fragte Alex. »Jemand muss ihnen einen Tipp gegeben haben.«

»Sind Sie denn sicher, dass es der Anruf war, der sie misstrauisch gemacht hat? Es kann doch auch Zufall gewesen sein.«

»Ausgeschlossen. Jun hat sich geradewegs auf das Mikrofon gestürzt, nachdem er aufgelegt hatte. Jemand hat ihm genau gesagt, wo er es suchen sollte. Wie kann irgendjemand so schnell von der Abhöraktion erfahren haben? Nur die Polizisten unter Ihrem Kommando wussten davon.«

Der Kriminalbeamte war unbesorgt. »Von meinen Leuten war es niemand. Wir haben den Anruf zu einer öffentlichen Telefonzelle in Kabukicho zurückverfolgt. Ich habe Anweisung gegeben, die Aufzeichnungen der örtlichen Überwachungskameras zu überprüfen. Vielleicht findet sich da etwas. Bis dahin möchte ich nicht spekulieren. Wir haben auf dem Aufzeichnungsgerät, was wir brauchen. Das ist die Hauptsache.«

»Und jetzt bringen Sie Jun und die anderen vor Gericht?«

»Ich will Tanaka, nicht diese Leute. Das wissen sie. Das Material von heute Abend ist vor allem nützlich, um sie dazu zu überreden, einen Deal zu akzeptieren. Wir haben wenig erreicht, wenn wir die drei einsperren und den Boss laufen lassen.«

»Aber Sie behalten Jun in Haft?«

»Nur, bis ich ihn vernehmen und ihm seine Optionen erklären kann. Wenn ich ihn zu lange festhalte, wird Tanaka merken, dass bei der Übergabe etwas schiefgegangen ist. Außerdem ist es am besten, wenn er die Freiheit genießen kann, während er über seine Möglichkeiten nachdenkt. Das wird ihm helfen, sich zu konzentrieren. Der Knast hat die Eigenschaft, die Sinne abzustumpfen.«

»Aber was ist mit Naoko und mir? Ich dachte, wir wären jetzt in Sicherheit. Sonst hätte ich doch niemals zugestimmt. Aber wenn diese Leute auf freiem Fuße sind …«

Saito unterbrach ihn mit einer beruhigenden Handbewegung. »Ich werde dafür sorgen, dass meine Polizisten Sie Tag und Nacht im Auge behalten. Sie haben nichts zu befürchten. Kehren Sie in Ihr Leben zurück und machen Sie ganz normal weiter. Seien Sie vorsichtig wie immer, und wenn Sie irgendetwas Verdächtiges hören oder sehen, rufen Sie mich an. Und zwar nur mich, sicherheitshalber.«

Er nickte den beiden mit seinem grauen Stoppelschädel

respektvoll zu und ging davon. Sie blieben allein auf der verlassenen Promenade zurück. Alex sah sich um und ließ den Blick über die verrammelten Buden wandern, über abgerissene Tickets und Papierfetzen, die im Wind umherwehten. Allein hier zu sein erfüllte ihn mit der Melancholie des Saisonendes.

»Weißt du noch, wie wir das letzte Mal hier waren?«, fragte er. »Es kommt mir vor, als wäre es eine Ewigkeit her. Stell dir vor, jemand hätte dir damals erzählt, was uns passieren würde.«

Naoko lachte. »Das wäre ein sehr kurzes erstes Date geworden.«

»Und jetzt, da alles vorbei ist? Was meinst du, was sollten wir als Nächstes tun?«

Sie drehte sich zu ihm um und sah ihn an. »Mein Angebot steht noch …«

»Welches Angebot?«

»Mit mir nach Osaka zu gehen. Wo wir beide einen neuen Anfang machen können.«

»Das meinst du ernst?«

»Selbstverständlich. Ich möchte es gern.«

Er schaute hinaus über das dunkle Wasser. »Angesichts dessen, dass so viele Leute wütend auf uns sind, ist es vielleicht die beste Option, die wir haben.«

»Ist das der einzige Grund, weshalb du mit mir kommen würdest?«

Er richtete sich auf und nahm ihr Gesicht in beide Hände. »Natürlich nicht. Ich wüsste nicht, was ich lieber täte.«

Sie verließen den Vergnügungspark und erwischten den letzten Zug zurück zum Bahnhof Shinagawa. Sie waren beide erschöpft und saßen eng nebeneinander, um sich gegenseitig zu stützen und während der Fahrt nicht einzuschlafen. Ihnen gegenüber saß ein Paar mit einer kleinen, vielleicht fünfjährigen Tochter, die ein rosa Stoffkaninchen im Arm hielt, das sie im Vergnügungspark gewonnen hatte. Sie starrte ihn gebannt an, während der Zug durch Tunnel und über Brücken zurück ins Zentrum von Tokio fuhr. Die Mutter versuchte, das Kind leise abzulenken, aber ohne Erfolg. Der Zug bremste zur Einfahrt in den Bahnhof, und Alex und Naoko standen auf. Die Mutter sagte nervös ein paar Worte, und das Kind schaute staunend von seinem Platz auf.

»Was war los?«, fragte Alex, als sie auf dem Bahnsteig entlanggingen.

»Die Mutter wollte sich bei dir entschuldigen. Sie sagte, ihre Tochter sei unhöflich gewesen.«

»Warum? Weil sie mich angestarrt hat?«

»Die Kleine dachte, du wärst nicht echt. Sie sagte, die sähst aus wie eine Puppe. Sie hatte noch nie blonde Haare und blaue Augen bei einem echten Menschen gesehen.«

»Im Ernst?«

»Sie hat immer gefragt, ob sie dich anfassen dürfte, um zu sehen, ob du wirklich ein Mensch bist.«

Alex hielt eine Hand vors Gesicht und betrachtete sie. »Hundert Prozent aus Fleisch und Blut«, stellte er fest.

»Wie lange brauchst du, um deine Sachen in Koenji abzuholen?«

»Nicht lange. Höchstens ein paar Stunden. Ich bin morgen früh fertig.«

»Wollen wir dann nicht einfach morgen den Zug nach Osaka nehmen und von hier verschwinden? Warum noch bleiben?«

Alex zuckte die Achseln. »Wir können den Zug morgen früh nehmen, wenn du willst.«

»Es gibt eine Abendverbindung. Lass uns abwarten und die nehmen.«

»Bist du sicher?«

»Wir treffen uns am Bahnhof Tokio«, sagte Naoko. »Um sechs am Gleis des Expresszugs Shin – Osaka. Ich habe noch etwas zu erledigen, bevor wir fahren.«

35

Es war spät in der Nacht, als Alex in seiner Pension ankam. Aufenthaltsraum und Küche waren still und leer, und in der Spüle türmte sich schmutziges Geschirr. Leise stieg er die fünf Holztreppen hinauf zum Dachgeschoss. Unter ein paar Türen schimmerte mattes Licht hervor, aber die meisten Zimmer lagen im Dunkeln. Das Haus schlief. Er suchte seinen Schlüssel in der Reisetasche und schloss die Zimmertür auf. Drinnen knipste er die nackte Glühbirne an. Ein Brief, den jemand unter der Tür hindurchgeschoben hatte, lag auf dem *tatami*-Boden. Er hob ihn auf und betrachtete den Umschlag. Er war in London frankiert und abgestempelt worden. Vorsichtig riss er den Umschlag auf und nahm den Brief heraus. Nachdem er ihn zweimal gelesen hatte, verließ er sein Zimmer und ging wieder nach unten. Am Haustelefon in der Diele wählte er eine Nummer.

Es klingelte dreimal, bevor jemand abnahm. Alex holte tief Luft.

»Hallo?«, sagte eine Stimme.

Er zögerte. Die Emotionen stiegen von den Fußsohlen herauf in sein Gesicht, das warm und rot anlief. Er begriff, dass er sich schämte.

»Hier ist Alex«, sagte er und wartete kurz. »Wie geht es dir?«

Seine Mutter atmete leise in den Telefonhörer. Ein Knarren

kam durch die Leitung, und er wusste, sie hatte sich langsam hingesetzt.

»Alexander«, sagte sie. »Bist du noch in Tokio?«

»Ja.«

»Geht's dir gut?«

»Ja. Und dir?«

»Ganz gut, ja.« Sie schwieg kurz. »Hast du meinen Brief bekommen?«

»Ja.«

»Dein Vater. Tja, es geht ihm nicht gut. Ich wollte, dass du das weißt.«

»In deinem Brief steht, er hatte einen Schlaganfall. Ist es ernst?«

»Im ersten Moment war es schrecklich, aber er erholt sich langsam.«

»Ist er im Krankenhaus?«

»Das war er. Jetzt ist er zu Hause.«

»Kann ich mit ihm sprechen?«

»Er ist eben eingeschlafen. Er wird furchtbar traurig sein, weil er dich verpasst hat. Ständig fragt er nach dir, seit es passiert ist.«

»Wird er wieder gesund?«

»Die Ärzte meinen, die Beweglichkeit seines Arms sollte größtenteils zurückkommen. Sprachlich bleiben vielleicht Beeinträchtigungen, aber das finden wir nicht so schlimm.«

»Du schreibst, es ist im Juni passiert. Warum hast du mich nicht früher informiert?«

»Ich wollte abwarten, bis ich wusste, was ich dir sagen soll. Es ist so lange her, dass du dich irgendwo gemeldet hast – ich war nicht sicher, ob es dich überhaupt interessiert.«

»Dad war mir immer wichtig.«

Der Ton seiner Mutter wurde plötzlich schärfer und defensiver. »Aber ich nicht. Wolltest du das damit sagen?«

»Er wollte sich nie von mir abwenden.«

Sie machte eine lange Pause und sagte dann: »Da ist noch ein Grund, weshalb ich mit dir Kontakt aufnehmen wollte. Ich habe Monica gesehen.«

»Patricks Ex?«

»Sie ist mir in der U-Bahn über den Weg gelaufen. Seit Patricks Tod hatte ich nichts mehr von ihr gesehen oder gehört. Wie auch immer – ich habe ihr erzählt, was passiert war … mit dir. Sie sah geschockt aus, als sie hörte, dass du deinen Job hier verloren hattest und weggegangen warst. Sie sagte, sie habe keine Ahnung gehabt, dass du überhaupt in die Sache verwickelt gewesen seist. Und dann erzählte sie mir, warum Patrick und sie sich getrennt hätten. Sie sprach von seinen Problemen. Sie sei zu aufgewühlt gewesen, um zur Beerdigung zu kommen, und sie habe entschieden, ein sauberer Schnitt sei das Beste. Ein neuer Anfang, sozusagen. Sie sagte, wenn sie von dir gewusst hätte, dann hätte sie es mir früher erzählt.«

Alex drückte sich den Hörer ans Ohr und hörte zu. Das Haus knarrte und ächzte um ihn herum, und nur das blassblaue Display des Telefons leuchtete in der Dunkelheit.

»Alex? Bist du noch da?«

»Ja. Bin ich.«

»Willst du nichts dazu sagen?«

»Was denn?«, fragte er.

»Warum hast du mir von alldem nie etwas gesagt?«

»Ich habe es versucht. Aber du wolltest nicht zuhören.«

»Dann hast du dich nicht genügend bemüht. Wie soll ich sonst die Wahrheit erfahren?«

»Manche Dinge weiß man entweder, oder man weiß sie nicht.«

»Ach, Alex. Du und deine unmöglichen Grundsätze. So warst du immer schon.«

»Wie war ich immer schon?«

»Dickköpfig und eigensinnig. Schon als Kind.«

»Es ist immer meine Schuld, nicht wahr? Niemals deine. Du wolltest nicht, dass ich dir die Wahrheit über Patrick sage. Du wolltest deine Illusionen behalten. Ich hätte nichts sagen können, was daran etwas geändert hätte.«

Sie schluckte schwer und umklammerte den Telefonhörer fester. Alex hörte sie atmen. Es klang fast, als weinte sie. »Es tut mir leid. Wirklich«, sagte sie.

»Hast du mir deshalb jetzt geschrieben? Um alles wiedergutzumachen, nachdem du die Wahrheit erfahren hast?«

»Ich wollte sofort mit dir sprechen, als dein Vater krank war, aber es war sehr schwer, dich zu finden.«

»Und wie hast du mich gefunden?«

»Mit viel Mühe. Niemand hier wusste, wo ich dich erreichen konnte. Weder deine Freunde noch deine ehemaligen Kollegen. Sie sagten, du wärst ohne ein Wort verschwunden. Am Ende habe ich mit jemandem in der Botschaft in Tokio sprechen können, der sich an die Polizei wandte und nachfragte, ob sie dich aufspüren könnten. Anscheinend muss man sich als Ausländer mit Wohnsitz in Japan registrieren lassen. Es hat eine Weile gedauert, aber sie haben dich gefunden. Sie sagten, du wärst wieder in Schwierigkeiten gewesen.«

»Was heißt ›wieder‹?«

»Geht es um Drogen, Alexander?«

»Nein, selbstverständlich nicht. Das war Patricks Problem, nicht meins.«

»Was ist es dann? Ich mache mir Sorgen um dich.«

Er dachte an das, was in den letzten Wochen passiert war, und es war praktisch unmöglich, darüber zu sprechen. »Es ist nichts weiter. Ein Missverständnis, aber es ist schon geklärt.«

»Wirklich?«

»Ja.«

»Kannst du nach London zurückkommen? Wenigstens auf einen kurzen Besuch? Dein Vater würde sich so sehr freuen, dich zu sehen.«

Alex lächelte bei diesem Gedanken. »Ich muss vorher noch ein, zwei Dinge erledigen. Dann werde ich sehen, ob ich für eine oder zwei Wochen nach Hause kommen kann.«

Sie schluchzte kurz auf, fing sich aber sofort wieder. »Du fehlst uns allen hier.«

Alex wurde das Herz schwer. »Ich muss jetzt Schluss machen. Es wird spät.«

»Soll ich deinem Vater etwas ausrichten?«

»Ich wünsche ihm gute Besserung und besuche ihn bald. Sag ihm, du hast mit mir gesprochen und es geht mir gut.«

»Gute Nacht, Alex.«

»Gute Nacht.«

36

Ihr Tisch war für halb zwei reserviert, aber Naoko kam zwanzig Minuten zu früh und setzte sich an die Bar. Sie wollte ruhig und ausgeglichen sein, wenn Megumi käme, um mit ihr zu Mittag zu essen. Der Barkeeper legte einen Untersetzer vor sie hin und fragte, was sie trinken wollte. Sie überlegte kurz und sagte dann, ein Mineralwasser sei okay. Sie nahm einen Taschenspiegel aus der Handtasche und überprüfte diskret ihr Aussehen. Ihre neue, schulterlange Frisur war ein bisschen gewöhnungsbedürftig, aber sie gefiel ihr, und sie sah, dass sie ihr gut stand.

Sie war an diesem Morgen mit einem Gefühl der Erleichterung aufgewacht. In ihrem Leben hatte ein neues Kapitel angefangen. Gab es eine bessere Art, das zu feiern, als mit einem neuen Look? Außerdem stand bei dem Treffen, das sie mit Megumi verabredet hatte, etwas zutiefst Persönliches auf dem Spiel, und sie wollte sicher sein, dass sie in jeder Hinsicht im Vorteil war. Zu der neuen Frisur trug sie einen gemusterten Rock und eine maßgeschneiderte Jacke, die ihrer Erscheinung Autorität und Haltung verlieh. Megumi sollte nicht denken, dass Naoko infolge ihrer Intrigen ihre Standards gesenkt habe.

Das Restaurant war in Iidabashi am südlichen Ufer des großen Sees, der durch die Kanäle am Rand der Palastgärten gespeist wurde. Auf einem Ponton vor dem Panoramafenster des Lokals befand sich eine Terrasse mit weiß gedeckten Tischen und Blick auf das Wasser. Die Hochhäuser im Bezirk Ichigaya spiegelten sich klar und scharf umrissen in der Oberfläche des Sees. Das Restaurant hatte den Ruf einer Location für großartige Lunchveranstaltungen und hochklassige Geschäftsessen. Naoko hatte es ausgesucht, um Megumis Eitelkeit anzusprechen. Sie wusste, die Einladung, hier beim Essen gesehen zu werden, würde sie kaum ablehnen können.

Voller Nervosität hatte sie an das Treffen mit Megumi gedacht, seit sie in der Galerie angerufen hatte. Seit dem Erlebnis mit Togo Nishi im Imperial Hotel hatte sie mit niemandem dort Kontakt gehabt. Sie war sicher, dass Megumi nicht in allen Einzelheiten wusste, was sich in dieser Nacht abgespielt hatte, aber sie würde sicher ahnen, dass es etwas Bedeutsames gewesen war. Als sie Megumis Gesicht sah, wusste Naoko, dass ihr Instinkt sie nicht getäuscht hatte.

Ohne Dank oder Gruß rauschte Megumi am Empfangschef vorbei. Ihre arrogante Haltung ließ sofort erkennen, dass die neu gewonnene Führungsposition ihr geradewegs zu Kopfe gestiegen war. Naoko hatte Zweifel an der Lauterkeit ihrer Absichten gehabt, aber als sie das falsche Lächeln sah, mit dem Megumi sie auf dem Weg zur Bar begrüßte, wusste sie, dass sie richtig handelte.

»Naoko. Wie geht es dir? Du siehst so gut aus. Hinreißend, dein neuer Look. Ich hätte dich beinahe nicht erkannt.«

Naoko lächelte bescheiden. »Danke, du siehst aber auch gut aus. Vielen Dank, dass du einverstanden warst, mich zu sehen.«

»Ich bitte dich, Naoko. Wir sind Freundinnen. Dich zum Lunch zu treffen ist eine Freude, keine Pflicht.«

»Ich weiß doch, wie viel ihr jetzt in der Galerie zu tun habt. Die Shanghai Expo steht kurz bevor.«

»Wir fliegen morgen hinüber. Kimura-san hat zwei Tage für Verkaufsgespräche angesetzt, bevor die eigentliche Messe anfängt.«

»Meine guten Wünsche sind sicher nicht nötig, aber ich hoffe, die Reise wird erfolgreich.«

Megumi lächelte, Naoko sah jedoch die Unaufrichtigkeit in ihren Augen. »Ich freue mich wirklich darauf. Natürlich hat die Vorbereitungsarbeit, die du vor deinem Ausscheiden geleistet hast, mir schon vieles abgenommen.«

Ihr Blick fiel auf den kleinen Koffer neben Naokos Barhocker. »Anscheinend willst du auch verreisen?«

Naoko nickte. »Ich fahre nach Osaka. Vielleicht für immer. Mein Zug geht in ein paar Stunden.«

»Oh, wie wunderbar«, sagte Megumi herablassend. »Hoffentlich vermisst du Tokio nicht allzu sehr.«

Ihr Tisch war fertig, und ein Kellner begleitete sie hinaus auf die schwimmende Terrasse und zeigte ihnen ihre Plätze. Der Himmel war klar und frisch. Paare ruderten in Holzbooten über den See. Megumi bestellte einen grünen Salat und einen Oolong-Tee, und Naoko nahm das Gleiche.

»Es ist so schade, dass ich heute Abend mit Kunden essen gehen muss«, sagte Megumi. »Die Speisekarte hier soll fantastisch sein, aber ich möchte mir den Appetit nicht verderben.«

»Ich bin froh über deine Gesellschaft«, sagte Naoko. »Es ist eine Weile her, dass wir uns unterhalten konnten.«

Megumi schaute wehmütig über den See. »Ich liebe den Oktober. Es ist mein Lieblingsmonat in der Stadt.«

»Zum Glück ist der Sommer vorbei.«

»Wem sagst du das. Die letzten paar Wochen waren besonders hart. Nur mit Mühe und Not konnte ich …« Theatralisch schlug Megumi eine Hand vor den Mund. »Entschuldige, Naoko. Wie unsensibel von mir, über so triviale Dinge zu reden, während du so viele Probleme hattest.«

Naoko entging der boshafte Unterton nicht, der hinter der falschen Fürsorglichkeit nur mühsam verborgen wurde. »Das Leben hat in letzter Zeit ein paar unerwartete Wendungen genommen«, sagte sie. »Ich hätte nie damit gerechnet, in so kurzer Zeit alles zu verlieren.«

»Du bist sehr erfindungsreich, Naoko. Bestimmt wirst du aus einer schlechten Situation etwas Gutes machen.«

»Komischerweise bin ich dankbar. Ich habe begriffen, wie sehr ich in meiner eigenen Welt gefangen war. Ich habe völlig übersehen, welchen Lohn ich in Wirklichkeit bekommen habe.«

Megumi schob ihren Salat auf dem Teller umher. »Es ist gut, dass du es so positiv sehen kannst. Es klingt wie eine wertvolle Lektion für das Leben.«

»Natürlich hast du in allem, was passiert ist, auch eine Rolle gespielt«, sagte Naoko.

Megumi legte ihre Gabel behutsam auf den Teller. »Das ist lächerlich, Naoko. Ich habe getan, was ich konnte, um dir zu helfen.«

»Wirklich? Woher hatte Herr Kimura seine Informationen über mein Privatleben? Und die Nacht mit Alex? Da hast du mir geholfen?«

»Ich weiß nicht, wovon du redest.« Megumi hob das Kinn ein wenig, als sei sie gekränkt.

»Du musst zugeben, für dich ist alles wunderbar gelaufen. Du hast bekommen, was du immer haben wolltest.«

Megumi schwieg einen Moment lang, als überlege sie, ob sie weiter leugnen oder die Wahrheit sagen sollte. Wie Naoko es geahnt hatte, konnte sie der Gelegenheit, ihren Triumph zu genießen, nicht widerstehen.

»Sei keine schlechte Verliererin, Naoko«, sagte sie. »Das ist unattraktiv. Ich habe meine Chance gesehen und sie genutzt. Du hättest das Gleiche getan. Ich habe nie gehört, dass du dich über die Regeln beklagt hättest, wenn du gewonnen hast.«

Naoko beugte sich ein wenig nach vorn. »Ich habe es nie für nötig gehalten, jemandem das Messer in den Rücken zu stoßen, um voranzukommen.«

Megumi fuhr sich mit der Zunge über die Lippen, als könne sie ihren Triumph schmecken. »Und du hast einen so schönen Rücken, Naoko. Ich konnte nicht fassen, wie einfach es war. Und das Beste war, ich brauchte eigentlich gar nicht so viel zu tun. Die harte Arbeit hast du selbst getan. Besonders nachdem du dich mit diesem *gaijin* eingelassen hattest.« Sie nahm die Serviette vom Schoß und legte sie auf den Tisch. »Jetzt entschuldige mich bitte. Ich muss zur Toilette.«

Als sie von der Terrasse ins Restaurant gegangen war, beugte Naoko sich hinunter und hob Megumis Handtasche auf, die neben ihrem Stuhl auf dem Boden stand. Sie vergewisserte sich, dass niemand sie beobachtete, und öffnete die Handtasche. Sie fand eine Naht am Rand eines Innenfachs und zupfte daran, bis der Faden sich löste und sie ein langes Stück herausziehen konnte. Ohne den Futterstoff zu zerreißen, öffnete sie die Naht ein kleines Stückchen mit dem Fingernagel, bis die Lücke groß genug war, um den kleinen Finger hindurchzuschieben. In ihrer Jackentasche fand sie die Meth-Kristalle, die sie in Bangkok aus dem Paket genommen hatte. Es waren ungefähr zehn, scharfkantig und undurchsichtig wie kleine, ungeschliffene Diamanten. Naoko schob sie nacheinander durch die aufgerissene Naht, bis sie alle unter dem Futter verborgen waren. Megumis Tasche war von Hermès, ein Geschenk ihrer Familie, und Naoko wusste, sie war Megumis ganzer Stolz. Sie würde sie ganz sicher auf die Reise nach China mitnehmen. Natürlich war nicht garantiert, dass man sie bei der Einreise aufhalten würde. Das hing von der Sicherheitsstufe ab, die am betreffenden Tag am Flughafen gültig war, von der Wachsamkeit der Angestellten, von den anderen Passagieren. Kurz gesagt, vom Schicksal. Naoko hatte keine Ahnung, welche Strafe für die Einfuhr illegaler Drogen zu erwarten war, aber sie wusste, sie war hoch genug, um den Lauf eines Lebens zu verändern. Für Megumi stand genau das Gleiche auf dem Spiel wie das, was sie Naoko zugemutet hatte.

Als sie den letzten Kristall unter das Futter geschoben hatte, stellte Naoko die Tasche wieder so hin, wie sie gestanden hatte. Ohne Hast richtete sie sich auf und vergewisserte sich noch einmal, dass niemand ihr zugesehen hatte. Gelassen nippte sie an ihrem Oolong-Tee und wartete darauf, dass Megumi von der Toilette zurückkam.

37

Alex sah sich ein letztes Mal um. Der *tatami*-Boden war sauber gefegt, und das Zimmer war leer bis auf die alten Postkarten an der Wand. Neben dem Fenster hing noch die abgegriffene Karte der japanischen Inseln, übersät von bunten Stecknadeln, mit denen viele Leute die Orte markiert hatten, die sie während ihres Aufenthalts hier besucht hatten. Alex steckte eine Nadel in die blaue Bucht von Yokohama und schloss dann hinter sich ab.

Er zahlte die ausstehende Miete und gab der Wirtin den Schlüssel. Sie verbeugte sich in aller Form, wünschte ihm Glück für seine Zukunft und schob das Geld in ihren Hausmantel. Er überlegte, ob er sich von den anderen Mietern verabschieden sollte, die er inzwischen kannte, aber dann ließ er es bleiben. Es war das Klügste, so lautlos wie möglich zu verschwinden. Er hob seine lederne Reisetasche auf und verließ das Haus. Es hatte angefangen zu regnen – ein feiner, herbstlicher Sprühregen, so zart, dass er aufwärts zu schweben schien. Alex machte sich auf den Weg zur Schnellstraße, wo er ein Taxi heranwinken könnte.

Ein Hund kam aus dem Schatten hinter dem hohen Wohnblock getappt und umkreiste ihn mit wachsamen Blicken. Er sah hungrig aus, und das honigfarbene Fell auf seinem Rückgrat sträubte sich, als er näher kam. Alex streckte ihm die aufwärts gewandte Handfläche entgegen, um zu zeigen, dass er freundlich war, und der Hund schnupperte neugierig daran und legte den Kopf schräg. Die Welt ist dir ein Rätsel, nicht wahr, dachte Alex. Ja. Mir auch.

Der Hund kam näher, aber dann sah er etwas hinter Alex, das ihn erschreckte. Er lief davon und verschwand in einem sicheren Hausdurchgang.

Eine hohe, wütende Stimme erklang hinter ihm. Einen Augenblick erstarrte Alex. Er begriff, wie schutzlos und allein er hier war. Wie verletzlich. Voller Angst drehte er sich um.

»Ich wusste, du würdest wieder weglaufen, *gaijin*!«, schrie die Stimme.

Alex atmete hörbar aus. Es war Hiro. Sein Gesicht und seine Kleidung waren nass vom Regen, aber trotzdem schien er in rechtschaffener Wut zu brennen.

»Was willst du hier?«, fragte Alex. »Du hast mir eine Scheißangst eingejagt!«

Hiro kam so nah heran, dass er die Stimme zu einem Flüstern senken konnte. »Naoko hat mir alles erzählt, Alex. Wie konntest du so leichtsinnig sein, nach allem, was ich getan habe, um sie zu beschützen?«

Er sprach mit einer Autorität, die seine Worte umso vernichtender klingen ließ. Alex fragte sich, wie weit Naoko die Wahrheit gesagt hatte.

»Ich … ich weiß nicht, was ich sagen soll, Hiro. Das alles ist außer Kontrolle geraten. Ich habe getan, was ich konnte, um sie nicht in Gefahr zu bringen. Es war eine üble Situation, aber sie ist vorbei.«

»Und jetzt willst du Tokio verlassen und Naoko mitnehmen. Warum? Ist es nicht genug, dass du dein Leben ruinierst? Musst du auch ihres zerstören?«

»Sie ist erwachsen, Hiro. Sie kann selbst für sich entscheiden. Dazu braucht sie dich nicht.«

»Das ist dein zweiter neuer Anfang innerhalb eines Jahres. Wie viele wirst du noch brauchen, bis sie endgültig erledigt ist?«

»Ich will nur das Beste für Naoko. Das weißt du.«

Hiro zog einen braunen Umschlag aus der Manteltasche. Er war zum Platzen dick. Hiro gab ihn Alex, und der riss ihn auf und sah ein dickes Bündel neuer Zehntausend-Yen-Scheine.

»Was ist das?«

»Das Geld, das ich dir leihen sollte. Es liegt seit Wochen bereit für dich.«

»Fünf Millionen Yen?«

»Das Geld, das du brauchst, um es Tanaka zurückzuzahlen.«

Alex sträubten sich die Nackenhaare, als er hörte, wie Hiro diesen Namen aussprach. »Naoko hat dir also erzählt, wer mir das *jidan*-Geld geliehen hat?«

»Der Mann ist gefährlich, Alex. Ich bin ihm schon begegnet. Er ist *yakuza*. Ich kann nicht fassen, dass du sie in so etwas verwickelt hast.«

Alex war verblüfft. »Wie meinst du das, du bist ihm schon begegnet? Wo?«

Hiro schüttelte ernst den Kopf. »Das kann ich dir nicht sagen.«

»Ich muss es aber wissen. Du könntest in Gefahr geraten, wenn Tanaka dich mit mir in Verbindung bringt.«

Hiro überlegte kurz. »Er hat in ein Portfolio unserer Bank investiert. Und zwar beträchtlich investiert.«

»Das heißt, du vertrittst die finanziellen Interessen eines Gangsters? Das ist doch sicher illegal?«

»Wir sind nicht in London. Wir haben hier unsere eigene Art,

Geschäfte zu machen. Tanaka ist ein sehr profitabler Kunde. Er mischt sich nicht in unsere Arbeit ein, und wir fragen nicht, woher sein Geld kommt. So macht man das in Tokio.«

Alex schaute seinen Freund ungläubig an. »Du warst mal ganz anders, Hiro, du warst ehrlich. Dein Erfolg hat dich als Person verdorben.«

»Und du, Alex? Du bist eine Gefahr für jeden, der dich hier kennt. Warum nimmst du nicht einfach das Geld und verschwindest? Du weißt, es wäre vernünftig.«

»Du brauchst mir das Geld nicht mehr zu leihen, Hiro.«

»Ich will es dir nicht leihen, *gaijin*. Ich will, dass du es nimmst und behältst. Und dafür will ich, dass du Naoko in Ruhe lässt.«

Alex ließ die Worte seines Freundes langsam sacken. »Das ist nicht dein Ernst. Glaubst du wirklich, du kannst mich bestechen?«

»Als ich es dir das letzte Mal angeboten habe, warst du bereit, sie nicht mehr zu sehen.«

»Das hatte ich niemals ernsthaft vor. Du hast mir keine andere Wahl gelassen. Du warst ja nicht bereit, über diese Frage zu diskutieren. Es war falsch, dich glauben zu lassen, ich wäre damit einverstanden. Aber es war auch falsch von dir, es von mir zu verlangen. Du kannst nicht alles kaufen, was du haben willst.«

Hiro kam einen Schritt näher. »Dann hast du mich belogen?«

Alex blieb standhaft. »Sieh dich um, Hiro. Die ganze Stadt besteht nur aus Geld und Lügen. Mehr ist Tokio nicht.«

»Du wirst niemals gut genug für sie sein, *gaijin*.«

»Weißt du, was ich glaube?«, sagte Alex. »Ich glaube, du bist eifersüchtig.«

Hiro verzog spöttisch das Gesicht. »Sie ist wie eine Schwester für mich.«

»Das schmerzt dich ja so sehr. Sie ist alles, was du hast. Du kannst so vielen Frauen nachjagen, wie du willst, aber eigentlich gibt es nichts Gutes in deinem Leben. Du siehst es gern, wenn andere scheitern, denn dann kannst du dich fühlen, als wärst du erfolgreich. Tief im Innern bist du einsam, Hiro. Und was immer sonst passieren mag, ich habe nicht die Absicht, zu enden wie du.«

Er warf Hiro den Umschlag zu, und Hiro fing ihn widerstrebend auf. Alex sah sich im fließenden Verkehr auf der Schnellstraße nach einem Taxi um. Der Regen war stärker geworden, und die Scheinwerfer der vorüberfahrenden Autos strahlten blendend hell durch das aufspritzende Wasser. Die fernen Bürotürme der Tokioter Innenstadt ragten in die Wolken hinauf. Ein Taxi näherte sich, und Alex hob die Hand, um es heranzuwinken. Der Fahrer hielt am Randstein und öffnete die hintere Tür. Alex drehte sich um und sah seinen Freund an, der bewegungslos im Regen stand.

Hiro sah vernichtet aus. »Das war's also? Du gehst weg?«

»Ich treffe mich mit Naoko im Hauptbahnhof Tokio. Wir nehmen den abendlichen Expresszug.«

»Wohin?«

Alex wollte antworten, aber dann bremste er sich. »Ich rufe dich an, wenn wir da sind.«

Hiro hielt ihm den Umschlag noch einmal entgegen. »Ich gebe dir eine Chance, Alex«, sagte er streng. »Nimm das Geld.«

Alex schüttelte mitleidsvoll den Kopf. »Gib acht auf dich, Hiro. Ich werde für dich auf Naoko achtgeben.«

Er stieg ins Taxi, und der Wagen fädelte sich in den Abendverkehr ein. Durch das Heckfenster sah Alex, wie sein Freund in der Ferne zurückblieb, allein und verloren im strömenden Regen.

Das Taxi folgte den Schildern zum Bahnhof und kroch träge durch den dichten Verkehr auf der Shuto-Schnellstraße. Die Scheibenwischer kämpften gegen die Fluten und ließen das Glas ölig verschmiert aussehen. Alex bemühte sich während der Fahrt um Ruhe, aber seine Brust war noch immer eng vor innerem Aufruhr. Hiro war zu weit gegangen. Sie waren lange Zeit befreundet gewesen, aber Hiro hatte nicht das Recht, irgendjemanden so zu behandeln und immer davon auszugehen, dass seine Befehle Vorrang vor den Wünschen anderer hatten. Auch wenn ihm noch so viel an Naoko lag, er hatte nicht das Recht, über ihr Leben zu bestimmen. Alex wusste, das Beste war es, ihm zu beweisen, dass er unrecht hatte. Mit Naoko zu gehen, ein neues Leben anzufangen und dabei erfolgreich zu sein. Nach allem, was sie durchgemacht hatten, war es an der Zeit, dass sie ein bisschen Glück hatten.

Auf der Zufahrt in den Kanda-Tunnel staute sich der Verkehr, und Alex fing an, unruhige Blicke auf seine Uhr zu werfen. Diesen Zug wollte er nicht verpassen. Aber endlich erreichte der Fahrer die Ausfahrt und setzte ihn vor dem Bahnhofseingang ab. Alex bezahlte und drängte sich dann durch die abendlichen Menschenmassen. Er kaufte ein Ticket und folgte den Schildern von der Haupthalle durch die unterirdischen Gänge zum Bahnsteig des *shinkansen*. Er bewegte sich mit dem Strom durch die Korridore und auf der Rolltreppe nach oben. Ein Zug in Richtung Süden war eingefahren, und seine Fahrgäste drängten sich vor der entgegengesetzten Rolltreppe. Alex beobachtete die Leute, die hinunterfuhren, und betrachtete müßig die vorüberziehenden Gesichter. Manche waren erschöpft von der Reise und bugsierten mühsam ihr Gepäck durch den schmalen Gang. Sein

Blick fokussierte sich unvermittelt, als er ein Gesicht erkannte. Sein Instinkt weckte Sinne, die durch wochenlange Gefahren geschärft waren. Die Härchen in seinem Nacken richteten sich auf.

Ein fremder Blick nahm den seinen gefangen, ein Gesicht, in der Menge verborgen, das ihn beobachtete. Blitzschnell registrierte sein Gehirn die Details. Ein Japaner, Mitte dreißig, sportlich, mit scharf geschnittenem, schmalem Gesicht. Instinktiv drehte Alex den Kopf zur Seite, schaute dann aber sofort wieder hin. Das Gesicht war verschwunden, und niemand schaute ihn an, aber etwas in diesem Blick hatte unverkennbar bedrohlich gewirkt.

Vorsichtig drehte er sich um und warf einen Blick über die Schulter. Unter ihm, im Gedränge der Reisenden, die ihm folgten, sah er noch ein dunkles Augenpaar, das ihn beobachtete. Zumindest war er nicht paranoid, dachte er. Er wechselte auf die linke Seite und fing an, die Stufen der aufwärtsfahrenden Rolltreppe hinaufzusteigen. Er versuchte, so entspannt wie möglich auszusehen, nahm die Stufen mit schnellen Schritten und schob sich an Gepäckstücken und ausgestreckten Gliedmaßen vorbei. Unter sich hörte er schwere Schritte, die ihm auf den stählernen Stufen folgten.

Die Rolltreppe lief waagerecht aus, und Alex trat auf den Querbahnsteig, der zur Sperre führte. Die Fahrgäste aus dem Zug in Richtung Osten überquerten dichtgedrängt seinen Weg und strömten zum Ausgang. Er hielt seine Reisetasche fest, nahm die Schultern zusammen und drängte sich voran.

Auf der anderen Seite der Sperre, auf dem Bahnsteig vor dem schnittigen weißen Rumpf des Expresszugs Shin – Osaka, wartete Naoko. Sie hatte eine neue Frisur, aber er erkannte sie trotzdem. Sie sah ihn, und mit einem verheißungsvollen Lächeln hob sie die Hand, um zu winken, aber als sie die Besorgnis in seinem Gesicht sah, ließ sie es bleiben. Er bewegte sich absichtsvoll normal und ohne Hast. Mit einem kurzen Blick über die Schulter sah er den Mann auf der Rolltreppe. Er nahm immer zwei Stufen auf einmal und kam ihm näher. Alex ging schneller auf Naoko zu und sah plötzlich noch weitere finstere Gesichter, die ihm entgegenstarrten und den Weg durch die Sperre blockierten. Einen Moment lang sah er sich wie von oben – einen Kopf größer als die meisten anderen um ihn herum, blond und blauäugig, fremdartig genug, um für eine Schaufensterpuppe gehalten zu werden, und auffallend wie ein Leuchtturm.

Die beiden Fremden kamen auf ihn zu und schnitten ihm den Weg zur Sperre ab. Er wusste, Naoko war sicherer ohne ihn. Sie konnte mühelos in der Menge untertauchen. Sie war schon ungesehen an ihnen vorbeigekommen, stand jetzt hinter der Sperre und wartete zwischen den Passagieren an der offenen Tür des Zuges, dessen schnittige Nase und silberne Fenster im Licht des Bahnhofs glänzten. Zu seiner Rechten sah Alex einen Fußgängertunnel, durch den man zu einem anderen Bahnsteig kam.

Er schaute Naoko nicht an, aber sie war clever genug, um die Gefahr zu spüren. Sie schaute nach links und sah die beiden Männer, die sich auf Alex konzentrierten und sich schnell näherten.

Alex starrte vielsagend den wartenden *shinkansen* an und signalisierte ihr damit, sie solle einsteigen. Naoko begriff sofort, was er meinte.

Er sah, wie sie ihren kleinen Koffer aufhob und anmutig

die Stufen hinaufstieg. In der Tür blieb sie einen Moment lang stehen, das Kinn auf die gewohnt trotzige Art hocherhoben. Ihr entschlossener Gesichtsausdruck erinnerte ihn an den Abend in der Thai-Boxarena in Bangkok. Das Format einer geborenen Kämpferin. Der Killerblick. Wer würde je gegen sie wetten, dachte Alex. Ihm war, als schauten sie einander durch eine Glasscheibe an.

Dann war sie weg, verschwunden im sicheren Waggon, und er wandte sich der Unterführung zu und fing an zu rennen.

Er hörte laute Schritte, und wütendes Stimmengeheul hallte durch den leeren Tunnel.

Er lief geduckt, Kopf und Schultern vorgebeugt, um Schwung zu bekommen. Seine Beine stampften mit pumpenden Bewegungen, und seine Sohlen klatschten hart auf die Betonplatten. Reklameplakate flogen verschwommen vorbei. In einer gleichmäßigen Kurve führte der Gang zu einer weiteren Rolltreppe, und Alex sprang auf die Stufen und sprintete hinauf. Atemlos und mit trockenem Mund zwang er sich weiterzurennen, den Blick nach vorn gerichtet und ohne langsamer zu werden und zurückzuschauen. Die anderen Fahrgäste drängten sich erschrocken an die Seite, um ihn vorbeizulassen. Stimmen riefen auf Japanisch hinter ihm her, aber in der wirbelnden Bewegung verstand er nichts.

Die Rolltreppe endete an einem weiteren Tunnel. Alex lief hindurch zu einer kurzen Treppe, die zu einer Kreuzung führte. Er sprang mit einem Satz hinunter und sah, dass der rechte Gang zu einem Bahnsteig mit einer bewachten Sperre führte, wo die Fahrgäste sich ordentlich aufstellten, um hindurchzugehen und in die Züge zu steigen. Der Tunnel zur Linken führte ins Unbekannte. Er wusste nicht, ob er mit seinem *shinkansen*-Ticket auch durch die Sperre zu anderen Bahnsteigen gehen konnte. Nach einer Millisekunde des Zögerns fiel die Entscheidung von selbst. Er nahm seine letzte Energie zusammen und lief nach links.

Das Blut rauschte in seinen Adern, und der Tunnel verlief in einer Kurve, weiter und immer weiter, bis er fast zum Ausgangspunkt zurückkam. Alex rannte, so schnell er konnte, und seine Lunge brannte vor Anstrengung. Helle weiße Lichter in langen Reihen zogen sich an der Decke entlang, und der Fluchtpunkt wich immer weiter vor ihm zurück. Dann kam er unvermittelt beinahe krachend zum Stehen. Seine Schuhsohlen rutschten über den Boden.

Der Tunnel endete in einer Sackgasse und mit einer Tür auf jeder Seite. Eine blaue Tür trug das Zeichen für eine Damentoilette, eine rote war als Herrentoilette markiert. Zurück konnte er nicht mehr. Er würde es niemals bis zur Treppe schaffen, ohne seinen Verfolgern in die Arme zu laufen, das war ihm klar. Er saß in der Falle und musste sich blitzschnell entscheiden.

Er wählte die blaue Tür und stieß sie auf. Er hoffte darauf, dass er damit ein paar kostbare Sekunden herausschinden konnte. Unter einem langen Spiegel hing eine Reihe von weißen Waschbecken, und die Türen der vier Toilettenkabinen gegenüber standen einen Spaltbreit offen. Die Kabinen waren leer. Alex entschied sich für die letzte und schob die Tür hinter sich zu. Das Schloss war kaputt. Er drückte die Tür in den Rahmen und setzte sich auf den Spülkasten. Seine Füße standen auf dem Toilettensitz, und seine Reisetasche drückte er an die Brust. Er verfluchte sich innerlich. Das konnte doch alles nicht wahr sein. Er lauschte, aber er hörte nur das Tropfen eines Wasserhahns und das Gluckern einer Leitung sowie die Geräusche fahrender Züge, die von weit her durch das Bahnhofsgebäude hallten. Der einzige menschliche Laut war sein Atmen.

Er musste Naoko anrufen und ihr sagen, dass ihm nichts passiert war, aber er durfte nicht riskieren, dass man ihn hörte. Leise zog er sein Handy aus der Tasche, stellte es lautlos und gab eine SMS ein, so schnell er konnte.

Alles okay, schrieb er. *Nimm den Zug. Ich komme irgendwie nach Osaka nach. Mach dir keine Sorgen um mich und dreh dich nicht um.*

Er drückte auf »Senden« und schob das Telefon wieder in die Jackentasche. War die Luft jetzt rein?

Die Tür zum Gang schwang auf, und er hörte hastige Stimmen und dann Schritte, als jemand den Raum betrat und an der Reihe der Kabinen entlangging. Alex versuchte, alles abzuschalten, was ihn verraten könnte – Atmen, Blinzeln, Denken.

Die erste Tür quietschte, als sie aufgestoßen wurde. Dann die nächste. In beiden Kabinen war niemand, und die Schritte wurden lauter, je näher sie kamen. Alex sah sich vergebens nach einem letzten Fluchtweg um, den er vielleicht übersehen hatte, aber die Sache war hoffnungslos. Er versuchte, sich mit der Kraft seines Willens unsichtbar zu machen. Die dritte Kabine wurde inspiziert, und Alex wusste, dass er gleich an der Reihe war. Er beugte sich vor und spannte sich an, um sich zu verteidigen, wenn es nötig wäre.

Er schaute nach unten und sah zwei schwarze Nike-Laufschuhe unter einer Bluejeans in dem Spalt unter der Tür. Die graue, von Graffiti übersäte Tür begann sich langsam zu öffnen. Alex spürte den Metallgeschmack der Angst in der Kehle.

Die Tür schlug gegen die Wand der Toilettenkabine.

Alex unterdrückte den Instinkt vorzuspringen, und sein Atem stockte in der Kehle. Ein Frauengesicht schaute ihn ausdruckslos an. Er erkannte sie sofort. Es war Kommissarin Tomada, Saitos Mitarbeiterin aus Ushigome. Sie kam herein, als wäre die Kabine leer, als habe sie Alex gar nicht gesehen, und schloss die Tür. Die Stimmen im Korridor verhallten, als die Verfolger wegliefen, um ihre Suche fortzusetzen.

Tomada lächelte ihn mit vertrauter Ruhe an. Ein Mundwinkel krümmte sich nach oben, und seine Erleichterung schien sie fast zu amüsieren.

»Kommen Sie, Malloy-san«, sagte sie leise. »Wir müssen uns beeilen.«

38

Tomada schloss den Wagen auf und winkte ihm einzusteigen. Sie lief außen herum zur Fahrertür. Als sie sicher war, dass niemand ihnen gefolgt war, startete sie den Motor und fuhr schnell los. Das Wageninnere war mit einer Schutzfolie aus klarem Plastik überzogen, als sei der Wagen fabrikneu. Sie verließen den Bahnhofsparkplatz und fädelten sich in den Verkehr auf der Schnellstraße ein. Tomada vermied jedes auffällige Manöver.

Alex war immer noch atemlos. »*Fuck*, ich habe keine Ahnung, was hier los ist. Wer waren die? Warum haben sie auf mich gewartet?«

Tomada sprach schnell und präzise. »Tanaka hat sie geschickt. Er weiß, dass die Übergabe in Yokohama schiefging, und er weiß, dass Sie ihn nach dem Treffen im Badehaus identifizieren können. Ich weiß nicht, woher er wusste, dass Sie heute zum Bahnhof kommen würden. Es war Ihr Glück, dass ich da war. Saito hat mich angewiesen, Ihnen zu folgen und dafür zu sorgen, dass Ihnen nichts passiert.

»Ich war vorhin sicher, ich sei erledigt. Trotz der vielen Menschen konnte ich mich nirgends verstecken. Diese Stadt ist voll von Leuten, die mich tot sehen wollen.«

Tomada legte beruhigend eine Hand auf sein Knie. »Entspannen Sie sich. Niemand weiß, wo Sie jetzt sind. Nur ich. Tun Sie, was ich sage, und alles wird gut. Wir haben ein altes Sprichwort in Japan: Der Nagel, der heraussteht, wird plattgehämmert.«

»Deshalb musste ich mich von Naoko trennen. Ich steche in Tokio überall hervor, sie jedoch kann untertauchen.«

Tomada sah ihn überrascht an. »Naoko war bei Ihnen? Ich habe sie nicht gesehen.«

»Sie war vor mir. Wir wollten uns auf dem Bahnsteig des Expresszugs treffen.«

»Wartet sie dort immer noch auf Sie?«

»Nein. Sie hat ja gesehen, was passierte, und ist ohne mich eingestiegen. Dann bin ich losgerannt. Es war die einzige Möglichkeit, die Aufmerksamkeit von ihr abzulenken.«

Tomada sah einen Moment lang nervös aus. »Das hätten Sie mir früher sagen müssen, Malloy-san. Jetzt weiß ich nicht, ob sie in Sicherheit ist. Wir müssen zurück.«

Alex warf einen Blick auf die Uhr zwischen den Armaturen. »Es ist zu spät. Der Zug dürfte inzwischen abgefahren sein. Ich glaube aber auch nicht, dass sie etwas von ihr wollen. Ich bin der Einzige, der Tanaka identifizieren kann. Nur ich habe direkt mit ihm zu tun gehabt. Naoko steht in keiner Beziehung zu irgendetwas, das ihn belasten könnte.«

»Tanaka interessiert sich nicht für solche Details. Er wird jeden ausschalten, der ihm in irgendeiner Weise schaden kann. Hat Saito Ihnen nicht gesagt, wie gefährlich diese Leute sind? Als Sie in Ushigome waren, hat Tanaka dort auf seinen Prozess wegen Erpressung gewartet. Es gab drei Hauptzeugen für dieses Verfahren. Wir haben sie letzte Woche aus dem Sumida-Fluss gefischt, ohne Hände und Füße. Diese Leute meinen es ernst.«

»Saito hat mir versprochen, uns würde nichts passieren. Ich

wäre niemals einverstanden gewesen, wenn ich gewusst hätte, in welcher Gefahr wir sein würden.«

Tomada überlegte kurz. »Ich werde meinen Chef anrufen und ihm von Naoko berichten. Ich muss wissen, was wir seiner Ansicht nach tun sollen.« Sie holte ihr Telefon hervor und wählte schnell. Dann hielt sie es ans Ohr und sprach in ruhigem Ton, während sie dem Verkehrsfluss folgte. Alex wurde klar, dass er sie eigentlich nie beachtet hatte. Sie hatte immer im Schatten des Hauptkommissars gestanden und stumm seine Befehle ausgeführt. Ihr Gesicht war breit, die Haut makellos und ihr Verhalten von kühler Professionalität. Und sie sah auffallend jugendlich aus.

Sie verließ die Schnellstraße über die Ausfahrt in Richtung Westen, nach Kawasaki. Die Straße schlängelte sich durch ein endloses Gewirr von Fabriken und Industrieanlagen. Giftiger Rauch wehte von den hohen Schloten herab, am grauen Abendhimmel angestrahlt vom vorbeiziehenden Verkehr. Während der letzten Minute des Telefongesprächs schwieg Tomada. Nur gelegentlich kam ein zustimmendes Geräusch aus ihrem Mund. Schließlich legte sie auf und schaute Alex auf dem Beifahrersitz an.

»Saito hat einen Plan. Er sagt, in der Nähe ist ein Bahnhof, durch den alle *shinkansen*-Züge fahren, wenn sie Tokio verlassen. Er meint, Sie sollten dort zusteigen und mit Naoko für eine Weile aus Tokio verschwinden. Zumindest, bis er dafür sorgen kann, dass Sie beide wirklich außer Gefahr sind. Er wird veranlassen, dass der Zug anhält, damit Sie einsteigen können.«

»Das kann Saito?«

»Er wird bei der Transportleitung anrufen und denen sagen, es sei ein Notfall.«

Tomada bog in eine verlassene Nebenstraße ein. Trübe Straßenlaternen standen in unregelmäßiger Reihe und beleuchteten die Fassaden der leeren, schäbigen Lagerhäuser. Regenpfützen glänzten auf rissigen Gehwegen. Am Ende der Straße lag der Eingang zu einem Vorortbahnhof. Er war alt und verwahrlost. Rostige Eisenpfeiler trugen das Wellblechdach, das über die Gleise ragte. Oben hockte ein Schwarm Krähen im Halbdunkel. Alex betrachtete die abblätternde Wandfarbe und die schattenhafte Treppe, die in das dunkle Gebäude hinaufführte.

»Ist der überhaupt offen?«, fragte er. »Er sieht verlassen aus.«

Tomada sah ihn souverän an. »Er wird seit Jahren nicht mehr benutzt«, sagte sie. »Aber die Gleise liegen immer noch. Saito sagt, wir sollen auf den Westbahnsteig gehen und dort auf ihn warten.«

Sie stiegen aus, und Alex fühlte den Regen im Gesicht, als sie die Straße überquerten. Tomada zog den Mantel fester um die Schultern. Der Kolben der Pistole in dem Halfter an ihrer Hüfte drückte sich durch den feuchten Stoff. Alex folgte ihr die Treppe hinauf zu den verrosteten Drehkreuzen. Sie waren nicht verriegelt, und so gingen sie hindurch auf den verlassenen Bahnsteig. Am Rande des Bahndamms wucherte dichtes Unkraut, und das Gleisbett lag voller Müll. Die losen Ecken der Reklameplakate an den Wänden des trostlosen Bahnhofsgebäudes flatterten im Wind.

Tomada blieb an der regennassen Bahnsteigkante stehen. Irgendwie war sie handfester geworden, imposanter in dieser Umgebung, trotz ihrer zierlichen Gestalt. Alex sah, dass sie einen goldenen Ehering trug, den sie nervös am Finger drehte, als sie ihn anschaute. Es war das einzige Zeichen ihrer Anspannung.

»Jetzt müssen Sie mir sagen, wo Naoko hinwill«, sagte sie knapp.

Ihre Stimme klang eindringlich, und der plötzliche Wechsel im Tonfall war überraschend.

»Kann ich Ihnen denn vertrauen?«, fragte er.

Tomada deutete auf die Dienstmarke, die sie an einer Kette um den Hals trug. »Ich bin Polizistin, Malloy-san. Wem wollen Sie vertrauen, wenn nicht mir?«

Er hatte die Hände tief in die Taschen geschoben, um sie zu wärmen, und plötzlich fühlte er das lautlose Vibrieren seines Telefons. Jemand rief ihn an. Das musste Naoko sein. Ohne das Telefon aus der Tasche zu ziehen oder eine Bewegung zu machen, die Tomadas Aufmerksamkeit erregen würde, drückte er auf die Verbindungstaste. Er hielt das Telefon fest umklammert.

»Hauptkommissar Saito hat gesagt, ich soll nur mit ihm sprechen«, erklärte er laut. »Er hat unmissverständlich klargemacht, dass ich sonst niemandem vertrauen soll. Nicht einmal Ihnen, Frau Tomada.«

»Aber ich bin seine Assistentin, Malloy-san. Sie haben mich in Ushigome oft mit ihm gesehen. Mir können Sie genauso gefahrlos vertrauen wie ihm. Warum sollten Sie einer Polizistin misstrauen?«

Alex achtete darauf, dass er das Telefon in seiner Tasche nicht blockierte, bevor er antwortete. Er hob die Stimme und sprach klar und deutlich.

»Sie waren es, die Jun angerufen hat, nicht wahr, Kommissarin Tomada? Sie haben ihm den Tipp gegeben, als wir in Yokohama waren. Sie haben ihm erzählt, dass ich unser Gespräch auf dem Riesenrad aufzeichnen würde. Sie hätten uns beinahe umbringen lassen.«

»Ich weiß nicht, wovon Sie reden.«

»Und das hier?« Er deutete in dem verfallenen Bahnhof

umher. »Das ist doch alles Theater, oder? Saito hat Sie nicht hierherbestellt. Nicht mit ihm haben Sie telefoniert, sondern mit Tanaka. Das Ganze ist eine Falle, nicht wahr?«

Ihr Blick wurde misstrauisch. »Was haben Sie da in der Tasche, Malloy-san? Zeigen Sie es mir.«

Alex ließ das Telefon los und wollte die Hände aus den Taschen ziehen und Tomada irgendetwas zeigen, um ihre Befürchtungen zu zerstreuen. Unten in der Tasche verbargen sich ein paar zerknüllte Zettel. Er packte sie und zog sie in der Faust aus der Tasche.

Tomada beobachtete ihn wachsam und legte eine Hand auf die Pistole an ihrer Hüfte. »Was ist das?«, fragte sie.

Alex öffnete die Faust und zeigte ihr Fetzen dicken weißen Papiers. Es waren die *omikuji*, erinnerte er sich, die Segenssprüche, die er an jenem Abend von dem Kampferbaum abgerissen hatte, als er mit Naoko in dem Tempelgarten gewesen war. Das schien so lange her zu sein. Er hielt die Papierfetzen ins matte Licht.

»Das sind meine Glückszettel.«

Tomada schüttelte den Kopf. »Ich habe keine Zeit für Ihre Spielchen, Malloy-san. Ich muss wissen, wo Naoko hinwill. Sagen Sie es mir jetzt.«

»Nur, wenn Sie mir vorher eine Frage beantworten. Woher wusste Tanaka, dass ich dort war?«

Sie schaute ihn mitfühlend an. »Einer Ihrer Freunde hat Tanaka vor einer Stunde angerufen. Er hat uns gesagt, wo wir Sie finden.«

»Welcher Freund?«

»Das wissen Sie doch schon.«

»Sagen Sie es mir.«

Ein Windstoß kam auf, als Tomada antwortete. Alex hatte Mühe, sie in dem Rauschen zu verstehen, und er war sicher, über das Telefon waren ihre Worte nicht zu hören.

»Hiro Ozawa. Er hat uns angerufen und alles erzählt.«

Alex war tief getroffen, als er vom Verrat seines Freundes hörte. Fassungslosigkeit ließ das Blut in seinen Ohren pulsieren. »Sie lügen«, sagte er. »Das würde er nicht tun.«

Tomada sah ihn triumphierend an. »Es ist die Wahrheit.«

»Aber damit bringt er doch auch Naoko in Gefahr. Mich würde er vielleicht verraten, aber nicht sie.«

»Seine einzige Bedingung war, ihr dürfe kein Haar gekrümmt werden. Natürlich haben wir nicht die Absicht, diese Bedingung zu erfüllen. Und jetzt sagen Sie mir, wohin ihr Zug fährt.«

Alex ließ sich die Antworten durch den Kopf gehen, die er ihr geben könnte, und die Myriaden Konsequenzen, die sie haben würden. Er sah, wie Tomada den Sicherheitsriemen an ihrem Halfter löste und den Pistolengriff umfasste. Ihr Gesicht zeigte plötzlich eine beängstigende Entschlossenheit. Er wusste, was kommen würde, und hätte am liebsten gelacht, weil es so unausweichlich war. Es gab nur noch eine letzte Tat, die er vollbringen konnte. Eine letzte Lüge in der endlosen Serie, die hierhergeführt hatte. Er sprach, bevor es offensichtlich wurde, dass er zu lange gezögert hatte.

»Niigata«, sagte er. »Naoko ist im Expresszug nach Niigata.«

Auf die Bedrohung durch Tomada war Alex gefasst, aber aus dem Schatten hinter ihm kam eine schnelle Bewegung. Schritte, kurze und unerwartete Trippelschritte. Alex holte tief Luft und wartete. Sein Blick war noch immer auf die Papierfetzen in seiner

Hand gerichtet, als er die Messerklinge spürte, die sich in die Haut unter dem Schulterblatt bohrte und zwischen zwei Rippen drang. Eine Woge der Übelkeit überkam ihn, und seine Knie knickten ein. Der zweite Stich brachte brennenden Schmerz, und sein Mund füllte sich mit Blut. Taumelnd drehte er sich halb um und sah Juns Gesicht, bevor er zu Boden fiel. Er landete hart auf dem Steinboden des Bahnsteigs und rollte auf die Seite. Die Papierfetzen flatterten aus seiner Hand und kreiselten im Wind. Einen Moment lang wusste er, dass er sie schon einmal gesehen hatte. Dann fiel es ihm ein. Die Nacht im Schnee. Die bitteren Flocken, die herabfielen. Die Kälte. Hiro hatte doch noch bekommen, was er wollte. Es würde keinen neuen Anfang, kein neues Leben mehr geben. Keinen Segen, der stärker war als das Schicksal. Von den Gleisen unter ihm kam das geisterhafte Summen ferner Züge, die auf den Schienen fuhren.

39

Sie hatte die Notbremse gezogen, und der *shinkansen* kam knirschend zum Stehen. Die Luftdruckbremsen zischten, und die Räder kreischten auf den Schienen. Naoko öffnete die Tür und sprang auf das Gleisbett hinunter. Noch immer hielt sie das Telefon ans Ohr, als sie am Zug entlang nach hinten rannte. Kies knirschte unter ihren Füßen. Fahrgäste waren aufgesprungen und beobachteten sie mit verwirrten Gesichtern durch die Zugfenster. Sie schrie in ihr Telefon, während sie durch den Schotter stolperte.

»Alex! Sag mir, wo du bist! Ich kann dich nicht hören!«

Nichts, nur das Geraschel eines Telefons in einer Tasche.

»Alex! Was ist los? Du machst mir Angst! Warum höre ich dich nicht mehr?«

Naoko hatte Fetzen des hitzigen Gesprächs gehört, immer wieder unterbrochen durch das Rauschen des Windes oder als unverständliches Stimmengewirr. Aber einzelne Mosaiksteine konnte sie zu einem beinahe zusammenhängenden Bild ordnen. Anfangs war sie nicht sicher, wie sie verarbeiten sollte, was sie hörte – Alex' Stimme und die gedämpfte Frauenstimme, die mit ihm diskutierte. Aber sie hatte gewusst, dass er in Gefahr war, als er im Bahnhof Tokio vor der Sperre plötzlich weggelaufen war. Wenn er ihren Anruf trotz allem angenommen hatte, musste er einen Grund gehabt haben. Als sie Tomadas Namen hörte, fing sie an, die Puzzlesteine zusammenzufügen. Tomadas Beteiligung konnte sie bis zu der ersten Begegnung in Ushigome zurückverfolgen. Jetzt sah Naoko, wie sie von Anfang an alle ausgetrickst hatte, um sich einen Vorteil zu verschaffen. Sie fragte sich, wie weit Tomadas Netz tatsächlich reichte.

Am Ende des Zuges blieb Naoko stehen und schaute vom Bahndamm auf die regennasse Stadt hinunter. Er konnte irgendwo da draußen sein, dachte sie, verloren zwischen den endlosen grauen Gebäuden und den leeren Parks mit den nackten, dunklen Bäumen. Sie presste das Telefon ans Ohr, um besser hören zu können, und sah sich im Dämmerlicht um.

Plötzlich hörten die Störgeräusche am anderen Ende auf, als sei das Telefon ans Licht gekommen.

»Alex?«, fragte sie.

Ein leises Keuchen, eine Stimme, wie durch Schaum gedämpft.

»Naoko.«

»Ja, ich bin hier. Wo bist du? Schau dich um und sag mir, was du siehst. Ich kann dich finden, wenn du mir sagst, was du in deiner Umgebung siehst.«

Seine Antwort klang halb wie ein Stöhnen, halb wie ein wissendes Lachen, rau und erstickt. Seine Lippen schienen die Silben nur mit Mühe hervorzubringen. Er versuchte, etwas zu sagen, aber es fiel ihm schwer, und sie hatte Mühe, ihn zu verstehen.

»Sag's noch einmal. Ich kann dich nicht hören.«

»Tomada.«

»Tomada? Ich weiß, Alex. Ich habe sie gehört. Ich weiß, sie war da. Aber du musst mir sagen, wo du bist. Was passiert da mit dir? Ich komme zu dir und finde dich, wenn ich weiß, wo du bist. Sag's mir.«

»*Soto.*«

»Draußen? Was meinst du damit? Was ist draußen?«

»*Soto*«, sagte er, und seine Stimme wurde schwächer.

In ihrer Ohnmacht fing sie an zu weinen. »Du machst mir Angst, Alex. Sag mir, was ich tun soll. Bitte …«

Ein leises Keuchen der Ohnmacht, und dann nichts mehr. Die Verbindung bestand noch, und sie rief seinen Namen ins Telefon und wiederholte ihn immer wieder, bis er jede Bedeutung verlor.

Die Fahrgäste stiegen aus den offenen Türen des *shinkansen*, versammelten sich unten am Bahndamm und spekulierten mit gedämpften Stimmen über den Grund des Nothalts. Eltern hielten ihre Kinder im Knöterichgestrüpp in sicherer Entfernung zum Gleis zusammen und schauten hinauf zu Naoko, die allein oben auf dem Damm stand. Ein Zugschaffner kam heran. Er hielt seine Mütze mit beiden Händen vor sich. Er wollte fragen, ob sie verletzt sei oder Hilfe brauchte, aber Naoko winkte ihn weg und drückte das Telefon ans Ohr, falls Alex noch etwas sagen sollte. Doch sie wusste, jetzt war es unmöglich. In der Ferne blitzten Blaulichter auf. Bald würde sie Sirenen hören, und dann würde sie alles erklären müssen. Sie würde verlangen, nach Ushigome gebracht zu werden, um sich alles von der Seele zu reden, und dann würde die Suche beginnen. Naoko nahm sich vor, die Verbindung erst zu trennen, wenn sie ihn gefunden hätten.

DANKSAGUNGEN

Ich danke Jonathan Caplan, Steven Buckler, Jane Lord, Richard Lonsdale und Sean Kirkegaard für ihr unschätzbares Feedback und ihre Ermutigung. Ich danke auch M. J. Hyland und Trevor Byrne bei www.hylandbyrne.com, die eine frühe Entwurfsfassung dieses Buches durchgesehen und mich beraten haben.

Mein besonderer Dank gilt meiner Agentin Jane Finigan und allen bei Lutyens & Rubinstein für ihre engagierte, harte Arbeit ebenso wie meinem einfühlsamen Lektor Frankie Gray und dem Team bei Transworld.

Und schließlich danke ich meiner Frau Isabel, ohne deren Geduld und Vertrauen dieser Roman nie zustande gekommen wäre.